귀
거
래

한사오궁 소설집

백지운 옮김

귀거래

歸去來

창비
Changbi Publishers

일러두기

1. 이 책은 『藍蓋子』(春風文藝出版社 2002)와 『爸爸爸』(作家出版社 2009)를 번역 저본으로 삼았다.

2. 본문 중의 각주는 옮긴이의 것이다.

3. 외국어는 되도록 현지 발음에 가깝게 표기하되, 우리말 표기가 굳어진 것은 관용을 따랐다.

귀거래

歸去來

많은 사람들이, 때론 처음 가본 곳이 낯익게 느껴질 때가 있다는 말을 하곤 한다. 이유는 모르지만. 지금, 나는 그런 경험을 하고 있다.

나는 걷는다. 산에서 흐르는 물에 씻겨내려 흙길이 엉망이다. 발밑으로 푹푹 빠지는 흙덩이와 동글동글한 조약돌이 마치 깎여나간 피부와 살 사이로 드러난 근골과 마른 내장 같다. 도랑에 빠진 썩은 대나무 몇줄기, 썩은 멍에끈 한토막이 머잖아 마을이 나타날 것을 예고했다. 길가 작은 도랑에 꿈쩍도 하지 않는 검은 그림자 몇덩이가 있다. 처음엔 그냥 돌덩이인 줄 알았는데 자세히 보니 송아지 대가리들이 괴이하게 나를 노려보고 있었다. 주름과 수염이 자글자글한 것이 나면서부터 늙는 노쇠의 유전을 지녔나보다. 눈앞에 펼쳐진 파초숲 뒤로 네모반듯한 포루(砲樓)가 솟아 있다. 차가운 대포 구멍과 담벼락이 유난히 검다. 포연에 그을린 듯, 수많은 밤들을 응축한 듯. 듣자하니, 이곳은 전에 토비(土匪)가 많았다 한다. 십년 토벌을 멈추면 백성의 씨가 마른다더니, 어쩐지 마

을마다 포루가 있다. 게다가 산촌의 민가는 떨어져 있지 않고
다닥다닥 붙어 있다. 웅크려 앉은 모습이 하나같이 튼실하다.
저 높이 실눈처럼 열린 창문들. 그리로 토비들이 넘어오기란
쉽지 않아 보인다.

이 모든 것이 매우 익숙하고 또 낯설다. 평소에 글자를 들
여다보면 볼수록 알겠다가도 모르겠는 것처럼. 귀신이 곡할
노릇이군. 도대체 나는 여기에 와보긴 한 거야? 어디, 머릿속
으로 한번 그려보자. 앞에 있는 저 돌길을 걷다 파초숲을 지
나 방앗간을 끼고 왼쪽으로 돌면 포루 뒤로 늙은 나무가 나올
거다. 은행 아니면 감람나문데 진즉에 번개 맞아 쪼개졌지.

잠시 후, 과연 나의 추측이 맞았다. 심지어 텅 빈 나무 속,
나무 구멍 앞에 풀잎을 태우며 장난치는 아이들까지 상상 속
그대로였다.

나는 다시 두려움에 쭈뼛거리며 추측을 이어나갔다. 늙은
나무 뒤에 나지막한 외양간이 한채 있을 거야. 외양간 앞엔
소똥 몇무더기가 있고 처마 밑엔 녹슨 쟁기와 써레가 있지.
몇걸음 걸어가자 아니나 다를까 정말로 그들이 나를 맞이하
는 것이었다! 심지어 저 찌그러진 화강암 절구통과 그 안의
진흙과 모래, 그리고 낙엽 두닢까지도 어디선가 본 듯했다.

물론, 상상 속의 돌절구엔 흙탕물이 없었다. 그러나 가만히
생각해보면 방금 비가 왔으니 처마에 고인 물이 절구 안으로
떨어지지 않았겠는가? 한기가 다시 발뒤꿈치로부터 목덜미
를 타고 올라왔다.

분명 나는 여기에 온 적이 없다. 그럴 리가 절대 없다. 나는 뇌막염에 걸린 적도 정신병을 앓은 적도 없다. 내 머리는 아직 쓸 만하다. 영화에서 봤었나? 친구들 이야기를 들었나? 아니면 꿈속에서…… 나는 허겁지겁 기억을 더듬었다.

더 이상한 것은, 산골마을 주민들이 나를 알아보는 것 같다는 것이다. 조금 전 바짓가랑이를 걷어올리고 돌다리를 찾아 개울을 건널 때, 어떤 사내가 아랫단을 A자로 묶은 나뭇짐을 메고 산에서 내려오고 있었다. 미끄러워 비틀대는 나를 보고, 그는 길가 원두막에서 마른 나뭇가지를 꺾어다 내게 던졌다. 그러고는 누런 이를 드러내며 괴상망측하게 웃는 것이다.

"왔어?"

"아, 예……"

"한 십년 만이지?"

"십년요……"

"잠깐 들어왔다 가. 싼구이(三貴)는 문 앞에서 못자리를 갈고 있어."

저 사람 집이 어딘데? 싼구이는 또 누구야? 나는 멍해졌다.

작은 언덕을 올라가자 기와집 한채가 불쑥 눈앞에 솟았다. 평지에서 몇사람이 무언가를 파고 있었다. 도리깨가 움직일 때마다 탁탁, 둔탁하거나 가벼운 소리가 났다. 그들은 모두 맨발에 장발이었고 얼굴은 갈색 땀으로 얼룩져 있었다. 햇빛이 내리비치자 광대뼈에 고인 땀이 반짝거렸다. 상체에 짤막하게 매달린 상의 아래로 물렁물렁한 뱃가죽과 배꼽이 드러났다. 바지는 골반뼈에 헐렁하게 걸려 있다. 그들 중 누군가가 요람으로 뛰어가 아이를 어르고 젖을 먹이는 걸 보고 나서야 그리고 귀에 매달린 귀걸이를 보고 나서야, 나는 그들이 여자임을 알았다. 그중 하나가 나를 보더니 눈을 휘둥그레 떴다.

"아니, 자넨 마……"

"마안경." 누군가 거들었다. 이름이 어째 이상하다 싶더니 모두 깔깔 웃는다.

"저는 마씨가 아니라 황씨……"

"그새 성 갈았어?"

"아뇨."

"그러게, 농담은. 어디서 오는 거야?"

"당연히 현에서 왔죠."

"거참 귀한 손님일세. 량 규수는?"

"어느 량 규수요?"

"자네 처가 량씨 아닌가?"

"제 처는 양간데요."

"내 기억력이 갔나? 그럴 리가. 그때 우리랑 같은 집안이라고 했는데. 우리 시댁이 싼장커우(三江口)거든, 량씨 집성촌, 자네도 알잖아."

내가 뭘 안다는 거야? 안다 쳐도 그게 나랑 무슨 상관이라고? 그녀를 찾으러 여기에 온 건가. 나는 내가 여기 어떻게 왔는지도 모른다.

여인은 도리깨를 내려놓고 나를 집 안으로 끌고 갔다. 문지방이 높고 두꺼웠다. 얼마나 많은 남녀노소가 지나다니고 깔고 앉았는지, 중간 부분이 닳아 약간 옴팍했다. 문지방의 누런 나뭇결은 오랜 세월 내리비친 달빛에 침식하여 굳어진 화석 같다. 아이들은 기어오르고 어른들은 다리를 높이 쳐들어야 문지방을 간신히 넘을 수 있었다. 문 안쪽은 어찌나 컴컴한지 사위를 분간할 수 없었다. 높이 달린 작은 창문에서 흘러나오는 한줄기 빛살만이 축축한 어둠을 갈랐다. 쌀겨와 닭똥 냄새도 났다. 한참 후에야 동공이 비로소 어둠에 적응했다. 벽과 들보가 검댕투성이다. 시커먼 바구니 비슷한 것 하나가 천장에 매달려 있다. 나는 나무 그루터기 같은 데 걸터앉았다──이곳엔 이상하게도 의자가 없다. 나무 밑동 같은 것과 앉은뱅이 의자뿐. 늙은 아낙들, 젊은 아낙들이 재잘거리며 문 주위로 모여들었다. 젖을 먹이던 아낙은 부끄러운 줄도 모르고 길쭉한 젖을 꺼내 아이 입에 바꿔물리고는 나를 보고 헤 웃는다. 다른 쪽 젖꼭지에선 아직도 젖이 흘렀다. 그녀들은 한결같이 이상한 소리만 했다……"샤오친(小琴)……" "샤오친이 아니지." "그런가?" "맞아, 샤오링(小玲)이야." "이봐, 샤오링은 아직 선생님인가?" "왜 한번 안 놀러 와?" "다들 창사(長沙)로 갔었지?" "그게 창사 읍내였나, 창사 향리였나?" "애들은 있어?" "하나야, 둘이야?" "샤오뤄(小羅)는 애가 있어?" "하나야, 둘이야?" "천즈화(陳志華) 애는?" "하나야, 둘이야?" "슝터우(熊頭)는 장가갔는가?" "애는 있고? 하나가, 둘인가?"

나는 금세 알아차렸다. 그녀들은 나를 샤오링인지 슙터운지 하는 이들을 알고 있는 '마안경'으로 잘못 알고 있는 것이다. 아마 날 닮은 그 녀석도 안경 뒤에 숨어 사람을 보는 작자였나보다.

그가 누굴까? 내가 생각해봐야 할 녀석인가? 저 여편네들 웃는 모양새를 보니, 오늘 숙식은 해결됐군. 아이고, 고마워라. 그 마 모 노릇을 하는 것도 나쁠 거 없지. 하난지 둘인지 적당히 장단 맞춰주면서, 저 아낙들 들었다 내렸다 시소 좀 태우는 거야. 힘든 일도 아닌데.

량씨댁이 쟁반에 차를 담아왔다. 미숫가루 네사발이다. 나중에 안 거지만 이는 사계절 평안을 기원한다는 뜻이다. 새까만 사발 테가 신경 쓰여 나는 어디에 입을 대야 할지 몰랐다. 하지만 차는 맛났다. 기름에 볶은 깨와 찹쌀 냄새가 솔솔 풍겼다. 그녀는 땅바닥에서 때 묻은 아이 옷 한두벌을 대야에 주워담아 안채로 들어갔다. 그래서 애초에 하나였던 말이 둘로 쪼개졌다. "한참이나 소식이 없었잖아, 수이건(水根) 영감 말이…… (반나절쯤 지나서야 안채에서 나온다.) 자네 돌아간 뒤 옥살이를 했다지?"

나는 기가 막혀 하마터면 찻물에 손을 델 뻔했다. "아뇨, 옥살이라뇨?"

"방정맞은 수이건 영감, 귀신 씻나락 까먹는 소릴 했구먼! 괜히 우리 남편 가슴만 조마조마했어. 자넬 위해서 향불을 얼마나 피웠는데." 그녀는 입을 오므리며 웃었다. "어머나, 못

살아."

아낙들이 깔깔거렸다. 황금니가 옆에서 보탰다. "다이궁링(戴公岭)*까지 가서 보살님한테도 빌었잖아."

우매하긴. 향불이나 피우고 빌다니. 아마도 그 마가 놈이 정말 무슨 살을 맞아 옥살이를 했던 모양이다. 그리고 내가 그놈 대신 여기서 미숫가루나 마시며 희희낙락하고 있는 거다.

아낙이 차를 새로 내왔다. 여전히 한 손을, 차를 든 다른 쪽 팔 위에 얹었다. 일종의 예절인 듯하다. 그런데 다 마시지 않은 첫 차에 물이 말랐다. 풀어지지 않고 바닥에 눌어붙은 깨랑 찹쌀을 어떻게 우아하게 먹어야 할지 몰랐다. "그인 항상 자넬 걱정했어. 자네가 어질고 착하다면서. 자네가 주고 간 외투도 몇해를 입었는지 몰라. 그이 가고 나서 내가 그걸 다시 면바지로 만들어 만짜이(滿崽)한테 입혔지……"

나는 날씨 이야기가 하고 싶어졌다.

방 안이 갑자기 컴컴해졌다. 뒤돌아보니 검은 그림자 하나가 문을 뒤덮고 있다. 보아하니 남자다. 벗은 상체에 불뚝 튀어나온 근육은 곡선 하나 없이 네모반듯한 게 무슨 바윗돌 같다. 그 검은 그림자가 나를 덮쳐왔다. 얼굴을 자세히 살펴볼 틈도 주지 않고, 쿵 하고 손에 쥔 물건을 떨어뜨리고는 내 손을 덥석 쥐는 거였다. "마 동지, 어이구, 으아아……"

내가 무슨 송충이야, 왜들 이렇게 놀라는 거야?

—————————————————
* 창사의 지명.

화로 옆에 앉은 그의 옆얼굴이 불빛에 비치자 나는 비로소 그의 웃음 띤 얼굴과 시커멓고 큰 입을 볼 수 있었다. 두 팔엔 파란 꽃 문신이 새겨져 있었다.

"마 동지, 언제 왔어?"

나는 내가 마씨가 아니라 황씨, 황즈셴(黃治先)이라고, 무슨 비장한 고향 방문 행차로 온 게 아니라고 말하고 싶었다.

"나 알지(기억하지)? 자네 떠나던 해, 그때 뤄쓰링(螺絲嶺)에서 도로공사를 하고 있었잖아. 나 아이바(艾八)야."

"아이바, 기억하죠." 대답 한번 비겁하다. "그때 대장이셨죠."

"대장은, 기록원이었지. 네 형수, 기억하지?"

"그럼요. 차를 제일 맛나게 끓이셨잖아요."

"자네랑 고기 잡으러 다녔어, 기억나? (고기를 잡아? 사냥을 말하는 건가?) 그때 내가 산신령께 빌자고 했는데 자네가 미신이랬지. 안 빌었으면 어쩔 뻔했어? 그때 목마초*를 잘못 건드려서 독창 걸렸었잖아. 문착** 한놈을 잡았었는데 자네 가랑이 밑으로 달아났지. 다행히 거긴 안 건드렸어……"

"아, 네. 안 건드렸어요. 아슬아슬했죠. 제가 눈이 안 좋아서."

시커먼 큰 입이 하하 하고 웃었다. 여자들이 하나씩 일어나 널찍한 엉덩이를 흔들며 문을 나섰다. 자칭 아이바라는 사내

---

* 바람에 냄새가 옮겨다니는 맹독성 풀.
** 짖는 사슴.

가 호리병 바가지를 하나 내오더니 술을 가득 따라 내게 권했다. 걸쭉하면서 달달한 것이 매운맛 쓴맛도 났다. 무슨 약초랑 호랑이 뼈로 담근 것이란다. 그는 내 담배를 마다하고는 종이를 나팔 모양으로 말아 한번 들이마신 다음 불을 붙였다. 느긋했다. 심지어 제대로 보지도 않다가 내가 안절부절못하는 걸 보고서야 훅 하고 불어 껐다. 담배는 멀쩡해 보였다.

"요샌 술과 고기를 양껏 먹어. 설에는 집집마다 소도 잡고." 그는 입가를 쓰다듬었다. "그땐 다자이 학습* 하느라 다들 월급을 못 받았어."

"네, 못 받았죠." 나는 좋게좋게 가자 싶었다.

"더룽(德龍) 형 봤어? 지금 향장(鄕長)이야. 어제 맞선다리에 나무 심으러 갔는데, 왔나, 안 왔나. 아마 왔을걸." 나로선 알쏭달쏭한 사람들과 일들에 대해, 그는 늘어놓았다. 아무개가 새집을 지었는데 육척이나 된다는 둥, 다른 아무개도 새집을 지었는데 팔척이라는 둥. 거시기도 새집을 지었는데 육척이고 다른 거시기는 지금 터를 다지는 중인데 육척이나 팔척쯤 될 거라는 둥. 나는 이런 말들 뒤에 숨은 맥락을 포착하기 위해 귀를 쫑긋하며 들었다. 가만히 듣다보니 이상한 데가 있었다. 보다는 '보이다'라고 말하고 조용하다는 '깨끗이 하다'라고 말하는가 하면, '모이다'라고 말하는 건 시작한다는 뜻

---

* 1964년에 시작된 정치구호. 다자이(大寨)라는 마을의 지도자 천융구이(陳永貴)는 유명한 '반문맹영도자'였다. 다자이 촌의 사례는 마오쩌둥의 좌경노선 선전을 위해 사용되었다.

인지, 아니면 일어난다는 뜻인지?

나는 육척이니 팔척이니 하는 말에 영문도 모른 채 장단을 맞췄다.

"자네도 옛날 생각이 날 테니 같이 산에 한번 가보세." 그는 다시 종이담배에 바듯하게 불을 붙여 이초 동안 나를 조마조마하게 했다. "자네 선생 시절에 나눠준 책, 내 아직 갖고 있네." 그는 콩콩 계단을 올라갔다. 한참을 지나서야 정수리에 거미줄 몇가닥을 달고 내려와서는 누런 종이에 쌓인 먼지를 탁탁 털었다. 몇면짜리 등사판 소책자였다. 식자교본인 듯한데 표지는 떨어져나가고 없다. 곰팡이 냄새와 오동나무 기름 냄새가 풍겼다. 앞면에는 야간학교 교가, 농사용 독본, 신해혁명, 맑스주의 농민운동 및 무슨 지도 같은 것들이 거칠게 찍혀 있었다. 글자 하나하나가 무지 컸고 잉크가 경단처럼 동글동글하게 뭉친 곳도 있었다. 이까짓 글자들은 나도 쓰겠다 싶어 심드렁했다.

"그때 자네 참 욕봤어. 못 먹어서 얼굴에 눈밖에 안 보였는데, 그래도 가르치겠다고."

"아뇨, 뭘요."

"섣달에 눈은 쏟아지지, 얼마나 추웠나."

"코가 떨어져나갈 만큼 추웠죠."

"그래도 밭을 갈겠다고 관솔* 주우러 나갔지."

....
* 송진이 많이 엉킨 소나무 가지. 옛날에 불을 붙여 등불 대신 썼다.

18

"그랬죠. 관솔."

갑자기 그의 표정에 신비로운 기운이 감돌더니 광대뼈 위에 반짝거리는 깨알 같은 여드름을 내게 바짝 들이댔다. "묻고 싶은 게 있었는데 말이야, 그 양난쟁이 놈 자네가 죽였나?"

양난쟁이라니? 나는 두개골이 쭈뼛하고 입안이 바짝 말라, 연신 고개만 내저었다. 원래부터 마씨도 아니고 양난쟁이는 본 적도 없는 내가 어쩌다 이런 형사사건에 말려든 거야?

"다들 자네가 죽였다던데. 그놈은 머리 둘 달린 뱀이야. 죽어도 싸!" 씩씩대면서 그는 부인하는 나를 긴가민가하는 눈으로 바라봤다. 어딘가 실망하는 눈치였다.

"술 더 있어요?" 나는 화제를 딴 곳으로 돌렸다.

"그럼, 있지. 실컷 마시게."

"여기 모기가 있네요."

"모기란 놈이 텃세를 부리는군. 풀을 좀 태울까?"

풀이 타올랐다. 또다른 무리의 사람들이 나를 보러 문 안으로 들어왔다. 관례대로 몸은 건강한지, 가내 두루 무고한지 등을 물었다. 내게서 담배를 받아든 사내들이 쪽쪽 맛있게 빨았다. 문이나 벽에 기대앉아 말없이 눈웃음을 지었다. 이따금 몇 마디 하긴 했는데, 누구는 나더러 살이 쪘다 하고 누구는 말랐다 했다. 늙었다는 사람이 있는가 하면 여전히 '동안'이라는 이도 있었다. 당연히 도시의 기름진 음식 때문이다. 담배를 다 피우자 그들은 또 한번 웃었다. 그러고는 나무를 베거나 소똥을 받으러 간다며 하나둘 일어섰다. 어린아이 몇이 뛰어와서는 내 안경알을 한동안 들여다보더니 좋아서 까르르하다가 또 무섭다며 벌벌 떠는 게 재밌어 죽는다. "안에 귀신이다! 귀신!" 아이들은 소리 지르며 사방으로 뛰어다녔다. 한 소녀가 아까부터 풀 대강이를 씹으며 문가에 서 있다. 넋나간 눈으로 나를 쳐다보는 눈에 맑은 눈물방울이 글썽글썽하다. 왜 그러는지 알 수가 없다. 나는 그저 어색하게 헛기침을 하면서 아이바 쪽을 흘끔거리는 수밖에 없었다.

이런 일은 이미 많이 겪었다. 조금 전 그들이 심은 아편을 보러 가는 길에 한 중년 부인을 만났었다. 그녀는 나를 보자마자 얼굴색이 확 변했다. 마치 순식간에 불 꺼진 등잔처럼 컴컴한 얼굴을 해서는 고개를 푹 숙이고 잰걸음으로 다른 길로 가버렸다. 왜 그러는지 알 수가 없었다.

아이바가 싼아궁(三阿公)을 보러 가자고 했다. 사실 싼아궁은 이 세상 사람이 아니다. 얼마 전 뱀에 물려 죽었고 지금은 사람들 이야기 속에 이름만 남아 있다고 한다. 벽돌가마 부근에 그의 움막이 오도카니 서 있다. 반쯤 옆으로 기울어 금방이라도 쓰러질 것 같았다. 커다란 오동나무 아래 무성하게 자란 파란 풀들이 사방팔방에서 뻗쳐와 섬돌 층계를 음산하게 뒤덮었다. 이 작은 움집을 집어삼킬 것처럼. 가족의 마지막 남은 잔뼈까지 먹어치울 기세로 풀잎들이 뾰족한 혀끝을 날름거렸다. 자물쇠를 채운 나무 문짝엔 벌레에 쏘인 검은 구멍이 빽빽하다. 주인이 살아 있을 때도 이 정도로 집이 망가졌을까. 사람이 집의 영혼이라 영혼이 떠나면 껍데기는 이렇게 금방 썩어버리는 걸까? 풀숲에 처박힌 녹슨 전등 위에 허연 새똥 몇점이 묻어 있다. 그 옆에 깨진 질동이도 있었다. 툭 건드리자 그 안에서 웅 하고 모기떼들이 날아올랐다. 아이바 말이 이 동이에 채소절임을 담그곤 했단다. 예전에 내가 싼아궁 집에 올 때마다 오이지를 먹었다나. (정말?) 담장에 회칠 부스러기를 떨어내자 페인트 글씨가 어렴풋이 드러났다. 획 가장자리 부분엔 페인트 색이 좀 남아 있다. "눈을 뜨고 세상을 보라……" 아이바 말이 이것도 내가 쓴 것이란다. (정말?) 아이바가 질경이를 뜯고 처마 위 새집을 걷어냈다. 나는 창문 안쪽을 힐끔 들여다봤다. 방 한구석에 석회 반광주리와 큰 원쟁반이 있었다. 자세히 보니 쇠로 된 바벨이다. 녹이 슬어 꼴이 말이 아니었다—나는 깜짝 놀랐다. 이런 귀한 스포츠 용구가 어떻게 이런 깊은 산속에 있을까? 어떻게 이리로 운반해 왔지?

물어보나 마나다. 역시 내가 싼아궁에게 줬을 것이다. 그런가? 싼아궁에게 괭이나 써레를 만들라고 줬는데 결국 만들지 않은 것이다. 그런가?

누군가가 언덕 위에서 소를 불렀다. "움마…… 움마……" 그러자 반대편 숲속에서 워낭 소리가 은은히 들려왔다. 이곳의 소 모는 소리는 어딘가 특이하다. 엄마를 부르는 것처럼 처량하기 그지없다. 어쩌면 그 포루의 벽돌도 이런 소리에 까맣게 타버린 건 아닐까.

늙은 노파 하나가 작은 땔나뭇짐을 등에 지고 산에서 내려온다. 허리가 거의 구십도로 휘어 한걸음 걸을 때마다 마치 턱으로 땅을 가는 듯 괭이걸음으로 걷고 있다. 그녀가 아득한 눈으로 나를 올려다보았다. 나를 본다기보다 내 뒤통수 쪽 오동나무를 보는 듯했다. 초점 없는 검은 눈동자가 온 힘을 다해 눈꺼풀을 받치고 있었다. 아무 표정도 없다. 오직 얼굴 가득 깊게 팬 주름이 나를 떨게 했다. 노파는 싼아궁의 옛집을 보고는 다시 고개를 돌려 마을 어귀에 있는 늙은 나무를 바라보았다. 그리고 밑도 끝도 없이 중얼거렸다. "나무도 죽었어." 그녀는 다시 천천히 괭이걸음으로 사라졌다. 몇가닥 안 남은 말라붙은 은발이 바람에 눌리고 또 눌렸다.

나는 믿는다. 분명 나는 여기에 와본 적이 없다. 바닥이 보이지 않는 저 심연 같은 노파의 말도 알아들을 수 없다.

저녁상이 융숭하게 차려졌다. 소고기, 돼지고기가 전부 큼직큼직한 게 특별해 보이진 않았다. 손바닥만한 큰 고깃덩이는 충분히 익지 않아 비린내가 나기도 했다. 새끼줄로 동여맨 사발들이 벽돌가마처럼 층층이 쌓여 있다—수천년 이래 전해내려온 식사방식일 것이다. 남자손님만이 식탁에 앉을 수 있었다. 오지 못한 객이 있으면 주인은 빈자리에 풀로 만든 종이 한장을 올려놓고, 모두가 고기 한점 먹을 때마다 종이 위에도 한점을 올린다. 그러면 그 객도 먹은 셈이다. 식사 자리에서 나는 계속 마안경 노릇을 했다. 장단을 맞추느라 노래도 몇가락 뽑고 도시 이야기도 들려줬다. 물론 틈틈이 사업

구상을 진행하면서. 나는 향미(香米) 이야기를 꺼냈다. 하지만 그들은 값을 부르려고도 안했다. 거저나 마찬가지였다. 아편은 올해 좋긴 하지만 국가약재국에서 일괄수매하기 때문에 손쓸 방법이 없다.

"양난쟁이 놈 죽어도 싸."

아이바가 뜨거운 국물을 후룩후룩 넘기더니 국자를 탁자 위 끈적끈적한 원래 자리에 갖다놓았다. 그러고는 젓가락으로 고기그릇을 탁탁 두들겼다. "오리궁둥이에 뚱그런 손으로 제대로 하는 일이라곤 없는 놈이 집을 지어? 꿍꿍이가 왜 없었겠어?"

"맞아, 그놈 올가미에 안 걸린 놈 있나? 내 팔엔 지금도 흉터가 두군데나 있어. 니미랄."

"그런데 대체 그놈 언제 죽은 거야? 진짜로 피투성이 귀신을 만나 벼랑에서 떨어진 거야?"

"사람이 제아무리 독해도 팔자를 거스를 순 없지. 명줄이 한홉인데 한말을 먹으려고 들면. 샤자완(夏家灣)의 홍성(洪生)도 그 짝이었지."

"쥐까지 먹어치웠다니 얼마나 독한가!"

"그렇게 독한 놈은 듣도 보도 못했어."

"슝터우도 재수가 없었지. 따귀를 두대나 맞고. 내가 봤는데 분명 물감 몇봉지였어. 그걸로 무슨 천을 염색해. 새끼 보살이나 그릴까. 그걸 대포라고 했으니."

"슝터우는 성분 문제가 컸어."

나는 용기를 내어 끼어들었다. "양난쟁이 사건, 위에서 조사하러 왔었나요?"

아이바가 비계 한덩이를 질근질근 씹으며 말했다. "조사는, 씨팔! 그날 나 찾으러 왔을 때 난 마작하러 나갔어. 어이, 마 동지, 자네 어째 술이 그대로야? 자, 좀 드세. 들어."

그는 다시 큼직한 고깃덩이 하나를 내게 내밀었다. 목구멍이 움츠러들었다. 밥그릇에 담는 척 숨겼다가 다리 밑에서 설치는 개에게 주는 수밖에.

식사 후, 그들이 뭐라고 하는 게 목욕을 하라는 소리 같다. 이곳의 풍속인가 싶어 아는 척 그러마고 했다. 욕조는 없고 목욕통만 있었는데 어찌나 크고 높은지 끓는 물 몇 솥은 들이부었을 것이다. 주방 한쪽에 놓인 목욕통 앞을 아낙들이 지나다녔다. 량씨댁이 수시로 표주박에 물을 담아오는 통에, 나는 거듭거듭 통 안으로 몸을 움츠려야 했다. 그녀가 돼지 먹이러 나간 후에야 나는 겨우 안도의 숨을 내쉬었다. 씻고 나자 온몸에 열이 나고 땀이 줄줄 흘렀다. 개사철쑥으로 끓인 물 같다. 모기에 물려 빨갛게 부은 곳도 더는 가렵지 않았다. 머리 위 산돼지 기름등이 수증기 사이로 푸른 안개를 동글동글 뿜어내 내 살갗을 파랗게 물들였다. 신발을 신으려다, 나는 파란 색깔의 나를 바라보았다. 돌연 이상한 느낌이 들었다. 내 몸이 너무 낯설고 신비로웠다. 여기엔 옷도 다른 사람도 없다. 가리거나 무슨 척을 할 상대도 없고 그런 상황도 없다. 벌거벗은 나만이, 나의 진실만이 있을 뿐이다. 무언가를 할 손발이 있고 무언가를 먹을 위장이 있으며 자손을 번식시킬 생식기가 있다. 문밖의 세계가 잠시 닫힌 후, 어디를 가든 눈코 뜰 새 없이 바빠 이 모든 것을 느긋이 생각할 여유가 없었다. 오래전 정자와 난자 하나가 만나 한명의 선조를 만들었고 그 선조가 다른 선조와 다시 만나 또다른 수정란을 만들고 다시 수대를 거쳐서야 비로소 존재하게 된 나. 나 역시 무수한 우연이 연결되어 만들어진 파란 수정란이다. 이 세상에 왜 왔을까? 무엇을 하려고? ……멍하니, 생각이 너무 많아졌다.

종아리를 닦아내니 한뼘 좀 넘는 흉터가 드러났다. 그것은 축구장에서 누군가의 스파이크에 맞아 생긴 것이다. 아닌가. 그럼…… 어떤 난쟁이가 물어뜯었나. 그날 비가 부슬부슬 내리던 아침? 그 좁은 산길에서? 우산을 쓰고 나온 그는 내 눈빛에 놀라 부들부들 떨었지. 무릎을 꿇고 다시는 안 그러겠다고, 둘째형수의 죽음도 자기와 아무 상관이 없으며, 싼아궁의 소도 자기가 끌고 간 게 아니라고. 그러다 최후의 순간엔 발악을 했었다. 금방이라도 눈알이 튀어나올 것처럼 눈을 부릅뜨고 내 정강이를 물어뜯고, 목에 감긴 밧줄을 두 손으로 잡아당기면서 안간힘을 다해 풀려고 했어. 마치 엉겨붙은 두 마리 게처럼 땅 위를 기다가, 팔짝팔짝 뛰다가, 진창 속으로 빠져버렸지. 이윽고 스르르 몸에서 힘이 빠지더니 잠잠해졌어……

나는 더 생각할 수가 없었다. 심지어 나 자신의 손을 볼 수도 없었다──피비린내와 밧줄 자국이 아직 남아 있는 건 아닐까?

지금 나는 애써 단정해본다. 나는 이곳에 한번도 와본 적이 없다. 그리고 난쟁이가 누군지도 모른다. 이 동그랗고 파란 연기도, 꿈에서도 본 적 없다. 결코.

대청마루는 떠들썩했다. 노인 하나가 들어와 관솔등을 밟아끄더니 전에 내게 염료를 사다달라고 부탁한 적이 있다고 했다. 그때 2위안을 빚졌다며 갚으러 온 것이다. 그러면서 내일 자기 집에 와서 밥도 먹고 하루 묵어가라고 했다. 그래서 아이바와 입씨름이 시작됐다. 아이바는 재봉사도 불렀고 고기도 끊어놨으니까 내일 꼭 내가 자기 집에 와야 한다고……

그들이 다투는 틈에 나는 살그머니 대문을 빠져나왔다. 가볍게 한발, 깊게 한발, 걸음을 내디디며, 나는 '나'라는 이가 전에 살았다는 집을 한번 보고 싶었다──아이바의 말에 따르면 고목나무 뒤의 외양간이다. 몇년 전 그걸 외양간으로 고쳤다고.

다시 오동나무 밑이다. 잡초가 집어삼킬 듯한 쌴아궁을, 스러질 것 같은 초가집의 검은 그림자를 다시 한번 바라보았다. 그도 나를 조용히 바라보고 있었다. 그리고 까마귀 울음 같은 기침 소리로, 사각거리는 나뭇잎 소리로 내게 말을 걸어왔다. 심지어 날 듯 말 듯 술냄새도 풍겼다.

애야, 돌아왔느냐? 의자 끌어다 앉아라. 내가 전에 그랬지, 멀리, 멀리 떠나라고. 그리고 다신 돌아오지 말라고.

하지만 당신의 오이지가 그리웠어요. 내가 만들어봤지만

그 맛이 안 나잖아요.

그까짓 게 뭐가 맛나다고? 그 당시 너희들은 굶주렸고 비참했지. 죽어라 쟁기질만 하고, 밭에 굴러다니는 누에콩까지 까먹었어. 그래서 내가 대충 만들어본 거야.

당신이 늘 우릴 걱정한 거, 알고 있어요.

어디 집 떠나보지 않은 사람 있나, 당연한 거지.

땔감을 아홉단 날라도 항상 열단으로 기록해주셨죠.

그랬던가.

늘 우리더러 머릴 깎으라 했었죠. 머리카락이랑 수염은 피를 빨아먹는다며, 기르면 정기가 상한다고 했어요.

그래? 기억이 안 나는데.

더 일찍 찾아왔어야 했는데. 이렇게 많이 변할 줄 몰랐어요. 이렇게 빨리 떠나실 줄은.

떠날 때가 됐어. 더 살아야 귀신이나 되지. 내가 술을 워낙 좋아했잖아. 마실 만큼 마셨으니 이제 조용히 잠이나 자야지.

아궁, 담배 태우실래요?

샤오마(小馬), 차는 직접 끓여 마시게.

……

나는 술냄새가 풍기는 그곳을 떠났다. 꺼질락 말락 하는 관솔등을 들고 내일 아침의 농사일을 생각하며, 발밑에서 논두렁으로 뛰어드는 청개구리 소리에 수시로 움찔하며, 집으로 돌아왔다.

그러나 지금 내 손엔 관솔등이 없다. 집도 외양간으로 변했다. 이토록, 낯설고 싸늘한. 아무것도 보이지 않는다. 소 되새김질 소리와 풀 속에서 타들어가는 시큼한 소똥 냄새뿐. 제 주인이 온 줄 알고 바깥을 두리번거리던 소들이 난간에 머리를 탁탁 부딪쳤다. 걸음을 내딛자 외양간 흙담 위로 걸음 소리 하나가 되돌아온다. 누군가 담 저쪽에서 걷고 있는 모양이다. 아니, 담 안쪽에서 걷고 있는지도 모른다──그는 내 비밀을 알고 있다.

눈앞에 보이는 산벼랑이 칠흑같이 검다. 밤이 되니 낮보다 더 높고 크고 가까워져, 너는 호흡이 가빠진다. 고개를 드니 하늘 저편에 넓고 좁은 한 무리의 별들이 보인다. 땅은 가깝고 하늘은 멀다. 한가닥 알 수 없는 힘에 이끌리듯, 땅속 깊은 틈 속으로 깊숙이 가라앉기를 수도 없이 반복한다.

거대한 달님이 솟아오르자 깜짝 놀란 동네 개들이 컹컹 짖어댔다. 나는 나무 그림자 틈새로 떨어지는 달빛을 밟으며, 수면에 점점이 떠 있는 부평초를 밟는 기분으로 개울을 향했다. 개울가에 누군가가 앉아 있을 것 같다. 입에 풀잎을 문 소녀.

개울가엔 아무도 없었다. 그러나 돌아오는 길에 나는 고목나무 아래 선 누군가의 그림자를 보고 말았다.

밤빛이 이렇게 좋은데 사람 형상이 없어서야.

"샤오마 오빠?"

"나야." 뜻밖에도 나는 조금도 당황하지 않고 대답했다.

"개울에서 오는 길이야?"

"너…… 누구야?"

"넷째."

"넷째, 너 키 많이 컸구나. 딴 데서 만났으면 못 알아봤겠어."

"오빠가 떠난 세계가 커서 뭐든지 다 변한 것처럼 보이는 거야."

"집안은 별일 없지?"

갑자기 그녀가 말이 없다. 멀리 방앗간을 쳐다보는 그녀의 목소리가 어딘가 심상치 않았다. "우리 언닌, 오빨 정말 증오해……"

"증오……" 긴장한 나는 등불과 바닥 쪽을 힐끗 보며 도망갈 틈을 보았다. "나…… 말하자면 복잡한 일이 너무 많아. 언니한테도 말했어……"

"그날 왜 언니 등에 진 광주리에 옥수수를 넣었어? 여자 등에 아무거나 넣어도 된다고 생각해? 언니가 오빠한테 머리카락도 줬는데, 알지도 못하고."

"나…… 난 몰랐어. 이곳 사람들 관습을 잘 몰라서. 난…… 그냥 언니를 도와주고 싶어서 광주리에 옥수수 몇개 넣은 거야."

대답이 썩 나쁘진 않아, 그럭저럭 넘어갈 수 있겠다.

"다들 수군거리는데, 오빠만 귀가 먹었어? 나도 봤어, 언니한테 침술 가르쳐주는 거."

"언니가 배우는 걸 좋아했어. 의사가 되고 싶댔어. 사실 그땐 나도 잘 몰랐어. 그냥 엉터리로 놓은 거야."

"도시 사람들은 의리가 없어."

"그만해……"

"맞아! 그렇다고!"

"알아…… 네 언니가 좋은 여자라는 거, 나도 알아. 노래도 잘 부르고 바느질 솜씨도 훌륭했지. 한번은 우리랑 장어 잡으러 나갔는데 물에 손을 넣을 때마다 한마리씩 낚았어. 내가 아팠을 때도 정말 많이 울었지…… 나 전부 알고 있었어. 하지만 너희가 모르는 일들이 많은데 설명할 수가 없어. 나는 평생 이리 뛰고 저리 뛰며 바쁘게 살았어, 내겐…… 완수해야 할 사명이 있었어."

결국 나는 '사명'이란 말을 하고 말았다. 입이 좀 오그라들었지만.

그녀는 얼굴을 가리고 흐느끼기 시작했다.

"그 후(胡)가 놈, 정말 지독해."

나는 무슨 말인지 알 것 같아 눈치를 살피며 대답을 이어갔다. "나도 들었어. 내가 그놈 찾아서 혼내줄게."

"무슨 소용이야? 무슨 소용이냐고?" 그녀는 발을 동동 구르며 서럽게 울었다. "오빠가 진즉에 한마디만 했어도 이렇게는 안됐잖아. 우리 언니는 이제 한마리 새가 됐어. 매일매일 여기서 오빨 부르는데, 못 들은 거야?"

달빛 아래 가냘픈 그녀의 등이 들썩였다. 그 위로 매끄러운 목덜미와 심지어 머리카락 사이로 보이는 하얀 두피까지도 선명하게 눈에 들어왔다. 나는 진심으로 그녀의 눈물을 닦아주고 싶었다. 그녀의 어깨를 꽉 부여잡고 두피에 입 맞추고 싶었다. 내 누이 같은 그녀. 그녀의 눈물을 내 입술에 머금어 그 짜디짠 액체를 삼키고 싶었다.

그러나 나는 그러지 못했다. 이런 기이한 이야기를, 눈물을 핥느라 망칠 순 없다.

나무 위에선 분명 새 한마리가 울고 있었다. "가지 마, 오빠, 가지 마, 오빠……" 고독한 울음소리가 날카로운 화살촉처럼 하늘 높이 튀어올랐다 뭇 산 위로 살랑살랑 내려앉았다. 수풀 속으로, 멀리 한점 먹장구름과 소리 없이 번쩍이는 번개 사이로 떨어져내렸다. 나는 담배를 피우며 번개 쪽을 바라보았다.

가지 마, 오빠.

나는 떠났다. 떠나기 전 편지 한장을 써서 량씨댁에게 넷째한테 전해달라고 당부했다. 편지에서 나는 언니가 생전에 의사가 되고 싶어했는데 넷째가 언니의 못다 한 꿈을 이루면 좋겠다고 말했다. 길이란 사람이 만드는 것인데, 그녀가 위생학교 시험에 응시하려 할까? 돌아가면 그녀에게 참고서를 많이많이 보내줄 것이다. 꼭. 그리고 나는 또 그녀의 언니를 절대 잊지 않겠다고도 썼다. 아이바가 나무 위에 있던 앵무새를 가져가라며 잡아주었다. 매일매일 내 창가에서 노래하도록, 나의 영원한 벗이 되도록.

거의 도주나 다름없었다. 마을 사람들에게 작별인사도 하지 않았고 향미 샘플도 살펴보지 않았다—사실 향미든 아편이든, 그걸로 뭘 할 건가? 애초부터 나는 그 일로 여기 온 게 아닌 것 같았다. 고개를 돌려 마을 어귀에 번개 맞아 죽은 고목나무를 다시 한번 바라보았다. 마른 가지가 손가락처럼 떨고 있었다. 손가락의 주인은 어느 전장에서 쓰러져 산이 됐는데 아직도 안간힘을 다해 그 손을 들어 무언가를 움켜쥐려 한다.

읍내 여관에 든 나는 침대 옆에서 쩍쩍거리는 앵무새의 울음소리를 들으며 잠이 들었다. 꿈을 꾸었다. 꿈속에서 나는 여전히 꼬불꼬불한 산길을 따라 걷고 또 걸었다. 산에서 흘러내린 물에 살이 깎여나가 한움큼의 근골과 말라빠진 내장을 드러낸 흙길이 마을 사람들의 짚신발을 받아내고 있었다. 이 길은 언제나 가도 가도 끝이 없다. 나는 손목시계를 들여다보았다. 벌써 한시간이나 지났다. 하루, 일주일…… 그런데 발밑은 아직도 그 길이다. 심지어 나중에는 어딜 가든 같은 꿈을 꾸고 있다.

나는 깜짝 놀라 꿈에서 깨었다. 결국 친구에게 장거리전화를 걸기로 했다. 원래는 포커판의 개자식 차오(曹) 놈을 '때려눕혔'는지 물어볼 생각이었는데, 내 입은 뜻밖에도 독학으로 대학시험 치는 일을 알아보고 있었다.

친구는 나를 '황즈셴'이라 불렀다.

"뭐라고?"

"뭐가 뭐라고?"

"나를 뭐라고 불렀어?"

"너 황즈셴 아니야?"

"날 황즈셴이라고 불렀어?"

"네 이름이 황즈셴이잖아?"

나는 아연하여 머릿속이 텅 비었다. 그렇다. 여긴 여관이다. 중정(中庭)으로 가는 통로 옆 좁은 방, 모기떼가 덤벼드는 어두운 등불 아래 일렬로 놓인 야전침상. 들고 있는 수화기 아래 큼직한 머리 하나가 푸푸 코를 골고 있다. 그러나──이 세상에 황즈셴이라는 사람이 정말 있는가? 그리고 그 황즈셴이 바로 나인가?

나는 지쳤다. 이 거대한 나를 영원히 벗어나지 못할 거야. 엄마!

1985년 1월.

1985년 『상해문학』 6월호에 처음 발표.

1985년 상하이문학상 수상.

후에 소설집 『유혹』 등에 수록.

여자 여자 여자

女女女

1

그녀 때문에, 우리는 거의 평생을 고함질렀다. 어제 아래층 아줌마가 머리를 문틈으로 들이밀고는 우리 집 주방 하수도가 막혀 하숫물이 자기 집으로 들어온다며 주의를 주었다. 나는 큰 소리로 미안하다고 말했다. 흠칫하는 그녀의 까만 두 눈알이 일제히 중앙으로 몰렸다. 뭔가 잘못된 줄은 알았지만 나는 자제할 수가 없었다. 다시 귀청이 떨어져라 큰 소리로 그녀에게 들어와 차라도 드시고 가라고 했다…… 결국 그녀는 억지로 한번 웃고는 얼른 머리를 문밖으로 뺐다.

아, 나는 언제나 고함을 지른다. 언제나. 밥상머리에서, 전화통에다, 심지어 길에서 평소 싫어하는 사람을 만나 아내에게 속달일 때조차──한번은 목주름이 자글자글한 어떤 부인 앞에서 잠시 이성을 잃은 사이, 후두가 삐끗하여 목구멍이 막힐 뻔한 적도 있다. 하루하루가 언제나 긴장의 연속이다. 늘 그녀들이 막내삼촌이라도 되는 양 고함을 꽥꽥 질러 존경과 불만을 표하는 것이다.

사실, 그녀들은 막내삼촌이 아니다. 결코.

막내삼촌은 바로 막내고모다. 우리 고모. 고향에서는 여자를 남자 호칭으로 불렀다. 도대체 그게 존중에서 나온 건지 멸시에서 나온 건지 모르겠다. 그게 무슨 문제가 되는지도. 고모가 지금 내 옆에 없는 이 사건이 나에게 어떤 의미를 지니는지 모르는 것처럼. 벌써 이년이라는, 한없는 시간이 흘렀다. 세상은 평안해졌다. 더이상 고함칠 필요가 없다. 요즘 내 청력이 쇠퇴하는 건 아닌지 모르겠다. 어떤 소리든 내 암반석 같은 고막을 거치면 가늘고 희미하게 가닥가닥 끊어진다. 고모의 고막도 그렇게 갔나? 할아버지도 귀가 안 좋았다던데, 그리고 할아버지 다섯 형제 중 둘이 귀머거리였다던데…… 정말 고함지르느라 고생깨나 했을 집안이다.

들리지 않아서 고함을 지른 걸까? 아니면 고함을 지르다보니 귀가 먼 걸까?

이년이다. 아직 그녀가 남긴 한무더기 소음들이 죽지 않고 세상에 남아 있다. 그리고 문 뒤에는 삼실로 양끝을 묶은 그녀의 대나무 젓가락 한쌍이 잿빛 먼지를 덮어쓴 채 문을 밀 때마다 탁탁 나른한 소리를 낸다. 그날 나는 마지막으로 여느 때처럼 그녀에게 큰 소리로 고함을 질렀다. "손가락 썰어?" 주방으로 뛰어들어간 나는 작은 산봉우리처럼 불쑥 솟은 그녀의 등뼈와 말랑말랑한 귓불 옆 한가닥 시든 은발, 그리고

도마 위에 금화처럼 가지런히 썰려 있는 생강편을 보았다—
아무 일도 일어나지 않은 듯했다.

그러니까, 바닥에 떨어진 손가락을 못 본 것이다. 하지만
조금 전 나는 아무래도 그녀가 탁 하고 손가락을 자른 것 같
았다. 그때 나는 옆방에서 책을 보고 있었다—제본상태가
매우 좋은 장정본 철학서.

그녀는 움칫했다. "물 곧 끓겠어."

"고모 손 보러 온 거야……"

"응, 물 끓였어. 손 씻으려고."

귀머거리도 주도면밀할 수 있다. 그녀는 민첩하고 냉철하
게 내 말을 추측해내고는 신중하게 눈치를 살피며 말을 받았
다. 이 세상이 아주 논리적으로 잘 정돈되어 있음을 믿게 하
려고 작정한 듯. 나는 그녀를 가르칠 생각은 없었다. 이미 이
골이 난 터라, 태연하게 내 방으로 돌아왔다.

그 소리가 여전히 쭈뼛쭈뼛 이어졌다. 이미 순수한 탁탁 소
리가 아니다. 자세히 들어보면 끼익끼익 하는 소리와 쓰윽쓰
윽 하는 소리가 섞여 있다. 결코 생강 써는 소리가 아니다. 분
명 칼날이 손가락을 동강동강 썰고 있다—연골 부분은 찢
어서 썰고 살과 껍질은 찢어냈는데 칼날이 마디에 낀 모양
이다. 그렇다. 분명 그 소리다. 아플 텐데 왜 소리 지르지 않
을까? 돌연, 또 쾅쾅 큼직한 울림 소리가 터져나왔다. 어찌
나 크던지 창문이 다 부들부들 떨었다. 분명, 방금 전 손가락
써는 게 순조로워 이제 아예 자세를 잡고 제대로 썰기 시작

한 모양이다. 채소칼로 팔을 벤 건가? 팔을 베고 난 담엔 허벅지? 허벅지를 벤 담엔 허리랑 머리도? 뼛가루가 사방으로 튀고 선혈이 쏟아져내린다. 뜨끈뜨끈하고 걸쭉한 혈액이 분명 식탁 다리를 타고 유유히 바닥으로 흘러 시멘트 바닥 위를 살금살금 기어갈 것이다. 그러다 왕밤이 수북이 담긴 대야 앞에서 주춤하고는 옆으로 방향을 틀어 내 방문으로 향하겠지……

절망 속에서 나는 다시 부엌으로 뛰어들어갔다―여전히 아무 일도 없다. 그녀는 그저 등을 구부리고 고개를 처박은 채 말린 죽순을 썰고 있었다. 죽순껍질까지 썰어 솥에 넣을 기세다.

내가 어떻게 됐나.

그녀는 나를 힐끗 보더니 당황한 듯 눈을 껌벅인다. "물 끓었어? 방금 한병 부었는데 얼마나 끓었나?"

조금 전 나는 아무것도 묻지 않았고 물 끓이는 것과도 아무 상관이 없다. 아마 나의 수많은 침묵―매우 큰 부분의 내가 그녀의 마음속에선 전혀 실재하지 않는 듯하다. 내가 이런저런 말을 했다고 생각하는 걸 보면, 나 역시 그녀에겐 줄곧 환각 속에 있는 모양이다. 그녀 환각 속의 나 역시 눈 하나 꿈쩍 않고 도살을 자행하고 있을까?

예전에 그녀에게 보청기를 사준 적이 있었다. 그때는 구하기도 어렵고 값도 비쌌다. 그녀의 손을 잡고 붐비는 버스를 몇번이나 갈아타면서 복잡한 골목을 수도 없이 헤맨 후에야 그 작은 상자를 손에 넣을 수 있었다. 길에서 그녀는 유달리 긴장했다. 깡마른 손이 번번이 내 손에서 빠져나갔다. 자리가 없어 차 안에 섰을 때면 차가 흔들릴 때마다 주저앉아서는 큰 소리로 내 아명을 불러 나를 창피하게 했다. 또 의자 다리건 뭐건 손에 잡히는 대로 두 손을 뻗었다. 그러다 옆에 앉은 풀 먹인 양복바지를 붙잡아 바지 주인의 욕설과 눈흘김을 당해야 했다. 길을 건널 때도 그녀는 좀처럼 나의 안내를 따르지 않았다. 두리번거리다 쓸데없이 깜짝깜짝 놀라기 일쑤였다. 고집스럽게 나를 잡아끌거나 떠밀 때 힘은 또 어찌나 좋은지, 나는 중심을 잃고 비틀거렸다. 한번은 내가 잠깐 한눈을 판 사이, 좀처럼 안하던 달리기 자세로 앞에서 달려오는 차를 향해 타다닥 정면으로 돌진하는 게 아닌가. 너 죽고 나 죽자는 식으로—귀머거리의 자만과 고집은 종종 기사들을 황천길 문 앞까지 보내곤 한다. 예전에 나는 조심스레 생각해본 적이 있다. 언젠가 고모는 찻길에서 목숨을 잃게 될 거야. 바로 저 길 끝. 가엾은 막내고모.

그 작은 상자를 사온 뒤, 그녀는 툭하면 오만상을 쓰며 불평을 했다. "마오타(毛它), 말을 안 들어. 다 늙었는데 몇년이나 더 산다고. 이런 데 돈을 왜 써? 쓸데없이." 나는, 왜 안되느냐, 시험해봤는데 잘되더라고 했다. 살펴보니 역시나 볼륨이 가장 작게 설정되어 있었다. "그렇게 크게 하면 기름(전지)이 닳잖아." 그녀는 마지못해 보청기를 받아들었다. 하지만 내가 나가면 얼른 볼륨을 원상태로 돌려놓을 게 뻔하다. 그리고 다시 온갖 이유를 늘어놓으며 불평을 반복한다. "마오타, 안돼, 내가 안된다고 했잖아. 사람이 늙었는데 이런 돈을 뭐하러 써? 가서 돈으로 바꿔와, 그 건전짓값이면 두부가 몇모야."

그녀는 두부만 있으면 세상이 아름다워지는 모양이다. 우리 집안은 모두 두부로 먹고살았고, 그 덕인지 키들이 훤칠하다.

그리하여 보청기는 그녀가 만든 작은 천주머니 속에 처박혀, 우리가 거들떠보지도 않는, 그녀가 옷장으로 쓰는 온장고 깊숙이 안치되었다. 이어폰에 묻은, 희미하게 까만 때가 귀머거리의 체온을 간직하고 있을 것이다.

그리고 우리는 다시 전처럼 힘껏 고함을 질렀다.

그녀가 어쩌다 귀머거리가 되었을까. 그녀는 말한 적이 없다. 아버지에게 물어보니, 어릴 때 큰 병을 한번 앓았는데, 열이 한번 나더니…… 무슨 병이더라? 그냥 병이야, 무슨 병인진 모르겠다,라고 했다.

어른들은 늘 말하는 게 애매모호하다. 후대를 가르치고 사회를 보호하려는 책임감 때문일 것이다. 그래서 우리는 더 규칙적으로 당근과 아스피린을 먹는다. 처음으로 고향 가는 배를 탔을 때, 나는 어느 노파를 통해 비로소 막내고모에 관한 이야기를 들을 수 있었다.

어느 울창한 숲속에 아주 오래된 남청빛 강물이 흐르고 아주 오래된 색색깔의 조약돌이 깔려 있었다. 옛날에는 수풀로 뒤덮인 강기슭에 토비들이 심심찮게 출몰해 소금과 쌀을 실은 상선(商船)을 덮치곤 했단다. 나중에 관아에서 사람을 보내 강기슭의 수풀을 베어버린 후에야, 언제든 몸을 피할 수 있는 관도(官道)가 생겼고 말과 수레가 지나다닐 수 있게 되었다. 또 언젠가는 관아에서 보낸 사람들이 성벽을 눈에 확 띄게 쌓아올려 토비의 우환을 없앴다고 한다. 지금 그 작은 성벽은 물론 무너지고 없다. 간혹 몇군데 담터의 폐허만이 은은히 남아 있을 뿐이다. 마른 갈색 이끼를 몸에 걸친 벽돌 몇 장이 녹슨 적의(敵意)를 품은 채 손과 얼굴을 할퀴는 잡초들 틈에 조용히 웅크려 있다. 비바람에 깎여 더이상 벽돌을 지탱하지 못하는 흙더미 몇뭉치가 이 빠진 잇몸처럼 둥그스름하다. 무얼 먹었기에, 그렇게 툭하면 이가 빠질까?

노파는 얼굴이 누리끼리하고 몸매가 풀잎처럼 가냘파 훅 불면 금세라도 쓰러질 듯했다. 몸뚱이는 또 얼마나 작은지, 등지게 하나에 셋은 들어갈 정도였다. 껍질이 오글오글한 카사바에 제멋대로 난 호미 자국처럼 눈과 귀는 이미 고정된 형체가 남아 있지 않았다——물론, 그중 탁한 물기를 머금고 뻘겋게 번쩍이는 게 바로 눈이다.

그녀는 매 같기도 하고 사람 같기도 한 게 어딘가 막내고모를 닮았다. 그녀와 한배에 탄 사람들은 하나같이 토박이 고향말을 썼다. 순간, 나는 고향의 존재를, 운명의 존재를, 그리고 나와 이 낯선 땅과의 어떤 신비로운 관계를 뼈저리게 실감했다. 나는 이곳에서 흘러나온 피를 간직한 채 돌아온 것이다. 이 산하, 이 마을에서 흘러나온, 이 노파는 물론 배에 탄 모든 객과 함께 공유하는 피. 피검사를 해보면 알겠지만.

노파 옆에 소년 하나가 있다. 여드름투성이에 마소처럼 다부진 그는 아마 아들인 모양이다. 자기 몸보다 두세배나 큰 생명체를 낳을 수 있다는 게 믿어지지 않았다.

"막내고모? 알지, 알아." 노파의 붉은 호미 자국 두개가 나를 한차례 훑었다. "계집애가 전엔 얼마나 영리했다고. 그해 모(莫)씨 집 둘째가 죽고 나서 웬 놈 하나가 그애를 독충이라며 하도 그 아빌 닦달하는 바람에 결국 그 아비가 태워 죽였지. 천벌을 받을 놈들."

"할머니, 제대로 기억하시는 거 맞아요? 우리 고몬……"

"어어, 인(尹)씨네 집 막내?"

"네, 인씨네요."

"수쉬(淑雯)?"

"네, 수쉬."

"알지, 알아. 이 근방 백십리 안에 있는 여자들 중 내가 모르는 이는 없어. 그러고 보니 자네와 좀 닮았구먼. 걔가 경신년생이지. 나보다 겨우 몇달 늦을 거야, 아마. 그 서방이 리후쯔(李胡子)였지? 그 망나니 놈. 계집질에 도박질에, 거기에 이것도 좀 좋아했다고……" 그녀는 엄지와 새끼손가락을 입가에서 모아 곧추세웠다. 아편을 말하는 듯했다. "반년 전 그 형제들이 돌아왔지. 어디 외국에서 왔다지. 옛날 집을 찾아다니는 걸 내가 봤어."

그녀의 뻘건 호미 자국 속엔 애초부터 눈알이 없는 듯했다. 누낭염인지 결막염인지, 아니면 햇볕에 쪼여서인지…… 아니면 너무나 많은 지난 일들에 노출되어, 눈동자가 썩어문드러졌는지.

"박복한 것. 자네 사촌형 낳을 때, 애가 안 나오지 뭐야. 그땐 의사도 없지, 그냥 만구이(滿貴) 불러다 돼지 잡듯 식칼로 배를 갈랐어. 그러고도 젖먹이를 못 살렸어. 자네 고모는 하늘이 무너져라 땅이 꺼져라 울어댔지. 그때 귀가 멀었어……"

"그랬군요."

"아직 창사에 살아?"

"네."

"창사 읍낸가, 창사 향린가?"

"읍내요."

"복 받았구면. 그런데 애가 없다지."

"고향에 오고 싶어해요."

"집도 없어졌는데 와서 뭐해? 자식도 없지, 못 오지, 못 와." 그녀는 가볍게 한숨을 쉬었다.

이곳 사람들은 생육을 매우 중시한다고 들었다. 아이를 못 갖는 여자들은 산골짜기에 벌거벗고 누워 남풍을 몸에 받으면 아이를 가질 수 있다고 한다. 또 하나 내가 들은 괴상한 방편은, 벌집이나 파리를 고아 끓인 탕이다. 아마도 대량 번식하는 곤충이 불임증 여인에게 행운을 가져온다고 믿는 모양이다. 만약 그래도 효험이 없으면 그 수치스러운 여인은 자살하거나 멀리 떠나 다시는 돌아오지 않는다. 막내고모도 아마 그래서 고향을 떠나 쇠를 두드리고 보모 노릇을 하게 된 모양이다. 어쩌면 그때 고모도 이 배를 탔을 것이다. 그리고 배 아래로 흔들리는 조약돌들──이 메마른 강이 수천년 동안 안간힘을 써서 낳은 알들──을 보았을 것이다.

어느새 쪽배는 서늘한 나무그늘 아래로 들어갔다. 몸체가 기우뚱 한쪽으로 기울자 발걸음들이 타다닥 뭍을 밟는다. 순간 등에 광주리를 멘 한 무리의 소녀들이 밀치락달치락, 킥킥 킥 맑게 웃는다. 왜 웃을까.

2

라오헤이(老黑)도 후사가 없다. 그녀는 자살했을까, 아니면 타향으로 멀리 떠났을까? 물론 아니다. 그녀는 낳을 수 있다. 이는 그녀가 모두 앞에서 선포한 바다. 한 떼거리씩 낳아젖히는 건 말할 것도 없다. 시어머니에게 증명해 보이기 위해, 작년 그녀는 아무 거리낌 없이 하나를 배어가지고 돌아왔다. 그런 다음 병원으로 가서 간단한 수술로 '떼버리고' 돌아왔다. 장난처럼 말이다.

그녀의 장난은 화끈했다. 혁명도 해봤고 군복도 입어봤고 결혼도 했고 이혼도 했다. 비디오도 보고 디스코도 추고 화장품도 바르고 담배도 피우고 술도 마셨다. 온몸에 외제를 처바르고 국산은 취급하지 않았다. 위에 브래지어, 아래에 청바지를 걸치자 신체의 중심이 상당히 높아졌다. 긴 두 다리로 콩콩콩 달려가는 모습이 구름자락을 밟고 훨훨 나는 것 같다. 이런 여인이라면, 턱을 높이 세우고 가늘고 보드라운 손가락을 살랑이며 보란 듯 이렇게 말할 수 있다. "떼버렸어요."

당연히 그녀는 그 핏덩이를 떼어버려야 했다. 아니면 어떻게 마흔아홉시간 동안 쉬지 않고 디스코를 추고 사흘 내 잠을 잘 수 있겠는가. 여느 때처럼 한밤중에 담배 하나 꼬나물고 마음 내키는 대로 남자 하나 잡아 놀러 나갈 수 있겠는가. 오토바이를 끌고 싸돌아다니며 사내들과 입씨름을 겨룰 수 있겠는가. 앳된 소년이든 노망난 노인네든 실컷 가지고 놀다가, 고층건물이나 깎아지른 절벽 위에서 그들에게서 뜯어낸 지폐를 찢어날릴 수 있겠는가. 망망한 대지 위로 하늘하늘 날아가는 지폐 조각을 보며 발정난 암탕나귀처럼 소리 지를 수 있겠는가.

막내고모에게 이런 수양딸이 있다니 참으로 이상한 일이다. 그리고 내 생각에 고모가 결국 목욕을 하러 들어간 것도 분명 라오헤이가 궁 모를 갖고 논 것과 밀접한 관계가 있다. 그날 막내고모는 구들구들하게 말린 멸치를 볶고 있었다. 라오헤이에게 보낼 모양이다. 헤이 년이 좋아한다며. 사실 라오헤이에게 그런 기호는 사라진 지 오래다. 내가 고모에게 몇번이나 말했는지 모른다. 그때마다 그녀는 응응 하고 알아듣는 척했지만, 또 말린 멸치를 볶을 때면 여지없이 제자리로 돌아 갔다. 헤이 년이 좋아해.

언제 고모가 문밖을 나섰는지, 언제 돌아와 문을 닫아걸었 는지 모른다. 돌아온 후 안절부절못하며 나에게 궁 모라는 키 다리에 대해 아느냐, 됨됨이가 어떠냐, 집안엔 누구누구가 있 냐 등을 캐물었다.

고모가 뭘 잘못 알고 있는 것이다. 라오헤이가 결혼을 골백 번 다시 한들 궁 모가 눈에 찰 리가 없다. 전에 라오헤이가 내 게 말한 적이 있다. 그 궁 모라는 자가 자기한테 반해 불원천 리 찾아와 울고불고 무릎 꿇고 난리를 치는 바람에 좀 갖고 놀다 차버렸다고. "사내들이 씨가 말랐나, 왜 그런 거지 같은 것들만 꼬이는 거야." 그러나 그녀는 남자 없이 못 산다. 반은 지겨워하면서도 또 반은 남자들의 아양과 질투를 즐기는 그 녀였다. 그녀를 두고 서로 질투하는 남자들이 없어지는 날을, 필경 그녀는 견디지 못할 것이다.

내가 고함을 질러가며 설명하자 그녀는 어, 어 하며 믿는 듯했다. 그러나 조금 지나자 또 금세 시무룩해졌다. 키다리에 대한 불안과 불만을 주체 못해 구시렁거렸다. "그 작자, 딱 봐 도 제대로 된 놈이 아니야……"

"제 말로는 서른여섯이라는데, 내가 볼 땐 적어도 쉰은 훨 씬 넘었어……"

"그 작자, 분명 변변한 직업도 없을걸……"

그 작자, 그 작자.

그 작자에 대한 근거 없는, 상상된 악의적 추찰(推察)을 중 얼중얼 되뇌며 고모는 목욕을 하러 갔던 것이다. 목욕이 가장 위험한 것임을, 나는 진작 생각했어야 했다. 건물 동쪽에 사는 리(李)씨 아저씨도, 4동에 사는 펑(鳳)씨 처녀도 다 목욕하다 중풍을 맞았고 가스중독에 걸렸다. 사람이란 벌거벗고 태어나 벌거벗고 가는 모양이다. 목욕통이 큰 입을 쫙 벌리고 옷을 벗어라 유혹하는 데는 분명 저의가 있다.

막내고모는 전날도 목욕을 했었다. 그날 그녀는 몸이 가렵다며 생각 없이 또 물을 데웠다. 무언가에 쫓기는 듯 조급해 보였지만 나는 신경 쓰지 않았다. 같은 상황이 또 생겨도 신경 쓰지 않을 것이다. 그녀가 뭐가 그리 바쁜지는 하늘만이 안다. 밥하고 요리하고 옷 깁고 양말 꿰매고, 누군가 하나 잡아 잔소리하고. 또 잡동사니 모으는 취미도 있다. 예를 들면 병. 잉크병 하나 안 버리는 건 물론, 술병, 기름병, 장아찌병, 통조림병 등을 침대 밑이고 옆이고 구석마다 차곡차곡 쌓아두었다. 먼지때를 뒤집어쓴 병들의 꼴이란 병들의 숲, 병들의 백년가족이었다. 그녀는 또 종이라면 사족을 못 썼다. 내가 종이뭉치를 쓰레기통에 던지면 어느 틈엔가 얼른 와서 주워 갔다. 그러고는 구김을 잘 편 다음 다른 신문, 포장지, 뜯어낸 편지봉투 위에 잘 겹쳐놓고는 네모반듯하게 접어 베개 밑에 깔았다. 베개 밑이 불룩해진 뒤에는 새 수확물을 침대 발치에 쟁여넣었다. 평평하던 매트리스가 여기저기 무슨 언덕처럼 불쑥불쑥 솟아, 그녀의 침대와 삶은 더할 나위 없이 충만했다. 정말로 할 일이 없을 때 그녀는 시계를 맞추며 시간을 죽였다. 텔레비전 화면 한쪽에 깜박 숫자가 뜨면 얼른 낡은 자명종 쪽을 쳐다봤다. 십분이나 오분만 차이가 나도 땅이 꺼져라 한숨을 쉬며 자명종 태엽을 돌리고는, 반창고로 칭칭 동여맨 유리상자 안에 다시 잘 넣었다. 반면, 시계가 정확하면 어찌나 좋아하는지.

"마오타, 맞아, 시간이 꼭 맞아."

"그러네요. 꼭 맞아요."

심지어 나까지도 옮았는지, 같은 기호가 생겼다. 어쩌다 광고 중 뚜뚜뚜 소리만 들으면 나도 모르게 이렇게 소리쳤다. "10시예요. 고모, 시계 맞아요?"

"웅, 아주 정확해."

그러면 나도 매우 안심이 되는 것이었다.

오늘 그녀는 시계를 맞추지 않은 것 같다. 뭔가를 알아차렸어야 했다. 그런데 오늘따라 친구가 찾아왔다. 여느 때처럼 우리는 담배연기를 뿜어대며 농담 따먹기 좀 하다가, 모 경제학 태두에 대해 백번째 천번째 토론을 벌였고, 사회의 가십들을 천번째 백번째로 논했으며, 다시 잘 아는 누군가의 비열한 행동에 대해 백번째 천번째 조소를 퍼부었다. 그렇게 보낸 하루는 썩 그럴듯했다. 방 뒤쪽에 배치된 책장과 유화(油畵)와도 잘 어울렸고 자명종에 대한 막내고모의 집착과도 근본적으로 차원이 다른 것처럼 느껴졌다.

친구가 한무더기 꽁초를 남기고 자리를 뜬 뒤 나는 잘 준비를 했다. 이불을 폈지만 무언가 빠진 것 같았다. 곰곰 생각해보니 방 안이 너무 조용했다──평소 막내고모는 잘 때 나지막이 코를 골았던 것이다.

"막내고모!"

사방을 찾았지만 그녀는 없었다. 있는 힘껏 욕실 문을 밀었다. 안에서 하얗게 끓어오르는 수증기가 사납게 포효하고 있었다.

맙소사. 나는 수증기 속에서 손 하나를 보았다.

의사는 그녀가 풍을 맞았다며 우리 돈을 한뭉치씩 병원에 갖다바치게 했다. 한의사든 양의사든 중풍이 부른 반신불수 앞에선 고개를 절레절레 흔들 뿐이었다. 한다는 말이란 고작 "해보긴 하겠는데"였다. 전신주에 붙은 전단지를 뒤져 강호에 숨은 도사라도 찾아야 할까. 아니면 역 앞으로 가서 운행 시간표를 살펴보고 대도시로 환잘 보낼 채비를 해야 하나? 그러면 더 많은 돈이 들 것이다. 나는 고모의 침대 주변, 찬장까지 샅샅이 뒤졌지만, 나오는 거라곤 몇년 몇달이 됐는지 모를 상한 폐건전지랑 누군가 버린 반쯤 남은 미백크림뿐이었다. 그외에 종이 쪼가리, 종이뭉치, 헌 면포 꾸러미와 낡은 옷, 그리고 우리가 사준 스카프와 실내화 같은 것들이 늙은 여인의 몸에서 나는 매캐한 썩은 내를 풍기고 있었다. 그녀의 신비로운 일생을 죄다 들췄지만, 돈이 될 만한 거라곤 겨우 금귀고리 한쌍뿐이었다. 나는 그녀가 다녔던 공장 책임자의 오만한 눈빛을 떠올렸다. "그럼, 고모는 우리 공장 노동자였지.

그리고 분명 모범노동자였어. 보조금을 보내도록 조치하지. 그런데—그 세월을 보내면서 저축이 없었나?" 그때는 상대가 하도 자신있게 나와서 나도 모르게 주눅이 들었어. 마치 내가 집 안에 수만금을 숨겨둔 것처럼. 한심하긴, 정말. 왜 그 검은 펠트 모자 아줌마랑 한바탕 못한 걸까? 나는 싸움을 못한다. 라오헤이였다면 좋았을걸. 일전에 그녀는 고모를 공장으로 데려가 혈관약 두병 값을 보전받겠다고 온 공장이 떠나가라 소란을 피웠다. 그녀의 입과 혀를 당해낼 사람은 아무도 없었다. 그리고 집에 돌아와 아무렇지도 않게 무협드라마를 틀었다.

언젠가 고모가 내게 쭈뼛쭈뼛 털어놓은 적이 있다. 직장동료들이 돈을 빌려갔는데, 적게는 몇 위안, 몇십 위안, 많게는 몇백 위안씩 빌려가선 소식이 없다는 것이다. 나는, 그럼 가서 따져야죠, 하고 말했다. 그녀는 마치 누가 죽이기라도 하는 듯 깜짝 놀라서는, 턱을 쑥 내밀고 입을 오므리며 쉬 하며 긴 숨소리를 냈다. "안되지, 안돼."

그러더니 다시 웃었다. "망할 놈, 자오위루*를 배워야지."

그건 오래전 일이었다. 아버지를 비롯하여 우리 가족 전부가 그녀에게 자오위루를 배우라고 고무했다. 나도 그녀에게 신문에 난 자오위루의 기사를 읽어준 적이 있다—나는 내

---

* 자오위루(焦裕禄, 1922~64). 자신을 돌보지 않고 멸사봉공의 정신으로 인민을 보살핀 모범간부. 그를 소재로 한 영화와 TV드라마도 있다.

가 신문을 읽을 수 있는 나이라는 걸 보여주고 싶었다. 그때, 나는 노동자 고모가 있다는 게 자랑스러웠다. 그 공장이 그렇게 어두운 줄 몰랐다. 언제까지나 축축할 것 같은 그 작은 골목을 점거한 낡은 공관건물. 번쩍번쩍하는 구리 문고리가 달린 음산한 대문은 끼익 하고 입을 벌려 나를 한입에 집어삼킬 듯했다. 아무렇게나 쌓여 금방이라도 무너질 것 같은 물품들로 꽉 찬 통로는 비밀스러운 남녀가 간신히 비집고 들어갈 틈만을 남기고 있었다. 식당이라 불리는 낡아빠진 막사는 뒤뜰 한구석에 웅크려 있다. 벌써 금이 가고 군데군데 떨어져나간 시멘트 바닥이 칠칠치 못한 검은 흙의 맨살을 드러냈다. 창문은 녹슨 철사를 박아서 만든 것이었다. 도마 위에서 끈적끈적한 비린내가 났다. 시꺼먼 무언가가 담긴 사발 두개가 있었는데, 가까이 다가가자 우웅 하는 소리와 함께 시꺼먼 색이 흩어졌다. 파리떼였다. 그제야 사발 속에 쌀밥이 보였다. 쌀밥 겉면엔 다른 밥그릇에 눌려 움푹 들어간 동그라미가 무슨 도장처럼 찍혀 있었다──파리를 보면서 나는 이상하게도, 막내고모의 귓병은 영영 못 고치겠구나 하는 생각이 들었다.

부인네 몇이 밥사발에 뭐가 있나 하고 모여들었다. 사발을 들고 냄새를 맡는가 하면 눈을 바짝 대고 들여다보는 이도 있었다. 그러고는 오만상을 찌푸리고 고개를 절레절레 흔들며 떨어졌다. 그녀들은 아무 거리낌 없이 트림을 하고 코를 문질렀다. 마치 멀리 알 수 없는 곳에서 나는 땅땅 소리가 그렇게 시킨 것처럼.

"쉬었어?"

"어유, 냄새."

"갖다버려."

"멀리 갖다버려, 이 몸이 식사하시는 곳이란 말이야."

"아까워라, 1마오 5펀*인데."

"빨리 가서 그 귀머거리 불러와."

"3펀에 팔면 분명 살 거야."

"정말?"

"헤헤, 사고말고. 내기하자. 싸면 개똥이라도 살걸."

"그럼 돈 많이 벌었게?"

"돈 벌어서 뭐하게? 화장터에 싸갈 건가?"

"왕씨한테 주지. 왕씨가 그 여자한테 좀 잘해?"

"하하, 못살아! 요놈의 여편네!"

누군가가 허벅지를 세게 때렸다. 멀리서 땅땅 소리가 탁탁 소리로 바뀌었다.

그녀들은 나를 모른다. 그래서 그렇게 신나게 막내고모를 씹어대며 쾌감을 만끽하고 있는 것이다. 큰 입 안쪽에 번쩍이는 구릿니 하나는 이미 표피가 닳아 허연 안쪽을 드러냈다—나는 영원히 그 이를 잊을 수 없었다. 내 모든 경악과 치욕을 명중시킨 총알을.

....

* 중국의 화폐단위. 지금 기준으로 1마오(毛)는 한화로 18원, 1펀(分)은 1.8원 정도이다.

그녀들은 언제나 그렇게 시원하게 트림을 하고 코를 문질렀을 것이다. 막내고모에게 돈을 빌릴 때도, 청소를 시킬 때도, 환자의 요강을 비우라는 말을 못 알아듣는 고모에게 소리를 지를 때도. 나중에 이 모든 일을 라오헤이에게 고했을 때, 라오헤이는 울었다. 그녀에게 그렇게 맑은 눈물이 있었다니, 믿어지지 않았다. 그걸로 모자라 그녀는 맹수처럼 으르렁거렸다. 씨팔, 기관총으로 갈겨버릴까보다. 그리고 나의 알량한 이해심이 모조리 위선이라며 쏘아붙였다.

막내고모에 대한 나의 분노는 하늘을 찌를 지경이었다. 바닥이 울퉁불퉁한 그 여공 공동침실에서 고모는 자기 침대를 내줬다. 나는 일부러 맞은편 침대에 걸터앉았다. 내 손에 쥐여준 비스킷도 맛없다며 으스러뜨려 바닥에 내동댕이쳤다. 그녀는 나를 위해 아주 많은 나무실패를 모아두었다. 자동차를 만들거나 세워서 왕, 졸병, 도둑 들로 상상하여 전쟁놀이를 할 수도 있었다. 그러나 나는 일부러 실패들을 마구 집어던져 침대 밑을 비롯하여 구석마다 시체를 널어놓았다. 고모 얼굴이 하얘지고 손이 부들부들 떨렸지만, 내 분은 풀리지 않았다. 정말이지 고모 침상 머리맡에 차갑고 오만하게 놓인 동그란 거울까지 깨부수고 싶었다.

내가 왜 그랬을까.

그녀는 힘없이 쓴웃음을 지으며 등을 굽혀 젓가락을 씻었다. 식은 채소요리를 조심조심 갈색 병에 담은 다음 에보나이트 뚜껑을 닫아 침대장에 붙은 검은색 온장고 안에 잘 넣어두었다.

그녀는 늘 이런 유리병에 음식을 담았다가 퇴근해 돌아오면 우리에게 먹이곤 했다──식당에서 돼지고기나 생선 같은 '특식'이 나올 때.

우리 아버지가 돌아가신 후로 특히.

3

아버지는 결국 가셨다. 서류상으로 나와 영원히 연결되어 있던 사람, 늘 중얼거리길 좋아했던 사람. 동료가 오거나 친구가 오거나 고향친구가 오거나 막내고모가 오면, 나가 놀라며 우리를 내쫓은 다음 대문을 닫아걸고 문간에서 끊임없이 구시렁거리던 사람. 나는 불만에 찬 눈으로 문을 바라봤다. 철문의 문고리와 전에 문고리를 받치던 걸쇠집, 그리고 그 걸쇠집마저 떨어져나간 자리에 남은 몇개의 녹슨 못 구멍들을 노려보았다. 이 집에 얼마나 많은 주인이 바뀌었는지, 그 주인들이 누구인지 나는 모른다. 그때 이후, 닫힌 대문은 내게 매우 신비로운 존재였다. 아버지 세대를 가두어 늙어가게 만든 문.

나중에 나는 아버지가 중얼거리는 내용에 대해 조금씩 알게 되었다. 그는 막내고모에게 그 사내와 이혼하도록 종용했다. 억압받는 여성이 어떻게 단호해야 하는지, 어떤 각오로 어떻게 반동계급과 확실히 선을 그어야 하는지를 훈계하면서. 이윽고 막내고모의 목주름이 늘어나고 귀밑머리가 하얘진 뒤, 아버지는 우리와 그녀 사이에 존재하는 선을 심각하게 인식했다. 이를테면, 우리가 '주변 사람 기억하기' 같은 주제로 작문할 때 고모에 대해 쓰지 않도록 엄마에게 단단히 주의시키거나, 우리가 막내고모 집에 놀러 가지 못하게 단속시켰다. 심지어 어느해 섣달그믐 고모가 대광주리 한가득 설 용품을 담아 신나게 우리 집을 찾았을 때도 아버지는 어머니와 한동안 속닥거리더니 고모를 공장 여공숙소로 돌려보냈다. 그날따라 유달리 민첩했던 내 귀는 아버지가 엄마에게 속삭인, 무슨 나쁜 성분 가족 같은 이상한 말을 들었다. 아버지는 또 이런 말도 했다. "……당신은 몰라 ……새해 ……기관이 ……사람들이 뭐라겠어?"

그러나 우리에겐 이렇게 말했다. "막내고몬 오늘 당번이야. 내일 밤에 나갈 때 한번 찾아가보렴." 그런 다음 집 밖으로 나가 아는 사람과 날씨 이야기를 한 다음 애써 하하 하고 크게 웃었다.

그해는 참으로 무서웠다. 그리고 그날 이후, 나는 일단 어른들이 머릴 맞대고 속닥일 땐 절대로 좋은 일이 안 생긴다고 생각하게 되었다. 밤에 오줌이 마려워 일어나면, 침대를 나서기가 두려웠다. 왜냐하면 잠들기 전까진 아무 말 없이 각자 일을 보던 부모가 한밤중에 일어나보면 깜깜한 이불 속에서 낮은 목소리로 속삭이고 있기 때문이었다. 그럴 때마다 나는 악몽을 꾸었다.

　그러나 결국 아버지는 떠나고 말았다. 전부터 나는 아버지의 삶이 대구법처럼 규격이 딱딱 맞고 대사전처럼 보편타당하다고 생각해왔다. 매주 금요일 저녁이면 살찐 자기 배에 가만히 기댄 내 머리를 부드럽게 쓰다듬으며 여유있게 「촉도난(蜀道難)」이나 「장한가(長恨歌)」를 부르기도 했다―그의 표현으론 읊는 것이었지만 내게 듣기엔 부르는 거였다. 그러나 그는 결국 이발을 하러 갔다. 그건 엄마의 말이었다, 이발하러 가셨다고. 나는 그해 여름을 후회한다. 기관에 대자보가 붙은 것도 모르고 친구랑 작당하여 하향(下鄕)한 것을. 그 궁벽한 산골마을에서 수차(水車)로 물을 푸며 가뭄과 싸웠던 것을. 진즉부터 진지하게 생각했어야 했다. 왜 요즘 들어 아버지가 저녁마다 잠을 잘 자라며 내 등을 긁어주었는지? 왜 퇴근하고 돌아오면 쥐구멍을 뚫었는지?―집에 쥐가 많긴 했다. 늘 찍찍거리며 문간 궤짝 밑을 들락날락하고 들보와 지붕을 쪼르르 떼 지어 달리곤 했다. 면이니 말린 두부, 『19세기사』『조설근』『어법수사』 같은 걸 맛나게 먹어치우고 가루를 사방에 날려 작은 소굴을 만들어놓았다. 하지만 우리가 놓은 덫에 쥐들이 궤멸되어 집 안이 조용해진 지가 언젠데, 왜 새삼스럽게 그 말라붙은 쥐구멍을 다시 뚫으려 한 걸까? 왜 수시로 한숨을 쉬며 "때가 됐어"라고 중얼거렸을까―무슨 뜻이었을까.

　하지만 나는 깊이 생각하지 않았다. 망태기를 메고 신나게 시골에서 돌아와 대문을 열었을 때, 서로 머리를 끌어안고 있던 엄마와 막내고모가 화들짝 떨어졌다. 그러곤 눈물자국이 흥건한 눈을 휘둥그레 뜨며 내게 물었다. "네 아버지 너 찾으러 안 가셨니?"

"저를 찾아요?"

"너한테 간 게 아니야?"

나는 당연히 아니라고 했다.

"그럼 어딜 가신 거냐, 어딜 간 거야."

엄마가 울음을 터뜨렸고 막내고모도 울었다.

한동안, 누군가는 또 이런 추측도 했다. 분명 리씨 집에 갔을 거야, 아니면 완씨네 갔는가…… 나는 며칠 새 집안에 큰일이 생겼음을 직감했다. 그리고 이 집에 수많은 것들이 사라졌음을.

"언제 가셨는데요?"

"나흘, 나흘 전에! 이발하러 간다고 했는데 아직 안 왔어. 나한테 돈도 4마오 가져갔는데!"

우리는 하릴없이 칠팔일을 더 찾았다. 매일 저녁 잠자리에 들 때마다 나는 철이 든 듯 좌우로 엄마와 고모의 다리를 꼭 끌어안았다. 겨울 죽순껍질처럼 건조하고 차가운 다리를. 겨울 죽순을 끌어안으면서 내 얼굴에 수염이 자라기 시작했다.

결국 아버지를 찾았다. 기관에서 나온 중년쯤 된 사람 둘이 파출소에 다녀와서는 우리에게 사진을 보여주었다. 사진 속엔 주름이란 주름이 모두 팽팽하고 반듯하게 당겨져 마치 공기를 주입한 피구공처럼 부푼 얼굴이 희끄무레하게 빛나고 있었다. 재채기를 하고 싶은데 안 나와 짜증난다는 표정이었다. 심장이 팔딱팔딱 뛰었다. 나는 눈을 꾹 감고 두번 다시 쳐다보지 않았다.

정말 그인가? 어쩐지 나는 그의 얼굴을 영원히 기억하지 못할 것 같다. 아마도 마지막으로 봤을 때 너무 급하게 정신없이, 어떤 의무감에서 봤기 때문일 것이다. 기억이 극도로 모호해졌을 때, 심지어 그가 정말 존재했었나 하는 의구심까지 들었다. 사실 그럴 수도 있다. 조부라고 부르는 사람도 나는 한번도 본 적이 없으니. 그럼 조부의 부친은? 조부의 부친의 부친은? ……그들은 어떤 사람일까? 나와 무슨 관계지? 그, 혹은 그, 혹은 그 이전의 무엇무엇이 지금 내 손을 끌고 풍선껌을 사러 가는 아이와 지금 나를 감싸안는 한줄기 청신한 햇빛과 내가 앞으로 걸어차게 될 자갈돌과 무슨 관계가 있을까? 라오헤이는 이런 문제를 한번도 생각하지 않았다. 그래서 옷주머니엔 늘 괴상한 주전부리들이 굴러다녔고, 그래서 오만하게 턱을 비쭉 내밀며 "떼버렸어"라고 말할 수 있는 것이다.

훗날 막내고모는 우리 집에 자주 올 수 있게 되었다. 하지만 언제나 저녁 무렵, 언제나 휴일 전날밤, 늘 광주리 하나 가득 들고 왔다. 광주리는 마치 시장을 향해 벌린 큰 입처럼 달걀, 채소, 과일, 옷감, 새 운동화, 막 받은 월급 등 우리의 피와 살과 꿈으로 바뀌게 될 물건들을, 우리의 몇년간의 생활을 토해냈다. 그야말로 그녀의 광주리는 써도 써도 없어지지 않는 요술단지였다. 지금 그것은 석탄 부스러기를 담은 채 새까만 얼굴로 주방 문 뒤에 처박혀 있다.

광주리에서 그녀는 언제나 얇은 석간신문을 꺼냈다. 그녀는 신문을 구독하라는 아버지의 엄한 가훈을 준수했다. 심지어 작은 공장의 당 조직조차 슬금슬금 구독을 해지할 때도.

그래서 때로 그녀는 신문을 내려놓고 안경알 너머로 눈을 반짝이며 수심에 찬 얼굴로 탄식할 수 있었다. "마오타, 월남은 정말 불쌍하구나."

또 이런 말도 했다. "마오타, 철학은 참 좋은 거야. 어떻게 이렇게 좋은 게 있을까? 사람은 배워야 세상을 알게 되는 거야!"

또는 "사심이란 가져선 안되는 거야. 자오위루의 의자도 이렇게 낡았어. 사람들에게 사심이 없다면 이 세상이 얼마나 좋아질까. 마오타, 네 생각은 어때?" 했다.

물론 나는 큰 소리로 고함을 지르며 맞장구를 쳤다.

나는 그녀와 보낼 수 있는 시간이 많지 않았다. 집에는 수시로 벗들이 찾아왔다. 우리는 지옥이라도 함께 갈 각오로 질 나쁜 담배를 죽기 살기로 피워대며 힘차게 악수를 했다. 입만 열면 시월혁명이니 농촌조사 등으로 밤을 지새우는 모습은 마치 영화나 소설의 한 장면 같았다. 이런 흥분 속에서 우리는 다 떨어진 면저고리를 입어도 기운이 넘쳤다. 라오헤이만큼은 자상한 데가 있었다. 진짜 수양딸처럼 고모의 무릎에 다정히 기대어서는 머리를 쳐들고 큰 소리로 고리끼의 『어머니』를 읽거나, 혁명이 승리하면 세탁기, 텔레비전, 로봇이 생겨 사람들이 다 행복해지고 집 안에선 고모가 할 일이 없어진다고 말했다.

고모는 깜짝 놀라 기어들어가는 목소리로 더듬거렸다. "그렇게 좋은 게 있다고? 그럼 사람은 죽는 일만 남게?"

사람들이 웃음을 터뜨렸다. 그 말 깊은 곳에 담긴 경세적(警世的) 의미를 깨닫지 못한 채.

고모는 쓰러지기 전에도 그냥 가만히 앉아 있길 좋아했다. 밖에 나가는 것도, 공원에 가는 것도, 영화 보러 가는 것도 싫어했고 이웃집에 드나드는 것도 싫어했다. 심지어 유월 염천 온 집 안에 열기가 화끈거릴 때 긴 의자를 끌고 나가 더위를 식히는 것조차 꺼렸다. 문을 닫아걸고 멍하니 앉아 집 안의 낡은 가구와 단지 속에 쟁여둔 절임들, 그리고 자신의 어떤 본분에 대한 공포를 예민하게 지키고 싶어했다. 문을 닫으면 그녀의 손수건은 안전하다. 누군가의 헌 바지에서 찢어낸 파란 천을 대충 기워 만든 손수건. 그녀의 찻잔도 안전하다. 가장자리를 실로 공그른 하드보드지로 뚜껑을 만든 찻잔에는 통통 불어 맛이 빠진 찻잎이 차곡차곡 두텁게 담겨 있다. 아마 가고 난 손님 찻잔에 있던 걸 몰래 자기 찻잔에 주워담은 모양이다. 그녀의 우산 또한 매우 안전하다. 영원히 펴지지도 접히지도 않을 검은 천우산들. 날개를 펴고 비상할 채비를 마친 새가 문 뒤에 숨어 있는 것 같다. 겉면을 깁고 또 기워, 거기 든 삼실만 해도 2량*은 될 것이다─내가 사준 스테인리스 접이식 우산은 늘 그렇듯 어디로 갔는지 그림자도 보이지 않는다.

그녀는 한참이나 아무 소리도 내지 않고 주야장천 앉아 있었다. 흘끔 보니 지금 팔짱을 끼고 앉아 졸고 있다. 머리가 기우뚱 옆으로 기울더니 빠른 속도로 뚝 떨어진다. 화들짝 정신을 차린 그녀는 코끝에 매달린 맑은 콧물 방울을 닦고는 입을 한번 실룩거리고 무언가를 꿀떡 삼킨다. 그러고는 다시 서서히 옆으로 이동하다가 다시 뚝……

나는 그녀를 툭툭 치며 들어가 자라고 했다.

"응, 응." 그녀는 애써 멀쩡한 목소리로 대답하지만 들어가겠다는 건지 안 가겠다는 건지, 아니면 그냥 대답만 한 건지 알 수가 없다.

"들─어─가─주─무─세─요."

"어, 불 안 껐어?"

"주─무─시─라─고─요, 알아들었어요?"

"응, 그래, 신문 좀 보고 나서."

그녀는 다시 옆에 있는 신문을 집어들고 눈꺼풀에 힘을 줘가며 두단 정도 읽어내려갔다. 얼마 후 신문은 이미 손에서 스르르 미끄러지고 눈을 감은 그녀의 머리가 다시 옆으로 기운다. 코끝에는 다시 맑은 콧물이 달랑달랑 매달려 금방이라

---

* 16분의 1근.

도 떨어질 것 같다.

　다시 채근하는 내 목소리에 짜증이 묻어났다. 고모는 무안한 표정으로 콧물을 실내화 뒤꿈치에 쓱 닦고는 주름진 웃음을 지었다. "마오타, 네가 몰라서 그러는데 일찍 자면 잠이 잘안 들어." 혹은 말하길 "아직 일러, 이르다고" 한다.

　그러나 방금 전까지 그녀는 명명백백하게 자고 있었다. 아마도 그녀 마음속엔 그 딱딱하고 좁은 침대에 일찍부터 드러눕는 거야말로 천만번 죽어 마땅한 죄악이라는, 그래서 반드시 참고 또 참은 다음에야 그나마 좀 가벼운 마음으로 쭈뼛쭈뼛 잠들 수 있다고 생각하는 모양이다.

　한번은 썩은 달걀 몇개를 사와서는 신이 나 말했다. 오늘따라 값이 싸서 특별히 날 위해 사왔다고. 나는 쓴웃음이 나왔다. 달걀엔 젓가락도 대지 않았다. 거기까진 괜찮았다. 그러나 일은 내가 입을 열면서 벌어졌다. 그야말로 악의적인 말을 내뱉고 만 것이다. 나는 이런 달걀을 절대 먹어선 안되며 사서도 안된다, 먹으면 병 걸리니 갖다버리는 게 낫다고 말했다. 입을 연 순간 잘못된 걸 직감했지만 때는 이미 늦었다. 내예측대로 고모는 신속하게 상황을 파악하고 자신이 마땅히 해야 할 소임이 무엇인지 판단했다. 어리둥절한 것도 잠시, 얼른 식어버린 썩은 달걀을 자기 앞으로 끌어갔다. 나는 먹는다면 먹는 사람이야,라며. 상황은, 아직도 정신을 못 차린 내가 감히 그녀에게 알량한 관심을 보이면서 더욱 악화되었다. 나도 모르게 내 입에서 이런 말이 터져나온 것이다. "먹고 탈

날지 몰라."

순간 그녀의 객기가 급상승했다. 아무렇지도 않다는 듯 "됐어, 됐어" 하며 웃는다.

"됐긴 뭐가 돼요?"

"기름이랑 소금을 그렇게 많이 쳤는데 왜 못 먹어? 달걀을 먹고 탈이 나다니, 미친 소리."

그것을 증명하기 위해 그녀는 젓가락으로 달걀을 듬뿍 집어서는 그 말랑하고 커다란 입속으로 쑤셔넣었다. 나는 머리털이 곤두서는 것 같았다.

결국 나는 그녀의 밥그릇을 빼앗아 남은 것을 변기통에 부어버렸다. 그녀의 얼굴이 벌겋게 달아올랐다. 그녀는 입을 쑥 내밀고 주방으로 들어갔다. 이윽고 우당탕하는 소리가 들려왔다—솥, 대야, 사발, 접시 들을 마구 집어던지는 소리였다. 집안일을 멀쩡히 다 하고 심지어 내 발 씻을 물까지 대령했지만, 그녀의 표정은 싸늘했다. 일을 하면서도 쉬지 않고 씩씩거렸다. "어쩨 사람이 그래, 맘에 안 들면 칼을 가져와 죽일 것이지. 나도 살고 싶지 않아. 살아서 뭐해, 뭐하냐고? 쓸데없이 양식만 축내고…… 그렇잖아도 어디 흙구덩이를 파고 들어가고 싶었어, 속 편하게. 구덩이를 못 찾았을 뿐이라고! ……남들 눈에 안 차는 게 뭐야, 진즉부터 내 눈에도 안 차니 쓸모라곤 없지. 메뚜기만도 못한…… 이 늙은 몸뚱이가 죽지도 않는데, 나라고 좋은지 알아, 나더러 어쩌라고……"

몇날 며칠 이 모양이었다. 손실을 보충하기 위해 그녀는 남은 음식을 대대적으로 먹어치웠다. 바닥에 떨어진 것도 주워 입에 집어넣었다. 머리에 열이 나고 다리에 힘이 빠지고 눈을 제대로 뜨지도 못할 정도로 먹었다. 온 초목을 말라죽일 작정으로 이글거리는 태양처럼. 물론 그러는 사이, 그녀와 나 사이엔 격렬한 싸움이 지속되었다. 약을 먹어라, 안 먹는다, 물을 마셔라, 안 마신다, 침대에 누울 때 베개를 베라, 안 벤다, 등 뒤에 베개를 대라, 싫다, 헌 바지를 대겠다…… 두뇌로는 자신에게 이로운 것과 해로운 것을 명석하게 구별하면서도 본능적으로, 절대적으로 자기에게 해로운 선택을 하는 그녀를 보면서, 나는 아연했다. 자신의 선택을 수호하기 위해 이 연약한 여인은 칼날 하나 들어가지 않을 완강한 객기와 극기 정신으로 승기를 잡은 것이다. 말할 것도 없이 이런 대결에서는 앞뒤 꽉 막힌 객기가 이기는 법이다. 상황은 점점 이상한 방향으로 흐르고, 처음에 보였던 희망은 온데간데없이 사라졌다.

내 수염은 점점 덥수룩해졌다.

4

수증기 속에서 나는 손 하나를 보았다. 그리고 부드러운 팔을 보았다. 사실 내가 본 것은 늙은 가죽에 매달린 두개의 마른 뼈였다. 늙은 가죽은 거칠지 않았다. 오히려 겨울잠에서 깨어 막 허물 한겹을 벗어낸 뱀처럼 하늘하늘한 비늘들이 붙어 있었다. 그리고 태양혈과 눈구멍이 함몰된 얼굴도 보였다. 그렇게 움푹한 구멍과 그렇게 튀어나온 입 때문에 머리는 미래의 해골과 비슷해 보였다. 아직 비누거품이 묻은 젖은 머리카락이 가닥져 한쪽에 몰려 있다. 모근 주위로 하얀 백발이 드러났다. 돌연 여인의 신비는 긴 머리카락에 있구나 하는 생각이 들었다. 여자들의 두피는 평범하고 심지어 추하기까지 해서, 머리를 박박 민 사내와 별 차이가 없다. 그런 다음 나는 또 그녀의 가슴을 보았다. 여기저기 불쑥 튀어나온 쇄골과 늑골이 금방이라도 가슴의 얇은 피부를 뚫고 나올 것 같다. 뼈를 둘러싼 껍질에 대충 붙어 있는 유두는 뚝뚝 떨어질 듯한 두개의 어둠이었다. 젖을 빨 아이에 대한 오랜 기다림이 그것을 이토록 길고 흐리하게 만든 걸까. 지금은 절망으로 고개를 숙이고 있다. 이어서 늑골을 따라내려갔다. 허리띠 자국이 만든, 깊고 얕은 밀집한 주름과 복부 양쪽에 깎아지르듯 솟은 골반뼈는 하나의 위대한 세계를 온전하게 담을 수 있다. 둥글게 튀어나온 아랫배는 튼튼하고 풍성했다. 그 아래로 뱃살이, 마치 절벽 아래로 완만하게 미끄러져내리는 진흙더미처럼 깊숙한 주름을 이루고 있었다. 물론 복부 아래쪽 만질만질한 흉터 몇곳도 보였다. 뾰족한 엉덩이의 측면 예각, 그리고 사타구니 틈을 뚫고 나와 사방을 향해 경련하듯 꿈틀거리는 숱없는 음모까지. 이상한 것은, 편안하고 부드러운 곡선을 이루는 풍만한 다리였다. 대리석처럼 하얗게 반짝이는 그것은 초미니스커트를 입어도 손색이 없을, 완벽한 소녀의 다리였다.

갑자기 그녀의 손이 한쪽밖에 보이지 않았다. 정신을 차리고 자세히 보니 다른 쪽 손도 있다. 나는 있는 힘껏 팔을 휘둘러 수증기를 쫓았다.

이것은 내가 처음으로 본 고모의 몸이자, 완벽하게 진실한 그녀였다. 낯설고 두려운 그 하얀 형체는 내겐 감히 범접할 수 없는 것이었다. 한번도 엄마가 되지 못한, 처녀의 정결함은 나의 모독을 허락지 않았다. 순간, 내 눈엔 젊은 시절 막내고모의 형상이 그려졌다. 전에 그녀의 사진을 본 적이 있었다. 누리끼리한 사진 속 애교 띤 여자들. 립스틱을 바르고 치파오를 입은 희미한 여자들 중 누가 고모인지 찾기가 어려웠다. 그 립스틱과 치파오가 어떤 신비한 세계로 연결되는지도.

라오헤이에게도 예쁜 두 다리가 있는데, 앞으로 늙으면 어떤 모습이 될까? 온몸을 외제로 치장한, 눈부시게 산뜻하고 은은한 향내를 풍기는 그녀의 몸도 언젠가는 하루하루 수분 빠진 대추알처럼 쪼그라들까?

라오헤이는 이렇게 말했다. "막내고모? ─ 머스트 다이 (must die, 죽어야지)!" 심각한 표정으로 내 앞에서 턱을 비쭉 내밀고는 담뱃갑에서 담배를 하나 뽑아물었다. "그렇게 사는 게 고역이지. 죽게 해주는 게 베푸는 거야. 자살로 꾸미면 아무 문제 없어." 내 심장은 하마터면 구멍이 뻥 하고 뚫릴 뻔했다. 탁탁, 세포들이 하나씩 터지고 눈동자가 고통스럽게 팽창했다. 점심시간을 알리는 병원의 종소리가 들렸다.

그녀는 차갑게 웃고는 가느다란 몸을 팔랑거리며 콩콩콩 뛰어나갔다. 그리고 다시는 병실을 찾지 않았다. 나는 안다. 요 며칠 그녀가 땀을 비 오듯 흘리며 막내고모의 몸을 닦고 밥을 먹이고 요강을 비운 것을. 심지어 옆 침대의 생판 모르는 병자의 수발도 마다하지 않은 것을. 그것이 다 진심이었음을. 그리고 다시 돌아오지 않겠다는 말 역시 진심임을. 동정심을 발휘하는 선의와 무정한 냉혹 모두 살아 있는 진실한 사람의 진심이다. 하지만 아무렇지도 않게 살인을 생각하는 사람에게 턱을 비쭉 내밀 자격이 있는가? 그녀가 전에 차던 시계, 전에 입던 겨울코트, 그리고 고향에 다녀갈 때 쓴 여비 모두 막내고모가 해준 것이다. 그러나 지금 그녀는—이런 보은의 논리는 라오헤이에겐 당연히 우습고 천박한 것이겠지—분명 그녀는 고상하고 심오한 철학적 논리를 들이대며 자신의 논리가 난공불락임을 증명하려 들 것이다. 강호의 기공과 음악, 성(性)을 논하던 여느 때처럼 사람들 머리 꼭대기에 앉아 "넌 몰라"라고 쏘아붙일 것이다. 그러나 지금 상황은 결코 이론의 문제가 아니다. 아니다. 지금의 사건을 이론의 문제로 포장하는 것이야말로 진실하지 않다. 무슨 여류작가나 여협이라도 되는 양 담배를 그렇게 능숙하게 뽑아물 필요까진 없었다.

막내고모는 늘 그녀가 전엔 안 그랬다고 말했다. 그때 막 투병을 끝내고 시골의 지청 근거지로 돌아갈 때, 혁명의지를 단련하겠다며 차를 마다하고 눈보라 속에 열흘이나 걸리는 장정을 하겠다고 했을 때, 우리는 정말 놀라자빠졌다. 전보를 받자마자 우리는 세번이나 그녀를 데리러 나갔다. 마지막으로 나갔을 때, 비틀거리며 마을에서 오십리를 걸어나가서야, 백설 망망한 산길 저 끝에서 희미하게 반짝이는 까만 점— 그녀의 너덜너덜한 솜저고리—을 발견할 수 있었다.

이제 그녀는 그런 케케묵은 구닥다리는 꺼내기만 해도 질색을 한다. 재미없어. 제일 신나는 이야기는 역시 사람, 남자와 여자다. 주변에 누가 있든 없든 거실로 뛰어들어서는 옆에 앉은 게 누구건 건들건들 단도직입적으로 자기 관심사만 떠들었다. 누구누구 여자의 눈, 콧날, 가슴과 허리, 손발, 옷 입는 스타일과 분위기 등 세세하고 주도면밀하게 파헤쳐 독특한 분석과 심오한 해석을 끌어냈다. 그렇게 먼저 남자들을 계도한 다음, 고개를 흔들며 한탄하는 것이었다. "정말 끝내줘. 내 눈이 어때?—난 정말 남자가 됐어야 하는데!" 그런 다음에는 이제 남자에 대해 논하기 시작한다. 이야기가 갈 데까지 가고 나면, 귓불까지 벌게지고 말문이 막힌 청중을 향해 득의양양한 냉소를 보낸다. "저런, 저런, 남자들이란 하여간 비위가 너무 약해. 왜, 창피해? 좋아, 그럼 다른 이야기 하자." 이런 대화는 그녀가 자리를 털고 일어설 때까지 계속되었다. 다행히 막내고모는 귀머거리라 그녀 입에서 터져나오는 게 뭔지 몰랐다. 아니면 목욕탕에 들어가기도 전에 뇌혈관이 천만번도 넘게 터졌을 것이다.

그러나 막내고모가 좋아하건 싫어하건 라오헤이가 상관

했을 리 없다. 공장장이나 사장도 아랑곳 않고 툭하면 결근에 결근계도 안 내는 판에. 공원의 경고판도 무시하고 희희낙락거리며 꽃과 과실을 따대는 그녀였다. 놀러 나가 그런 짜릿한 맛도 없으면 그게 씨팔 밀랍을 씹는 것처럼 무미건조하다나. 그녀는 이 도시의 한무더기 작가, 화가, 감독, 가수, 댄서, 수많은 청장, 국장 및 그 자제, 거기에 외국 영사관의 백인, 흑인 할 것 없이 두루 꿰고 있었다. 이것이 바로 그녀가 막내고모와 상술한 모든 사람을 신경 쓰지 않을 수 있는 자산이었다─물론 집에 돌아오면 목욕탕에 들어가 물이 뚝뚝 떨어지는 머리에 집게를 잔뜩 꽂아 철방망이처럼 하고 나와서는, 사회의 좀이니 뭐니 하며 큰소리를 땅땅 쳤지만.

정말 그녀는 다신 병실에 오지 않았다. 나는 그녀를 찾았다. 최근 고모가 언급했던 전쉬(珍雯)라는 사람을 아는지 물어보고 싶어서였다. 근래 막내고모가 노상 그 이름을 중얼거렸던 것이다. 라오헤이의 방문엔 수많은 사람들이 남긴 메모들이 붙어 있었다. 장씨, 마씨, M씨. 큰 여행가방을 든 수염 난 사내가 문 앞을 지키고 서서 나를 뚫어지게 쳐다봤다. 거기서 손을 비비거나 미간을 찌푸리면 안된다는 표정으로. 내가 그녀를 찾았을 땐 무슨 페인트 상점에서 파트타임으로 일하고 있었다. 전화가 고장인지 그녀의 목소리가 달나라처럼 멀게 들렸다. "⋯⋯전쉬? 양식표 떼는 황 아줌마? 고몬 아직 안 죽었어?"

"아직." 대답하는 내 목소리가 묘하게 어색했다.

"돈 없으면 여기 누나한테서 가져가. 서랍 안에. 문 열쇠는 항상 있던 데 있어." 그녀는 한마디 덧붙인 다음 전화를 끊었다. 나는 그녀가 돈 쏨쏨이에 통 크다는 걸 알고 있었다. 적어도 대부분의 경우 이런 식이었으니까.

그러나 나는 돈이 필요없다. 그럼 뭐가 필요하지? 물론 시간이다. 한시간, 일분, 일초의 시간, 책을 읽고 논쟁하고 분투하고, 하지 않으면 하고 싶고 하고 나면 하고 싶지 않지만 안 하면 안되는 일을 할 시간. 이 도시에 대한 수많은 물음표와 감탄사를 실현할 시간이. 그러나 집에 몸져누운 막내고모가 지금 또 땅땅 침대 옆 협탁을 때리고 있다.

나는 얼른 요강과 유아용 기저귀를 찾았다. 방금 햇볕을 쪼여 따뜻했다.

"아니, 나 배고파, 배고프다고."

또 점심을 채근한다. 손목시계를 보니 아직 11시도 전이다.

"뭐 드실래요?" 나는 화를 눌러참으며 물었다. 그녀 입가에 걸린 하얀 거품을 무심하게 쳐다보면서.

"고기!"

그녀는 또 아무렇게나 탁자를 땅땅 두들겼다. 산 정상으로 내리꽂히는 듯한 천둥소리와 웅웅거리는 여향(餘響)에 내 머리는 뒤죽박죽 곳곳에서 갈라지고 뒤틀렸다.

요즘 들어 그녀는 잘 먹는다. 한끼 쌀밥 세그릇에 고기까지 엄청나게 먹어댔다. 특히 비계를 무슨 두부 먹듯 꿀떡꿀떡 삼켰다. 정말 이상했다. 전엔 돼지고기를 입에도 안 댔는데. 전에 말하길, 당년에 시중(示衆)용으로 사람 머리가 늘 마을 어귀에 걸려 있었는데, 줄이 썩어 시커먼 머리가 땅에 떨어지면 들에 풀어놓은 돼지들이 사방으로 굴려가며 뜯어먹었다 한다. 어떤 날은 머리 하나가 막내고모네 창문 앞 수채까지 굴러온 적이 있었다. 그후로 고모는 돼지고기만 봐도 토할 것 같다고 했다.

그러나 지금, 그녀는 돼지고기와 사랑에 빠졌다. 뜨끈뜨끈한 돼지고기를 그녀 앞에 갖다놓으면, 금세 멀쩡하게 정신이 돌아와 우적우적 탐욕스럽게 씹어먹었다. 입가로 흘러나온 기름이 옷에 묻거나 말거나 아랑곳없이. 그런데도 늘 우리가 고기 사는 돈을 아낀다고 불평했다. 늙은 내가 먹어야 얼마나 먹겠느냐며. 우리를 더 힘들게 한 것은, 입원하는 동안 간병인이 자기의 돼지고기를 먹어치워 우리가 보내준 음식을 하나도 못 먹었다고 하소연을 늘어놓는 거였다―옆 침상의 환자가 웃으면서 고모가 분명히 다 먹었음을 증언했는데도 말이다. 간병인은 화가 잔뜩 나 온종일 툴툴거렸다. 이렇게 수발하기 힘든 교활한 할망구는 처음이라며. 막내고모가 전엔 안 그랬다고 우리가 아무리 변명을 해도 그녀는 믿지 않았다.

고모는 변한 것 같다. 그 동글동글한 수증기에서 빠져나온 후, 형체만 막내고모인 다른 사람이 된 것 같다. 눈에서도 낯설고 매서운 빛이 뿜어나왔다. 나는 부들부들 떨었다. 마침내 나는, 이 모두가 그녀가 모든 사람이 자신을 증오하게 만들고, 그래서 자신에 대한 사람들의 동정과 추억이 송두리째 사라진 상태에서 세상을 떠나게 하려는 조물주의 악랄한 음모임을 깨닫게 되었다. 이 천지를 뒤덮는 음모가 숨 막힐 정도로 나를 조여오고 있었다. 나는 꼼짝없이 그저 그 음모에 따라 움직일 뿐이다. 그러면서도 내가 어디로 가는지 알 수 없다. 창가에는 늘 까마귀 한마리가 울었고 얼음 파는 노인이 종종 문 앞을 기웃거렸다. 이 모든 게 무엇을 의미하는가? 하늘의 신비한 계시를, 나는 해독할 수 없었다.

어쩌면 막내고모는 수증기 속에서 죽는 편이 나았을지 모른다. 이런 생각이 들 때마다 나는 깜짝 놀라 얼른 채소를 씻거나 청소를 했다. 사실 라오헤이도 한달하고 사흘 전에 비슷한 말을 했었다──한달하고 사흘. 그것이 나와 라오헤이의 차이인가? 그게 바로 내가 숭배해온 것인가? 만약 그렇다면, 세계는 너무 보잘것없지 않은가?

그녀는 트림을 하고 미간을 찌푸렸다. 고기라고 해놓은 게 맛대가리 하나 없다며, 말린 멸치 볶음이 최고야,라고 했다. 나는 그러려니, 못 들은 척하기로 했다.

"밥 더 드려요?"

"말린 멸치 볶음."

"배추 요리 더 드릴까요?"

"말린 멸치 볶음, 3센티짜리로."

아내가 참지 못하고 대꾸를 하고 만다. 귀에 입을 바짝 대고는 "말린 멸치 볶음, 안 팔아요" 하고 말했다.

"판다고? 잘됐네, 잘됐어."

"안-판-다-고-요!

"안 팔아? 염병할. 타이핑 가(街)에서 팔아, 내가 샀는데. 가봐, 타이핑 가 말야."

"그건 옛-날-얘-기-죠!"

"다시 한번 가봐! 마오타, 너 돈 아끼지 마라. 늙은 고모가 먹어야 얼마나 먹겠니? 돈 아끼지 마. 너희가 날 도와야지. 자오위루를 좀 배워. 응?" 고모는 내 속을 훤히 들여다본다는 듯 야릇한 웃음을 지었다. 너희가 어떻게 쥐구멍을 찾는지 지켜보겠다는 듯.

그런 다음 그녀는 침대에 기대어 눈을 감고는 혼곤히 잠에 빠졌다. 얼마 뒤 가볍게 코를 골기 시작했다. 입술이 벌 날개처럼 자르르 희미하게 떨렸다. 얼굴에 선명한 홍조가 얼룩처럼 표피 위로 스며나왔다.

결국 나는 말린 멸치를 사러 갔다. 가던 중 자전거 페달 나사가 빠져 어떤 사람을 치었는데, 그치랑 대판 하고 말았다. 나는 안다. 그래도 그녀를 만족시킬 수 없다는 걸. 먼저 멸치에 더우츠(豆豉)*를 덜 쳤다고 투덜대더니 아내가 더우츠를 더 넣자 이번엔 마늘이 부족하다고 했다. 아내가 마늘을 넣고 나면 다시 소금이 부족하다고 했다. 소금을 넣은 뒤에도 막내

---

* 노란 콩이나 검은콩을 물에 불려서 찌거나 끓인 후에 발효시켜 만든 조미료의 일종.

고모는 건성건성 몇번 깨작대더니 금세 젓가락을 놓았다. 그러고는 입을 꾹 다물고 눈살을 찌푸렸다. 왜 그러냐고 물으면 이렇게 종알거렸다. 전에 먹던 건어가 얼마나 맛났는데, 이건 타이핑 가에서 사온 게 아니야, 그러니 맛대가리가 없지. 무슨 대패 씹는 맛이니, 원.

분명 왕년에 그녀는 종종 타이핑 가에 나갔었다. 내가 제일 좋아하는 삭힌 두부를 사오기도 했다. 찢어진 우산을 들고 나갔다 하면 반나절이었다. 돈을 아낀다며 버스를 타지 않았기 때문이다. 타이핑 가에 대한 그녀의 추억은 마음속 깊이 새겨져 영원히 사라지지 않을 것이었다.

말린 멸치에 대한 그녀의 의심은 우리에 대한 불만, 특히 아내에 대한 경계로 이어졌다. 아내가 그녀의 대소변을 받을라치면 안색이 확 굳어 손발에 힘을 꽉 준 채 죽어도 말을 듣지 않았다. 그러다 잠시만 한눈을 팔면 침대 위에 똥오줌을 한무더기 싸지르는 것이다. 집 안의 빨래걸이가 꽉꽉 찰 때마다 아내의 손발은 바빠지고 입에서는 한숨이 끊이지 않았다. 내가 가면 좀 나았다. 안색이 그나마 밝아지면서 이따금 웃기도 했다. 그런데 대변을 받기 전 몸을 주무르는 복잡한 과정 중 그녀는 잉잉거리며 어리광을 그치지 않았다. 아내가 조심스레 말했다. 너무 일찍 과부가 되어 남자한테 기대 애교 부리고 싶은 게 아니냐며.

물론 알 수 없다.

내가 집에 없거나 혹은 있어도 바빠서 그녀를 돌보지 못할 때면, 그녀는 신경질적으로 탁자를 두드렸다. 그렇게 탁자를 치는 날들이 이어지면서 손에도 그럴듯한 요령이 붙었다. 마치 세계의 모종의 소리와의 접점을 찾기라도 한 양, 그녀의 탁자 치는 소리는 점점 잦아졌고 점점 커졌다. 마치 불제자의 구도나 귀의 의식처럼. 원래 검은색이던 작은 탁자는 두드린 부분의 칠이 떨어져나가 허연 본색을 드러냈다. 마치 북소리가 배꼽에서 사방으로 퍼지듯, 탁자에 다각형으로 된 별 모양의 빛살이 새겨졌다. 점점, 배꼽과 빛살이 모두 조금씩 내려앉아, 얼마 안 있어 평평한 쟁반이 될 판이다. 참으로 경이로웠다. 도대체 그 말라붙은 손, 대나무 가닥 같은 뼈 어디서 그런 힘이 나와 나무토막을 내려앉히고도 자기는 녹아없어지지 않는 걸까? 땅, 땅, 땅— 점점 부풀어올라 찢어질 것 같은 소리에 스민 피비린내가 온 천지를 가득 메웠다.

고모가 탁자 치는 소리 때문에 우리 집은 사람들의 요주의 대상이 되었다. 문간을 기웃거리거나 창문을 똑똑 두드리거나 아니면 아래층에서 큰 소리로 내 이름을 부르며 이 어처구니없는 소음에 불만을 표시하기 시작했다. 이것이 근본적으로 어쩔 수 없는 불가피한 상황임을 알고 나서는 그저 인상을 쓰고 입을 비죽거리는 수밖에 없었다. 그들은 그래도 자기 일을 할 수 있다. 밥을 먹고 꽃에 물을 주고 연뿌리탄*을 갈고 자전거를 고치고 월급과 물가를 논하고 방수포 천막을

* 연뿌리처럼 생긴 연탄.

치고 장사(葬事)를 지내거나 포커와 마작을 한다—노인 몇 몇이 줄기차게 그늘을 따라다니며 마작상을 옮겨댔다. 하루 종일 서쪽에서 동쪽으로 드르륵드르륵 탁자를 끌며 건물을 한바퀴 돌았다. 마작상에 노상 붙어 있던 손님 하나가 안 보이는 날이면, 나는 분명 회전 원심력에 날아갔을 거라고 믿었다. 저기 방수포 천막으로 날아갔을 게 뻔하다.

관리사무소에서 사람이 왔다. 낡은 벽돌건물을 밖에서 한참 들여다보고 가더니, 위험건물로 판단되어 수리를 시행한다는 고지서가 날아왔다. 나는 속으로 찔끔했다. 이 몇십가구가 사는 건물이 파손된 게 전부 우리 집 땅땅 소리 때문인 것 같았다—사실 그건 말도 안된다.

아래층 젊은 부부가 싸운다. 들어보니 아이가 안 생기는 문제 때문이다. 나는 또 마음에 걸렸다. 우리 집의 땅땅 소리가 한기를 뿜어 그들의 몸과 마음을 변질시킨 게 아닐까—이 역시 황당한 죄책감이다.

머리가 빠지기 시작했다. 새벽에 깨어보면 베갯머리에 듬성듬성 머리카락이 보였다. 모아보니 족히 한줌은 된다. 쥐구멍도 뚫기 시작했다. 온 집 안을 세심하게 검사하면서 죽간, 부지깽이 등을 동원한 것도 모자라 아내한테도 소매를 걷어붙이고 도우라 시켰다. 나는 씩씩거리며 호들갑을 떨었다.

사람들과 싸우는 일도 잦아졌다. 어느날 대머리 귀췬(國駿)이 찾아와 여느 때처럼 그들 조직의 불합리한 관리체계와 관료주의에 대해 논했다. 원래는 당연히 그에게 맞장구를 칠 생각이었다. 분명 그도 그걸 예상했기 때문에 청산유수에 단도 직입, 심지어 호박씨 뱉는 소리까지 그렇게 낭랑했던 것이다. 그러나 내 입에서 나온 말은, 나조차도 믿을 수가 없었다. 민주라니, 씨팔. 멍해진 그를 보면서 나는 부채질을 멈추지 않았다. 민주란 원래 천재에 대한 군중의 압제 아니야? 애초부터 진리란 소수인의 것이야, 안 그런가? 통찰력 있는 황제가 천박한 민주보다 만배는 낫지, 안 그런가? ……이런 말을 지껄이면서 악의에 찬 눈으로 그를 쳐다보았다. 너 같은 놈이 대학원 시험 합격은 물론 그렇게 사고 싶어하는 18인치 컬러 텔레비전도 못 살 걸 진작부터 알고 있었다는 듯.

얼굴이 하얗게 질린 귀춴은 우산도 잊고 허둥지둥 나가버렸다. 아내가 나무라는 눈으로 나를 한번 보고는 왜 친구와 쓸데없는 논쟁을 하느냐며 찻잔과 재떨이 들을 내갔다. 나는 도리어 요즘 가짜 담배가 판쳐서 품질이 모기향만도 못하다고 투덜거렸다—그러나 속으로는 나도 조금 전의 논쟁이 이상했다고 생각하고 있었다.

땅, 땅, 땅—막내고모가 또다시 탁자를 두드리며 콧소리로 찡얼찡얼 나를 불렀다. 나는 평소보다도 민첩하게 요강을 비우고 따듯하게 볕에 쪼인 기저귀를 걷어왔다.

한바탕 전쟁이 끝나고 집 안에 고요가 찾아왔다. 아내가 조용히 머리를 내 어깨에 기대며 물었다. "힘들어?"

"가서 화롯불 좀 보고 올게."

"이렇게는 안되겠어."

"당신 먼저 자."

그녀가 가볍게 한숨을 내쉬었다. "밍싼(銘三)네 아버지가 그러는데, 고모가 요즘 빚 독촉을 한대."

"빚 독촉이라니?"

"밍싼 아버지 말이, 고모가 전에 그 집 자식들을 좀 도와줬는데 지금 하나씩 다 받아내고 있대. 그래서 빚풍쟁이라고 부르더라."

"담배 더 있어?"

"밍싼 아버지 말이 빚 다 못 받으면 죽지도 않을 거래."

나는 잠시 생각하고는 말했다. "당연하지." 결국 삼시경제구(三市經濟區)의 『공업구조좌담 기요(紀要)』를 집어들었지만, 조금 전에 어디까지 읽었는지 기억나지 않았다. 『기요』는 지금 내 눈앞에서 우르르 쾅쾅 굉음을 내고 있다.

5

문밖에 놓인 저 광주리 때문에라도 나는 막내고모를 미워해선 안된다. 그건 공평하지 않다. 그러나 돌이키기엔 너무 늦었다. 동글동글한 수증기가 수년간 억누르고 감춰온 또 하나의 막내고모를 깨끗하게 닦아내어 내 앞에 밀어놓던 날, 이미 모든 것은 돌이킬 수 없게 된 것이다.

여전히 막내고모라는 이름을 가진 저 여인은—나는 이렇

게 말하는 수밖에 없다──간병인이 돼지고기를 훔쳐먹어 자길 굶겨 죽이려 한다고 우겨댔다. 거기에 온 방 안에 코를 찌르는 오줌 지린 냄새까지, 늙은 간병인이건 젊은 간병인이건 사나흘이 멀다고 한바탕 뒤집고는 그만뒀다. 이젠 사람을 찾기도 힘들다. 가사도우미 소개소 문전에는 아낙들이 새까맣게 모여 있다. 어느 개체상점*에서 사람을 뽑는데 여덟시간 근무에 야근하면 보너스가 얼마라느니 하며 수군거린다. 그 시끌벅적한 데로 들어가자니 마치 내가 무슨 거지나, 아니면 전에 그녀들의 지갑을 턴 무뢰한이라도 된 기분이다.

아무래도 라오헤이와 머리를 맞대볼 요량으로 해가 뜨자마자 그녀의 방문을 두드렸다. 가늘게 솟은 콧대를 앞세우고 얼굴을 내민 그녀가 당황한 듯 눈을 껌벅거렸다. "해가 벌써 졌어?" 집 안에서 미친 듯한 드럼 소리가 들려왔다.

그 소리와 그런 별난 아침인사에, 나는 말문이 막혔다. 벽에 붙은 일본 군도와 깨진 철모를 보며 한참을 서 있다가 간신히 입을 열었다. "누나가 달라던 민가 자료 빌려왔어."

그녀가 말했다. "거참 이상하네, 침대 밑에서 맨날 땅땅 소리가 나니."

"아래층에서 집수리 하나봐?"

"위아래 다 가봤는데, 아냐."

나는 그녀의 침대 밑을 슬쩍 봤다. 유화액자 몇개랑 더러운

....
* 개혁개방 이후 국영이 아닌 상점.

스타킹 한쌍 말곤 아무것도 없었다. 거기서 그런 이상한 소리
가 나올 리 없다.

그래서 나는 그냥 돌아왔다.

다른 방법을 찾아야 한다. 마침내 나는 먼 친척을 통해 전
쉬라는 사람과 막내고모가 몇십년 전 의자매를 맺었고 지금
도 고향에 살고 있다는 사실을 알게 되었다. 나는 아내에게,
막내고모를 전쉬 고모에게 보내면 어떨까 하고 말했다. 물론,
그건, 그러니까, 나쁠 건 없다. 잎이 떨어지면 뿌리로 돌아가
는 거, 그거야말로 노인들의 소원이 아닌가. 시골 공기와 물
이 더 신선하고 치병에도 좋지 않겠는가? 시골집은 더 넓고
사람 손도 많지 않은가…… 우리는 스스로를 설득할 이유들
을 죄다 긁어모아 이런 발상의 고상한 근원을 증명하려 했다.
그래서 떳떳한 마음으로 산업구조를 논하고 사과를 깎을지
말지 논할 수 있도록.

나는 깎은 사과를 집 앞을 기웃거리는 이웃집 아이에게 건
네주었다. 그애 부모는 어떻게 그렇게 눈치가 빠를까? 우리
가 인정 많은 티를 그렇게 냈나?

물론 나는 전쉬 고모를 만난 적이 없다. 심지어 고향 사람
자체를 본 적이 없다. 내 상상 속에서 고향은 달나라만큼이나
요원한 곳이다. 그곳의 태양도 우리 머리 위에 있는 저 태양
일까? 너무 실제에 핍진해서 어딘가 가짜 같지 않을까?

시골에서 편지가 왔다. 사람도 왔다. 전쉬 고모의 아들들이
다. 들것이 달린 대나무 의자를 가져와서는 끌고 당기고 해서

고모를 데려갔다. 놀란 고모가 눈물 콧물 짜며 안 가겠다고 버텼다. 내게 양심없는 놈이라 욕을 하면서. 다행히도 그녀의 욕설은 싸하게 아려오던 내 마음을 순식간에 차갑게 식혀주었다.

나중에 들으니, 고모는 시골에서 잘 지낸단다.

나중에, 우리는 점점 그녀 이야기를 하지 않게 되었다.

나는 전쉬 고모에게 감사한다. 막내고모가 언제 그녀랑 의자매를 맺었는지, 왜 맺었는지, 나는 모른다. 그냥 그렇고 그런 사연일지, 아니면 엄청난 내막이 담겨 있는지, 나는 모른다. 고향 사람들 말이 우리 조상은 거미였다는데, 왜 그런 건지, 고향 여자들 이름엔 왜 모두 '쉬*' 자가 들어 있는지, 왜 고향 사람들이 평소 아내, 자매, 고모, 형수 할 것 없이 죄다 '쉬'라 불러 촌수를 뒤섞어버렸는지 모르는 것처럼. 어떤 학자의 말에 따르면, 원시 군혼제(群婚制) 관련자료에 그런 흔적이 남아 있다고 한다. 나는 두려움에 눈앞이 아찔했다. 물론 그런 게 나랑 무슨 상관인가. 막내고모 때문에 나는 전쉬 고모를 알게 됐을 뿐이다. 시커먼 목조가옥은 양쪽 곁채가 튀어나오고 본채가 뒤로 물러나 현관 뜰이 무언가를 담고 있는 모양새를 이루고 있었다. 그래야 요괴를 집어삼킬 수 있기 때문이란다. 문마다 달린 반짝이는 거울은 바다와 먼 조상의 발원지를 상징하는 것으로, 악귀를 막는다 한다. 대문을 여니

----

* '누이'라는 뜻.

암흑이다. 한참 뒤에야 세상이 조금씩 빙글빙글 밝아졌다. 순간, 조상들과, 경전에도 나오지 않는 귀신들을 모신 침침한 감실(龕室)*이 눈앞에 불쑥 나타났다. 다른 목조건물처럼, 이 가옥도 기울어 있다. 멀리서 보면 상체를 세우고 하체를 수그린 검은 개 같다. 귀티와 복이 흐르는 반듯반듯한 벽돌집과는 영 딴판이다. 아마도 벽돌이 이미 죽은 것이라면, 나무기둥과 나무판자는 산에서 베인 후에도 목숨이 붙어 있어 안간힘을 쓰며 계속 자라기 때문일 것이다. 좌충우돌 들쭉날쭉, 각자의 비밀을 숨긴 채 한데 모여 있다.

이런 목조가옥 앞엔 늘 아름다운 꽃들이 있다. 녹색의 고요를 기습하는 농염한 붉은 목단과 작약은 좀처럼 사람들에게 들키지 않는다. 강물을 따라내려갔다. 양 기슭에 이런 목조가옥들이 들쭉날쭉 모여 작은 마을을 이루고 있었다. 마치 산속에서 휴식을 취하는 검은 파리처럼, 꿈쩍도 하지 않고. 때마침 크게 불어 넘실대는 강물 위로 하행하는 유개선(有蓋船)이 베틀북처럼 물살을 활강했다. 돌연, 배 양쪽으로 물소리가 거세지더니 수면에 폭발음이 일었다. 끓는 솥처럼 물보라가 미친 듯 들끓었다. 말할 것도 없이 배는 '표탄(飆灘)' 중이다. 선주, 키잡이 모두 갈팡질팡하며 젖 먹던 힘을 다해 노의 방향을 틀었다. 눈을 부릅뜨고 물살의 방향을 가늠하고, 고함을 지르며 손님들은 알아들 수 없는 전문용어들을 주고받았다.

....
** 위패나 신상을 모셔두는 장.

물살이 매우 세찼다. 배는 그야말로 미끄러운 수경(水鏡) 위를 급강하하고 있었다. 뱃머리가 기우는가 싶더니 커다란 물주렴이 선창을 뒤덮어 선객들의 옷을 흠뻑 적신다. 선주의 불호령에 선객들은 경거망동은커녕 소리도 제대로 지르지 못했다. 눈앞에서 배는 연못 크기만한 소용돌이 안으로 빠져들고 있었다. 온 배가 아수라장이다. 그런데 가만히 보니 그 소용돌이가 배 옆으로 물러나고 있다. 선주가 처치를 잘한 건지, 아니면 조금 전 내 눈에 착시가 있었던 건지. 배가 빨라지나 싶어 선객들이 좌우를 두리번댔지만 푸른 절벽이 지나가는 속도는 평상 수위 때보다 빠르지 않았다. 또, 사방에서 몰아치는 파도 속에서도 배가 미동도 안한다 싶더니, 어느새 물결은 숨죽인 듯 잠잠하다. 뒤를 돌아보니, 배는 벌써 여울을 지났다. 그 찰나의 순간 동안, 이끼로 얼룩진 고탑을 몇리나 뒤로 밀어낸 것이다.

물살이 한층 사나운 여울 앞에 이르자, 선주는 배를 비우고 여울 아래쪽에 대기로 했다. 그리고 승객들에게 안전을 위해 잠시 하선하여 산보를 하라 청했다. 무너지고 남은 둑을 따라 걸어가니 돌 캐는 소리와 다리 건조하는 소리가 뚝딱뚝딱 들려온다. 머지않아 우람한 고속도로가 뭇 산에 펼쳐질 모양이다. 탁탁, 벤 나무들을 묶어서 쌓는 소리가 들려왔다. 산촌의 주민들이 황벽나무와 녹나무를 판으로 썰어 산 밑으로 내려보내고 있었다. 어쩌면, 삘릴리 수르나이* 소리와 함께 목판을 둘러멘 한 무리의 소년들을 만날 수도 있다. 판 위에는 옥수수, 벼, 가지런히 편 지전 들이 담겨 있다. 뭘 하는 건지 알 수 없다. 무슨 의식을 치르는 중인지.

배가 거울같이 맑고 잔잔한 파란 호수로 들어갔다. 양 기슭의 푸른 산을 유유히 밀어내며 하늘을 널찍하게 열어젖힌다. 뒤편에 다닥다닥 붙은 병풍들이 소리 없이 창공을 이어붙였다. 이것을 두고 산문(山門)이라 하는가. 배가 가면 열리고 배가 떠나면 닫히는 문. 소리 없이 선 저 산문은 당신을 멀고 먼 오아시스로, 모래사장으로, 혹은 오래전부터 당신을 기다려온 누군가에게로 데려갈 것이다.

양쪽 기슭은 짙은 회색의 절벽이다. 각이 딱딱 맞는 네모반듯한 크고 작은 바위들이 층층이 쌓여 넓은 간격과 깊은 구멍을 메우고 있다. 어쩌나 무미건조한지 목탄을 보는 느낌이다—그 바위틈을 비집고 나온 풀과 나무야말로 천신이 놓은 남청빛 불인지 모른다. 태고부터 지금껏 타올라 산봉우리를 완전히 태워버린 후, 강가 모래톱 위에 이런 시커먼 숯덩이들을 쌓아놓은 것인지도.

이곳에서 도시는 모호하고 요원한 개념이다. 비취색 공기를 들이켜는 순간, 의혹에 빠진다. 사람들은 왜 산천을 떠나 비좁은 곳에서 아등바등할까? 저 찬란한 태양의 항문이 싸지른 한무더기 분뇨—그것도 햇빛에 말라 겉이 바짝 마른—

---

* 나팔과 비슷하며 정면에 일곱개, 뒤쪽에 한개의 구멍이 있는 회족(回族)의 관악기.

에 지나지 않는 것을.

배에 오르니 선주의 집이다. 선주는 우리에게 담배와 차를 권했다. 원한다면 선창 속, 그의 꿉꿉한 이불 속에 들어가 한 잠 늘어지게 잘 수도 있다. 그는 동료들이 모래에서 건져낸 수확물에 대해, 소년시절에 겪은 신기한 경험에 대해 떠들며 오른편 산성(山城)을 가리켰다. 그의 말에 따르면 저 산 오른편 산성의 벽은 높이가 팔척, 두께가 오척인데, 그의 할아버지도 산성건설에 징용됐다. 당시엔 산성 한길을 쌓으면 은전 일전 이문을 쳐주었다. 또, 그때는 병영에 언제나 호각 소리가 끊이지 않았다고 했다. 병정들은 맑은 날이건 흐린 날이건 밤이건 낮이건 돌아가며 일지를 기록하고 성벽을 순찰했다. 어느 해인가 토비들이 들끓었을 때 대원들은 모두 훈제하여 말린 사람 심장을 품속에 넣고 다니며 담력을 키웠다.

배가 흔들렸다. 승객들은 앞다투어 머리를 내밀며 작은 산성을 구경했다. 보인다, 보인다 환호하면서. 나도 목이 뻐근하도록 길게 빼고 눈을 크게 뜨고 둘러봤지만 아무것도 보이지 않았다. 이상한 일이다. 눈앞에 보이는 거라곤, 평평하고 순해 뵈는 비취색 언덕, 그리고 물보라 속에 명멸하는 수많은 노란 나비떼뿐. 이런 곳에서 성벽은 고사하고 그 어떤 일도 일어났을 성싶지 않다.

보인다니—도대체 뭐가 보인다는 거지? 설마 저들의 눈이 나랑 다른 것인가?

나는 기슭에 내려 작은 부두의 계단을 하나씩 올라갔다. 눈

앞에는 옹기종기 붙은 판잣집, 하얗게 반짝이는 은세공장이
의 멜대 두개, 세금 관련 벽보들이 보였다. 북적거리는 고향
사람들. 두셋씩 짝을 지어 낮은 소리로 소곤대는 그들은 마치
서로 짜고 나에게 뭔가를 감추는 듯했다. 누가 뒤에서 나를
부르는 듯해 돌아보았다. 검은 얼굴의 사내가 자기 딸을 부르
는 소리였다.

나는 가게에 들어가 담배 한갑을 샀다. 가게 안 작은 탁자
주위에 깡마르고 시꺼먼 늙은이들이 둘러앉아 있었다. 그들
이 쓰는 말씨가 아버지랑 어찌나 똑같던지 나도 모르게 가슴
이 철렁했다. 어떤 이는 대나무 곰방대를 쪽쪽 빨고 어떤 이
는 술잔을 기울이고 있었는데, 내가 올 줄 알았다는 눈으로
나를 한번 빤히 쳐다보더니 다시 하던 이야기를 계속했다. 표
정으로 보건대 오래전 훈제심장을 품속에 넣고 성벽을 순찰
하던 유격대에 대해 이야기하는 듯하다.

가게 주인이 웃으며 내게 어디서 왔는지, 무얼 하는 사람
인지, 묵을 곳을 찾는지 등을 물었다. 집단여관으로 여기만
큼 싸고 편한 곳이 없다면서. 내 소개를 하자 그는 눈빛을 번
득이며 기침을 한번 하고는 내가 뉘 집 아들인지를 알아볼
뿐 아니라 내 부친의 이름까지 술술 대는 것이었다—시골
사람들이란 고향을 떠난 이들을 손바닥 보듯 훤히 꿰고 있는
모양이다. 노닥거리던 노인들도 하나둘 나를 향해 누런 이를
드러내며 고개를 끄덕이다간, 좌중에 우리 부친을 잘 모르는
한 노인에게 우리 부친이 어떤 사람이었는지 느릿느릿 설명

해주는 것이었다.

가게 앞 말라붙은 도랑 건너편엔 큰 운동장이 하나 있다. 무릎을 꿇은 농구대와 낮은 청색 기와집. 건물 벽엔 "다자이를 배우자" 같은, 분필로 쓴 표어들이 희미하게 보였다. 아이들이 신나게 뛰놀고 있었다. 재잘재잘, 요리조리 뛰어다니며 뜨거운 석횟가루를 날려대는 통에 담벼락, 기둥 할 것 없이 한자 남짓한 석회로 누렇게 찌들었다. 주인이 말했다. 저 코앞에 있는 게, 원랜 우리 집 대저택이었네. 삼진삼출(三進三出)*, 포마루(跑馬樓)**, 후원, 조각 새긴 서까래와 기둥, 세척 여덟길의 풍화장(風火墻)***, 참 위풍당당했지. 학교 지을 때 허물었어. 예전에 곡식을 꾸러 오는 소작농들은 배에서 내리면 뒷문으로 들어가 창고로 갔다네. 지금 저기 흙으로 된 둑 저쪽에 반들반들한 오솔길이 있는데, 그게 바로 당시 소작인들이 밟아서 생긴 길이야. 분명 반들반들한 오솔길이 보였다. 아주 서늘하고 가볍고 얇으며, 도랑 쪽은 축축한 푸른 이끼로 덮여 있었다. 이상할 만큼 낯익다. 이 오솔길이 한때 강물 위, 한 배 가득 실은 곡식을 들이켜 지금의 나를 포함한 우리 가족을 먹여살려온 것이다. 이제 알겠다. 아버지가 줄곧 나를 고향에

---

* 북방의 가옥양식인 쓰허위안(四合院)의 표준양식.

** 사방에 주랑을 두고 가운데 작은 뜰을 둔 가옥구조.

*** 간쑤 성, 안후이 성 가옥 담장 양식. 중앙을 평평하게 하고 좌우에 높은 벽을 쌓아 말 머리처럼 보인다 하여 마두장이라고도 한다. 친족이 모여사는 탓에 가옥의 밀집도가 높아 화재에 취약한 점을 보완하기 위한 것이다.

못 가게 막은 것은 내가 이것을 볼까봐 그런 것이었다. 내 눈빛이 이 작은 길을 두드리는 순간 오만불손해질 것을, 그는 알았던 것이다.

주인의 말투는 그야말로 무심했다. 아무렇지도 않게 우리 다섯째 작은아버지가 어느 곳에서 반란을 일으킨 농민에게 총살당했다는 이야기를 하다가 소고기가 어쨌다는 손님들의 이야기에 웃으며 응수했다.

왕년에 총 쏘고 말 탔다는 그 고수는 분명 총 때문에 망했을 것이다. 옆에 같이 꿇어앉아 총살당한 몇명이 더 있었을 것이고, 내 조부도 분명 그 총소리에 귀가 멀었을 것이다. 그리고 그 귀머거리병이 나중에 막내고모에게 유전된 것이다. 물론 귀머거리의 내력은 훨씬 더 위로 거슬러갈 수 있다. 한세대, 두세대, 다시 또 한세대…… 그때 도대체 무슨 일이 일어났을까?

"우리 부친을 잘 아세요?" 갑자기 내가 물었다.

주인이 웃었다. "어떻게 몰라? 허튼소리가 아니라, 자네 부친이 성으로 글공부하러 갈 때 내 배를 탔지. 내 배에서 며칠 동안 내 밥을 먹었구면. 그때 자네 집안이 망해서 온종일 죽밖에 못 먹었어. 자네 막내삼촌도 리후쯔한테 뺏겼잖아? 자네 부친은 그래도 팔자가 좋았어. 한번은 쥐구멍을 뚫었는데 벽에서 은괴 두개가 나왔지 뭔가……"

"쥐구멍을 뚫어요?"

"그래, 쥐구멍. 미친 듯 흥분해서는 그길로 들고 뛰었어. 자네 큰아버지, 작은아버지 다 무슨 일인지 몰랐어. 잡을 수도 없었고. 그 은괴 두개가 아니었으면 어떻게 글공부를 했겠나? 허, 물론, 자네 조부 묏자리도 잘 모셨지. 도로 간다고 이장할 때 내 봤는데, 묘를 파니깐 그 안에 뱀이 우글거리더라고. 한척은 되는 뱀들이 반광주리는 되겠더군."

"나중에 부친은 돌아왔나요?"

"돌아왔지. 내가 보진 못했고 듣기만 했어." 그는 가게 안에 모여앉은 사람들에게 물었다. "탄씨네 여섯째 어른 셋째 아들, 나중에 돌아왔지?"

대머리 노인 하나가 기침을 하고는 무표정한 얼굴로 중얼거렸다. "돌아왔지. 그해 그놈이 여섯째 어른을 농민협회에 넘겼어. 돌아왔고말고."

이미 어둠에 익숙해진 내 동공은 앉아 있는 노인들을 한층 또렷이 볼 수 있었다. 햇볕에 노랗게 그을린 머리카락의 끝부분이 열기 때문인지 뾰족하게 말려 있었다. 온몸이 새까맣게 번들거렸다. 손톱과 귓등, 그리고 모근 깊숙한 곳까지. 마치 방금 큰 기름솥에서 나온 것처럼 단단하고 순수하고 매끄럽고 견실한 그들의 몸엔 깨알 같은 종기들이 가득했다. 그들이 나를 훑어보았다. 내 얼굴을 파고 긁고 쓸어내는 그들의 눈빛은 그들이 아는 누군가를 내 얼굴에서 파내고 있었다. 그 눈빛이 어찌나 날카롭던지 내 피부를 쓱쓱 갈아대는 걸로도 모자라 해골까지 가루로 빻고 골수의 아득한 심층까지도 파고드는 듯했다. 나는 생각했다, 효수, 껍질 벗기기, 생매장, 포

뜨기, 총살 같은 것에 익숙한 사람이나 그 후손만이 이런 살벌한 눈빛을 가졌을 거라고.

나는 조용히 그들을 축복했다. 이곳의 모든 낯선 이를. 나는 여기 고향을 보러, 막내고모를 보러 왔다. 가련한 고모는 이미 죽고 없었다. 전보는 그제 받았지만 여기 와서야 진실을 알게 되었다. 지난번처럼 전쉬 고모의 큰며느리가 실수로 오보를 친 게 아님을. 아마도 그런 황당한 비통을 겪었기에 이번에 내 마음은 담담했다. 예상했던 대성통곡도 없었다. 대성통곡이란 예상해서 나오는 게 아니며, 비통 또한 양을 정해놓고 얼마만큼 미리 썼다고 다음에 그만큼 줄어드는 게 아닌 것이다. 전보를 받았을 때, 내 머리에 떠오른 것은, 얼른 며칠 휴가를 내야지,였다. 시골에 내려가 시끌벅적 지전을 태우고 닭을 잡고 양지바른 곳에 묏자리를 보려면 돈깨나 들겠군. 물론 고인에게 조상 대대로 내려오는 복장을 입히고 그 위에 "산 자는 투항해도 죽은 자는 투항하지 않는다" 같은 글씨도 없을 것이다─그게 무슨 뜻인지 나도 모르지만. 우리 선조가 옷을 바꿔입고 누구한테 비굴하게 투항이라도 했었나? 게다가 고인에게 전통복장을 입히는 관습이 어쩌다 슬그머니 천년만년 확고부동한 법칙으로 눌러앉은 것인지?

나는 가겟집을 나와 버드나무숲으로 들어갔다. 길가에 무성한 풀들이 뾰족한 잎을 살랑거렸다. 염천 하늘의 볕이 천만 개의 청동검을 흐물흐물 녹여 꺾어놓은 듯했다. 오솔길은 이토록 적막했다. 방금 누군가가 이곳을 지나간 것처럼.

나는 다시 아득히 먼 산을 바라보았다. 고개 너머 산 너머 성벽의 흔적이 끊어졌다 붙었다 하며 하나로 이어지고 있었다. 희고 작은 햇빛 알갱이에 물보라가 부글거렸다.

6

막내고모의 미각은 참으로 날카롭고 정확했다. 그녀가 토끼고기를 먹고 싶어하면, 전취 고모의 큰아들이 컴컴한 새벽에 자전거를 끌고 나가 읍내 곳곳을 뛰어다니며 사냥한 토끼를 파는 사냥꾼을 찾아다녔다. 그녀가 황등장어를 먹고 싶다 하면 둘째아들이 팔다리를 걷어붙이고 나무통을 메고 논두렁에 나가 진흙탕물을 풍덩풍덩 헤집으며 잡으러 다녔다. 그러다 남의 집 벼라도 밟으면 한바탕 욕 들어먹기 일쑤였다. 그런 걸 잡아오면 온 집안식구들은 입도 대지 않고 불에 말린다, 소금에 절인다 해서는 하나도 남김없이 막내고모에게 갖다바쳤다. 그러나 그녀는 얼마 먹지 못했다. 깨작깨작 젓가락질 좀 하다 금세 시무룩해서는 고개를 홱 돌리고 아이고 아이고 하며 끙끙댔다. 뭐가 그렇게 못마땅하실까? 답답해서 그러나? 형제들은 머리를 맞댔다. 그중 하나가 나가서 대나무 침대를 사오고 다른 하나가 밧줄을 꼬아 대나무 침대 양끝에 매달았다. 그렇게 임시변통으로 만든 들것에 고모를 싣고 마실을 다녔다. 탈곡장에도 가고 냇가에 나가 오리떼랑 나비도 보고 앙고라토끼 치는 이웃집에도 갔다.

매일 퇴근하고 집에 오면 이렇게 한번씩 나가야 했다. 대나무 침대는 삐걱거렸고 새끼줄에 쓸려 어깨의 살껍질이 벗겨졌다. 두 형제는 등에 땀을 한바가지씩 흘렸다. 움직일 때마다 축축하게 젖은 윗옷이 등에서 철퍽거렸다. 아래턱에 대롱대롱 매달린 탁한 땀방울을 휜 집게손가락으로 연신 걷어냈다.

"우앙, 우앙……" 마침내 막내고모가 기분이 좋아졌다.

막내고모는 특히 만물상을 좋아했다. 만물상만 오면 잽싸게 나가 얼쩡얼쩡대는 그녀의 얼굴은 만물상의 보물들이 반사하는 햇빛을 받아 빛났다. 어떤 아이가 갖고 노는 색종이 바람개비를 헤벌쭉 쳐다보더니 입을 쑥 빼물고 칭얼댄다. "다마오(大毛), 하나 사줘. 돈 아끼지 말고. 나 돈 있어. 하나 사자."

그래서 샀다.

그녀에겐 정말 돈이 있었다. 시에서 매달 보내오는 퇴직금이다. 전쉬 고모에게 주는 수고비 외에도 100위안이 그녀의 온장고 깊숙이 들어 있었다. 그녀는 그 돈에 대해서만큼은 기억이 또렷했다. 야금야금 꺼낸 돈으로 큰조카를 시켜 사온 바람개비들이 창가에서 빙글빙글 돌았다. 한번은 전쉬 고모가 그 돈에서 몇십 위안을 가져가 비료통과 새끼돼지를 샀다. 나중에 그걸 안 막내고모는 화를 잔뜩 냈다. 누가 자기 돈을 훔쳐갔다며 마오타에게 편질 써서 전쉬에게 돈 보내지 말라고 하겠다며 온종일 툴툴댔다. 그래도 분이 안 풀려서는 침대에 똥오줌을 싸지른 다음 침대 모서리를 두드리기 시작했다. 땅땅, 침대틀을 어찌나 쳐댔는지 깜짝 놀란 축사의 돼지들이 세계의 종말이라도 온 양 우왕좌왕 꽥꽥거렸다.

전쉬 고모도 씩씩거리며 얼굴이 잔뜩 부었다. "못 죽어 환장했어, 환장했냐고? 누가 네 돈을 훔쳐? 내가 빌린 거다. 오늘 갚아! 갚는다고!" 그러고는 때가 꼬질꼬질한 지폐를 온장고에 쑤셔넣었다. "내가 전생에 언니한테 무슨 빚을 졌냐, 무슨 빚을 졌느냐고? 왜 이렇게 사람을 괴롭혀! 쥐화(菊花) 언니도 괴롭혀, 넷째언니도 괴롭혀. 나는 다섯살에 민며느리로 들어와 하루도 편할 날 없이 살았어. 이가 아파도 참고, 발 씻을 물 받아오면 금방 또 더럽히고, 쩌순(澤順) 그 영감이 사람이야? 막내언니, 나한텐 언니 하나밖에 없다고. 그렇데 왜 이렇게 나를 괴롭혀……?"

한바탕 쏟아낸 다음 엉덩이를 땅에 철퍼덕 깔고 엉엉 대성통곡을 한다. 막내고모도 울었다. 마치 뭘 알아듣는 듯.

분명 그녀는 이런 말들을 알아들었을 것이다.

전쉬 고모는 늘 그녀의 자매들을 다 자기 손으로 보냈으니 막내고모도 자기 집에서 죽을 게 분명하다고 말하곤 했다. 이런 말들은 다 이웃들한테 한 말이다. 그녀는 남의 집에 퍼질러앉기를 좋아했다. 입도 거침이 없어, 영감이 싸가지 없이 남의 마누라를 넘봤다느니, 둘째가 얼마 전 이불에 오줌을 쌌다느니, 수많은 사사로운 일이 그녀의 쉬쉬하는 입을 통해 사방팔방으로 퍼져나갔다. 열받으면 욕을 퍼붓다가 기분이 좋았다 하면 구슬 굴러가는 소리가 허공을 또르르 굴렀다. 지금은 남의 집에 자주 가지 못한다. 매일같이 똥오줌 싼 바지를 한 대야씩 빨아야 하고 매일같이 막내고모의 몸을 뒤집어 닦고 욕창이 걸리지 않도록 분을 발라야 했다. 피곤으로 눈에 황달이 들고 치통에 이가 욱신거려도 이건 남정네가 할 일이 아니라며 움켜쥐고 놓지 않았다. 노상 잔뜩 부은 입으로 영감한테 욕을 퍼부었다. 보다못한 형제들은 이모를 도시로 되돌려보낼 궁리를 했다. 전쉬 고모는, 말도 안되는 소리,라며 이상한 소릴 했다. 요 몇년 암탉이 껍질이 말랑말랑한 알을 낳았는데 그게 전조였다는 것이다—진즉부터 막내고모가 어느날 갑자기 찾아와 괴롭힐 줄 알았다나. 자매간의 의라는 게 자른다고 잘라지고 부순다고 부서지는 게 아니야. 그게 다 팔자 아니겠니? 그냥 참아야지.

어머니의 뜻을 꺾지 못한 형제들은 암중계략을 짰다. 한번은 모래건이 배와 짜고 막내고모를 배에 태워보내려 했다. 그걸 안 전쉬 고모의 안색이 확 변했다. 맹독성 농약 반병을 품에 안고 말했다. "보내려면 보내. 나도 어차피 그만 살려고 했어. 보내려면 멀리 보내. 아예 우릴 염라대왕한테 보내." 화가 치민 둘째는 자기 머리카락을 쥐어뜯다가 홱 나가버렸다. 그러곤 친구 집으로 가서 반년 동안 돌아오지 않았다.

마음 씀씀이가 깊은 큰아들은 어떻게 하면 엄마를 덜 힘들게 할까 고심했다. 마침내 생각해낸 방법이란 막내고모의 침대 밑판 한가운데 구멍을 뚫고 매트리스도 같은 모양으로 개조하는 것이었다. 구멍 위에 뚜껑을 덮고 그 밑엔 요강을 두었다. 침대에 누운 사람이 바로 뚜껑만 밀어내고 엉덩이를 제자리에 갖다대기만 하면 순조롭게 대소변을 볼 수 있도록.

막내고모는 그 구멍이 못내 못마땅한 모양이었다. 신호가 오면 눈알을 사방으로 뒤룩뒤룩 굴리다가 여지없이 똥오줌을 이불에 내갈김으로써 조카의 음모가 부질없음을 선포했다.

큰아들은 다시 생각했다. 아예 침상을 구멍 숭숭 뚫린 격자 깔판으로 바꾸는 게 어떨까? 그럼 통풍도 잘돼서 욕창도 안 걸리고 또 깔끔하고 가뿐하다. 언제든 똥오줌이 격자 사이로 흘러내려 거름재 통으로 떨어질 테니 며칠에 한번씩 비워 웅덩이에 버리면 그만이다. 당연히 이불은 걷어내자. 대신 이모에게 두툼한 구멍바지를 입히면 된다. 벌써 문밖에 매미도 우는데. 얼어 죽진 않을 거야.

이렇게 하자니 마치 돼지를 치는 양 불손한 감이 없지 않았다. 하지만 가만 생각해보면 불손한 게 아니다. 필요한 거다.

공손한 개조는 여기서 끝나지 않았다. 이를테면, 고모의 머리를 전부 밀어버렸는데 이가 생길까 그런 것이었고, 사기그릇을 나무 여물통으로 바꾼 것은 깨진 사기 조각에 손가락을 다칠까 그런 것이다. 아예 우리를 만들어 그녀를 가둬버린 것도 나중에 생각해낸 지극히 선량한 의도에서였다. 아무튼 새 방법이 과연 효과가 있었다. 막내고모의 욕창에 점점 딱지가 앉더니 그 위로 분홍색 새살이 돋아났다. 그러나 전처럼 여러

사람이 온종일 그녀를 돌보지 않아도 되었으므로 고모는 점점 외로워졌다. 입술을 푸르르 떨며 잠잘 때가 아니면, 늘 무언가를 하고 싶어하고 무언가를 동경하고 무언가를 생각했다. 바람개비도 시들한 지 오래다. 전쉬 고모가 읊어주는 옛날이야기나 연극대사도 무료했다. "마오타!" 천장 들보를 뚫어지게 쳐다보며 그녀는 나를 불렀다. "마오타, 돌아와……"

그녀는 향(鄕) 정부에서 파견 나온 기술직원을 도시에 사는 조카로 착각했다. 돼지를 검사하려고 그녀의 방을 지나는 그를, 그녀는 대뜸 마오타라 확신했다. 그러고는 전쉬 고모를 긁어댔다. 연극 보러 다녀, 자전거 타러 다녀, 쓸데없이 남의 집 부부싸움이나 간섭하면서, 마오타는 안 데려오고 부러 나를 속여.

힝힝 그녀의 칭얼대는 소리에 흥분과 교태가 묻어났다. 거대한 적막이 힝힝 소리를 달여 분노 섞인 욕설과 성토로 졸여놓더니, 마침내 숨 가쁜 구걸을 완성했다. "……이 양심없는 놈들, 어서 가서 마오타 찾아와. 걘 대체 어디 숨어 있는 거야? 그애한테 가서 나 약 먹어야 한다고 해, 약. 그럼 방법을 생각할 거야. 책을 많이 읽은 애니까 분명히 방법을 찾을 거야. 상하이나 베이징으로 가서 약 사오라고 해. 나는 약을 먹어야 한다고. 사람이 병에 걸리면 약을 먹어야지, 안 그럼 큰일나는 거야. 가서 그애 불러와, 그리고 돈 아끼지 말라고 해……"

입을 떡 벌리고 다시 쿨쿨 잠이 들 때까지.

전쉬 고모는 알았다. 이런 상황에서는 절대 상대하지 말아야 한다는 걸. 안 그러면 고모는 흥분을 주체하지 못해 눈이 퀭해지고 이마에 힘줄이 지렁이처럼 불거져나올 것이다. 분노로 인해 이상하리만치 유연해진 그녀의 사지로 보건대, 쫙 벌린 다리와 부들부들 떠는 다섯 손가락이 뱀 혀처럼 제멋대로 날름거릴 것이다.

마을에서도 이미 많은 논의가 있었다. 어떤 이는 막내삼촌이 이런 악질병에 걸린 건 후사를 놓지 못해 받은 천벌이 아니겠냐고 했다. 전생의 업보 아니겠냐고. 모두가 일심동체로 인과응보에 대해 생각했다. 말할수록 심장이 뛰고 살이 떨려, 곱게 죽지 못하는 눈앞의 상황을 차마 눈 뜨고 볼 수 없었다. 또 누군가는, 마을에 암소 두마리가 연달아 유산을 했는데 분명 이 자식 못 낳은 고모가 액운을 달고 왔기 때문이니 쫓아버리거나 몰래 태워 죽여야 한다고 말했다. 그러나 그녀들은 전쉬 고모의 거대한 체구에 가로막혀, 그리고 그녀를 좋아하고 따르는 마을 아이들 때문에, 감히 나서질 못했다. 그저 전쉬 고모 집 앞을 지날 때마다 낮은 소리로 욕설을 내뱉을 뿐이었다.

전쉬 고모는 언제나 문간에 앉아 옷이나 신발을 깁거나 돼지고기를 썰었다. 간혹 혼자 중얼중얼 자식 손자들 욕을 하거나 지나가는 아이들한테 말을 걸며 웃곤 했다. 그녀는 수상한 눈빛이 문지방을 넘어오는 걸 용납지 않았다. 그리고 막내고모가 어리바리 걸상을 들고 문간을 나서는 것도. 이상한 낌새라도 보였다 하면 준비해둔 대나무 막대기로 잽싸게 덮쳤다. 탁— 그럼 그 그림자는 얼른 목탄으로 그어놓은 까만 금 안으로 움츠러든다—이미 그녀는 막내고모의 신체 어느 부분도 이 금을 벗어나선 안된다는 명령을 내렸다. "또 나가려고? 또 나가? 미친년! 죽고 싶어 환장했어?"

그러고는 자신의 널찍한 맨발을 왕대 막대기로 탁 때렸다. 언니에게 지은 죄를 속죄한다는 뜻으로, 그렇게 함으로써 미안해하지 않아도 된다.

막내고모는 점점 왕대 막대기의 권위를 알아갔다. 처음 몇 번은 아이고아이고 하며 소리 질렀지만 나중엔 힝힝 두번 칭얼대다 결국 복종하고 말았다. 막대기만 보면 얌전하게 까만 선 안에 웅크려앉아 천천히 입술을 핥다가 문밖 낙숫물 떨어지는 모래구덩이를 쳐다봤다.

"들어가, 침대로 가!"

"잉잉."

"구멍바지 입고, 꼴 좀 갖추고 있어."

"잉잉."

"마오타는 안 와! 그 바쁜 애가 무슨 시간이 넘쳐서 미친년을 보러 오냐! 안 와! 안 온다고!"

"잉잉잉."

잘못을 깨달은 어린아이처럼 그녀는 아양을 떨며 헤 웃었다.

전쉬 고모 역시 왕대 막대기의 효험을 알아갔다. 막내고모가 똥오줌을 안 싸거나 밥을 안 먹거나 할 때마다 막대기를 한번 휘두르면 금세 고분고분해졌다. 그러나 그녀로서도 매일같이 왕대 막대기를 들고 지키고 있을 수는 없는 노릇이다. 밭에서 탈곡기가 탕탕 울리면 나가서 벼를 베고 내다 말리는 걸 도와야 했다. 한참을 생각한 어느날, 그녀는 큰아들을 불렀다.

"다마오, 엄마 좀 도와줘야겠다. 우리 하나 만들어오너라."

나중에 나는 왕대 막대기를 본 적이 있다. 문간에 버려져 있는 걸. 손잡이 부분이 땀에 절어 새빨갛게 반짝거렸다. 반대쪽도 닳아 둥근 혀처럼 부들부들했다. 비쩍 마른 회토색이었다. 나는 우리, 아니 우리침상도 보았다. 매끌매끌한 격자 깔판 외엔 모두 견고한 삼나무로 되어 있었다. 나무 양편 손이 잘 안 닿는 부분에 시꺼멓게 때가 앉은 걸 보아, 보통 무거운 게 아닌 듯했다. 나무토막이 맞물리는 부분엔 죽은 나무쐐기를 박아놓았는데, 쐐기 등을 망치로 얼마나 두드렸는지 꽃처럼 쫙 갈라져 있었다. 난공불락의 공고한 우리였다. 지금, 우리 안에는 최대치로 실존하는 적막이, 영원히 사라지지 않을 한차례의 상실이 감금되어 있다. 나무우리의 안과 밖은 두 개의 세계다. 저 안에 앉아 있으면, 우리에 갇힌 게 우리 바깥인 이쪽 세상이라는 생각이 들지 않을까?

막내고모가 이 안에서 생존할 수 있었다는 게, 말 그대로 내게는 경악이었다. 어쩌면 아이를 낳은 적이 없기 때문에 그런 강인한 정력과 생명력을 가진 게 아니었을까? 큰사촌과 작은사촌이 말했다. 고모는 거의 신이었어. 배도 안 고파하고 추워지도 않고, 겨울에 솜저고리도 안 입고 맨팔 맨다리로 우리 안을 기어다녔어. 그래도 손이 우리 젊은 사람보다도 따듯하더라고. 전쉬 고모가 우리 문을 열고 들어가 옷을 껴입히려 해도 눈을 부라리며 거부했어.

나중에 의사들도 설명하지 못하는 더 괴상한 일이 일어났다─그녀의 몸이 점점 줄어든 것이다. 팔은 갈고리처럼 아래쪽으로 오그라들고 피부도 딱딱하게 거칠어지더니 조각조각 갈라져 촘촘한 밭고랑 무늬가 생겨났다. 콧구멍이 바깥으로 확장되고 인중이 길어졌다. 어느날 문득, 사람들은 그녀가 원숭이를 닮았음을 깨달았다.

그녀는 계속 작아졌다. 가늘고 짧아진 팔다리는 마치 몸뚱어리 안으로 되돌아가려는 듯했다. 언뜻 보면 미끌미끌한 몸뚱이랑 푸석푸석한 눈꺼풀, 흰자위가 늘어난 퀭한 두 눈뿐이었다. 사람들은 다시 새롭게 발견했다. 그녀는 물고기를 닮은 것이다.

이 물고기는 하루 종일 팔딱거렸다. 익히지 않은 채소와 고기를 좋아했고 심지어 우리침상 주변에 묻은 풀과 진흙도 먹었다.

못 먹게 하면 골이 잔뜩 나서는 그 팔처럼 생긴 살뭉치로 한없이 격자깔판을 두드려댔다.

땅! 땅……!

사람들은 이미 그녀를 제대로 기억하지 못했다. 인구조사하러 온 사람도, 예방접종하러 온 사람도, 그녀를 셈에 넣지 않았다. 깊은 밤 전쉬 고모의 대청마루에 모여앉아 불을 지피던 이웃들은 저쪽 방에서 율동적으로 들려오는 땅땅 소리에 조금도 개의치 않았다. 현성에 새로 생긴 신형백화점과 유치원 상급반의 학예회에 대해 여느 때처럼 떠들며 깔깔대는 소리에, 공기는 점점 부풀어올랐다.

그러나 아이들은 그녀를 기억했다. 몇차례나 전쉬 고모 집에 숨어들어가려다 전쉬 고모에게 혼이 나서 달아나곤 했다. 그러나 어른들이 장에 가거나 밭에 일하러 나가면, 다시 살금살금 모여 함께 작당을 해서는 탐색작업에 나섰다. 서로의 어깨를 밟고 창틀에 기어올라 컴컴한 방 안을 들여다보던 그들은 마침내 우리 안의 옷뭉치를 발견했다. 그리고 그 옷뭉치가 움직이는 걸 보고는 흥분으로 들썩거렸다.

"저게 뭐지?"

"혹시…… 인어 아냐?"

"사람을 물까?"

"도롱뇽이나 물지, 인어는 안 물어."

"인어는 착한 아이를 좋아할 거야."

"너 만질 수 있어?"

"왜 못 만져?"

"나는 저거 코도 만질 수 있다."

"저거 우는데."

"배가 아픈가?"

"아냐, 나오고 싶어서 그럴지도 모르잖아?"

……

아이들 생각에 저 작은 생물에게 길고 뾰족한 이빨이나 혀는 없을 것 같았다. 하물며 전쉬 고모 집에 사는데 당연히 자기들의 친구일 것이다. 마침내 그들은 담벼락을 따라 뒷창문으로 기어갔다. 그쪽에 창틀 하나 빠진 곳이 있었다. 그들은 그 틈으로 뛰어들어갔다. 우리를 열고 목조건물의 옆문도 열었다. 심지어 문이란 문은 다 열어젖혔다. 사통팔달, 통쾌하게 해방감을 만끽할 자유의 천지로 통하는 모든 문을. 그 생물을 여럿이 맞들고 대문을 나설 때 그들의 가슴은 자기들이 마치 아버지나 어머니가 된 듯 벅차올랐다. 먼저 대야에 물을 받아 그 생물을 목욕시켰다. 엉덩이를 특히 세심하게 닦았다. 그리고 붉은 천조각으로 듬성듬성한 백발을, 하늘을 향하도록 땋아올렸다. 머리를 땋을 때 잘못하여 머리카락을 잡아당겼는지, 생물은 아야 하며 오관을 한데 모으고 한참 있더니, 우는 것이었다. 아이들은 멍하니 있다가, 곧 생물의 울음을 멈추고 즐겁게 해줄 방법을 궁리했다. 한 여자아이가 말했다. "울지 마, 우는 애는 백호랑이가 와서 광주리에 넣어간대!" 조금 큰 아이가 더 기묘한 방법을 생각해냈다. 생물의 겨드랑이를 간지럽히는 것이다. 깔깔깔, 아이들이 먼저 웃자 생물도 결국 <u>흐흐흐 크크크</u> 웃기 시작했다. 확연한 효과에 고무된 아이들이 뒤질세라 너도나도 달려들어서는 다리랑 허리, 목을 간지럽혔다. 새까만 머리들이 한데 모여 와글거렸다……

생물은 꺅꺅 비명을 질렀다. 웃고 있는 눈에 탁한 눈물이 그렁그렁 고이기 시작했다. 그녀가 무슨 말을 했다던데 아무도 제대로 들은 이가 없다.

나중에 나는 누군가가 제대로 들었다는 말을 들었다. 토란 한그릇, 했다는 것이다.

막내고모가 죽은 게 그날인지, 나는 모른다. 아무튼 고향의 젊고 늙은 친척들 입에서 들은 건 이게 마지막이다. 그뒤의 일은 아무도 말해주지 않았다. 그녀가 어떻게 죽었는지, 역시 모른다. 병으로 죽었는지, 굶어 죽었는지, 터져 죽었는지, 얼어 죽었는지, 더워 죽었는지, 웃다 죽었는지 아님 울다 죽었는지. 다 중요하지 않다──죽음이 이런 것들과 연관되어야만 우리의 안도감이 커지는 것은 아닌 것 같다. 우리는 전쉬 고모 집 화톳불가에 앉아 산골 밤의 적막과 들릴 듯 말 듯한 휘파람 소리를 들으며 식전에 먹는 설탕물을 마시고 있었다. 탁자에는 바삭바삭하게 볶은 옥수수, 호박씨, 홍당무 편, 사탕수수 줄기가 작은 접시 네개에 담겨 있다. 폴폴 나는 향기에 공기가 진득하게 차올랐다. 드문드문 요리가 나오기 시작하자 전쉬 고모가 작은 접시들을 치워갔다. 다시 사발마다 고깃덩이가 담겨 나왔다. 모두 항아리에 절여 만든 것이었다. 절인 생선, 절인 쇠고기, 절인 돼지고기, 절인 사슴고기, 그외에도 고추절임, 마늘절임, 골파절임, 홍당무절임, 부추절임 등 온갖 진기한 것들이 즐비했다. 그리고 기다랗고 노르스름한 것이 나왔다. 처음에 나는 절인 등나무콩인 줄 알았는데, 큰

사촌 말이 절인 지렁이란다. 그리고 지렁이 밑에 알알이 깔린 것은 절인 달팽이였다. 고향 사람들이 신 걸 좋아하는 건 진작부터 알았지만 이번에 제대로 알았다.

나는 전쉬 고모를 힐끗 보았다. 허리가 꼿꼿하고 머리카락이 단단히 붙어 있는 그녀의 얼굴 한쪽이 불빛에 비쳐 금빛으로 찬란하게 빛났다. 큼직큼직한 손발, 큰 옷섶, 큰 가슴, 큰 바지통, 그리고 호탕하게 웃어젖히는 웃음소리. 그야말로 가뿐하고 청량한 큼직함이 일순 너를 뒤덮고 물들이고 녹여내어, 그 살찐 가슴에 폭 기대고 싶은 충동 속으로 너를 사로잡는다. 그녀는 연신 이 밥상이 너무 "예의없다"고 했고, 또 거듭 내게 "쓰지 않냐"고 물었다—나는 그게 짜지 않냐는 뜻임을 알고 있다—고향 사람들은 짠맛과 쓴맛을 분간하지 못했다.

절인 돼지고기 두조각을 집는 그녀의 눈시울이 붉어졌다. 이 돼지는 막내삼촌 보는 앞에서 잡아와 보는 데서 키운 것이란다. 먹이 주는 것도 도왔다나. 막내삼촌 명도 박하지, 고기를 먹어보지도 못하고. 그녀는 내 옆 빈자리에 놓인 그릇에 두점을 놓고 나직이 중얼거렸다. "막내언니, 좀 들어."

그릇 옆, 텅 빈 자리는 모든 어두운 밤의 가장자리다.

막내언니, 쓰지 않아? 좀 먹어봐.

자리는 여전히 비어 있다.

그녀는 옷깃으로 눈시울을 닦고는 다시 내게 음식을 권했다. 목소리가 짜낸 듯 갈갈하게 패었다. "막내삼촌이 많이 기다렸어. 자네가 오길……" 나는 고개를 끄덕였다. 그녀의 말을, 그리고 그녀가 무서워서 차마 하지 못한 말까지 알아들은 듯했다. 사실 오후에 문에 들어섰을 때, 대청마루엔 아무도 없었다. 어디선가 쩽하는 금속성 굉음이 들렸다. 쇠칼이 바윗돌에 부딪치는 소리 같았다. 순간, 그녀와 시커먼 얼굴을 한 사내가 안에서 속닥거리며 걸어나왔다. 사내가 말했다. "누이, 헝완쯔(橫灣子)의 왕(王)가네 넷째도 알아요." 그녀가 거친 목소리로 말했다. "알면 알라지." 사내가 말했다. "그래도 굵은 걸로 할까요?" 그녀가 말했다. "굵은 걸로 해." 사내가 말했다. "기어코?" 그녀가 말했다. "굵은 걸로 하라니까." 사내가 나를 흘끔 보고 괴상하게 씩 웃고는 성큼걸음으로 문간을 나갔다. 당시 나는 전부 알 것 같았다. 막내고모가 대체 어떻게 죽었는지 ─ 막내고모 얼굴에 붙은 바퀴벌레 몇마리를 잡겠다고 전쉬 고모가 아무렇게나 칼을 휘둘러 그녀를 해치운 게 아니란 말인가? 그 천지를 진동하는 칼 소리, 그 속닥거림, 그 괴상망측한 웃음, 그리고 지금 그녀의 오른손에 붙어 있는 반창고. 이 모든 게 명명백백한 증거다. 나는 믿는다. 당시 그녀는 분명 놀라서 괴성을 질렀을 것이고 그 소리에 온 마을의 아이들이 일제히 으앙 하고 울음을 터뜨렸을 것이다. 그리고 그 까까머리 작은 인간의 안면 근육이 뒤로 젖혀지고, 이는 웃는 듯 옆으로 벌어졌으며, 닫히지 않은 왼쪽 눈은 바로 앞에 놓인 대광주리를 응시하고 있었을 것이다. 물고기 같은 몸뚱이가 아이들의 눈물 속에서 꼬리를 흔들며 헤엄치기 시작했을 것이다……

　듣자하니 토비를 숙청하던 그해, 전쉬 고모도 흰 칼을 들고 산에 올라 토비 두명을 베어 죽였다 한다. 그런 그녀에게 물고기 하나 해치우는 게 대수겠는가? 게다가 그 물고기의 모진 생명은 어차피 그녀의 손에 끝장날 운명이었다.

　강냉이술을 꿀꺽 넘기자 온몸에 열이 나더니 이내 가벼워졌다. 머리를 흔들었다. 묵직한 것이 내 것이 아닌 듯했다. 화톳불에서 날아오르는 불똥이 칠흑 같은 천장 위로 회오리처럼 수직상승한 다음 하나둘 꺼져갔다. 머나먼, 우주의 암흑 속으로 사라져갔다.

7

　너무 일찍 일어났다. 손을 펴봤지만 다섯 손가락이 제대로 보이지 않았다. 문을 닫을 때 전쉬 고모는 아직 깊이 잠들어 있었다. 꿈속에서 벼이삭 향을 맡으며. 사실 장에 가려고 이렇게 일찍 일어날 필요는 없었다. 돼지 잡는 사내도, 누룩 튀기는 아낙도 아직 나오지 않았을 것이다. 하지만 왠지 서둘러야 할 것 같았다. 달빛 촉촉하게 흩뿌려진 산길을 걸어 누구보다도 먼저 해를 맞고 싶었다. 무겁게 한발, 가볍게 한발, 공터로 들어섰다. 어둠속에서 무언가에 부딪쳤다. 머릿속이 아득했다. 나무인지, 집단막사 기둥인지, 이마가 불붙은 것처럼 화끈거리고 아팠다. 눈을 크게 뜨고 자세히 살펴보니 성근 별 밤 저 끝으로 구불구불 펼쳐진 검은 둑이 어렴풋이 눈에 들어온다. 물론 그것은 길에 늘어선 점포들이었다.

왜 아직 불빛도 안 보이고 닭 울음소리와 개 짖는 소리도 나지 않을까. 왜 기침 소리와 문 여는 삐거덕 소리가 나지 않을까. 설마 아직 한밤중이고 내가 내 시계에 속고 있는 건 아니겠지. 나는 시계를 흔들어보고 헛기침을 한 다음 계속 앞으로 더듬어나갔다. 갑자기 물컹한 것이 발에 밟혔다. 재빨리 발을 움츠렸다. 신경에 의존하지 않고도 그 미끌미끌한 살덩이가 홱 달아나는 걸 느낄 수 있었다. 분명 뱀 같은데? 나는 한발 물러섰다. 그러자 다른 발이 또 물컹한 것을 밟았다. 그놈도 깜짝 놀라 후다닥 발밑에서 벗어나더니 내 바지 속으로 달려드는 게 아닌가. 그 쪼그만 놈이 꼬물꼬물 허리까지 기어올랐다. 다행히 내가 손발을 마구 휘두르며 몇대 때리자 캑하고 까만 어둠속으로 튀어나갔다. 식은땀으로 등에 한기가 들고 두 다리에 힘이 빠져 더 걸을 수가 없었다. 숨을 참고 가만히 귀를 기울였다. 땅바닥에서 들릴락 말락 찍찍 소리가 났다. 허리를 굽혀 아래를 보니 동글동글한 검은 그림자들이 후다닥 지나갔다. 맙소사, 쥐였다! 이렇게 많은 쥐라니! 엄청나게 많은 쥐떼가 일사불란하게 대열을 지어 달리고 있는 것이다!—무슨 일일까?

생각이 났다. 요 며칠 상부에서 내려온 사람들이 삼각대 수평기를 들고 마을 곳곳을 설치고 다녔고 집회를 열어 사람들에게 닭이 나무 위로 올라가거나 우물물이 끓어오르는 이상 현상을 본 적 없냐고 물었다. 그리고 향민들에게 경보를 통일하고 번갈아 보초를 서고 벽돌집에 사는 사람들은 죄다 목조건물로 옮기라고 당부한 일도…… 그래서 공부 좀 한 젊은 이들이 지진이라는 말을 입에 올리기 시작했다. 그렇다면 지금 내 눈앞에 보이는 현상도 지진 아닌가? 아니라면 왜 이렇게 많은 쥐떼가 거리를 향해 내달리겠는가? 어쩌면 그들은 지표면 아래서 우르릉 쾅쾅거리는 전쟁의 긴박성을 이미 예감한 것 아닐까?

이 지진은 막내고모가 손을 땅땅 내리칠 때 시작된 것일까? 알 수 없다.

막내고모는 이미 죽었다. 사람들 말에 따르면 그녀는 전쉬 고모에게 돈을 남겼다──몇년간 도시에서 보내온 돈을 그녀는 다 쓰지도 못한 것이다. 그러나 전쉬 고모는 그 돈을 받지 않았다. 전쉬 고모는 막내고모를 위해 융숭한 장례를 치렀다. 그러나 이 모든 게 또 불필요하지 않을까? 평생을 귀머거리로 쓸쓸하게 살았는데, 천지를 울리는 풍악으로 저승길에 보낼 건 뭔가? 평생 고독하고 적막했는데, 이런 요란법석으로 그녀의 마지막 순간을 매듭지을 필요가 있을까?

그날 펑펑 폭죽 소리가 순식간에 공중에서 피었다 지는 금빛 꽃봉오리들을 한무더기씩 터뜨렸다. 폭발에 타버린 태양에 수천수백의 상처와 구멍이 패었다. 무겁게 올라갔다 다시 무겁게 아래로 떨어지는 수르나이 소리가 전생과 내세 사이

닿을 수 없는 허공을 타고 미끄러지며, 전율하는 햇빛을 톱질하듯 서서히 끊어냈다. 수르나이를 부는 이들은 남루한 차림의 사내들이었다. 개중엔 곱사등이도, 장님도 있었다. 표정 없는 얼굴로 눈꺼풀 밑의 바위를 보거나 길가의 잡초를 응시하고 있었다. 고개를 푹 숙인 무심한 얼굴들은 심지어 서로 눈도 마주치지 않았다. 그러다 쨍 하고 상선의 징이 울리면 그제야 천천히 입술을 한번 쓱 핥고 볼따구니를 반구 모양으로 부풀린 다음 수르나이를 위로 쳐든다. 앞에서 흔들리는 칼과 횃불을, 머리 위로 펄럭이는 하얀 초혼기(招魂旗)를 따라가는 그들의 무표정은 직업정신 같기도 하고 흔적 없이 깊이 매장된 비애를 담고 있는 듯도 했다. 주춤주춤 어수선하게 산을 넘고 유채밭을 지나며 울퉁불퉁한 발자국을 남긴다. 늘어난 발자국들이 구불구불한 길을 만들어간다……

이번 지진도 이런 집약된 사람들의 발걸음이 초래한 것일까? 나도 모른다.

나는 크게 소리를 질렀다. 그러나 길 양쪽에 늘어선 어둡고 음산한 점포들은 아무 반응이 없다. 오직 저 멀리 건물 하나에서 노란 불빛이 켜졌다. 학교인지, 진(鎭)* 사무소인지.

지진! 지진이다!—끝내 내 목에선 아무 소리도 나오지 않았다. 아직 꿈속인가 싶어 나는 내 손을 꼬집어봤다.

가슴이 조마조마했다. 찍찍거리는 소리가 점점 커지더니,

....
* 행정구역 단위. 현 아래에 속한다. 우리의 읍 정도에 해당한다.

문틈에서, 나무구멍에서, 골목에서, 채소밭과 그 옆 언덕에서 기어내려온 한무더기 쥐떼가 온 길을 뒤덮고 담벼락과 기둥 벽을 엎치락뒤치락 튀어올랐다. 천지가 검은 물결이었다. 발로 쳐내고 싶었지만 이미 불가능했다. 한걸음 내디딜 때마다 발에 걸리는 쥐들이 물컹물컹, 미끌미끌, 솜털 이불처럼, 강물에 뜬 나무토막처럼, 어디를 택하든 안정된 낙점을 디딜 수 없었다. 더 이상한 것은 쥐들이 소리도 안 지르고 반항도 하지 않는 것이다. 밟히면 후다닥 안간힘을 다해 발밑에서 빠져나와 가던 길을 계속 달렸다. 기껏 한다는 게 간혹 허리춤과 어깨 주변으로 기어올라 한바퀴 쓱 돈 다음 뛰어내려 대오에 합류하는 정도였다. 어깨를 나란히 하고 완강하고 비장하게 내가 알 수 없는 계획과 신념을 수호하고 있었다.

나는 쥐떼의 물결을 타고 걸었다. 비틀비틀 휘청거리며, 뛰다가 걷다가 다시 뛰었다. 집집마다 문을 두드리며. 지진이다……

쥐들은 계단식 길을 따라 한계단 한계단 굴러떨어졌다. 구르면서 동그란 공으로 변하더니 다시 원통이 되었다. 맨 아래까지 굴러간 후에야 다시 흩어져 희끄무레한 피부색을 드러냈다. 전방의 좁은 골목에 이르자 쥐떼 물살이 돌연 두터워졌다. 정육점의 고기 거치대가 흔들흔들 넘어지고 요강이 비틀하더니 쥐떼 물결 위로 굴러엎어진다……

그날의 폭죽 소리가 아직도 들린다. 아이들은 여기저기 헤집으며 폭죽의 잔해를 주워담기 바빴고, 아낙들도 서로 몸을

비비며 한 인간의 화려한 사후를 겁에 질린 표정으로 구경했
다. 역시 자식 없이 죽는 건 안된 일이라며 입방아를 찧었다.
또 누군가는, 조카가 셋이나 있는데 하나만 왔고 조카딸들은
아예 하나도 안 왔다고 했다. 다른 누구는 돌아온 그 조카가
울었느냐고 물었다. 울긴 울었지. 많이 울었어, 적게 울었어?
그러게. 꽤 운 편이긴 한데 그래도 많이 운 건 아니야, 그게
꼭……

　내 귀엔 아무 말도 들리지 않았다. 몸 안이 꺼칠하고 딱딱
해져 아무 말도 나오지 않았다. 할 수 있는 일이라곤 그저 사
람들의 눈물에 감사하는 것뿐이다. 부향장과 촌장, 삼촌, 고
모, 아이들, 그리고 무슨 이유에선지 그토록 애달프게 울고는
인파 속으로 사라져간 어느 누이에게. 당신들의 그 낯선 얼굴
의 빨간 눈시울, 고모를 보내는 당신들의 태산처럼 큰 배웅
에, 나는 무릎을 꿇는다.

　흰 쌀이 한줌씩 뿌려졌다. 무덤 속으로 떨어진 쌀알들은 한
번 어지럽게 튀어오르고는 더 움직이지 않았다. 먼 산이 흐릿
하고 부드럽게 퍼지더니 경사진 층층바위가 서서히 꿈틀거
린다. 얼어붙었던 성난 파도가 시퍼런 질주를 개시하여 하늘
을 뒤덮는 홍수신화를 재연하려는 듯했다. 햇빛에 투명하게
반사된 모든 소리가 정결한 소금이 되어 거칠게 솟구치는 파
도 위로 반짝거렸다.

　나는 애써 코에 시큰한 느낌을 만들어보려 했지만 되지 않
았다. 막내고모에 관한 짠한 향수들이 아무리 해도 떠오르지

않았다. 정말이지 창천에 대고 고함이라도 지르고 싶었다. 나 좀 울게 해줘!

나는 그저 쥐떼 물결에 포위되어 좌충우돌할 뿐이었다. 눈앞에 우윳빛 강물이 청신한 공기 속에 미세한 찬 안개를 만들어냈다. 쥐떼 물결은 멈추지도 후퇴하지도 않고 사사삭 일사불란하게 강물로 굴러떨어졌다. 무슨 부름을 받아 저 피안으로 가려는 것일까. 앞의 쥐가 물에 잠기면 뒤의 쥐가 그의 머리를 밟았고, 뒤의 쥐가 물에 잠기면 그 뒤의 쥐가 용감하게 전진했다. 물결이 치솟을 때마다 폭삭 젖은 쥐들이 사력을 다해 허우적거렸다. 몇몇 쥐들이 서로의 꼬리를 물어 대여섯 마리 단위로 하나의 띠를 이루었다. 물 위에 둥둥 떴다 뒤집히는 띠들이 꼭 검은 채찍 같았다. 수면 위로 물방울이 튀었다. 귀를 때리는 콸콸 소리가 마치 어느 광장에서 나는 함성 같다. 분명 산의 바위를 깎고도 남을 소리였다.

물살은 힘들이지 않고 검은 양탄자 같은 쥐떼를 수면 위에 평평하게 펼쳤다. 철썩거리며 거세지는 파도 속에 긴 혀로 변한 양탄자가 강 건너 기슭을 향해 뻗어나갔다. 물 위에 떠 있던 유개선의 지붕과 뱃전, 노가 순식간에 쥐떼로 가득 찼다. 완전 쥐섬이다.

지진이다……

세상은 너무나 컸고 내 목소리는 너무나 작았다.

　　큰 산은 본래 반고(班固)의 뼈요,

작은 산은 본래 반고의 몸일세.

두 눈이 변해 해와 달이 되고

이가 변해 금과 은이 되고

머리카락이 풀과 나무가 되었으니

들짐승 날짐승이 숲에서 생겨나네……

사내들이 선창하자, 모두가 따라 불렀다. 대지가 진동하고 바위산이 무너진다. 천서(天書)*가 뒤집히고 활시위가 당겨졌다. 피가 뚝뚝 떨어지는 소머리가 전장에 휘날리는 부락의 깃발에 높이 달렸는데, 너는 장차 어디로 갈 것인가? 쓴 고사리 같은 전설이 온 세상을 뒤덮어 모든 시간의 블랙홀 같은 꿈을 깨우는데, 사막에, 밀림에, 달빛 고운 궁전에, 너는 도대체 어디에 있는가? 태곳적 위대한 한번의 사정(射精)과 천지를 가르는 해산의 울부짖음 이래, 염황**의 피가 담터와 해 들지 않는 탄층(炭層)에 물들고, 음모처럼 엉겨붙은 절규가 웡웡거리는 상형문자와 처형당한 혁명당원의 잘린 목구멍과 쟁그랑거리는 쇠고랑 소리에 물드는데, 너는 장차 어디로 가려는가? 아아, 홍수가 하늘을 덮는구나, 하늘을 덮는구나. 한사람이 죽고 땅이 진동하고 담장이 무너져도 아무도 그녀를 구하지 못한다. 태양은 언제나 요원하고, 유성은 유약 속으로 떨

* 황제가 내리는 조서.
** 염제(炎帝)와 황제(黃帝). 한족의 조상이라 불리는 신화적 인물.

어졌다. 눈에는 눈, 중얼대는 말의 편린은 언제나 찰나일 뿐. 오직 시간만이 해마다 곡식 이삭을 비추어 영원과 태극의 궁극을 밝히는데, 도대체 무엇 때문인가? 죽음 하나하나가 인류의 영생을 만들고 옥 같은 궁전과 향기로운 꽃과 풀, 풍요로운 의식(衣食), 단란한 부부의 사랑을 향하며, 선남선녀들이 손에 손 잡고 부르는 옛사랑의 노래 넘쳐흐르건만, 이 아찔한 황홀, 너는 장차 어디로 가려는가? 태초에 고원이 있고 성좌가 있고 동굴이 있었고, 태초부터 창검의 교합과 나루터의 빈 배가 있었으며, 태초부터 슬픈 아이의 눈과 애 못 낳은 여자의 노년이 있었고 땅강아지 같은 수많은 사람들이 있었다. 어디로 가려는가? 담벼락이 무너지고 땅이 흔들린다. 모든 날이 천만인의 액일(厄日)이고 모든 길에 종점이 사라지고 모든 억압과 방종이 뒤집어진다 한들, 바위에서 흘러나온 대답은 그래서 사탕처럼 달콤한 것 아니냐? 그곳에서 나고 자란 눈사태의 기억과 포효하는 이상이 두번 다시 떠나지 않고 모든 나를 구원할 요행은 없단 말이냐? 무너진 비석 위에 선남선녀가 만세의 잠언을 침묵으로, 생생하게 선포한다. 모든 파종은 수확이자 수확이 아니며 모든 시작은 중복이자 중복이 아니며 진정한 죽음은 존재하되 존재하지 않으니. 사람에서, 짐승에서, 전기냉장고에서, 쇠, 나무, 물, 불, 흙에서 자란 푸른 이끼에서 으르렁대는 인류의 소리. 너는 장차 어디로 가려는가, 라오헤이, 너는 장차 어디로 가려는가, 어디로?

숨은 바람이 되고 땀은 비가 되고
피는 강물이 되어 만년춘일세.
......

  사람들은 여전히 부르고 또 불렀다.
  마침내 땅이 울렸다. 나중에 사람들은 오래된 담벼락이 지
진에 온데간데없이 사라졌다고 했다. 잔해도 남기지 않고 깨
끗하게 쓸려갔다고. 나도 가보았다. 정말이었다.

    8

  라오헤이가 막 목욕을 마쳤다. 머리카락은 촉촉했고, 편
안하게 늘어진 땀구멍에서 나는 매끄러운 열기가 옷깃 밖으
로 흘러넘쳤다. 그녀는 고양이 새끼처럼 침대 속으로 파고들
어 교태스러운 표정을 지으며 뾰족한 턱을 치켜들었다. 턱이
커튼 쪽을 향하면서 귀뿌리 아래로 무슨 혈관 하나가 톡 불
거졌다. 총검이 흰 천을 들어올린 것처럼, 연약하고 아름다
웠다. 물론 그녀도 그걸 알고 있다. 두 다리가 쭉 뻗은 그녀의
몸매는 언제나 더 많은 연상을 불러일으킨다. 그녀가 은밀하
게 웃었다. "좀 전에 비누 갖다줄 때 문을 좀더 열어도 됐는
데." 웃음이 나왔지만 그녀를 다치게 해선 안된다. "누나 나
팔바지는 유행이 지난 것 같은데." 그녀가 냉소했다. "대혁명

당, 평생 손해나 보며 살 거란 생각 안 들어?" 그녀에게 담배 한 개비를 건네면서 나도 하나 물었다. "당신 시절도 이제 얼마 안 남았어."

분명 시절이 얼마 안 남았다. 그녀의 머리에도 흰머리가 반짝였고 얼굴도 말라빠진 흙바닥처럼 주름이 잡혔다—남들 앞에서 어설프게 기공 흉내를 내는 그녀의 모습은 어두운 불빛에서 보면 분명 무슨 무당처럼 보일 것이다. 왜 그녀는 주전부리를 짝짝 씹으며 이 가게 저 가게 기웃거릴까? 왜 남자들 앞에서 바보 같은 척, 섹시한 척, 수줍은 척, 고상한 척, 쌀쌀맞은 척 들을 하다 이때다 싶으면 재빨리 눈웃음을 날릴까? 웃으면 문제가 바로 보인다. 주름이 벌어지는 것이다. 하물며 그녀의 달콤한 웃음 띤 얇은 입술이 담배로 까맣게 전폐와 온갖 음식이 뒤섞인 악취나는 위장으로 연결되는 걸 모두가 다 아는 마당에.

참으로 비참한 일이다. 사람은 누구나 늙는다. 언제나 승승장구할 수 없는 법, 설사 승승장구한들 또 어쩔 것인가? 언젠가 그녀는 자신도 모르게 혼잣말을 흘린 적이 있다. "정말 재미없어. 남자들이란 문만 닫으면 똑같은 말만 하니, 참." 마침 구두를 닦고 있던 그녀는 구두코를 바라보며 가엾게 웃었다.

그래서 전화로 나를 불러냈을 것이다. 그녀 주위에 점점 커져가는 공백을 메우고 싶었으리라. 분명 그녀는 우리 집 낡은 소파를 눈여겨봤을 것이고 당시 개혁재판으로 고립무원에 빠진 내 상황을 간파했을 것이다. 지칠 대로 지친 내게 더이상 자신을 포장할 힘이 없으리라 확신했을 것이다. 만약 그렇다면 그건 더 비참하다. 나는 손으로 얼굴을 한번 닦고 소파의 손잡이를 가볍게 탁탁 친 다음 말했다. "갈래. 할 일 있어."

좋은 뜻에서건 나쁜 뜻에서건, 남자들이 그녀를 벗어나려 할 때 대부분 같은 말을 했을 것이다. 지금처럼 뻔한 거짓말을.

"가!" 그녀는 대범하게 턱을 젖혔다. 그러나 곧이어 자기도 컵라면 사러 나가야 한다고 중얼거렸다. 사실 그렇게 중얼거리지 않았어도, 나를 배웅하는 그녀를 내가 비굴하다고 생각할 리 없다. 할 일을 하면 되지, 자존심을 지키기 위해 머리를 굴릴 필요는 없는 것이다.

"오늘 날씨 정말 좋네." 내가 말했다.

"망할 놈의 수면제." 그녀가 말했다.

"밤에 꿈을 많이 꿔?"

"침대 밑에서 항상 땅땅 소리가 나."

"아직도 원인을 못 찾았어?"

"애초부터 원인 같은 건 없었을 거야."

"공장으로 돌아가서 다시 화학실험 일을 하는 게 어때? 아니면 목장 일을 하든지. 우리가 하방(下放) 때 했던 거."

"됐어. 나도 다 알아."

"누난 모르면서도 안다고 하지."

"내가 말했지. 나한테 책임이니 의미니 하지 말라고, 웃겨!"

"나도 말했어. 누난 남들이 책임이니 의미니 하는 걸 즐겼 잖아. 그건 웃기지도 않는 거야!"

강렬한 햇빛 때문에 나는 얼굴을 약간 찡그렸다. 돌아보니 갑자기 그녀가 집 안에 있을 때보다 훨씬 작아진 것 같았다. 뿐만 아니라 자세히 볼수록 그녀의 창백한 피부와 헐거운 눈두덩이가 어딘가 수상했다—그녀 역시 물고기를 닮은 것이다!

나는 인사를 하고 떠났다. 셔츠 등 뒤로 뾰족한 어깨뼈 두 개가 불쑥 솟은 그녀의 뒷모습이 떠들썩한 인파 속으로 점점 사라져갔다. 마치 물속에 녹아드는 설탕처럼, 작은 흑점으로 줄어들고 있었다.

나는 오토바이의 액셀을 밟았다. 백미러로, 뒤도 돌아보지 않고 돌진하는 트럭들이 지나갔다. 양쪽 길가, 무수한 차량의 행렬을 반사하는 쇼윈도우 사이에 서 있자니 마치 왁자지껄한 광장에 선 느낌이었다. 준공식을 기다리는 빌딩들. 가건물과 안전망의 껍데기를 벗어던지고 아름다운 날개를 펄럭일 준비를 마쳤다. 여느 때처럼 대교가 활시위처럼 팽팽하게 걸려 있다. 다리 가장 높은 곳에서 파란 하늘을 향해 질주할 때, 나는 순간 핑 하는 소리와 함께 활시위가 진동하고 내 몸이 공중으로 튕겨나갈 것 같아 두려웠다. 때마침 활짝 열린 태양의 불문에서 파파팍 솟구쳐나온 수만 톤의 황금 빛살이 도시를 흠뻑 적셨다—조금씩 자라나는 외침들.

과일과 소녀를 싣고 뭐가 좋은지 히죽거리며 자전거를 달리는 청년 하나가 내 뒤로 멀어져갔다. 페달을 밟을 때마다 그의 건장한 근육들이 떨렸다. 나는 참지 못하고 고개를 돌려 부러운 눈으로 그의 얼굴을 바라보았다. 문득 그의 생기 넘치는 근육에서 어떤 좋은 징조가 느껴졌다. 오후에 있을 논쟁에서 내 혀가 잘 돌아갈 것 같았다. 어쩌면 저 앞 길모퉁이를 돌면 누군가를 만날지 모른다——만난 적 없지만 기다려온 사람.

나는 지금 그 평범한 길에 다가가고 있다.

무엇을 보게 될까? 그동안 나는 무엇을 기다려왔나?

결국 나는 모퉁이를 돌지 않았고 뒤돌아보지도 않았다. 그저 앞을 향해 질주했다. 벌써 시간이 꽤 됐다. 우선 집에 가서 밥을 먹고, 먹고 나면 설거지하고, 설거지한 다음엔 위안(袁)가에게 전화를 걸어 회의시간을 잡아야 한다. 여전히 합의점을 찾지 못할지 모른다. 그래도 토론해야 한다. 이 도시를 위해, 방금 만나지 못한 길모퉁이의 그 사람을 위해.

생각하고 말 것도 없다. 시간은 그저 이렇게 흘러갈 뿐이고 이렇게 흘러가야 한다. 밥 먹고 설거지하고, 설거지하고 전화하고…… 여기에 지극히 간단하지만 또 지극히 심오한 진리가 있다. 막내고모가 죽기 직전에 무슨 토란 한사발, 했다는데, 모종의 난제를 탐구하는 중이었을까. 오랫동안 그 말은 내 흉중을 꽉 막고 있었다. 그러나 어쨌거나 깨달음에 통달한 지금, 나는 그녀에게 대답할 수 있다.

밥 먹고 설거지하고.

그게 다야.

누이.

1986년 1월.

1986년『인민문학』에 처음 발표.
1986년『상해문학』 5월호에 수록.
후에 소설집『유혹』에 수록.

아빠 아빠 아빠

爸爸爸

1

    태어난 날 그는 눈을 꾹 감고 이틀 밤낮을 잤다. 먹지도 마시지도 않는 게 죽었나 싶어 친척들은 겁이 더럭 났다. 사흘째가 되어서야 으앙 하고 울음을 터뜨렸다. 바닥을 기어다니게 되고부터 그는 마을 사람들에게 이리저리 놀림을 당하며 사람 되는 법을 배워갔다. 제법 빨리 배운 두 마디가 있었는데, 하나는 '아빠', 또 하나는 '니미×'이었다. 후자는 버릇없긴 하지만 아이 입에서 나온 것이니 실제 의미는 없을 터, 그저 어떤 부호라 생각하면 그만이다. '엄마×'이라 했다 치자. 사오년이 되고 칠팔년이 되었건만 그는 여전히 이 두 마디밖에 할 줄 몰랐다. 초점 없는 눈동자에 행동은 둔한데 머리만 기형적으로 아주 커, 꼭 거꾸로 세워놓은 파란 조롱박 같았다. 머리라 자처하는 그것 안에는 괴이한 물질로 가득 차 있을 것이다. 배불리 먹고 나면 입가에 밥알 두개랑 가슴팍에 번들번들한 국물자국을 묻히고는 뒤뚱뒤뚱 사방을 누비고 다녔다. 그리고 남녀노소 할 것 없이 보는 사람마다 능청스레 "아빠" 하고 불렀다. 만약 당신이 그를 노려보면 저도 눈치는 있어서 당신 머리 꼭대기 어느 지점을 향해 흰자위를 뒤룩 굴리며 "니미×"이라 내뱉고는 고개를 돌려 뒤뚱뒤뚱 내뺄 것이다. 그의 눈꺼풀은 좀처럼 말을 듣지 않는다. 가슴과 배와 목에 충분히 준비를 한 뒤에야 간신히 흰자위를 뒤집을 수 있다. 고개를 돌리는 것도 마찬가지다. 말랑말랑한 목에 후추 빻는 연자방아 추처럼 흔들거리는 머리는 반드시 커다란 포물선 각도를 유지해야만 안정감 있게 돌아갔다. 내빼는 건 더더욱 힘들다. 보폭을 넓게 딛건 좁게 딛건 중심 잡는 게 문제다. 머리와 상반신에 의존하여 몸을 힘껏 앞으로 기울인 다음에야 걸음을 내디딜 수 있고, 눈동자를 힘껏 치켜 속눈썹을 밀어올려야만 방향을 분간할 수 있다. 넓직한 걸음은 마지막 결승 테이프를 끊고 들어온 달리기 선수처럼 느려터졌다.

어쨌거나 그에게도 이름이 필요했다. 사주단자에 올리거나 묘비에 새길 이름이. 그래서 그는 '빙짜이(丙崽)'가 되었다.

빙짜이에겐 수많은 '아빠'가 있지만 한번도 진짜 아빠를 본 적이 없다. 듣자하니 부친은 마누라의 박색이 맘에 안 들고 그녀가 낳은 애물단지가 싫어 진작부터 아편을 팔러 간다며 산을 내려가선 두번 다시 돌아오지 않았다 한다. 어떤 사람은 그가 진즉 토비에게 '당했다'고도 하고, 어떤 이는 웨저우(岳州)에 두붓집을 열었다고 하며, 어떤 사람은 그가 주색에 빠져 몇푼 안되는 돈마저 다 날리고 천저우(辰州) 저잣거리에서 구걸하고 있더라 한다. 그가 존재하는지 여부조차 알 수 없으니 곧 대수롭지 않은 수수께끼가 되어버렸다.

빙짜이의 어머니는 채소를 심고 닭을 쳤지만 본업은 산파였다. 늘 여자들이 찾아오면 한참 속닥거리다 가위 같은 걸 들고 문을 나서곤 했다. 그 가위로 신발본도 오리고 절인 채소도 썰고 손톱도 깎았다. 그 가위로 산채마을의 한 세대와 미래까지 잘라냈다. 적잖은 그렇고 그런 생명줄을 잘라낸 그녀지만, 제 몸에서 떨어져나온 그 동그란 핏덩이만큼은 사람 구실을 하지 못했다. 사방을 다니며 의사도 구하고 치성도 드리고 목각 인형, 진흙 인형한테 절도 해봤지만, 아무도 아들에게 세번째 단어를 배우게 하지 못했다. 누군가 숙덕거리길, 몇년 전 그녀가 부엌에서 장작을 쌓다가 잘못해서 거미 한마리를 죽였는데, 초록빛 눈에 몸통이 빨갛고 크기도 항아리만큼 컸다고 한다. 그게 짠 거미줄도 베 한필만큼 컸다나. 나중에 아궁이에 집어넣고 태울 때 사흘 내내 탔고 냄새가 온 산을 진동했다 한다. 그러니 당연히 거미신 아니겠어? 신명을 어겨서 업보를 받은 건데, 뭐가 이상할 게 있어?

그녀가 이런 말을 들었는지는 모른다. 아무튼 한번은 지랄병이 나서 사람들이 그녀 입에 똥을 처넣은 적이 있다. 병이 나은 뒤에는 살이 쪄 꼭 탈곡장을 굴러다니는 롤러 같았다. 허리 아래로 뭉실한 살이 축 늘어졌고 간혹 제 아들처럼 흰자위를 까뒤집었다.

모자는 산채마을 어귀 한편에 있는 고즈넉한 목조집에 살았다. 다른 집들처럼 기둥이건 판자건 하나같이 쓸데없이 육중했다──이곳의 나무들은 참으로 돈 안되는 값싼 것들이다. 문 앞에는 항상 울긋불긋한 어린아이의 바지와 이불이 널려 있다. 연꽃잎 무늬의 오줌 자국과 함께. 당연히 빙짜이의 작품이다. 문 앞에서 빙짜이는 꼬챙이로 지렁이를 쑤시거나 닭똥을 만지작거리며 놀았다. 그러다 지겨우면 콧물을 대롱대롱 매달고 사람들 그림자를 밟고 다녔다. 나무를 해서 내려오거나 '고기 잡으러(사냥하러)' 산에 올라가는 아이들을 만나면 그들의 상기된 붉은 얼굴을 좋아라 쳐다보며, "아빠……" 하고 소리친다.

까르르 웃음이 터졌다. 그가 노려보면, 아이들은 벌건 얼굴로 씩씩거리며 다가와서는 몇 마디 욕지거리를 하고 주먹을 휘둘러 보이곤 했다. 아니면 아예 그 조롱박 같은 대가리를 한번 꽁 쥐어박을 때도 있다. 어떨 때는 아이들이 먼저 와서 놀린다. 어떤 놈 하나가 그를 다른 아이 앞으로 끌고 와서는 이렇게 구슬렸다. "아빠, 해봐, 빨리, 아빠." 우물쭈물하면 고구마 한조각이나 철판에 볶은 밤을 준다. 시키는 대로 하면 항상 그렇듯 신나게 웃다가 전처럼 한대 쥐어박거나 따귀를 때렸다. 만약 화가 난다고 "니미×" 하고 받아치면 눈앞이 캄캄해지고 머리와 볼따구가 더 얼얼해질 것이다.

두 마디 말은 다른 뜻 같지만, 그의 경우 효과는 같다.

그는 울 줄 안다. 그래서 울었다.

달려온 엄마가 눈을 흘기며 그를 끌고 갔다. 때로는 봉두난

발을 한 채 손뼉을 치고 허벅다리를 두드리며 욕을 퍼부었다. 욕 한마디 한 다음 넓적다리 안쪽을 문지르는 이유는 욕의 독성을 배가하기 위해서이다. "양심없는 놈들, 열병에 뒈질 놈들, 대가리를 찍어버릴 놈들! 이런 보물 같은(바보 같은) 애를, 네놈들이 우리 보배를 놀려, 이 악독한 놈들! 하느님도 눈이 있으면 좀 보시오. 내가 아니면 저 녀석들이 어떻게 제 에미 배 속에서 나왔소? 저것들이 곡식을 먹고도 사람 꼴이 안되고 뱃속이 썩어 내 자식을 못살게 구네……"

산채마을 밖에서 시집온 그녀는 억양이 이상하고 우스꽝스러웠다. '철 지난 새'라는 말만 안하면—이는 후사가 끊어진다는 말이다—아이들은 대부분 별 대꾸 없이 한번 웃고 흩어졌다.

욕하고 울고, 울고 욕하고. 하루하루 요란법석 티격태격하며 살아가는 삶은 그런대로 괜찮아 보였다. 아이들의 수염이 굵어지고 등이 굽어지면 또 한 무리의 코흘리개들이 자라 아이가 되었다. 빙짜이는 여전히 등짐 광주리만했고 여전히 빨간 꽃무늬 구멍바지를 입었다. 수년 동안 모친은 "열세살"이라고만 했지만, 그의 얼굴에도 나이테가 보이고 이마에 희미한 주름이 생겼다.

밤이 되면 빙짜이 모친은 문을 닫아걸고 빙짜이를 화롯가에 앉혔다. 무릎 밑에 그를 앉히고 무릎을 부딪쳐가며 중얼거린다. 글자를 읊고 노래를 흥얼대고, 심지어 대나무 의자를 흔들흔들 하는 것이, 일반적인 엄마들이 아이를 대하는 것과 비슷했다. "요 녀석, 나중에 커서 뭐가 될까? 말도 안 듣고 가르쳐도 소용없고 밥만 잔뜩 먹고 배울 생각은 없으니. 널 키우느니 차라리 강아지를 키울까, 개는 집이라도 지키지. 차라리 돼지를 키울까, 돼지는 잡아먹기나 하지. 흐흐, 요 녀석, 어디 쓸데가 있으려나. 눈알만 쓸데없이 크고. 고추가 여물어도 나중에 어떤 여자가 시집을 올꼬……?"

빙짜이는 이 엄마같이 생긴 엄마를 쳐다보고 또 그녀의 죽은 물고기 같은 눈빛을 쳐다보며 입술을 핥았다. 중얼중얼 소리가 하나도 재미없다는 듯, 그는 장난치듯 말대답을 했다. "니미×."

모친도 익숙한 터라 뭐라 하지 않았다. 여전히 몸을 천천히 앞뒤로 흔들었다. 대나무 의자가 끽끽 신음 소리를 냈다.

"나중에 장가간 뒤에도 어미를 기억할 거냐?"

"니미×."

"나중에 자식새끼 낳은 다음에도 어미를 기억할 테냐?"

"니미×."

"출세하면 어미를 개똥처럼 차버릴 거야?"

"니미×."

"그저 할 줄 아는 거라곤 욕뿐이니, 큰일이구나."

모친은 웃었다. 눈은 작고 목은 굵었다. 그녀로 말하자면 이렇게 문을 닫아걸고 갖는 의례만큼은 누구에게도 빼앗길 수 없는 낙이었다.

2

산채마을은 큰 산속 흰 구름 위에 있다. 문을 나서면 종종 구름을 밟곤 한다. 한발 내디디면 앞에 있는 구름이 물러서고 뒤에 있는 구름이 따라와 하얀 구름의 망망대해가 멀지도 가깝지도 않게 당신을 에워싼다. 가도 가도 끝없는 영원한 작은 섬이 당신 발밑에 있다. 이 작은 섬은 결코 외롭지 않다. 때로 나무 위에 있는 철갑까마귀를 볼 수도 있다. 석탄처럼 까맣고 엄지손가락처럼 쪼그맣지만 울음소리 하나는 우렁차다. 쩌렁쩌렁한 금속 소리다. 태곳적부터 지금껏, 아무 변화도 없는 삶 같다. 또한 흰 구름 위에서 하늘하늘 내려오는 거대한 검은 그림자를 볼 때도 있다. 마치 활짝 펼쳐진 책장처럼, 언뜻 보면 매 같고 자세히 보면 나비 같다. 언뜻 보면 검은 회색이지만 자세히 보면 검은 날개에 초록, 노랑, 귤홍색 무늬가 은은하게 얼룩져, 있는 듯 없는 듯, 해독하기 어려운 문자 같다. 사람들은 이런 데 아무 흥미가 없다는 듯 건성건성 가던 길만 바쁘게 걷는다. 가다 길을 잃으면 재빨리 오줌을 갈기고 제 어미를 욕했다. 그게 '갈림길 귀신'에 대응하는 방편이다.

뚝뚝뚝 뜨거운 오줌 줄기가 구름 속으로 떨어진다. 구름 아래 무슨 일이 일어나는지 산채마을 사람들은 관심이 없는 듯하다. 진나라 때 '검중군(黔中郡)'이 세워지고 한나라 때 '무릉군(武陵郡)'이 되었다가 나중에 '개토귀류(改土歸流)'*했다는데…… 이 모두는 입산한 소가죽상들과 아편상들에게 들은 말이다. 말이 그렇지, 산채마을은 달라진 게 없었다. 예전처럼 자기가 농사지어서 먹고살아야 했다. 관아는 고사하고 첸자핑(千家坪)에서도 누구 하나 산에 들어온 적이 없다.

농사를 짓는 것도 현실, 뱀, 벌레, 장독, 학질도 현실이다. 산중엔 뱀이 많았다. 굵은 건 절굿공이만하고 작은 건 젓가락만한 것들이 길옆 수풀 속에서 쉭 나타나서는 신이 나서 걸어가는 소가죽상을 채찍처럼 갈긴다. 사람들 말이 뱀은 색을 밝혀서, 광주리에 들어 있는 뱀에게 여자를 보여주면 광주리 안에 고분고분 자빠져 숨도 제대로 쉬지 않는다 한다. 뱀의 쓸개를 얻는 것은 여간 힘든 일이 아니다. 머리를 잡으면 쓸개가 꼬리로 들어가고 꼬리를 잡으면 머리로 들어가며 오래 지체하면 물이 되어 쓸모가 없어진다. 그래서 생각해낸 방법이 짚으로 여자 인형을 만들고 색깔을 칠한 다음 뱀이 끌어안고 놀게 놔뒀다가 가슴팍을 베어 쓸개를 꺼내는 것이다. 뱀도 흥분상태라 아무 고통을 못 느낀다고 한다. 산벌레 잡는 법도 있다. 사람이 독벌레에 감염되면 눈알이 청황빛이 되고 열 손가락이 시꺼메진다. 생콩을 씹어도 비리지 않고 깽깽이 풀을 입에 넣어도 쓰지 않으며 물고기를 먹으면 산 물고기를 낳고 닭을 먹으면 산 닭을 낳는다. 해독법은 얼른 흰 소 한마

....

* 명청대 원난, 구이저우, 쓰촨, 광시 등 변경지역의 소수민족 수장을 폐지하고 중앙관할 아래 넣어 중앙통치를 강화한 관리방식.

리를 잡아 신선한 소피를 마신 다음 소피에 대고 수탉 울음
소리를 세번 내는 것이다.

온 산을 빽빽이 채운 숲은 당연히 모두의 삶과 한층 긴밀
하다. 대설이 산길을 막으면 불에 목숨을 의지한다. 큰 나무
는 팰 것도 없이 바로 화로 속으로 들어가, 한단 한단 완전히
없어질 때까지 탔다. 어떤 녹나무는 엄청나게 키가 컸다. 몇
길, 몇십길 되는 꼭대기에 가서야 가지가 갈라진 것도 있다.
고대에는 채관(采官)이 노역꾼을 보내 이런 녹나무를 베어갔
다. 그것으로 주부(州府) 청사의 기둥을 박아 관리들의 위풍
을 세운 것이다. 산채마을 백성들은 녹나무로 배 갑판을 만
들어 멀리 천저우, 웨저우에 보냈다. 그러면 그 '아랫것들'은
다시 그 갑판을 뜯어 다른 데 썼다. 깎아서 창틀이나 화장대
를 만들고는 향녹나무라 불렀다. 그러나 산을 내려가는 건 다
소 위험하다. 곡신제(谷神祭)를 지내는 무리라도 만나면 머리
가 잘려나가고*, 비적을 만나면 배는 물론 전대까지 털릴 것
이다. 어떤 여인들은 수탉 피로 유인하여 잡은 독충들을 섞어
말린 가루약을 손톱 밑에 숨겼다가, 잠시 당신이 한눈파는 틈
을 타 찻잔에 툭 털어넣어 당신을 독살할지 모른다. 이걸 '방
고(放蠱)'라 한다. 방고자는 그렇게 함으로써 장수한다고 한
다. 그래서 젊은이들은 함부로 바깥에 나가지 않았고 나간다

* 중국 남쪽 여러 지방에, 사람 머리를 골짜기 귀신에 바쳐 풍작을 비는 풍속
  이 있다.

해도 함부로 물을 마시지 않았다. 물속에 살아 헤엄치는 고기들을 확인한 다음에야 몇모금 떠마셨다. 한번은 두 청년이 단벌 차림으로 나갔다 어느 동굴에서 바람을 피하고 있었다. 더듬더듬 길을 찾던 그들은 동굴 바닥에 한무더기 쌓여 있는 사람 백골을 발견했다. 동굴 벽에는 칼로 파낸 꽃무늬들이 있었다. 새나 짐승 같기도 하고 지도 같기도 하고 과두문(蝌蚪文) 같기도 한데 도무지 해독할 수 없었다. 무슨 일이 있었던 것인지, 누가 알겠는가?

게다가 고개는 높고 골짜기는 깊어 긴 나무통을 옮기기가 쉽지 않다. 그래서 대부분의 나무들은 어디에도 사용되지 않는다. 그저 늠름하고 아름답게 자라 햇빛과 이슬을 양껏 마신 다음, 묵묵히 산속에서 늙어갈 뿐이다. 매년 떨어져 두껍게 쌓인 잎과 가지를 가볍게 살짝 밟으면 검은 즙과 물방울 몇 개가 튀어오른다. 축축하고 진한 썩은 냄새는 수대에 걸쳐 산돼지 울음소리 속으로 스며들었다.

그리고 산채마을을 검게 물들였다.

이 마을이 어떻게 생겨났는지 아무도 몰랐다. 어떤 이는 산시(陝西)에서 왔다고 하고 누구는 광둥(廣東)에서 왔다고 하니, 당최 알 도리가 없다. 그들의 언어와 산 밑 마을 첸자핑의 말은 아주 달랐다. 이를테면 '보다(看)'는 '보이다(視)'가 됐고, '말하다(說)'는 '이야기하다(話)'가 됐으며, '서다(站立)'는 '기대다(倚)', '잠자다(睡覺)'는 '드러눕다(臥)'라 했다. 가까이 있는 사람의 대명사 '그(他)'를 '거(渠)'라고 하니, 꽤 고

어풍이다. 사람들 호칭에도 별난 습관이 있었다. 대단결을 아주 중시해서 그런지 원근과 친소를 일부러 뒤섞었다. 아버지를 '삼촌'이라 하고 삼촌을 '아버지'라 하고 누나를 '형'이라 하고 아주머니를 '누나'라 한다. 아빠라는 말은 첸자핑에서 들어온 말인데 별로 잘 쓰이지 않았다. 그러니 관례대로 하자면 빙짜네, 그 산을 내려가 감감무소식인 작자는 마땅히 그의 '삼촌'이라 해야 옳다.

이는 그와 별 상관이 없다.

이들 조상에 대한 비교적 자세하고 권위있는 해석은 고민요에 나온다. 산속은 해가 빨리 져 밤이 길고 무료하다. 그래서 사람들은 느긋하게 집에 앉아 노래를 부르며 옛이야기를 늘어놓길 좋아했다. 농사 이야기도 하고 비적 걱정도 하다 졸리면 졸기도 하면서, 아무런 목적 없이. 제일 많이 모이는 곳은 당연히 부뚜막과 차 궤짝을 산돼지 기름으로 반들반들하게 닦아놓은 부잣집이다. 가끔 산돼지 기름등을 벽에 켜둘 때면, 그윽한 연푸른빛이 으스스했다. 철사로 만든 등바구니에 송진 조각을 태우면 붉은 구릿빛이 사방으로 퍼져나왔다. 탁탁 소리에 당황한 불빛이 깜박거리고 등바구니는 졸음에 겨운 듯 몸을 비튼다. 화롯가엔 언제나 불기가 있다. 겨울에는 불을 피워 난방을 하고 여름엔 연기로 모기를 쫓기 때문이다. 연기를 쪼인 기둥 꼭대기와 들보는 석탄처럼 까맣다. 혼연일색으로 선과 경계가 뒤섞인 연기 냄새만이 맑게 코를 찔렀다. 곳곳에 매달린 잿빛 줄에 불이 닿을 때마다 검댕이 떨어져 사방을 날아다녔다. 사람들의 머리와 어깨, 무릎 위로 떨어져 내렸지만, 신경 쓰는 사람이 없다.

더룽(德龍)은 노래를 제일 잘했다. 수염이 없고 눈썹이 옅은 그는 평소에는 그야말로 난봉꾼이었다. 여자들은 그의 이름이 입에 오르기만 하면 깔깔 웃으며 이를 갈고 욕을 했다. 간드러진 소리를 타고난 그는 목청이 얇고 날카로웠다. 콧구멍을 틀어막고 소리를 뽑으면, 구구절절 칼로 정수리를 파내고 긁어내듯 살갗이 바싹바싹 곤두선다. 사람들은 그의 소리에 탄성을 질렀다. 더룽의 목청이 제대로 된 목청이지!

그는 독니를 뺀 청사를 데리고 다녔다. 문간에 들어왔다 하면 히죽히죽 웃었다. 억지로 시키지 않아도 잠시 들보를 노려보며 목을 조몰락거리고는, 진지하게 한곡조 뽑는다.

천저우 현엔 집이 몇채?
기둥도 많고 들보도 많겠지?
지궁링(鷄公嶺)엔 새가 몇마리?
새집도 많고 새털도 많겠지?

이런 「십팔 타령」 외에도 사람들이 가장 박장대소를 하는 대담한 연가도 있다. 그도 이 노래를 제일 즐겨 불렀다. (이곳에 대담한 부분을 인용하기는 그렇다.)

임 생각 불쑥불쑥

길 가다 생각나고 잠자다 생각나네

길 가다 생각나면 가던 길 절반 남겨놓고

잠자다 생각나면 이불 절반 남겨놓네

　마을에 경조사가 있거나 명절을 쉴 때면 관습대로 모두 「간(簡)」이라는, 죽은 사람을 부르는 고민요를 불렀다. 아버지에서 할아버지로, 할아버지에서 증조할아버지로, 쭉 강량(姜涼)까지 거슬러올라가며 노래를 부른다. 강량은 우리 조상이다. 하지만 그는 부방(府方)보다 뒤에 태어났고 부방은 또 화우(火牛)보다 뒤에 태어났으며 화우는 또 우내(優耐)보다 뒤에 태어났다. 우내는 엄마 아빠를 통해 태어났다. 그러면 누가 우내를 낳았을까? 그건 바로 형천(刑天)이다──아마도 바로 도연명의 시 중 "용맹한 기상은 변함이 없도다"*의 그 형천일 것이다.

　형천이 막 태어났을 때 하늘은 흰 진흙 같고 땅은 검은 진흙 같았다. 하늘과 땅이 딱 붙어 쥐새끼 한마리도 살 수 없었는데, 그가 도끼를 휙 하고 휘두르자 천지가 비로소 갈라졌다. 그런데 힘을 너무 쓴 나머지 제 머리까지 베고 말았는데, 나중에 젖꼭지가 눈이 되고 배꼽이 입으로 변했다. 그는 땅이 울리고 산이 흔들리도록 껄껄 웃으면서 큰 도끼를 휘두르며 춤을 췄다. 위로 휘두르기 삼년에 하늘이 올라갔고 아래로 휘

....
* 도연명(陶淵明)의 시 『산해경』을 읽고(讀山海經)」에 나온다.

두르기 삼년에 땅이 밑으로 내려앉았다.

형천의 후손은 어떻게 이곳에 왔을까──아주 오래전 오손이 할머니와 육손이 할아버지가 동해(東海)* 부근에 정착했다. 자손이 나날이 불어 집안이 번창하자, 도처에 사람들로 가득 차 양지바른 땅이 남은 곳이 없었다. 다섯집 아낙이 방앗간 하나를 같이 쓰고 여섯집 처녀가 물동이를 같이 쓰면서 어떻게 살라는 것인가. 그래서 사람들은 봉황(鳳凰)의 건의에 따라 쟁기를 메고 단풍나무 녹나무 배에 올라 서산으로 이주했다. 그들은 봉황을 안내자로 삼아 드넓고 누런 금수하(金水河)를 찾았다. 금이 제아무리 값지다지만 언젠가는 물살에 씻겨내려간다. 그래서 그들은 하얗게 빛나는 은수하(銀水河)를 찾았다. 은이 제아무리 값나간들 쓰면 언젠가 없어진다. 마지막에 찾은 것이 푸른빛 그윽한 도미강(稻米江)이었다. 도미강, 도미강. 벼와 쌀이 있으니 자손을 키울 수 있다. 이 대목에서 사람들은 노래하며 웃는다.

　　할머니 동쪽을 떠날 때 행렬이 길어
　　할아버지 동쪽을 떠날 때 행렬이 길어.
　　높은 산을 걷고 또 걷다
　　돌아보니 고향은 흰 구름 뒤
　　협곡을 가다 또 가다

* 후난 성 둥팅 호(洞庭湖)의 옛 이름.

할머니 할아버지 너무 힘들어.

고개 들어 서편을 보니 첩첩산중

걸을수록 아득하니 어디가 처음인가?

 듣자하니, 일전에 첸자펑에 왔던 사관(史官)에 따르면, 그
들의 노래는 전혀 사실무근이라 한다. 형천의 머리는, 제위를
두고 싸울 때 황제(黃帝)가 베었다는 것이다. 그곳에 살던 펑
(彭), 리(李), 마(麻), 모(莫)의 네 성씨도 원래 운몽택(雲夢澤)
일대에 살았지, 무슨 '동해 부근'이 아니라고 했다. 훗날 황제
와 염제 사이에 큰 전쟁이 일어나자 난민들이 오계(五溪)를
따라 서남쪽으로 피난하다 이 야만의 땅으로 흘러들어왔다
는 것이다. 그런데 이상하게도 고민요에는 전쟁에 의해 내몰
린 흔적이 하나도 없다.
 닭머리마을 사람들은 사관보다 더룽을 더 믿었다—더룽
의 옅은 눈썹은 마뜩찮았지만. 눈썹이 물처럼 옅은 건 외롭고
가난할 상이니까.
 더룽은 십여년 노래를 부르다 청사를 둘러메고 산을 떠
났다.
 그가 빙짜이의 아버지였던 것 같다.

3

빙짜이는 사람을 좋아했다. 특히 낯선 사람에게 관심이 많았다. 장인들이 마을에 들어오면 얼른 달려가 "아빠" 하고 소리쳤다. 만약 상대가 딱히 뭐라 하지 않으면, 빙짜이 모친은 눈웃음을 쳤다. 창피한 건지 좋은 건지. 아들에게도 잘했다는 건지 잘못했다는 건지 모를 알쏭달쏭한 야단을 쳤다. "아무한테나 뭐라고 부르는 거니?"

야단치고 나서, 그녀는 웃었다.

옹기장이가 오면 빙짜이도 가마를 보러 따라갔다. 그러나 옹기장이들은 그를 막았다. 오랜 관습 때문이다. 전설에 이르길 가마 굽는 법은 삼국시대 제갈량이 남방 정벌을 위해 이곳 산채마을을 지나가다 가르쳐준 것이라 한다. 그래서 지금도 옹기장이가 오면 먼저 태극도를 걸고 공손히 절부터 한다. 불을 붙이는 것도 상당히 까다롭다. 음불과 양불을 구별하여 거위털로 살살 가볍게 붙인다. 제갈량도 거위털 부채를 쓰지 않았던가?

여자와 아이는 가마에 들어갈 수 없다. 흙벽돌을 나르는 청년들도 욕이나 은어를 써서는 안되었다. 이런 규칙 때문에 사람들은 옹기장이에게 상당한 신비로움을 느꼈다. 휴식시간에 청년들은 그를 둘러싸고 담배를 권하거나 바깥세상의 일을 정중히 물었다. 그중 제일 예의 바른 이를 꼽자면 스런(石仁)이었다. 그는 늘 옹기장이를 집에 불러 고기를 먹이고 '재워' 보내는 등 극진했다──물론 그것은 그가 집에서 가장 노 릇을 못하는 덕이기도 하다.

스런의 별명은 런바오(仁寶). 장가를 안 갔으니, 말하자면 늙은 아이다. 그는 늘 수풀 사이에 숨어 개울에서 깔깔대며 목욕하는 여자아이들을 훔쳐봤다. 그녀들의 하얀 몸에 흥분 하다보면 마음이 아파왔다. 그러나 눈이 안 좋아서 자세히 볼 수 없었다. 결핍을 보충하기 위해 그는 오줌 싸는 계집애들을 구경했다. 또 암캐와 암소의 특정 부위를 보기도 했다. 한번 은 나무 방망이를 들고 암소를 본격적으로 관찰하려다, 그만 빙짜이 모친에게 들키고 말았다. 이 여편네의 취미가 시비 붙 이는 것이다. 돌아가 여기서 속닥속닥, 저기서 속닥속닥, 그 렇게 눈썹이 팔딱팔딱 뛰다가 런바오를 보면 슬그머니 달아 난다. 나중에 런바오는 죽순을 캐거나 송진을 긁으러 산에 갈 때, 외양간에 짚을 얹을 때, 항상 그 여편네가 자기를 염탐하 고 있음을 알아차렸다. 약초 캐는 척 죽은 물고기 같은 눈알 을 번득이며 호시탐탐 노려보고 있는 것이다. 런바오는 화가 치밀었지만 구실을 찾을 수 없었다. 아무 여편네한테나 욕을 갈겨봤지만 분이 풀리지 않았다. 역시 빙짜이에게 푸는 수밖 에. 어미나 다른 보는 사람이 없을 때, 그는 빙짜이의 얼굴에 사납게 따귀를 올려붙였다.

맞는 데 이골이 난 애늙은이는 맷집이 좋았다. 입을 몇차례 꼬집어뜯어도 아픈 표정이 없다.

반복하자니 손만 아팠다.

"니미×, 니미×……" 애늙은이는 그제야 뭔가 느꼈는지 느릿느릿 도망치기 시작한다. 런바오가 쫓아가서 잡았다. 빙짜이의 뒷덜미를 잡아끌고는 자기한테 머리를 박고 절을 하라고 시켰다. 빙짜이 이마의 살갗이 군데군데 모래알처럼 파였다.

빙짜이는 울기 시작했다. 울어도 소용없다. 엄마가 와도 이 반벙어리는 누가 때렸는지 고자질도 제대로 할 수 없다. 런바오는 이렇게 한차례 또 한차례 복수를 했다. 어미가 진 빚을 어린애한테 조금씩 거둬들였고 별다른 뒤탈도 없었다.

과일밭에서 나온 빙짜이 모친이 울고 있는 빙짜이를 보았다. 뭔가에 물렸거나 찔렸거니 하고는 상처를 제대로 보지도 않은 채 이를 갈며 악다구니를 친다. "울어, 울다 죽어! 제대로 걷지도 못해 밖에만 나오면 넘어지는데, 누굴 탓해?"

상황이 예까지 이르자 빙짜이는 분통이 터졌다. 눈동자가 하얗게 뒤집혔고 이마에 파란 핏줄들이 탁탁 터질 것 같았다. 미친 듯 제 손을 깨물고 머리를 쥐어뜯는 그를 본 행인이 이렇게 말했다. "아이고, 차라리 죽지."

얼마 후, 어쩐 일인지, 런바오가 빙짜이 모친에게 알랑대기 시작했다. 입만 열면 아주머니 아주머니 하면서 어찌나 달콤한지 입에 살살 녹았다. 그녀 집 벼를 찧는다, 절구를 고친다 하며, 언제나 소매를 걷어붙이고 여봐란듯이 힘을 썼다. 빙짜이 모친의 쓸데없는 입놀림에 대해서도, 발 벗고 나서서 변호했다. 주위 사람들은 자연히 의심을 품기 시작했다. 과붓집 문간엔 말도 많고 탈도 많은 법, 쑥덕대는 여자들을 어쩔 수 없다.

빙짜이 모친도 그를 향해 눈웃음을 쳤다. 저이한테 중신을 서야겠어. 그녀는 종종 아이를 받으러 마을을 나갔기 때문에 다니는 곳도 많고 아는 여자들도 많다. 그러나 몇집에다 이야기해봤지만 아무도 사주단자를 보내지 않았다. 그럴 법도 하다. 요 몇년 번번이 싸움에 패한 닭머리마을에 독신남이 어디 런바오뿐인가. 그렇게 몇년 동안 비탄에 빠진 런바오는 얼굴이 점점 늙어갔다. 마을엔 '꽃주문'이라는 말이 있다. 마음에 드는 처녀가 있으면, 그녀의 머리카락을 한가닥 구해서 자기 집 문 앞 나무 잎사귀에 매어둔다. 그리고 산들바람이 불어올 때 일흔두번 주문을 외면 그녀를 홀릴 수 있다는 것이다. 런바오도 해봤지만 효험이 없었다.

그는 약간 실눈이었다. 잘 보이지 않으면 온 얼굴에 노기가 서렸다가 잘 보이면 금세 미소가 떠오른다. 상대방의 말에 장단을 맞추며 놀랐다 분개했다 슬퍼했다 또는 온 세상의 슬픔을 다 안은 듯 비장해진다. 그가 고개를 끄덕일 때마다 목덜미에 앉은 검은 때도 팽팽해졌다 이완되기를 반복했다. 특히 그는 비범한 사람 곁을 기웃거리길 좋아했다. 옹기장이, 칼 장수, 장사치, 글쟁이, 음양선생 등. 이런 사람들과 대화를 할 때면 그는 늘 표준어를 썼다. 한참 상대를 치켜세운 다음, 은근히 자기도 와강자이(瓦崗寨)*의 영웅을 하나 내지 여섯쯤 알고 있음을 암시했다. 어떤 때는 옷섶에서 종이쪽지를 꺼내들고는 윗부분에 쓰인 반쪽짜리 대련(對聯)을 보여주며, 그 외지인이 나머지 반쪽을 맞출 수 있는지, 평측(平仄)을 아는지, 조심스레 시험해보기도 했다.

그러면 자기 위치도 높아지는 것처럼.

산 밑엔 여자들이 많았다. 그는 툭하면 친구를 만난다며 산을 내려갔다. 어떤 때는 며칠 동안 나타나지 않을 때도 있다. 그가 언제 나가 언제 돌아오는지 아무도 몰랐다. 황량해진 채소밭엔 산돼지도 숨을 만큼 잡초가 무성했다. 산 밑에서 돌아올 때마다 그는 신기한 물건을 들고 왔다. 유리 꽃병, 깨진 램프, 늘였다 줄였다 할 수 있는 고무줄, 지난 신문, 누군지 알 수 없는 사람의 사진. 맞지도 않는 큰 가죽신발을 신고 돌판길을 저벅저벅 걸으면서, 그는 신식인물이라도 되는 듯 우쭐거렸다.

런바오의 부친은 중만(仲滿)이라는 재봉사였다. 그 역시 채소밭 일도, 돼지를 먹이는 일도 할 줄 몰랐다. 그는 아들의 가죽신발이 눈에 몹시 거슬렸다. "개자식! 사흘씩이나 산을 내려가? 내 다리몽둥일 분질러놓을 테다!"

"분질러 죽이면 좋소, 내세엔 첸자핑에서 태어날 테니."

"첸자핑에 가면 금덩일 먹고 은똥을 싼다더냐?"

"첸자핑 왕 선생의 가죽신 밑창엔 쇠징이 박혀서 걸을 때마다 땅땅 소리가 납디다, 그런 거 본 적 있소?"

---

* 수나라 말엽, 부패한 왕조에 반기를 든 대규모 농민봉기가 일어난 곳.

쇠징 박힌 가죽신을 본 적 없는 중만은 말문이 막혔다. 주춤하다 다시 한다는 말이 이랬다. "가죽신 신으면 산도 못 타고 강물에도 못 들어가. 바람이 안 통해서 발에선 지린내가 나, 뭐가 대단하다고?"

"쇠징, 내 말은 징 말이오."

"당나귀나 징을 박지. 네놈이 사람 구실을 못하더니 아예 짐승이 되고 싶으냐?"

마치 자기 동지가 모욕을 당한 듯한 기분에 런바오는 분개했다. 그는 씩씩거리며 이렇게 쏘아붙였다. "고추 싹이 다 말라죽게 생겼소, 알고나 있소?"

탁— 재봉사가 집어던진 신발 한짝이 런바오의 머리에 딱하고 맞았다. 이 불효막심한 아들놈을 용서할 수 없다.

"흥!"

런바오는 겁이 났지만 꾹 참았다. 머리를 문지르지도 않고 씩씩대며 딴 방으로 건너가선 전처럼 남포등 갓에 구멍을 뚫었다.

그가 맞았다는 말을 듣고 아이들이 가서 확인해봤지만 그는 끝내 부인했다. 뿐만 아니라 심각한 표정으로 화제를 돌렸다. "이놈의 촌구석, 너무 보수적이라니까."

아이들은 '보수'란 말이 무슨 뜻인지 몰라 어리둥절해했다. 그래서 새로운 단어는 늘 가치가 있는 법이고 그의 가치도 따라올라가는 것이다. 사람들이 볼 때마다 그는 늘 바빴고 확신에 찬 표정으로 집에 틀어박혀 무언가를 연구하고 있었다. 때로는 대련을 연구했고 때로는 송진 혁대를 연구했으며 때로는 돌가마를 연구했다. 한번은 은밀하게 아이들에게 말하길, 첸자펑에서 금광 캐는 법을 배웠는데 지금 산에 금을 캐러 갈 거라고 했다. 금! 노랗게 빛나는 금 말이야! 그는 정말로 괭이를 메고 며칠 동안 산속을 쏘다녔다. 그 덕을 좀 볼까 싶어 아이 몇이 몰래 따라갔다. 며칠을 관찰했지만 그가 정말로 일하는 모습은 볼 수 없었다.

아이들의 의혹에 그는 대범하게 웃었다. 그런 다음 상대의 어깨를 툭툭 치며 다독였다. "곧 시작할 거야. 알았어? 현에서 사람이 왔는데 벌써 첸자펑에 왔대. 진짜야." 혹은 이렇게 말했다. "이제 시작한대도. 진짜야. 내일 눈이 오면 싹이 맥을 못 출 거야." 그러고는 마치 투명인간에게 미행이라도 당하는 듯 고개를 돌려 뒤를 살폈다.

때로는 아예 한마디만 하고 말 때도 있다. "두고 봐. 내일은 틀림없으니."

아이들은 이런 위풍당당한 말을 숭배했지만, 사람들은 그게 무슨 말인지 알아듣지 못했다. 시작하는 건 좋은데, 무얼 시작한다는 거지? 돌가마 굽는 걸 시작하나? 아님, 금 캐는 걸? 아니면 전에 그가 말한 대로—하산해서 데릴사위 노릇을 하겠다는 건가? 하지만 사람들은 가죽신을 신고 언제나 심각한 표정으로 무언가에 열중해 있는 그에게 뭔가가 있긴 있으리라 생각했다. 같이 밭을 매거나 나무를 베자고 사람들을 불러모을 때도, 이런 속된 일을, 싶어 감히 그를 부르지 못했다.

오늘 사당문이 열리고 곡신제에 대한 토론이 이루어졌지만, 런바오는 고개를 저었다. 첸자핑 사람들 봄제사를 봤는데 그것이야말로 진정한 제사라 했다. 어디 이런 촌구석과 같을까. 일년에 쟁기질 한번으로, 논두렁도 안 트고 둑에 삽질도 안하면서 산에다 어떻게 골짜길 만들어? 게다가 밭에 골짜기가 많건 적건 그것은 그의 웅대한 포부와 아무 관련이 없다. 그래도 가서 보긴 했다. 향불 앞에서 절하는 자기 부친을 보고 그는 냉소를 지었다. 이게 뭐 하는 거야? 모자챙 절을 해야지. 그는 첸자핑에서 모자챙 절을 봤던 것이다.

그는 옆에 선 어느 소년에게 큰소리쳤다. "내일 시작할 거다."

"시작." 소년은 어리바리한 표정으로 고개를 주억거렸다.

그 소년은 결코 지음(知音)이 못된다. 김이 빠졌다. 그래서 좌우를 살피며 여자들을 훔쳐봤다. 귀에 귀걸이를 딸랑거리는 어느 아낙이 소매 깃으로 연신 구슬 같은 땀방울을 훔치고 있다. 꿇어앉을 때 보니 바지 솔기가 찢어져 하얀 속살이 드러났다. 런바오는 곁눈질을 했지만 잘 보이지 않았다. 하지만 상상력을 발휘하기엔 충분했다. 한마리 뱀으로 변한 그의 눈빛이 좁은 솔기 틈새로 뚫고 들어가 구불구불 몇바퀴를 돌고 위아래로 튀어오르며 여유롭게 노닐었다. 상상 속에서 그는 이미 그 여인의 어깨, 무릎, 그리고 발가락 하나하나에 입을 맞추고 있었다. 심지어 혀끝에 시큼한 맛까지 느껴지는 것이었다……

그는 생각했다. 반드시 저 여인과 모자챙 절에 관해 대화해 보리라.

4

여인들은 마실 다니는 걸 좋아했다. 처마를 따라 동쪽 서쪽 할 것 없이 화롯불가에 모여앉아 도란도란 수다를 떨었다. 찻 주전자를 몇 단지나 비우고 요강에 오줌을 몇뼘씩 채우면서 안색이 해쓱해지고 솜털이 곤두설 정도가 되어서야 대바구 니와 빨랫방망이를 들고 일어서기 시작한다. 그녀들이 한참 동안 한 이야기들이란, 어느 집 닭 울음소리가 오리 울음처럼 들렸다거나 섣달 그믐날 눈이 안 왔다거나 하는 것이다. 그 런데 재 너머 닭꼬리마을로 아이를 받으러 간 빙짜이 모친이 새로운 소식을 가져왔다. 닭꼬리마을의 싼아궁(三阿公)이 집 에서 큰 지네에게 물려 죽었다는 것이다. 죽은 지 이틀이 되 도록 아무도 몰랐고, 그 결과 한쪽 다리가 쥐들에게 먹혀 절 반이 없어졌다고 했다——어딘가 불길한 징조 같다.

그러나 나중에 다른 사람들은 싼아궁이 죽기는커녕 이틀 전에도 언덕 위에서 죽순을 지고 가는 걸 봤다고 했다. 그렇 게 말이 오가는 과정에서 싼아궁의 존재는 희미해져, 그가 있 고 없고는 더이상 문제가 되지 않았다.

그 징조를 증명이라도 하듯, 얼마 안 가 밀어닥친 꽃샘추위와 한바탕 쏟아진 우박에 밭에 심은 싹 대부분이 얼어 시커먼 물로 변했다. 듬성듬성 남은 몇 뿌리들이 뽑다 만 닭털처럼 붙어 있을 뿐이다. 며칠 뒤에는 또 폭염이 밀어닥쳐 밭에 벌레가 득실거렸다.

요 몇년 산채마을에는 여자아이들이 많이 태어났다. 사람들은 쌀독이 너무 얕아졌다고 생각했다. 한번 푸면 바닥이 보인다고. 사람들은 곡식을 빌리기 시작했다. 하나가 빌리자 연쇄반응이 일어났다. 벽장에 곡식이 있건 없건 너도나도 앞다투어 곡식을 빌렸다. 마치 자기도 이웃이 있다는 걸 보여주려는 듯. 빙짜이 모친도 죽자 사자 곡식을 빌렸지만 사실 마음은 내심 느긋했다. 요 몇년 그녀는 긴 안목으로 음덕을 쌓고 사당을 돌봐왔다. 쥐들이 족보를 갉아먹고 조상들의 안녕을 해한다며 고양이 한마리도 키웠다. 그 고양이를 박대하면 안 된다며, 매년 공전(公田) 소출의 곡식 한단씩을 풀어 먹였다. 매일같이 빙짜이 모친은 밥을 절반 채운 항아리를 들고 동네를 지나다니며 고양이한테 먹일 거라고 큰 소리로 떠들었지만, 실은 사당에 들어가 자기가 먹곤 했다. 이 고양이 덕에 모자가 절반은 배를 채운 것 아닌가? 그 꿍꿍이를 알아채고 뒤에서 구시렁거리는 사람들이 생겨났다. 그러면 그녀는 눈을 부라리며 뭔 소리냐는 표정을 지었다.

곡식을 빌리다보니 사람들은 점점 불안해졌다. 여인들은 다시 곡신제 이야기를 꺼내기 시작했다. 빙짜이 모친은 신바람이 나 토론에 적극 참여했다. 한가할 때면 반짇고리와 신발 밑창을 들고 빙짜이를 대동하고는 땅딸한 몸을 왼쪽 오른쪽으로 뒤뚱거리며 가가호호 높다란 문지방을 엉덩이로 타고 넘었다. 곡신제에 대해 들어본 적이 없는 여자들에게 그녀는 간곡히 훈계했다. 이건 대대로 내려오는 관습이야. 머리숱이 제일 많은 사내 하나를 잡아서 개들에게 먹여야 해. 그리고 사내를 내놓은 집에서 "수확을 먹는" 거야. ……아낙들은 눈을 크게 뜨고 서로의 몸을 바짝 끌어당겼다. 웃고 나서 그녀는 또 은밀한 목소리로 소곤거렸다. "자네 집에선 수확을 못 먹을 거야. 걱정 마. 자네 남편은 머리털이고 수염이고 숱이 없잖아…… 하지만 그렇게 없는 것도 아니지." 혹은 말하길, "자네 집은 수확을 못 먹어, 걱정 말게. 자네 서방은 너무 말라서 몇근 나가지도 않잖아. 하긴, ……그렇게 마른 편도 아니지만, 흠" 했다.

그녀는 두 눈을 뚱그렇게 뜨고 아낙들을 위로한답시고 그녀들의 심장을 벌떡벌떡 뛰게 만들었다. 그러고는 손가락을 구부려 밥사발에 담긴 찻잎을 싹싹 긁어 입에 넣고 우물우물 씹고는 빙짜이를 데리고 의미심장하게 작별을 고하는 것이었다. "내 가서 한번 봄세."

'봄세'라는 말의 의미는 모호했다. 알아보겠다는 건지, 나서서 사정을 설명하겠다는 건지, 횃대를 한번 둘러보겠다는 건지, 다 가능했다. 그러나 두려움에 떠는 아낙들은 이런 모호함 속에서 온기를 찾았다. 마치 한가닥 희망을 기탁할 곳인 양.

실제로 그녀는 횟대를 살피러 갔다.

횟대 근방은 런바오 부자의 집이다. 빙짜이 모친은 횟대를
다 살펴본 뒤에도 연신 그쪽을 흘끔거렸다. 여기서 흘끔거린
다는 말도 아주 모호하다. 인사를 한다는 건지, 경계를 한다
는 건지, 염탐을 한다는 건지, 아니면 약점을 감추고 도발을
한다는 건지. 이런 식으로 매일같이 흘끔거리는 그녀 때문에
재봉사 중씨는 열불이 터졌다.

재봉사 중씨는 여자를 싫어했다. 빙짜이 모친은 더더구나
싫었다. 말하자면 그녀는 그의 제수뻘이고 그와 이웃이다. 울
타리도 붙어 있고 나무그늘도 같이 쓴다. 벽만 없다면, 상대
역시 밥 먹고 잠자고 아들 키우는 게 별다를 게 없음을 알 것
이다. 그러나 붙어 있을수록 어디가 서로 다른지도 분명해진
다. 빙짜이 모친은 늘 대나무 장대를 쳐들고 여자 옷을 널었
다. 그런데 속이 뻔히 보이게 중씨네 집 대문 쪽에 바짝 붙어
서 너는 것이었다. 대문을 나설 때마다 그는 기분이 묘했다.
이거야말로 선비를 욕보이는 게 아닌가? 게다가 그녀는 늘
땅바닥에다 태반을 널어 말려 미용약으로 만들어 먹거나 팔
았다. 저 아낙들의 배 속에서 떼어낸 비린내 나는 살덩어리를
돗자리에 널어 이리저리 굴리면서 말리면, 마르면서 쪼글쪼
글해지는 게 무슨 귀신 같았다. 그걸 볼 때마다 그는 머리털
이 곤두섰다. 하지만 이 모든 걸 다 합쳐도 그녀의 눈빛처럼
싫은 건 없다. 아무 생각 없는 눈빛, 아무 이유 없는 이유, 아

무 관심 없는 관심. 보이지 않는 독사.

"요물!" 어느날 재봉사 중씨는 대문 앞에서 버럭 화를 냈다.

집 앞에 다른 사람은 없었다. 마침 발에 굳은살을 긁어내고 앉았던 빙짜이 모친은 그가 욕하는 사람이 누군지 알아차렸다. 흥. 그녀는 아랑곳하지 않고 굳은살을 박박 긁었다.

그렇게 서로 미워했지만 재봉사는 빙짜이에게 복수하지 않았다. 한번은 그 애늙은이가 살금살금 그 집 문 앞에 왔다. 그의 얼굴에 붙은 곰보 자국을 한참 들여다보더니 초록색 콧물을 앉은뱅이 의자 위 천뭉치에 쓱 닦는 것이다. 재봉사는 그냥 한번 노려보고는 천뭉치를 집어다 아궁이에 던져버렸다.

여자와 아이를 피하는 사람에겐 군자의 품위가 있다. 중씨가 군자인지 아닌지, 뭐라 말하긴 어렵다. 하지만 산채마을에서 그는 '말몫(話份)'*이 있는 사람이었다. '말몫'이라는 말도 아주 모호한 개념이다. 처음 이곳에 오는 사람들은 한동안 그말이 무슨 뜻인지 이해하지 못했다. 돈 있고 기술 있고 수염도 있고 그럴듯한 아들이나 사위를 두면 말몫이 생긴다. 소년들은 모두 이 말몫을 쟁취하기 위해 필생의 정력을 쏟는다.

말몫이 있다는 건 사람들이 그의 말을 따른다는 뜻이다. 재봉사는 먹물을 어설프게 먹었다. 모친을 일찍 여의고 홀로 외롭게 살면서 육촌 삼촌이 남긴 두서없는 선장본(綫裝本) 몇쪽

----

* '말의 힘'을 의미하는 듯한 후난 산골의 사투리. '말몫'을 비롯하여 지청시절에 경험한 사투리를 가지고 본격적으로 쓴 장편소설이 『마차오 사전』(1996, 한국어 번역본 『마교 사전』)이다.

을 읽은 그는 진짜인지 가짜인지 모를 옛날이야기를 꽤 알았다. 진 공자 중이(中耳)*, 여동빈(呂洞賓)**, 마복파(馬伏波)***를 알았고, 가장 존경하는 인물은 재상 제갈량이었다. 때로는 사내아이들을 데리고 아궁이 불가에 앉아 대나무 담배를 후룩후룩 빨면서 느릿느릿 이야기를 들려줬다. 세 마디마다 한번, 다섯 마디마다 한번씩 뜸을 들였고, 입을 열고 나서도 한참 있다가 "에헴" 하고는 본론으로 들어간다. 청중이 아니라 죽은 조상에 대고 이야기하는 듯 아득한 눈빛이었다. 소년들은 그의 얼굴에 파인 근엄한 곰보 자국에 감히 재촉하지 못했다.

"자동차는 달걀과 같은 거란다." 그가 말했다. "와룡 선생이 목류우마(木流牛馬)****를 발명했지만 멍청한 후인들이 제조법을 유실했지."

그리고 또 이런 말도 했다. "선인들은 하나같이 키가 팔척이고 무게가 삼만근이나 나갔거늘, 어디 저기 저 잡종과 같을까."

모두들 그게 빈짜이라는 걸 알았다.

하루하루가 불쾌하고 되는 일이 없었다. 부들부채를 부쳐 봤지만 갑갑하긴 마찬가지였고 콧날에 식은땀이 맺혔다─젠장! 요물 같으니. 옛날엔 어디 이렇게 더웠나? 의자까지도

---

* 진나라 공자. 망명했다 돌아와 정권을 탈취했다. 『좌전』에 나온다.

** 도교의 주류 파벌 전진도(全眞道)파의 창시자.

*** 동한(東漢)의 장군이자 개국공신 마원(馬援)을 말한다.

**** 제갈량이 만든 운송도구.

낄낄 음흉한 소리를 내는 게 영 마음에 들지 않는다──요물, 요즘 기술하고는, 무슨 귀신 씻나락을 까먹는지, 예전엔 의자 하나를 만들어도 시집가 할망구가 될 때까지 앉아도 튼튼하기만 했구먼. 이리저리 생각해봐도 역시 와룡 선생이 없고부턴 세상의 법도가 망한 듯했다. 닭머리마을도 곧 머지않았어.

머지않았다고?

지금 사람들은 하나같이 곡신제를 의논하느라 바쁘다. 집에 있자니, 무엇을 해야 좋을지 몰랐다. 문제를 제기하고 골몰히 생각하다보니 마침내 그는 배가 고프다는 것을 깨달았다. 근래에 옷 지으러 찾아오는 사람이 준 탓에 그는 손수 밥을 지어야 했다. 설사 누군가 찾아온다 해도 요즘 사람들 밥 짓는 게 갈수록 질다. 그는 진밥이 질색이다. 쌀알 하나하나가 모래알처럼 까끌까끌하지 않으면 젓가락도 대지 않는 그였다.

"이 병신 놈아!" 그가 소리 질렀다.

아무도 대답이 없었다.

그는 다시 소리 지른 다음 잠시 생각하다 위층으로 올라갔다. 아들의 모기장, 그의 징 박힌 장화들이 죄다 날개라도 단 듯 사라졌다. 남은 거라곤 텅 빈 침대랑 큰 항아리 몇개뿐이었다. 오랫동안 절인 채소를 담지 않은 이 항아리들은 벽 한 구석에 무슨 큰 벌을 받는 죄수처럼 엎어져 있다. 영원히 그 자리에 처박혀 있을 것이다. 거기에 관까지 한짝 있다. 런바오가 누굴 위해 준비해뒀는지, 방 한가운데를 떡하니 차지하고 쿨쿨 자고 있다.

중씨는 알아차렸다. 아무 말도 하지 않았다.

벽 한구석에 움찔하는 쥐를 보자 모든 게 더 확실해졌다. 요물! 그래. 바로 그 요물이야!—꿈에서 봤다. 꿈속에서 그 쥐가 가슴에 손을 모으고 공손히 서서는 안됐다는 눈으로 그를 향해 웃었다. 그 짐승은 귀랑 발이 온통 빨갰고 눈동자도 시뻘겠다. 책에서 말하지 않았던가. 연지를 훔쳐 먹어서 그렇다고. 그 요부가 최음제로 그놈을 잡은 거야. 그 병신이 분명 그년한테 홀렸어. 이 마을도 그년 때문에 망할 거야!

재봉사 중씨가 욕을 지껄이며 쇠끌을 내리치자 항아리 하나가 쨍그랑 하고 깨졌다. 쥐새끼도 꼬리를 움츠린 채 쌩 하고 쥐구멍 속으로 들어갔다. 그는 옆방으로 달려가 나무궤짝 하나를 아작 내고 광주리 두개를 쑤셔 벌집을 만들었다. 그래도 분이 안 풀렸다. 우당탕 아래층으로 내려가서는 의심 가는 곳마다 샅샅이 살폈다. 밥사발이 망가지고 천장에 매달린 주전자가 떨어졌다. 탁자, 의자, 걸상 들이 고통스레 무릎을 꿇고 납작 엎어져 몸부림쳤다. 그는 불을 붙여 쥐구멍을 태웠다. 때가 끼어 꼬질꼬질한 모기장에도 붙였다. 불길이 훨훨 황금빛을 번적이며 맹렬하게 타올랐다.

결국 쥐들은 그에게 몰살당했다. 큰 놈, 작은 놈, 도합 여섯 마리가 죄다 머리가 베이고 사지가 잘렸다. 아궁이에 넣고 태우자 괴이한 냄새가 났다. 그는 바닥을 울리는 묵직한 발걸음 소리에 고개를 돌렸다. 빙짜이 모친이 무심한 표정으로 이쪽을 보고 있다. 까닭 없이 분노가 치솟았다. 치를 떨면서 그는 쥐 태운 재를 물에 타 꿀걱꿀걱 삼켜버렸다.

그의 얼굴이 까매졌다. 단전의 기가 다한 걸 느낀 그는 잠시 조용히 앉았다가, 문을 나섰다.

때마침 수탉 울음소리가 정오를 알렸다. 산채마을은 아무도 없는 듯, 죽은 듯 고요했다. 정면은 지궁링이다. 닭머리 봉우리 아래는 흉악하게 생긴 절벽이 있었다. 얼룩덜룩한 무늬는 칼이나 창 같기도 하고 깃발과 북 같기도 하며 또 투구와 갑옷, 전차와 군마 같았다. 어떤 돌에 난 무늬는 무슨 뜻인지 알 수가 없었다. 산 정수리를 타고 흘러내리는 듯한 갈홍색 선혈에 참혹한 전쟁의 기운이 느껴졌다. 재봉사 중씨는 생각했다. 조상들이 나를 부르고 있어.

길가 호박 울타리에서 노인 하나가 얼굴을 드러내고 웃는다.

"중씨, 밥 먹었어?"

"먹었어." 그 역시 담담하게 웃었다.

"곡신제 올려야지?"

"올려야지."

"누구 머리를 올리나?"

"그게…… 제비를 뽑아야지."

"제비?"

"자넨 먹었나?"

"먹었어."

"응, 먹었구면."

쌍방은 더 말이 없었다.

산 위의 나무들이 온 하늘을 메울 듯 뻗어 있다. 차밭 언덕을 내려오니 나무들이 한층 빽빽하다. 어떤 나무엔 댓개비들이 묶여 있었다. 모두 관으로 봐둔 나무들이다. 산채 사람들은 어릴 때부터 산에 올라가 자기 관을 짤 나무를 점찍는다. 찜한 나무에 댓개비를 묶어 표시를 해두고 매년 한두번씩 올라와 점검하는 것이다. 그러나 재봉사 중씨는 어릴 때부터 산에 올라왔지만 아직도 관 짤 나무를 못 정했다. 뿐만 아니라 심술궂게 생긴 저 망할 나무들이 미웠다. 군자란 앉아도 앉는 모양이 있고 설 때도 서는 모양이 있으며 죽을 때도 죽는 모양이 있어야 한다. 죽을 때도 위엄을 잃지 말아야 한다. 죽으면 죽는 거지, 무슨 준비를 해? 그는 낫을 들고 왔다. 명당 자리에 자리 잡고 선 놈 하나를 베어 뾰족한 말뚝을 만든 다음, 거기에 몸을 박고 앉아 죽으리라. 원 없이 죽으리라. 그는 그렇게 죽은 사람을 본 적이 있다. 이삼년 전 마자동(馬子洞)의 절름발이 룽씨가 그랬다. 가래기침을 하다 하다 못 견뎌 그렇게 가고 말았다. 죽은 다음 사람들은 말뚝 앞 흙바닥이 열 손가락으로 긁어 울퉁불퉁해진데다 먼지가 뿌옇게 일어 있는 것을 발견했다. 얼마나 장렬하게, 잘 죽었는지 알 수 있었다. 족보에도 그렇게 기록되었다.

그는 작은 소나무 하나를 택했다. 재봉사의 손으로 나무를 어설프게 깎아나갔다.

5

원래는 빙짜이의 머리로 곡신제를 지낼 참이었다. 쓸데없는 폐물은 죽이는 게 도와주는 거다. 살아봤자 따귀나 맞고 다니니, 그 어미를 도와주는 것이기도 했다. 그런데 뜻밖에도 막 칼을 내리치려는 순간, 하늘에서 천둥소리가 울렸다. 사람들의 마음에 다시 의혹이 일었다. 귀신이 이 말라깽이 제물이 마음에 안 드시나?

하늘의 뜻은 헤아리기 어렵다. 그래서 고기 밥상을 차리고 무당을 불렀다. 무당이 손가락을 가리켰다. 수확이 안 좋은 건 저 닭귀신이 장난을 쳐서 그래——저기 앞에 지궁링 안 보여? 닭머리 봉우리가 떡하니 산채 언덕 밭뙈기 둘을 내려다보면서 곡식을 다 배 속으로 쳐넣고 있구먼.

사람들은 즉각 닭머리를 폭파할 방법을 의논했다. 그것은 닭꼬리마을에도 영향을 미친다. 닭꼬리마을 또한 큰 마을이다. 수백호의 인구들이 산채 앞 커다란 화강암 패방(牌坊) 아래를 들락거렸다. 아편이 주업이라 비교적 풍족한 이 마을은 다소의 학자도 배출했다. 듣자하니, 개중에 대문호가 된 이도 있고 신장(新疆)에서 군대를 거느린 이도 있다고 한다. 고향 어른들에게 문안드리러 환향한 이들은 모두 여덟명이 드는 가마를 탔다. 설 쉴 때면 집집마다 소를 잡았다. 소 잡는 소리가 나면 소가죽상들이 좋아라 몰려들었다. 산채마을 앞에는 큰 우물 하나와 커다란 녹나무 한그루가 있었다. 계집애들은 나무 밑에서 조약돌로 바둑을 두며 놀았다. 나무와 우물이 남녀 성기의 상징이라 믿는 마을 사람들은 늘 그 앞에서 향불을 피우며 인재가 나게 해달라고 빌었다. 한번은 마을에 여자아이들이 연달아 태어난데다 포상귀태까지 생겨나 분위기가 매우 흉흉했다. 조사해보니, 닭머리마을에서 웬 놈 하나가 지나가면서 그 나무 위에 올라가 불알을 비벼대는 바람에 가지 하나가 부러졌다는 것이다.

그로부터 두 마을에 원한이 맺어졌다. 나중에 또 누군가 말하길, 그게 원래는 마자동과 닭꼬리마을에 대대로 내려오는 원한이었는데, 누군가 암중수를 써서 원한이 닭머리마을로 옮아간 것이라 했다. 이런 사건엔 실증이 없으니 그렇게 흐지부지되었다. 관아의 힘이 미치는 곳도 아니므로 아무도 조사하러 오지 않았다. 그저 관도(官道)를 정비한다며 노역을 재촉하러 한번 왔을 뿐이다.

닭머리마을이 닭머리를 폭파시킨다는 소문은 확실히 근거가 있어 보였다. 닭꼬리마을 사람들의 분노가 하늘을 찔렀다. 그들의 전답이 비옥한 건 바로 닭이 꽁무니로 배출하는 배설물 때문인데, 닭머리를 폭파시키는 걸 어찌 앉아서 보겠는가? 그들은 언덕 위에서 한참을 싸웠다. 쌍방이 완력을 쓰는 지경에 이르자 닭머리마을 청년들이 일단 물러났다.

마을은 여전히 조용했다. 닭 울음소리, 소 워낭소리, 간혹 서방을 닦달하는 부인네들의 목소리가 지붕 위로 튀어올랐다. 그러나 튀어오르는 순간 거대한 침묵에 함몰되어 사라졌다. 빙짜이는 몸을 흔들며 작은 징을 두드렸다. 호주머니에 든 고구마칩 한두개를 꺼내면 서너개가 바닥에 떨어져, 늘 개두마리를 달고 다녔다. 그는 재봉사네 늙은 검둥이를 보고 방싯 웃었다. 그러고는 파초나무 두그루를 향해 와와 소리를 질렀다. 근자에 그는 사당에 호감이 생겼다. 아마 머리를 베일 뻔한 그 전날, 사당에서 고기반찬을 먹었기 때문일 것이다. 그래서 고개를 처박고 사당을 향해 한차례 또 한차례 달려가며 '테이프를 끊었다'.

사당 앞에서 놀고 있던 여자아이들이 그를 보았다.

"저기 봐, 보물단지가 왔네."

"쟤는 삼촌도 없는 호래자식이야."

"나도 알아, 쟤 거미가 변한 거래."

"무슨 소리야, 쟤 엄마가 거미였대."

"쟤 절 시키자, 어때?"

"아냐! 소똥을 먹이자! 제일 구린내 나는 걸로, 으으, 냄새!"

"하하!"

……

빙짜이는 그들을 향해 징을 한번 치고는 콧물을 핥으며 좋아라 소리 질렀다. "아빠……"

"누가 네 아빠야? 퉤! 찌그러져!"

여자아이들이 둘러서서 그의 귀를 꼬집고는 소똥 무더기

앞에 그를 꿇어앉혔다. 분뇨더미에 그의 코가 쳐박혔다.

다행히 시끌벅적 어른들 소리가 들려왔다. 주의가 딴 데로 옮겨간 여자애들은 와와 소리 지르며 흩어졌다. 빙짜이는 아직 그 자리에 꿇어앉아 있었다. 한참 뒤 주위에 아무도 없는 걸 깨닫고 일어나 사방을 둘러보았다. 중얼중얼 성난 얼굴로 계집아이의 삿갓 하나를 거칠게 밟아뭉갰다. 그리고 다시 아무 일도 없었던 것처럼 사람들이 모인 곳으로 갔다.

장정들이 소 한마리를 끌고 왔다. 몸뚱이에 묻은 진흙을 말끔히 씻겨둔 상태였다. 매끄러운 털 때문인지 큼직한 엉덩이뼈가 유난히 튀어나와 보였다. 주둥이는 언제나처럼 끈적끈적하게 젖어 있다. 게워올렸다 씹었다 하는 입은 위에서 넘어온 사료의 악취가 났다. 그러나 빙짜이는 겁나지 않았다. 동물이라면 무섭지 않다.

사내 하나가 큰 칼을 들고 다가왔다. 칼을 땅에 꽂고 웃통을 벗고는 큰 대접으로 술을 마셨다. 빙짜이의 눈에는 그 칼도 멋져 보였다. 칼은 깨끗이 닦여 있었다. 칼자루에서 한줄기 은빛이 번쩍였다. 부드러우면서 서늘한 그 느낌이란 참으로 매혹적이었다. 볼록무늬가 새겨진 나무 손잡이는 오동나무 기름을 먹여 노랗게 빛났다. 손에 딱 들어맞는 게, 저게 손에만 들어오면 무엇이든 쓱 하고 벨 수 있을 것 같았다.

술을 다 마신 사내는 아무렇게나 사발을 탁 던져 부숴버렸다. 칼을 뽑아들고 한걸음 다가와서 헛기침을 한번 했다. 그리고 팔을 들어 칼을 내리쳤다. 땅이 울리고 산이 흔들리는 순간 소 대가리가 몸뚱이에서 떨어져나갔다. 서서히 무너지는 진흙더미처럼. 소뿔이 흙바닥에 박혔고 그 자리에 작은 구덩이가 파였다. 소의 목덜미는 마치 수박의 단면처럼 선홍색의 속살을 표피가 감싸고 있었다. 그런데 머리 없는 몸뚱이가 몇초 동안이나 멀쩡하게 서 있는 것이었다.

여자들은 가슴이 철렁했다. 이것이 일종의 전쟁의 예고임을 그들은 알지 못했다. 옛날 마복파 장군이 남녘땅을 정벌할 때, 매번 전투 전에 소머리를 베었다. 소가 앞으로 쓰러지면 승괘(勝卦)였고 아니면 패배였다.

"이긴다!"

"이겨!"

"닭좆마을을 죽여버리자!"

소가 앞으로 쓰러지자 사내들은 환호를 질렀다. 갑자기 지르는 소리들이 어찌나 쨍쨍하고 취기가 서렸는지, 깜짝 놀란 빙짜이가 한쪽 입술을 실룩였다.

빙짜이는 어지럽게 섞여 있는 사내들의 가랑이 사이에서 흘러나오는 시뻘건 무언가를 보았다. 붉은 뱀처럼 생긴 그것은 구불구불 요리조리 돌아다니고 있었다. 쪼그리고 앉아 만져보니 뭔가 미끌미끌했다. 옷에 쓱 닦으니 웬걸 예뻤다. 얼마 후 그의 온몸과 얼굴이 소피로 범벅이 되었다. 입에 들어간 소피에 비위가 상했는지 애늙은이는 흰자위를 뒤집었다.

여자들은 그 꼴을 보며 박장대소를 했다. 사람들이 왜 웃는지 몰라 그는 그냥 따라 웃었다.

사람들의 그림자와 말소리가 불어났다. 광주리를 들고 온 빙짜이 모친도 소고기를 어떻게 나눌 건지 살폈다. 이윽고 출정하지 않는 자에겐 고기를 안 준다는 말에 삐쳐서는 입을 열자나 내밀었다. 그러다 피범벅이 된 빙짜이를 보고 울화를 터뜨렸다. "환장했어! 죽고 싶냐고!" 그녀는 앞으로 나가 애늠은이의 주둥이를 쥐어잡았다. 주둥이가 잡힌 빙짜이의 눈꺼풀이 아래로 떨어지는가 하더니 검은자위가 전부 돌아가 제자리로 돌아오지 않는다. 마치 저기 사당 쪽을 보는 듯했다.

"니미×."

"또 나더러 씻기라고, 또 씻겨야 돼? 이 망할 놈이 내 명을 재촉하네그려."

"니미×."

아들이 제 어미에게 욕하는 꼴이 그렇게 우스울 수가 없었다. 소년들은 손뼉을 치며 부채질을 해댔다. "빙짜이, 잘한다." "빙짜이, 더 해라!" "욕 더 해!" ……화가 난 빙짜이 모친의 안면근육이 험상궂게 양옆으로 당겨졌다. 그 얼굴로 그녀는 반나절 동안 사람들을 노려봤다.

그녀는 빙짜이를 개처럼 질질 끌고 집으로 들어갔다. 한바탕 매타작이 있었음은 물론이다. "나가 죽으면 어디가 덧나냐? 덧나! 원수를 잡으러 가는데 너는 출정이나 할 수 있어?"

그녀는 빙짜이를 의자에 묶어놓았다. 그리고 향 세가락을 들고는 문을 닫아걸었다. 사당 쪽을 향했다.

의자에 묶인 채 빙짜이는 잠이 들었다. 잠결에 멀리 징 소리가 들려왔다. 그리고 쇠뿔피리 소리도 들렸다가 다시 고요해졌다. 언제쯤인지, 밖에서 다시 시끌벅적한 발걸음 소리, 함성, 쇠 부딪치는 소리들이 들려왔다. 이윽고 또다시 여인들의 통곡 소리…… 밖에서 무슨 일이 일어나고 있을까.

한밤중에 관솔등이 밝게 타올랐다. 머리에 흰 천을 맨 남녀노소들이 사당 안팎에 모였다. 언뜻 보면, 빽빽한 흰 점들이 올라갔다 내려갔다 이리저리 움직이는 것 같았다. 서로 부축하고 기대고 끌어안은 여인들이 가슴을 치고 땅을 구르며 울었다. 깜깜한 천지에 눈물이 소매와 어깨를 적셨다. 빙짜이 모친도 눈시울이 붉어지도록 울었다. 순진한 소녀 같은 얼굴로 연신 옷소매로 눈물을 훔쳤다. 그녀는 얼완(二萬)네 집 아낙 손을 꼭 잡고 앉아 코를 훌쩍이며 타지 억양으로 말했다. "인생만사, 산천초목도 한철인 거야. 갈 사람은 가야지. 기운 내게. 자넨 자식이나 있지, 날 봐. 저놈의 애물단지는 산 건지 죽은 건지, 빙짜이 저놈이 사람 노릇이나 하겠나, 응?"

말투로 보건대 확실히 진심이었다. 그러나 여인들은 울기만 했다.

"원수를 죽이려 해도 결국 사람이 죽는 걸세. 일찍 죽어도 죽고 늦게 죽어도 죽는 거지. 일찍 죽으면 일찍 환생하니, 누가 아나, 부잣집에서 태어나면 그게 더 좋지."

여인들은 여전히 온갖 괴상한 타령을 읊어대며 곡을 했다.

무언가가 아픈 데를 건드렸는지, 빙짜이 모친도 두 무릎을 쳐가며 큰 소리로 곡을 하기 시작했다. 흰 머리띠가 가슴께로 흘러내렸다 다시 바닥으로 떨어졌다. "우리 어머니, 당신 참 잘하셨소! 큰언니 예뻐하고 둘째언니 예뻐하고 셋째언니도 예뻐하면서 나만 미워했잖소! 참 잘도 하셨소. 변기도 안 주고, 발 씻는 대야도 안 주고……"

무슨 말인지.

불빛이 점점 밝게 타올랐다. 한가운데 임시로 쌓은 높은 부뚜막에 커다란 무쇠솥이 걸렸다. 너무 높아 솥 안이 보이지 않았다. 그저 부글부글 끓는 소리만 들릴 뿐이었다. 구륵구륵 소리와 부글거리는 열기에 들보와 천장에 붙어 있던 박쥐들이 놀라 사방으로 날아다녔다. 어른들은 모두 알았다, 솥에 삶는 것이 돼지 한마리랑 원수의 시체 한구를 한데 섞어 동강동강 썰어놓은 것임. 사내 하나가 육중한 사다리를 타고 올라가 멜대만큼 긴 대나무 꼬챙이를 움켜쥐고 보이지 않는 솥 안을 마구 찔러댔다. 꼬챙이에 걸리는 대로 남녀노소들에 분배했다. 사람들은 자기들이 먹는 것이 무엇인지 굳이 알려 하지 말고 먹어야 했다. 안 먹으면 가마솥 앞으로 끌려가 무릎이 꿇리고 대꼬챙이에 입이 꿰일 것이다.

장작과 송진이 탁탁 소리를 내며 타들어갔다. 아궁이의 불기운이 풍랑처럼 몰려왔다. 앞줄에 선 이들은 바짓가랑이가 탈까 싶어 자신도 모르게 뒷걸음질 쳤다. 기름을 듬뿍 먹은 대꼬챙이가 불빛에 반짝거렸다. 수시로 흘러나온 국물이 작은 불구슬처럼 번득이다 어둠속으로 떨어졌다. 웃통을 벗은 사내가 일어서더니 미친 듯 소리 질렀다. "죽음이 두려운 자는 빠져라! 나 혼자 ……" 몇몇 손들이 그를 밀치고 일어섰다. 흰 띠 아래 달린 두개의 눈들이 불같이 이글거렸다. 벽과 천장은 보지 않는 게 좋다. 안 그러면 실물 크기보다 몇배 몇십배나 큰 그림자들이 길어졌다 줄어들었다 커졌다 작아졌다 시시각각 온갖 형태로 변하는 광경을 눈으로 보게 될 것이다.

"더룽네, 나와!"

빙짜이 모친의 이름이 호명되었다. 그녀는 눈물범벅이 된 눈으로 아직도 연신 무릎을 치고 있었다.

"나는 싫어……"

"밥그릇 들고 와."

"내 팔자야……"

"빙짜이, 네가 먹어."

구멍바지 멜빵을 잘근거리던 빙짜이가 끌려나왔다. 그는 폐같이 생긴 걸 한줌 집어 입에 넣고 우적우적 씹어보았다. 맛이 별로였는지, 흰자위를 뒤집고 울상이 되어 엄마 품을 향해 달려갔다.

"먹어라." 누군가가 명령했다.

"먹어라!" 모두가 명령했다.

노인 하나가 빙짜이를 향해 한치나 되는 손톱을 들이밀었다. 그리고 큰 소리로 헛기침을 하며 호되게 꾸짖는다. "한마음 한뜻으로 적을 증오하고 의기투합하여 생사를 같이하는 것이 닭머리마을의 자손들이거늘, 어째서 먹지 않는다는 말이냐?"

"먹어라!" 대나무 꼬챙이를 든 사내가 빙짜이 앞에 사발을 들이밀었다. 천장에는 이루 말할 수 없이 거대한 손 그림자가 움직이고 있었다.

6

런바오는 그날의 천둥소리가 자신의 음탕한 생각 때문인 것 같았다. 간이 조마조마해진 그는 이불 보따리를 싸들고 산을 내려갔다. 우선은 천둥을 피하고 싶었고 다음은 일자리를 찾고 기회가 되면 다시 데릴사위 자리를 알아볼 것이다. 그는 며칠 전 총을 든 한 무리 병사들이 첸자펑을 지나갔다는 소문을 들었다. 생각만 해도 신이 났다. 아! 이게 바로 뭔가가 시작될 조짐 아닐까? 그런데 병사들은 닭머리마을을 지나가지 않았다. 그에게 말을 걸지도 않았고. 참으로 실망스러웠다. 그런데 산에서 나오던 어느 숯쟁이가 닭머리마을과 닭꼬리마을이 전쟁을 한다고 했다. 게다가 마자동 개울가에 시체가 하나 떠내려왔는데 발이 위로 올라가 있었다나, 해괴망측하게……

런바오는 닭꼬리마을에 사는 옹기장이 친구, 훈장 선생 친구 같은 막역지우들을 떠올렸다. 돌아가 고향 사람들에게 화해하라고 해야겠어. 한 개울물을 마시면서 무슨 싸움질이야?

고기반찬이랑 밥 먹으면 됐지.

런바오가 집에 돌아왔을 때 부친은 중상을 입고 몸져누워 있었다──그날 말뚝에 엉덩이를 박고 죽으려던 그를 나무꾼이 발견해 구해왔던 것이다.

"그놈이 불효자가 아니면 그 영감이 왜 죽으려고 했겠어?"

"말뚝에서 못 죽어도 화병으로 죽겠구먼."

"장남 노릇 하기가 쉽나. 어쩌겠나."

"그놈 관상을 보라고. 눈썹이고 눈이고 축 처진 게, 어미 아비 잡을 종자야."

"그 어미가 그래서 그리 일찍 갔나……"

이런 말들은 런바오가 나중에 풍문으로 들은 것이다. 그는 못 들은 척했다. 아무렇지도 않게 바닥을 쓸고 또 아무렇지도 않게 개미 몇마리를 밟아 죽인 다음, 아버지의 물담배를 한참 빨다가 사당 쪽으로 갔다.

사당문 앞에선 마침 한 떼거리가 모여 전쟁 이야기를 하고 있었다. 지금이야말로 제대로 말을 할 절호의 기회였다.

"닭머리봉이라는 게, 그게, 당연히, 폭파 안해도 되는 거라네." 그는 글깨나 읽고 법도를 아는 티를 내기 위해 경 읽듯 리듬을 타며 설명했다. "폭파를 해도 소용없고, 무난히 피할 수 있는 법. 하나, 말하건대, 돌아보건대, 닭좆마을(그 역시 닭꼬리마을을 닭좆마을로 바꿔 불렀다)이 횃불을 들고 우리 집 문간으로 쳐들어왔다면 그건 우리를 심히 모욕한 것이니! 작은 일로 싸우지 말아야, 싸우지 말아야……" 눈을 감고 길게 말꼬리를 늘이다가, 이어서 사나운 눈빛으로 사람들을 훑어보았다. "하지만 우리도 체면을 세워야지! 모욕을 당할 수는 없는 법!"

싸움의 정당성은 그의 신식논리에 의해 다시 한번 그럴듯하게 해석되었다. 모인 사람들은 그의 논리가 말이 되는지에 대해서는 개의치 않았다. 그저 사람들을 사납게 노려보는 시선이 어딘가 감동적이었을 뿐이다. 가늘게 뜬 그의 눈은 그것을 알아챘다. 한층 고무되었다. 옷소매를 쫙 찢어 낫에 둘둘 감은 다음 구멍이 파이도록 땅바닥에 세게 내리쳤다. 그리고 이렇게 소리 질렀다. "복수다! 내 목숨은──바로 오늘까지다!"

그는 용맹스럽게 허리띠를 동여매고 용맹스럽게 사당 안으로 돌진했다 튀어나왔다. 또 용맹스럽게 뒷간에 다녀왔다. 사람들은 숙연해졌다. 이윽고, 오늘은 더 난리 칠 일도, 할 수 있는 일도 없음을 깨닫고는 각자 강냉이죽을 쑤러 집으로 돌아갔다.

어쨌든 무언가 시작해야 한다. 런바오는 산채마을 안팎을 들락거렸다. 나무나 바위에 대고 인상을 쓰며 무언가를 골똘히 생각했다. 옆에서 지키고 섰던 아이들도 감히 그에게 말을 걸지 못했다. 한참을 들락거린 뒤, 그는 주위 사람들을 찾아다니며 엄숙히 당부했다.

"진 형, 우리 집 노인네를 잘 부탁하우. 우리 어릴 때부터 친형제처럼 너나없이 살았잖소. 그때 사냥 나갔을 때 형 아니었음. 난 진작에 황천길 갔소. 내게 잘해준 것, 내가 다 기억하고 있소……"

"둘째백부, 아직도 허리 아프세요? 조심하셔야죠. 다 제 잘못입니다. 제가 땔감을 해다드려야 하는데. 그때 마루판 깔 때 평평하게 깔아드렸어야 하는데. 지금부터라도 드시고 싶은 거 다 드시고, 입고 싶은 거 다 입으세요. 몸 안 좋으면 밭일도 나가지 마시고요. 이 못난 조카가 앞으로 모실 날이 얼마 남지 않았습니다. 이 몇 마디라도 마음으로 받아주세요……"

"황 형수, 진작부터 형수께 하고 싶은 말이 있었수. 왕년에 내가 못할 짓 많이 했지만 부디 마음에 두지 마쇼. 일전에 형수네 집 채과 하나 따다가 옹기장이에게 갖다드렸수. 형순 모를 거요. 지금 생각하니 마음이 정말 안 좋수. 오늘 내 특별히 와서 고백하니, 미안하게 됐소. 날 욕하려면 하시우……"

"막내누이…… 지금 씻고 있어? 이번엔…… 정말 어쩔 수가 없네. 아무쪼록…… 상심하지 말고. 난 쓸데없는 놈이야. 글공부도 못해, 싸움도 못해, 몇평 안되는 밭뙈기도 건사 못하는 놈이야. 하지만 사람은 태어나면 언젠가 죽는 법. 팔척 장부도 가족과 국가를 위해 기꺼이 한목숨 버리는데, 안 그래? 일이란 게 당장은 눈에 안 보이는 법이야. 그래도 자네 마음속에 이 스런 오빠가 있다면 내 마음 편히 가려네. 제발…… 마음 잘 다스리고, 이제 다 좋아질 거야. 이렇게 인사나 하려고 왔네……"

그는 슬픔을 아주 잘 참았다. 연신 코를 훌쩍이며.

사람들도 조금 슬퍼졌다. "스런 오빠, 그러지 마."

"아니, 난 이미 마음을 정했어." 그는 고개를 숙이고 길가의 깨진 기와 조각을 바라보았다.

아무도 그가 무엇을 하겠다는 건지 몰랐다. 당장 무엇을 하겠다는 건지. 돌계단을 저벅거리는 그의 가죽구두 소리가 들려오는 걸 보면, 아직 불구덩이 속으로 들어가진 않은 모양이다. 다행히 산속엔 사건들이 많았다. 닭이 지붕에 올라가지 않나, 소가 곡식을 먹지 않나, 또 빙짜이 모친이 빙짜이 일로 사람들과 싸움질을 하지 않나. 그래서 사람들은 이 나대는 위인에게 신경 쓸 틈이 없었다. 심지어 그냥 그러려니, 하게 되었다. 나대지 않는 게 오히려 이상했다.

그날, 재봉사 중씨에게 한바탕 욕을 얻어먹은 런바오는 얼굴을 씻고 사당으로 건너갔다. 거기서 그는 고소장을 썼다. 자고로 복수는 조정의 권한 밖이기 때문에 소장을 쓰지 않는다. 이제 와서 관부에 소장을 올리려고 보니 문서 격식을 어떻게 하는지 도무지 알 수 없었다. 한참을 골몰하던 노인들 몇이 예전에 재봉사 중씨가 한 말을 떠올렸다. 그들은 붓을 든 런바오에게 이렇게 말했다. "그게 아마, '품첩(稟帖)'이라고 하지?"

무리 사이에서 런바오의 뻗친 머리털 한줌이 솟아오르더니 좌우로 흔들린다. "아니에요, 아니에요, '보고'라고 하는 거예요."

"품첩이 맞지?"

"보고라니깐요."

"어쨌거나 격식을 차려야 할 것 아닌가."

"격식을 제일 잘 갖춘 말이 보고예요." 런바오는 다 안다는 듯 웃었다. "틀림없어요, 틀림없어."

"가서 삼촌에게 물어보게."

"삼촌은 구닥다리나 알죠."

"품첩이야."

"지금이 도대체 어느 땐지나 아세요?"

"보고? 너무 직설적이잖아. 아랫것들이나 쓰는 말이야. 아랫것들 방귀 냄새가 좋겠어?"

"삼촌들, 형님들, 제 말씀 들어서 절대 손해 안 봅니다. 어제 큰비가 한바탕 쏟아졌는데 설마하니 옛날 방식이 통하겠습니까? 여기는 너무 보수적이에요, 정말. 첸자펑에 가서 한번 보십쇼. 기왕에 집집마다 다 간장을 먹는 마당에, 이제 '보고'라고 해도 되는 거예요. 이해 가세요? 고무줄이 뭐 하는 건지 아시냐고요? 고무나무 힘줄인데, 아주 좋은 거예요. 생각 좀 해보세요. 무슨 품첩이에요? 바로 그렇기 때문에 우리가 빨리 결정을 내려야 하고 더이상 우물쭈물하면 안되며, 그러므로 좀 보시라는 거예요."

"기왕에" "그렇기 때문에" "그러므로" 같은 말에 어리둥절해진 마을 사람들은 한참 동안 아무 말도 하지 못했다. 생각해보면 어제 분명 큰비가 내렸다. 그래서 "설마하니"라고 시

172

작하는 그의 엄중한 말투에, 억지춘향이처럼 '보첩'으로 타협하고 말았다.

이어서 다른 문제들이 발생했다. 늙은이들은 문언문을 쓰자 하고 런바오는 백화를 쓰자 했으며, 늙은이들은 음력을 고집하고 그는 양력인가 뭔가 하는 걸 주장했다. 또 늙은이들은 보고문 뒤에 말발굽 인장을 찍자 하고 그는 말발굽 인장은 너무 보수적이고 촌스러워 외부인의 비웃음을 살 게 뻔하니 서명으로 대체하자고 했다. 그는 깊이 생각에 잠겼다가, 여유롭게 사람들 하는 말을 듣다가, 또 겸허하게 고개를 끄덕이며 맞장구를 치기도 했다――그러나 맞장구를 친 다음엔 다시 "본론으로 돌아"가서는 각종의 새로운 규칙과 준엄하고 보편타당한 신당(新黨)에 대해 강의하는 것이었다.

"런바오 절름발이, 귓속에 털이 정말 많네!" 주이(竹義)네 집 다짜이(大巋)가 돌연 크게 소리쳤다.

런바오는 멋쩍은 듯 고개를 흔들며 헤헤 웃었다. 그의 눈이 한층 가늘어졌다. 군중을 너무 앞서가면 안되겠다는 생각이 들었다. 그는 얼른 누런 담뱃잎 몇장을 꺼내 사내들에게 하나씩 나눠주었다. 자기 것은 부스러기 하나도 남기지 않았다. 이 통 큰 인심까지 더해 오늘 그의 연기는 제법 완벽했다.

마음속으로 단단히 벼르면서 부친에게 줄 약초를 캐러 가던 런바오는 그만 바닥에 앉아 있던 빙짜이에 걸려 자빠지고 말았다. 사람 구경을 하러 나온 빙짜이는 금세 시큰둥해져 닭똥을 만지작거리며 놀고 있었다. 머리에 난 부스럼을 수시로 긁어가며. 반나절 내내 그는 기분이 아주 별로였는지 "아빠"
한번 부르지 않았다.

7

연달아 싸움에 지고 줄지어 목숨을 잃자 마을 사람들의 마
음은 갈팡질팡해졌다. 어떤 청년 하나가 괴상한 말을 했다.
그날 빙짜이를 죽여 곡신제에 올리려던 날 돌연 하늘에서 벼
락이 내렸잖아요, 나중에 소를 잡아 승패를 점쳤을 때도 안
맞았는데, 빙짜이가 '니미×'이라고 저주했잖아요. 그게 나쁜
조짐이었는데 맞아떨어졌어요…… 정말 이상하지 않아요?
순간, 사람들은 빙짜이가 신비로워 보였다. 저 자식이 할
줄 아는 단 두 마디 '아빠'와 '니미×'이 혹시 음양괘인가?
사람들은 이 살아 있는 점괘를 믿어보기로 했다. 그래서 황
급히 문짝을 떼와서는 빙짜이를 사당 문전으로 싣고 갔다.
"빙 상공."
"빙 나리."
"빙 신령님."
사내들이 그 앞에서 절을 하면서 뚫어져라 쳐다보았다. 한
쌍 한쌍의 눈알들이 치켜올라가 이마 위에 몇겹의 주름이 겹
쳐졌다.
문짝 위에 앉은 빙짜이는 아주 신이 났다. 활짝 웃으니 얼

굴의 주름이 다 펴졌다. 문짝이 멈춘 줄도 모르고 한참 펄쩍펄쩍 뛰던 그는 문짝이 더 움직이지 않는 걸 알고는 다시 흰자위를 뒤집었다.

참으로 이해할 수 없군.

뭘 좀 먹여야 영험이 내리려나? 누군가가 그에게 경단 한 아름을 갖다주자 그는 다시 기운이 펄펄 났다. 한움큼 집어 들었지만 제대로 못 집고 떨어뜨린다. 오른쪽 발밑으로 떨어뜨렸는데 눈과 머리가 제 방향으로 움직이지 않는다. 눈꺼풀은 왼쪽으로 돌아갔다. 이런 식으로 먹으니 입에 들어가는 것 반, 흘리는 것 반이다. 흘릴 때마다 계속 반대방향을 찾았다. 그래도 줍는 족족 입안에 넣긴 했다.

그는 손뼉을 쳤다. 지저귀는 참새 소리에 고개를 들고 정확치 않은 방향으로 눈을 흘겼다. 마침내, 손가락으로 어느 방향을 가리키더니 "아빠" 하고 중얼댔다.

"승패다!" 사내들이 펄쩍펄쩍 뛰며 환호했다. 그러나 빙짜이의 손가락이 무슨 의미가 있을까? 그가 가리킨 방향을 따라가보면 사당 처마의 뾰족한 끝자락이 구불구불 솟구쳐 있다. 기와 자락에 파란 풀이 몇포기 나 있고 썩어 푸르뎅뎅해진 처마는 상처로 주름진 늙은 봉황처럼 긴 날개를 축 늘어뜨린 채 하늘을 뚫어져라 노려보고 있다. 처마 위에선 참새들이 쩍쩍거렸다.

"참새를 가리킨 거야."

"아니야, 처마야."

"'처마'와 '말'은 동음자*니, 강화를 하자는 뜻일까?"

"쓸데없는 소리! '처마'와 '불꽃'도 동음자야. 불 '화' 자 두개 붙은 게 불꽃 '염' 자니 화공을 펼치란 뜻이지."

반나절을 싸우다 결국 '말몫'이 가장 많은 이의 말을 따르기로 했다. 그러고는 화공을 써서 다시 한번 싸웠다. 난투를 벌이고 돌아온 사람들을 보니 또 몇명이 줄었다.

산채마을의 개들은 이미 소뿔고동 소리에 익숙해졌다. 뿌우 뿔고동이 울었다 하면 북슬북슬한 털을 쫑긋 세우고 너도 나도 개구멍을 빠져나가거나 돌담을 뛰어넘었다. 사람 그림자를 찾을 수 있을까 하는 희망에 부풀어, 놈들은 몸을 쭉 뻗어 소리 나는 곳을 향해 달렸다. 언덕 위, 길가, 밭두렁, 논두렁 어디서든 시체를 찾을 수 있었다. 개들은 시체를 갈기갈기 찢어 우적우적 뼈 소리가 나도록 씹어먹었다. 이미 배불리 먹어 비대해진 개들이 시뻘건 눈으로 볏짚 안팎을 헤집고 다녔다. 일렬로 움직이는 풀처럼 생긴 개떼들은 마치 숲속의 용 같았다. 용 대가리들은 가는 곳마다 핏자국을 남겼다. 가늘고 굵은 핏덩이들이 그들의 입을 거쳐 사방으로 뿌려졌다. 아무 생각 없이 부엌으로 가 장작을 옮기다보면, 난데없이 손이나 발이 굴러다니곤 했다.

돌연 놈들은 사람에 상당한 흥미를 갖기 시작했다. 사람들

---

* 중국어로 처마(檐)와 말(言)은 모두 발음이 '옌(yan)'으로 같다. 뒤에 나오는 불꽃(炎)도 마찬가지다.

이 때 지어 모여 무언가를 논의하거나 두명이 만나 싸우기만 해도 개들이 몰려들었다. 그들은 여봐란듯이 뾰족한 이빨을 드러냈다. 긴 혀가 하늘하늘한 띠처럼, 물결처럼, 무언가를 기다리며 팔랑거렸다. 한번은 나무 밑에서 낮잠을 자던 주이 네 집 싼아궁이 그를 시체인 줄 오인한 개들에게 물어뜯겼다.

빙짜이가 똥 한무더기를 의자 위에 싸질렀다.

빙짜이 모친은 전처럼 개를 불러 핥게 했다. "이리 온, 쫑, 쫑……"

개들은 냄새를 한번 맡더니 가버렸다. 똥오줌에는 구미가 없는 모양이다. 그들이 와준 건 자기를 부르는 소리를 들었기 때문이다. 내키진 않지만 옛정을 생각해 너무 거만하게 굴지 않은 것이다.

그래서 산채엔 똥 무더기가 쌓여갔고 파리도 많아졌다. 악취도 심해졌다.

주이네 며느리와 마주친 빙짜이 모친이 코를 킁킁거렸다. "자네 몸에서 왜 그리 고약한 냄새가 나나?"

주이네가 눈을 휘둥그레 떴다. "헛소리! 당신한테서 나는 냄새구먼."

한참을 킁킁거린 뒤에야 두사람은 손과 옷소매는 물론 빨 랫방망이와 대바구니에서도 악취가 나는 걸 발견했다. 그들 은 대경실색했다. 공기 자체가 역한 것이다. 요 며칠 소똥이 고 돼지똥이고 치우는 이 하나 없이 온 땅이 시커멓게 똥투 성이인데, 공기가 어찌 역하지 않겠는가?

상당히 깔끔 떠는 집안에서 자란 탓에 빙짜이 모친은 유난한 축이었다. 그녀는 풀다발과 마른 동백나무 토막을 들고 개울가로 나가 빙짜이의 똥 싼 바지와 의자를 씻었다. 두번을 씻었는데도 냄새가 사라지지 않았다. 그녀는 숨을 헐떡이며 흰자위를 뒤집었다. 기가 허하다. 전에 태반을 아무리 많이 먹었어도 요즘처럼 배 속에 들어가는 게 없어서야. 그녀는 몸을 힘껏 일으켰다. 눈앞이 캄캄해지며 비실비실 쓰러졌다.

어떻게 기어왔는지 모른다. 개들에게 안 먹힌 게 천만다행이다. 모기장 위에 새까맣게 붙은 파리떼를 보면서 그녀는 서럽게 엉엉 울었다. "우리 어머니, 이 노인네야. 잘하셨소! 큰언니만 예뻐하고 작은언니만 예뻐하고 셋째언니만 예뻐하고, 나만 미워하더니! 변기랑 대야도 안 주고……"

빙짜이가 쭈뼛쭈뼛 그녀의 눈치를 살폈다. 그녀를 기쁘게 해줄 요량으로 그는 작은 구리징을 챙 하고 쳤다.

그녀는 아들을 보고는 손바닥으로 콧물을 닦았다. 그러고는 인자한 얼굴로 고개를 끄덕였다. "자, 엄마 옆에 와서 앉아라."

"아빠." 아들이 고분고분 앉는다.

"그래, 가서 그 모가지를 베어버릴 놈을 찾아오너라."

그녀는 이를 악물었다. 공작새 털 같은 두 눈의 검은자위가 일제히 중간으로 몰리자 안구 바깥의 흰자위가 커졌다. 빙짜이가 놀라자빠질 만했다.

"니미×." 그는 모깃소리를 냈다.

"가서 네 아버지를 찾아오너라. 이름은 더룽이고 눈썹 옅고 대갈통 쪼그맣고 멍청한 노래꾼이다."

"니미×."

"단단히 기억해둬라. 아마 그놈은 천저우 아니면 웨저우에 있을 거야. 어떤 사람이 봤다더구나."

"니미×."

"그 짐승한테 가서 말해. 그놈이 우리 모자 신세를 얼마나 망쳐놨는지! 너는 허구한 날 맞고나 다니고 나는 허구한 날 속기나 하고, 여염집에서 누구 하나 우리를 쳐다보기나 하던? 사당 고양이가 아니었음 우리 모자는 진작에 굶어 죽었을 거다. 하긴 죽으면 복이지, 이건 죽는 것만도 못하니! 하나부터 열까지 다 그 짐승에게 고하여라!"

"니미×."

"그놈을 죽여버려!"

빙짜이는 입을 열지 않았다. 입술 반쪽이 실룩했다.

"네가 다 알아듣는다는 거, 내가 알지, 내가 알아. 너는 내 착한 아들이다." 빙짜이 모친이 웃었다. 눈에 맑은 눈물 한방울이 고였다.

그녀는 채소 바구니를 들고 뒤뚱거리며 산으로 올라갔다. 그리고 다시 돌아오지 않았다. 훗날 온갖 전설들이 떠돌았다. 누군가는 그녀가 뱀에게 물려 죽었다 하고, 또 누군가는 닭꼬리마을 사람에게 살해되었다고 하는가 하면, 길에서 갈림길 귀신을 만나 길을 잃고 헤매다 절벽에서 떨어져 죽었다고도 했다…… 그런 건 다 중요하지 않다. 시신이 개에게 먹힌 것만은 분명한 사실이다.

빙짜이는 매일같이 엄마를 기다렸다. 해가 산 밑으로 저물면 돌개구리가 왝왝 울고 집 앞 오솔길에 발소리도 사라졌지만, 낯익은 얼굴만은 보이지 않았다. 모기가 기승을 부리는지 온몸이 타는 듯 얼얼했다. 애늙은이는 있는 힘껏 긁었다. 긁다 긁다 피가 나자 화가 치밀었다. 그는 그 작자에게 복수를 하기로 했다. 집으로 들어가 의자를 걷어차고 찻물을 침대에 뿌렸다. 또 타고 남은 재를 주전자에 부어버렸다. 돌덩어리를 던지자 무쇠솥이 쫙 갈라졌다. 그는 세상을 뒤집었다.

모든 것이 어둠속으로 가라앉았다. 밖에서는 아직도 정겨운 발걸음 소리가 들리지 않는다. 옆집 초가에서 곰보 재봉사의 신음 소리만이 이따금 들려왔다.

애늙은이는 모기와 벌레에 에워싸인 채 잠들었다. 일어나니 배가 고팠다. 그는 어기적어기적 밖으로 걸어나갔다.

달님이 아주 둥글었다. 짙은 안개에 감싸인 달빛이 세상을 대낮처럼 환하게 비췄다. 심지어 건너편 산의 나무 한그루, 풀 한포기까지 아주 또렷하게 보였다. 개울가에선 은빛으로 반짝이는 샘물이 졸졸 흘렀다. 커다란 은광 안에 동그란 흑점 몇개가 구멍처럼 파여 있다. 샘 속에 웅크리고 앉은 바위들이다. 돌개구리 울음소리도 잦아들었다. 그들도 잠이 들었겠지. 멀리 어딘가에서 밀집한 개 짖는 소리가 들려왔다. 무슨 일이 생긴 모양이다.

빙짜이는 손가락을 물고 횟대 앞에 한참을 앉아 있었다. 그는 잠시 생각하다 산채마을을 나섰다. 전에 모친이 아기를 받으러 갈 때 그를 데리고 간 적이 있다. 아마 엄마가 거기 간 모양이야. 그는 가서 찾기로 했다.

그는 달빛 내리는 산길을 따라 걸었다. 대지를 뒤덮는 구름 안개 속을 걸었다. 아주 자유롭게. 상체가 앞으로 기울고, 금세라도 무릎이 꺾일 듯 쉼 없이 흔들렸다. 얼마나 지났는지 모른다. 얼마나 많이 걸었는지도. 밀짚모자 하나가 발에 걸렸다. 또 등나무로 얽은 방패도 걸렸다. 공허한 소리가 울렸다. 그는 몇 마디 중얼거린 다음 오줌을 갈겼다. 그리고 다시 걸었다. 앞에 사람 하나가 누워 있다. 여자다. 한번도 본 적 없는 여자. 그는 그녀의 팔을 흔들어도 보고 뺨을 때려보고 머리카락을 잡아당겨도 봤다. 좀처럼 일어날 생각을 안했다. 손이 유방에 가닿았다. 탐스러운 게 먹어도 될 것 같았다. 애늙은이는 유방을 움켜쥐고 쪽쪽 빨았지만 아무것도 나오지 않았다. 기분이 잡쳐 손을 내려놓았다. 그런데 그녀의 팔다리가 꽤 말랑말랑하고 탱탱했다. 애늙은이는 그녀의 배에 올라타서 엉덩이를 들썩거렸다. 말라빠진 엉덩이에 나른한 기분이 전해져왔다.

"아빠." 그는 지쳤다. 젖꼭지를 쥐고, 그 엄마 같은 여인 몸에 기대어 잠이 들었다. 달빛에 비친 두사람의 얼굴이 백지장 같았다. 귀걸이가 한번 반짝, 했다.

그녀도 어느 아이의 엄마였다.

8

"아빠."

사당의 처마를 가리키며 빙짜이가 멍청하게 웃었다.

처마 꼭대기엔 아무 조짐도 보이지 않았다. 겹겹의 흉터를 지닌 늙은 봉황 같은 처마 자락. 기와는 산채에서 구운 것이다. 산에서 벤 나무와 산에서 판 흙으로 봉황의 깃털 하나하나를 구웠다. 깃털이 너무 무거웠는지, 봉황은 날지 못했다. 그저 산비둘기와 자고새, 화미조, 까마귀의 울음소리를, 고요한 새벽과 한밤의 소리를 듣고 있을 뿐. 그렇게 듣다가 늙어갔다. 그래도 고개를 쳐들고 별들과 조각구름을 노려본다. 지붕 전체를 이끌고 창공으로 날아오르려는 듯. 그 옛날, 닭머리마을을 이끌던 조상들처럼 아름다운 곳으로 날아가고 싶은 듯했다.

사내 둘이 큰 솥을 지고 사당에서 걸어나왔다. 빙짜이를 본 그들은 어리둥절했다.

"저거 빙짜이 아냐?"

"아직 안 죽었어?"

"천한 목숨이라 저승사자도 피해가나 보군."

"염라대왕이 저걸 잊어버렸나."

"저 잡종, 지난번 그 니미랄 점괘 땜에 내 목이 잘릴 뻔했어."

요 며칠, 빙짜이에 대한 사람들의 생각이 달라졌다. 심지어 그 참혹한 복수극이 빙짜이의 농간 때문이라 생각하는 이도 있었다. 닭머리마을의 천재(天災)와 인재(人災)가 저놈의 액운 때문이라는 것이다. 두 청년은 솥을 내려놓았다. 나무 밑에 둔 밀짚모자를 빙짜이가 깔고 앉은 걸 보자 더 화가 치밀었다. 그중 하나가 달려들어 빙짜이의 귀싸대기를 날렸다. 가뜩이나 기력 없는 빙짜이가 마른풀처럼 픽 쓰러졌다. 다른 하나가 뾰족한 칼을 그의 코끝에 들이댔다. 굵은 침방울이 빙짜이 얼굴을 향해 날아왔다. "어서, 네 뺨을 때려라, 안 때리면 내가 이 칼로 제사를 지내주마!"

"이놈들!" 등 뒤에서 추상같은 소리가 들렸다. 돌아보니 푸르뎅뎅한 얼굴의 곰보 노인이다.

재봉사 중씨는 마을에서 항렬을 제일 따지는 사람이었다. 그는 손가락 두개로 두 청년의 이마를 가리키며 훈계했다. "저이는 네놈들 삼촌 할아버지뻘이야, 어서 예를 차리지 못할까?"

청년들은 즉시 자신의 촌수를 떠올렸다. 재봉사 중씨는 빙짜이의 백부다. 그들은 중씨의 성난 눈을 피해 서로 눈짓을 교환하더니, 얼른 솥단지를 둘러멨다.

집으로 돌아가려던 중씨는 잠시 생각하더니 몸을 돌렸다. 바닥에 앉아 있는 조카를 향해 손바닥을 폈다. "손!"

빙짜이가 주춤 뒤로 물러났다. 눈동자는 그를 본다기보다 그의 뒤에 있는 나무를 보는 듯했다. 긴장한 눈꺼풀이 굳어

경련했고 입술 반쪽이 실룩였다. 공포를 억누르며 어색하게 씩 웃었다. 한참이 지나서야 빙짜이가 손을 내밀었다. 손은 너무 마르고 차가워, 그야말로 닭발 같았다. 중씨는 그의 몸을 잡고 흔들었다. 가슴에 약간의 온기가 남아 있다.

그는 빙짜이의 얼굴을 닦고 머리에 붙은 파리들을 쫓아낸 다음 옷 단추를 채워주었다. 누가 만들어준 옷인지 알 수 없다. 그는 한번도 빙짜이에게 옷을 해준 적이 없다.

"나랑 가자."

"아빠."

"말 들어."

"아빠."

"누가 네 아빠냐?"

"니미×."

"호래자식 같으니."

......

그는 더 상대하지 않았다. 빙짜이를 데리고 묵묵히 계단을 내려갔다. 어쩐 일인지, 갑자기 자기가 만든 수많은 옷들이 떠올랐다. 긴 옷, 짧은 옷, 펑퍼짐한 옷, 착 달라붙는 옷. 한벌 한벌, 머리 없는 귀신처럼 그의 눈앞에서 어지럽게 날아다녔다. 그날 닭꼬리마을 누군가의 시체에도 그가 만든 웃옷이 입혀져 있지 않았던가?—자신의 바늘땀을 그는 알아보았다. 이런 생각을 하며 그는 빙짜이의 마른 손을 더 꽉 쥐었다. "무서워하지 마라. 내가 네 아비니까, 나랑 같이 가는 거야."

산에는 참새토란이라는 맹독성 풀이 있다. 전설에 따르면 새가 닿으면 즉사하고 짐승이 건드리면 그 자리에서 굳어버린다 한다. 조금 전 재봉사 중씨는 그 풀을 몇가닥 끊어와 솥에 넣고 고았다. 산채에는 이미 사흘 동안 양식이 없었다. 최소한 소 몇마리와 젊은 남녀는 살아남아 봄을 기다려야 한다. 자손을 낳고 제사를 지내야 하니. 늙고 병든 자는 살아 뭐하나. 족보란 흰 종이에 까만 글씨다. 조상들도 다 그렇게 살아오지 않았는가. 중씨는 자신이 때를 잘못 만나 조상에게 죄를 지었다고 생각했다. 지금이라도 옛사람들 방식대로 목숨을 끊으면 조금이나마 위안이 될 것이다.

재봉사는 먼저 빙짜이에게 반사발 먹인 다음 문밖으로 나갔다. 집 밖에서 산채마을로 난 돌계단을 따라 구불구불 올라갔다. 길 양쪽으로 석판을 쌓아올린 앉은뱅이 담장과 튼실한 오두막 들이 늘어서 있다. 벽 틈을 뚫고 나온 잡초와 들풀 들이 잠자리와 꿀벌을 희롱했다. 집을 짓는 곳도 있었다. 번들번들한 나무기둥과 들보 들이 길을 가로막고 있다. 천천히 느긋하게 하다보면 벽 쌓고 지붕 올리는 데만 수년이 걸려, 지나가는 사람들이 걸터앉아 쉴 곳이 된다. 무슨 일이 생기면 맨들보에 붉은 종이를 붙여 액막이를 하기도 했다.

뉘 집에 크고 작은 흉사가 있는지 아는 재봉사는 질동이를 한집 한집 문 안에 넣었다. 문간에서 기다리고 있던 노인들이 무슨 묵계라도 한 듯, 지팡이를 짚고 나와 그를 맞았다. 그들은 다 안다는 듯 고개를 끄덕끄덕했다.

"때가 됐나?"

"됐지. 채비는 잘하셨는가?"

"다 했지."

소 치던 우구이(無貴)가 애원했다. "중씨, 나 여물 좀 썰어 둬야 하는데."

재봉사가 말했다. "그러시게. 급할 거 없으니."

노인은 부들부들 떨며 걸어나갔다. 풀을 다 벤 다음 손을 비비며 비틀걸음으로 돌아왔다. 질동이를 받아든 그는 목에서 두번 꼴깍꼴깍하더니 금세 비웠다. 수염에 물방울 몇개가 매달렸다.

"중씨, 좀 앉으시우."

"됐네. 오늘 날씨가 덥고 건조해."

"그렇구먼."

어린아이를 안고 있던 다른 노인이 재봉사 중씨를 바라보았다. 눈에 동그랗게 눈물이 고였다. "중만, 여기 좀 보시게. 이 아이에게 옷을 갈아입혀야겠지? 이애, 자네가 지어준 옷을 걸쳐보지도 못했어."

재봉사는 그러라는 듯 눈꺼풀을 끔벅했다.

노인은 몸을 돌려 집 안으로 들어가더니 잠시 후 젖먹이에게 빳빳한 새 홑옷을 입혀서 나왔다. 자물쇠 장식*도 가슴에 잘 달려 있었다. 말라빠진 손으로 새 천을 쓰다듬자 사삭 소

---

* 어린아이 목에 거는 장신구. 장수를 기원한다는 뜻이다.

리가 났다. "이제 됐네, 됐어."

그는 먼저 어린아이에게 좀 먹이고 나머지를 단숨에 마셨다.

단지가 벌써 가볍다. 한참을 생각하던 중씨가 마지막 한사람을 떠올렸다. 옥당 노파. 문지기 귀신처럼 늘 문간에 앉아 햇볕을 쬐던 노파. 남자인지 여자인지 분간도 못할 만큼 늙은 이 노파는 손톱을 길게 기르고 이 없는 잇몸으로 침을 힘겹게 삼켰다. 피부가 헐렁한 웃옷처럼 뼈에 걸려 있다. 몸을 지탱하는 말라빠진 다리 한짝은 뜻밖에도 다른 다리와 보조를 맞춰 걸을 수 있다. 누가 뭘 물어도 그녀는 도무지 알아듣지 못했다. 막연한 표정으로 그저 상대를 물끄러미 바라볼 뿐이었다. 이러한 살아 있는 산채의 이정표는, 아마 어디를 가든 보게 될 것이다.

재봉사가 그녀 앞에 당도했다. 옆에서 인기척을 느꼈는지 그녀의 혼탁한 눈에 어슴푸레한 빛이 비쳤다. 그녀도 다 안다는 듯, 잇몸으로 침을 머금으며 재봉사를 가리켰다가 다시 천천히 자기를 가리켰다.

재봉사는 그녀의 뜻을 알았다. 먼저 절을 하고, 그녀의 이 없는 깊은 목구멍에 검은 물을 쏟아부었다.

모든 노인이 동쪽을 향해 앉았다. 조상이 동쪽에서 왔으니 그들도 동쪽으로 돌아갈 것이다. 구름바다와 파도가 단단하게 응결되어 햇빛에 반사되는 한곳과 투명하게 빛나는 백설이 어둠에 새겨지는 다른 한곳. 구름바다 위로 산등성이 몇이 고개를 든다. 너무 적적하니 인사라도 나누자는 듯. 거대한 황금빛 나비가 구름바다 저편에서 날아왔다. 반짝이는 불꽃처럼, 날아도 날아도 끝이 없을 청산의 푸른 고개를 넘어, 마침내 검은 황소 등에 내려앉는다─세상에서 가장 거대한 나비.

닭꼬리마을에서 사내들이 왔다. 이어 아낙들, 아이들, 개들이 단속적으로 건너왔다. 이들은 '산을 넘어' 다른 곳으로 간다고 했다. 쓸 만한 게 있으면 집어가려고 온 것이다. 어제 이미 보상을 위한 연회가 있었다. 쌍방이 시체를 교환하고 칼을 부러뜨려 다시는 복수하지 않을 것을 맹세했다.

이미 타버린 오두막 사이로 옅은 푸른 안개가 솟아올랐다. 그 자리에 깨진 항아리와 솥 없는 부뚜막이 드러났다─이제 보니 그 탐욕스럽던 까만 부뚜막이 믿어지지 않을 만큼 좁은 터를 차지하고 있었다─이렇게 좁은 곳에 사람들이 살고 있던 것인가? 머리에 흰 천을 두른 젊은 남녀의 얼굴들이 등불처럼 노랗다. 길 떠날 채비를 마친 그들은 소를 끌고, 쟁기와 면화, 솥과 북 등 들쭉날쭉한 짐 보따리들을 등에 졌다. 녹슨 남포등 갓이 소 엉덩이에 매달려 땅땅 소리를 냈다.

그들은 새로 생긴 무덤 앞에 머리를 조아려 절을 하고 흙더미를 한줌 쥐어 품속에 넣었다. 그러고는 "어기여차" 하고 소리를 냈다─「간」을 부르는 것이다.

그들의 조상은 강량이다. 강량의 조상은 부방이고 부방의 조상은 화우이다. 화우의 조상은 우내이고 우내의 조상은 형천이다. 형천은 원래 동해 근방에 살았다. 자손이 점점 불어나고 가족이 늘어나자 곳곳에 사람들이 넘쳐났다. 양지바른 땅은 남은 곳이 없었다. 다섯집 아낙이 방앗간을 같이 쓰고 여섯집 처녀가 물동이를 같이 쓰며 어떻게 살라는 것인가? 양지바른 땅이 없어지자 사람들은 쟁기를 메고 봉황의 지휘에 따라 단풍나무 녹나무 배에 몸을 실었다.

할머니 동쪽을 떠날 때 행렬이 길어
할아버지 동쪽을 떠날 때 행렬이 길어.
높은 산을 걷고 또 걷다
돌아보니 고향은 흰 구름 뒤
협곡을 가다 또 가다
할머니 할아버지 너무 힘들어.
고개 들어 서편을 보니 첩첩산중
걸을수록 아득하니 어디가 처음인가?

남녀 모두 비장하게 불렀다. 아니, 있는 힘껏 고함을 질렀다. 목소리는 일정하지 않았다. 건조하고 곧고 뾰족한 목소리에 여음은 없었다. 목이 빠지고 허리가 내려앉도록 고함을 지르다, 기력이 다하면 떨어져내리는 작은 뽀르따멘또. 음이 떨어지면 다음 구절이 다시 이어받는다. 이러한 노래는 산중의 험벽, 숲속의 대나무, 그리고 쓸데없이 높은 문턱을 연상시킨다. 이런 풍토만이 이런 노래를 만들 수 있는 것이다. '어기여

차'는 거기에 덧붙은 꽃이다. 이 맑고 찬란한 노래는 그들의 눈동자 같다. 여인의 귀걸이와 붉은 발 같다. 붉은 발 옆에서 살포시 웃는 작은 꽃 같다. 전쟁과 재앙에 대한 어떤 기록도, 피비린내의 흔적도 없다.

흔적도 없다.

사람들은 소떼처럼 작은 흑점으로 변해갔다. 흑점은 파란 산길로 꺾어져 더 깊은 산속으로 들어갔다. 워낭소리와 노랫소리만이 녹음 사이로 옅게 새어나왔다. 한결 고요해진 산속 고원에 콸콸 샘물 소리가 돌연 부풀어올랐다. 샘물가 수많은 돌 가운데 유난히 반듯하고 매끄럽게 반짝이는 것들이 있다. 여인들이 빨래를 하던 곳이다. 온갖 장면을 집어삼킨 그 어두운 거울은 영원히 그것을 토해내지 않을 것이다. 아마도, 초목이 일체의 폐허를 덮고 나면 들짐승들이 찾아와 큰 소리로 울 것이다. 지나가는 사냥꾼이나 장사치 들은 이 산골 고원에서 어떤 특별한 점도 발견하지 못할 것이다. 그저 샘물가의 기이한 푸른 돌 몇개에 어떤 내력이, 어떤 비밀이 숨겨져 있으리라 추측할 뿐.

어디선가 빙짜이가 튀어나왔다──죽지 않고 살아 있었던 것이다. 게다가 이마에 난 종기에도 붉은 부기가 사라지고 딱지가 앉았다. 그는 벌거숭이 알몸으로 담벼락에 앉아 반도막 난 단지 안에 담긴 물을 나뭇가지로 휘휘 저었다. 물을 따라 햇살이 빙글빙글 돌았다. 멀리서 노랫소리가 들려왔다. 어느 쪽인가를 향해 그는 손뼉을 한번 쳤다. 그리고 아주 나지막한 목소리로, 어떻게 생겼는지 한번도 본 적 없는 그를 불렀다.

"아빠."

그는 말랐지만 배꼽은 동전만큼이나 컸다. 옆에 있는 어린 아이들은 그것이 신기하고 또 존경스러웠다. 그들은 그 위대한 배꼽을 흘끔거리며 살갑게 돌멩이 몇개를 건넸다. 그를 따라 손뼉을 치며 제각기 소리를 질렀다.

"아빠빠빠빠!"

아낙 하나가 다가와 다른 아낙에게 말했다. "저거 구정물 아냐?" 그러고는 빙짜이 앞에 있던 반쪽 난 단지, 빙글빙글 도는 햇살을 치워버렸다.

1985년 12월.

서편 목초지를 바라보며

西望茅草地

목초지, 푸른 목초지는 어디에 있는가? 저 자줏빛 구름 아래? 지평선 어딘가에? 겹겹이 쌓인 세월의 층 속에? 많고 적은 지난날이 흐르는 시간에 씻겨갔지만, 그것은 늘 내 기억 속 깊은 곳에 남아 있다. 고향처럼, 모교처럼, 요람처럼—광활한 목초지여.

1

중학교를 졸업했을 때, 마침 정부에선 농촌과 변경 건설에 청년들을 동원하고 있었다. 강성조국을 건설하자는 준엄한 명령에 피 끓지 않는 청년이 어디 있으랴? 부모는 날더러 미쳤다고 했다. 집안이 어려우니 취업을 해서 돈을 벌라는 거였다. 금속압연 공장에선 벌써부터 출근하라는 기별이 왔다. 부모의 강권에 나는 미칠 지경이었다. 결판, 말싸움, 단식, 세간 때려부수기…… 할 건 다 해봤지만 내 짐가방은 여전히 부모의 손에 잡혀 있었다. 결국 나는 이를 악물고 칫솔 하나만 달랑 들고 서행(西行) 열차에 몸을 던졌다.

길은 신성하다. 낯설고 신비한 목초지가 우리 도시 청년들을 매혹했다. 지평선 위로 우뚝 솟은 바위, 푸드덕 날아오르는 꿩, 반짝이는 귀걸이를 한 소수민족 여인들. 듣자하니 이곳엔 한족(漢族), 동족(侗族), 요족(瑤族)이 잡거한다 한다. 역사상 무수한 이민족 간의 혈투는 황량함만을 남겼다. 황량하면 어떠냐. 이제 우리는 이곳에 '공산청년단의 성(城)'을 건설할 것이다! 이곳에서 "세상을 술잔처럼 뒤엎을 것이다!"

머리를 박박 밀고 웃통을 벗은 늙은이가 마차를 몰고 나와 우리를 맞았다. 주섬주섬 대접할 찻물을 찾더니, 구식 군용 주전자를 공손히 내밀어 술을 권했다.

"자, 자!" 그는 한 손으로 다른 한쪽 팔을 잡았는데, 이 지방에선 예의를 표하는 방식이었다.

"술요? 고맙습니다, 어르신. 근데 시원한 차 있습니까? 이 근방에 음료수 파는 데 있어요? 과일은요?"

그는 약간 난처한 표정을 지었다. 누군가, 함께 온 여학생의 배낭에서 고구마를 발견하자, 노인과 술을 언제 봤느냐는 듯 우르르 고구마를 향해 달려들었다.

부장장(副場長)이자 인솔자인 양씨가 그를 단상으로 맞아 연설을 청했을 때에야 우리는 비로소 흠칫했다. 저 사람이 장장(場長)이었어? 저 사람이 그 유명한 장교 장종톈(張種田)이라고?

196

웃통 벗은 걸 잊었는지 그냥 단상 위로 올라가려는 그를 부장장이 툭툭 치자, 그제야 흰 셔츠를 걸쳐입었다. 기마병의 밭장다리 걸음이었다.

환영사가 시작되었다. 목청이 컸다. 그는 지금 이 목초지가 별 볼 일 없어 보여도 괭이 아래 황금이 나올 거라고 했다. 땀을 흘리면 머잖아 이곳은, 그러니까 무슨 노래에 나오는 "강남……" 거시기가 될 거라고—그는 "잘 알지 않지만" 하면서 노래를 불렀다(현지 농민들처럼 그도 '지식분자'를 '지시분자'로, '모른다'를 '알지 않는다'라고 했다).

우리는 웃었다.

"좀 있으면, 여기도 양옥집이 생기고 도로가 생기고 영화관, 공장, 공산주의 대학이 생길 겁니다!—안 생기면 내 목을 쳐요!"

산을 허물고 바위를 가를 듯 우레 같은 박수 소리가 터져나왔다.

그는 웃으며 손사래를 쳤다. "지금 박수 쳐도 되지만, 약속을 지키면 그때 또 치세요. 예에?"

박수 소리가 더 우렁차게 울려퍼졌다.

2

순식간에 몇달이 지났다. 땅은 넓고 수확은 적도다! 땅은 넓고 수확은 적도다! 한사람의 노동력으로 몇십묘(畝)를 감당해야 했다. 옥수수, 카사바, 대두, 사탕수수. 종일 해 한번 올려다보지 않았건만, 너 나 할 것 없이 검둥이처럼 새까맣게 탔다. 저녁에는 숙소에서 참깨와 수수 잎을 벗겼다. 눈코 뜰 새 없는 나날이었다. 여기 잡초를 뽑으면 저기 잡초가 묘목 키를 훌쩍 넘겼다. 호미 대강이의 날이 몇뼘씩 닳아나갔지만 목화는 여전히 가물에 난 콩처럼 듬성듬성했다. 그래도 심어야 한다! 심자! 심자! 끝없는 전방을 향하여 심고 또 심자. 장장은 전국이 대약진 중이니 우리 소농장도 "전공을 올려야 한다"고 했다. 일년 안에 자급자족하고 삼년 안에 '공산주의 근거지'를 건설하자며.

식사도 점점 나빠졌다. 큰 밥솥에 '반찬 셋 국 하나'도 겨우 두달 갔다. 식당에 남은 거라곤 남은 명절음식 두가지뿐이다. 달인 한약재처럼 거무튀튀한 무말랭이에, 혀가 얼얼하고 땀이 삘삘 나도록 매운 고춧국──누군가는 그것을 '발한제'라 불렀다. 간혹 장장이 직접 부엌에 들어가 돼지나 양을 잡기도 했고 야생 사슴으로 식생활을 개선하기도 했지만 그런 날이 한달에 두번 있기 힘들었다. 지청들의 웃음소리는 잦아들었고, 스케이트장과 수영장도 일찌감치 구름 저편으로 사라졌다.

이른 새벽, 여느 때처럼 창밖에 부슬부슬 보슬비가 내렸다. 찢어진 창호지가 찬바람에 타닥타닥 소리를 냈다. 멀리 부엌 쪽에서 딱딱딱 말린 채소 다지는 소리가 들려왔다. 침상에 누워 있자니 온몸의 뼈마디가 내려앉는 듯했다. 돌아누웠다. 즉시 시큰한 통증이 허리에 밀려왔다.

똑똑. 모든 문을 타고 노크 소리가 울렸다. "저기 삼공구(三工九)는 벌써 다섯묘나 팠어!" 장장 목소리다.

그래도 역시 대장이 제일 먼저 일어났다. 나머지도 따라 일어나 옷을 챙겨입고 신발을 찾았다. 물론, 흥정을 거는 이도 있었다. "장장님, 밖에 비 옵니다……"

"삿갓 쓰고 도롱이 걸치면 되지……"

"어제 종일 땔감을 졌더니 허리 아파 죽겠어요!"

"걱정 말게, 젊은이는 굶어 죽거나 병들어 죽어도, 힘들어 죽진 않네. 자네 어제 쌀 두알 먹었나? ……반근 먹었다고? 그럼 일해도 돼. 두세알 먹은 사람은 일 안해도 되니깐 문 닫고 자라고."

그런 식이다. 언제나 장장은 일을 하라며 고함을 질렀다. 그러고는 유난히 큰 쟁기를 어깨에 척 둘러메고 만족스러운 듯한 표정으로 돌아갔다. 비 오는 날이면 진흙 속에서 장화가 철퍽철퍽 소리를 냈다……

다들 기지개를 켜고 하품을 하며 우는소리를 했다. 내 앞에서 자고 있던 짜오하이광(趙海光)은 대장 뒤통수에 대고 익살스러운 표정을 지으며 입을 삐죽거렸다. "참, 염라대왕이 따로 없구면!"

"원숭이." 이게 그의 별명이다. 나는 말을 이었다. "쓸데없는 소리 집어치우고, 가자!"

3

나는 대장을 찾아갔다.

"대장, 무조건 뼈 빠지게 일하는 게 능사는 아니잖아. 왜 좀 더 과학적으로 하지 않는 거야?"

시력이 안 좋은 대장 리창쯔(李長子)는 늘 잠에서 막 깬 듯 실눈을 떴다. 그는 사실 재주꾼이다. 대광주리를 고치거나 앉은뱅이 의자를 만드는 건 물론 독학으로 배운 호금으로 「서상기」 「채다조」도 켤 줄 알았다. 그러나 그는 장장을 무서워했다. 내 말에 그는 게슴츠레한 눈을 하고 우물거렸다. "나는 그냥 물이 통과하는 언덕이야. 명령을 전달할 뿐이라고. 장장한테 가서 말해."

오히려 장장이 귀를 쫑긋했다. "과학?"

"무조건 심기만 하고, 토질조건도 모르죠, 비료공급도 부족하죠, 게다가 노동력 안배는…… 이래 가지고 영국 놈들을 따라잡겠어요? 천만에요!" 여학생 하나가 먼저 포문을 열었다.

"천천히 좀 말해보게."

나는 황무지 개간 전선을 단축하고 관리에 신경을 써 차근차근 전투를 진행하자고 제안했다. 실정에 맞춰 계획을 세우면 다양한 방법을 강구할 수 있다, 양봉이나 토끼사육을 하거나, 아니면 직접 자당(蔗糖)을 제조하고 로열젤리를 추출할 수도 있다, 거기에 말쩨프* 경작법과 요크셔 돼지까지—나는 내가 아는 지식을 총동원하여 아이디어 한보따리를 풀어놓았다.

책상다리를 하고 앉은 장장은 수시로 실눈을 뜨면서 흠, 흠, 쿵, 쿵 한참을 경청하더니 나중에는 우리 하나하나에게 담배를 돌렸다. "자네들 신식지식이 보통이 아니구먼. 다들 인재들이야."

나중에 들으니 전에 그가 외지에서 고급 누에콩을 들여왔는데, 어찌 된 영문인지 종잣값도 못 건져 화가 머리끝까지 났었다 한다. 그후로 그는 신식물건을 경원시해왔다.

"장장님, 제가 보증합니다. 우리 삼촌이 농학부 교순데, 지원요청을……"

"그래, 생각해보자고." 그는 고개를 끄덕였다.

그는 전선단축엔 동의하지 않았다—당시 상부에서도 황무지 개간에 확고부동했다. 그러나 세균비료 제작에 대해서는 흥미를 보였다. 왜냐하면 농장 당위원회에서도 비료의 원료공급 문제로 골치를 썩이던 차라 재래식 비료를 생산하여 '전공'을 올리고 싶었기 때문이다. 아무튼, 그런대로 잘된 일이었다.

....

* 아나똘리 말쩨프(Anatoly Maltsev, 1909~67). 소련의 수학자.

4

온실이 지어졌다. 장장의 딸 샤오위(小雨)도 '과학돌격대' 대원이 되어 종일 우리를 도와 불을 지폈다. 장장은 하루에 두번씩 들러 언제 비료가 생산되는지 물었다. 열흘이 넘도록 진전이 없었다. 늘 준비에, 늘 실험이었다. 좀처럼 가만있질 못하고 병이랑 온도계를 만지작만지작 찜통 뚜껑을 열었다 닫았다 하는 그의 모습이 초조해 보였다. 한번은 내 어깨를 툭 치더니 나를 구석으로 불러냈다. 그러면서 현장상황이 얼마나 열악한지, 노동력을 너무 많이 빼갔다며 부대장들이 얼마나 원망을 하는지, 어느 형제농장에서 또 도전장을 보내왔다는 등의 말을 했다. 의미는 분명했다—서두르라는 것이었다. 물론, 서둘러야 한다. 그러나 일이란 예측할 수 없는 법. 4차 종자제작이 또 실패로 돌아갔다. 하필이면 그날, 빌어먹을 '돌격대원' 둘이 근무시간에 농구를 하다 장장에게 걸리고 말았다.

웃통을 벗은 상체가 시커먼 땀으로 범벅이 된 장장이 밀짚모자로 부채질을 하며 온실 안팎을 한바퀴 둘러봤다. 그러고는 공염불이나 욀 줄 아는 우리 노동력들을 쳐다봤다. 보는 눈이 썩 곱지 않았다. 잠시 잠자코 있던 그가 손뼉을 쳤다. "오후에 땅을 판다. 모두 나가서 삽질 실시!"

어리둥절해진 샤오위가 말했다. "목화씨 깻묵 더 빻아야 하는데……"

그는 뒷짐을 지고 떠났다. 몇발짝 걷다 다시 뒤를 돌아 손바닥을 한번 휘둘렀다. "삽질!"

5

또 땅을 파고 황무지를 태우고 풀을 뽑고 씨를 심고 거름을 뿌렸다. 이를 악물고 허리를 두드리고, 호들갑을 떨며 황무지 개간의 희소식을 장장실에 알렸다. 마치 소처럼 일하고 비지땀을 흘리는 것만이 우리의 유일한 본분이자, 이상실현을 위한 의심할 수 없는 삶의 준칙인 것처럼. 맙소사! 가장 투정을 안 부리는 나조차도 슬금슬금 불만이 일기 시작했다.

장장은 이런 고민이 없어 보였다. 현장노동 때 그는 늘 유쾌했다. 젊은이보다도 기꺼이 힘을 썼다. 배가 고프면 홍당무나 무를 생으로 씹어먹으면 그만이었다. 그에겐 양자가 둘 있었다─1차 홍수대책 때 구조한 고아들이다. 이제 여덟아홉살밖에 안된 그애들도 현장으로 끌려와 일당백 십장 자격으로 노동에 참여했다. 울어도 집에 못 갔다. 간부는 더 말할 것도 없다. 회계가 장부를 처리하고 비서가 재료를 기입하는 것도 업무 외 시간을 써야 했다. 회계는 종종 뒤에서 눈을 흘겼다.

휴식시간이면 그는 담배를 피우거나 가늘게 눈웃음을 지으며 옛날 얘기를 했다─신사군(新四軍), '한양조(漢陽造)',

황차오 전투, 판문점 담판, 파톄루(扒鉄路)에 지뢰 심던 일, 목화솜을 썰어 살담배 피운 일……

누군가 조르면 그는 노래도 한곡조 뽑았다.

영광의 북벌 우창(武昌) 성 아래
피로 물든 우리의 이름
뤄샤오(羅霄) 산의 고군분투로
선열의 수훈을 계승하리
천만리 전장, 눈보라와 배고픔……

처음엔 서툰 음정이나마 장엄하고 신성한 맛이 있었지만 점점 심드렁해졌다. 심지어 긴 칼과 화약 연기 그리고 저 노인네의 웃는 얼굴마저 아득해지는 것이었다.

꿋꿋하게 경청하기가 상당히 힘들었다. 혹시 내 사상에 문제가 생긴 건 아닌지 걱정스러웠다.

6

원숭이는 운세와 관상을 본다고 자처했다. 천세와 지세를 풀면서 도화살이 있다느니 관운이 텄다느니 하며 점을 쳤다. 그는 장장에 대해서만큼은 악담을 했다. 장장은 귓불이 짧아 단명할 상이며 왼쪽 눈꼬리에 살기가 있어 분명 머잖아 피비린내 나는 재앙을 가져올 것이라 했다. 더 엄청난 천기(天機)는, 장장이 전생에 호랑이와 돼지를 접붙여 만든 종자라는 것이었다. 그렇지 않고서야 어찌 이토록 멍청하고 악독하단 말인가.

지청들은 집 안이 떠나가라 웃었다.

나는 웃지 않았다. 사실 나도 장장이 짜증났지만 그에겐 인정할 만한 데가 있었다. 우선 사격술에 정통했다. 사냥을 나가면 빈손으로 돌아오는 법이 없다. 또 쟁기와 갈고리를 한 손에 거뜬히 든다. 돼지의 무게를 달거나 작물 수확량을 잴 때도 한눈에 정확하게 맞혔다. 하물며 그는 샤오위의 아버지가 아닌가.

샤오위를 알게 된 건 나의 불행이었다. 그녀는 우리 작업장의 돼지치기였다. 인간관계도 좋고 부지런했지만 말이 별로 없었다. 남자 지청들이 접근할라치면, 떠들거나 말거나 공을 차거나 악기를 켜거나 가만히 보기만 했다. 이 벙어리는 장난을 걸면 얼굴을 붉히며 화를 냈다. 그러나 그녀의 가장 격한 항의는 주먹으로 한대 때리는 정도였다.

그 주먹은 상당히 아팠다. 돼지를 공으로 치는 게 아닌 건 분명하다.

어느날 그녀가 감개천 근처에서 빨래를 할 때였다. 마침 나는 다리 건너편에서 강물에 목화씨 깻묵을 뿌리며 생각에 잠겨 있었다. 먼 산에서 흘러내려온 쪽빛 개울물이 얼음처럼 투명했다. 검은색, 노란색, 하얀색 바위들이 물속에서 흔들렸다. 수면이 햇살을 튕겨냈다.

물속에 풍덩 뛰어들고 싶었지만 농장에는 수영금지 명령이 떨어져 있었다. 원숭이가 음흉한 눈짓을 보냈다. "물에 들어가는 건 안돼도 빠지는 건 다른 문제지?"

말뜻을 알아들은 나는 중심을 잃은 척 "어어" 하며 물속으로 뛰어들었다. 옷도 입고 신발도 다 신은 채. 동료들이 나를 구한다며 옷과 신발을 홀렁홀렁 벗었다. 그러고는 제비식, 뒤집기식, 폭탄식, 온갖 자세를 취하며 물속에 '빠졌다'······

영문을 모르는 샤오위는 개울 기슭에서 사람 살려라 소리 질렀다.

"쟤 좀더 놀려줄까?" 나는 원숭이에게 눈짓했다.

"완전 찬성!"

나와 원숭이는 물속으로 잠수해서는 일부러 손을 허우적거렸다. 입으로 어푸어푸 물을 내뿜으며 애처롭게 버둥대는 시늉을 했다.

그녀는 하얗게 질려 울음을 터뜨렸다. 나중에 우리가 하하 웃으며 사실을 고하자, 그녀는 눈물을 얼른 닦고 화를 버럭 냈다. "좋아, 너네 장난질로 규율을 어겼지, 내가 장장한테 이를 거야!"

그녀는 정말로 일러바쳤다. 고년 참!

7

샤오위의 고자질은 심각한 결과를 낳았다. 우리는 회의에서 자아비판을 해야 했다. 화가 난 우리는 그녀에게 보복을 하기로 했다. 길에서 마주치면 본체만체했고 장작 패는 것도 돕지 않았다. 한밤중에 그녀가 아버지를 찾아가는 길목에 숨어 귀신처럼 늑대 울음소리를 내기도 했다. 그러면 그녀는 걸음아 날 살려라 하며 줄행랑을 쳤다. 어떤 날은 그녀의 방에 들어가 문을 살짝만 닫은 다음 문지방 위에 빗자루를 걸어뒀다. 그녀가 돌아와 문을 열면 빗자루가 눈앞에 대롱거릴 걸 상상하는 재미란…… 우리의 악행은 사실 악행만은 아니었다. 나중에야 깨달은 거지만.

그녀는 빗자루가 누구 짓인지 알고는 씩씩거리며 복수를 하러 왔다. 분필로 우리 방문에 '돼지'라고 크게 휘갈겨 써 분풀이를 했다.

그렇게 한바탕한 다음, 우리의 빨래를 가지러 왔다.

빨래라니? 정말 구제불능이다.

우리는 빨래를 잘 못 했다. 피곤해서 할 수도 없었다. 오랫동안 우리는 여자 지청들에게 이 일을 맡겨왔다. 나중에 지쳐 나가떨어진 그녀들은 우리의 나태함을 비판하며 냄새나는 빨랫감을 돌려보냈다. 누나, 고모, 할머니라 부르며 아양을 떨어봤지만 그녀들의 쇠처럼 굳은 마음은 꿈쩍도 하지 않았다. 생각해보라. 안팎의 곤경으로 절망에 빠진 우리에게 샤오위만이 한결같이 구원의 손길을 내밀어 계급의 형제들에게 노동력을 봉헌했을 뿐 아니라 덤으로 비누까지 제공했다. 어찌 그녀를 다시 보지 않을 수 있겠는가? 아무리 철면피라도 감격하는 시늉은 해야 하지 않겠는가?

어느날 나는 세탁한 옷을 가지러 그녀 숙소로 갔다. 그녀는 돼지우리를 청소하고 있었다. 나는 짐짓 진지하게 빗자루를 휘두르며 돕는 척했다.

"뭐 하는 거야? 놔둬, 놔두라고."

"너만 레이펑*을 학습하게 둘 순 없지. 나도 좀 배우게 양보하라고."

"그게 배우는 거야? 안하는 게 도와주는 거야. 더 더러워지기만 하잖아."

"네가 뭘 안다고 그래? 잘 봐. 내가 시범을 보일 테니……"
한수 보여준다는 게 더 엉망이 되었다. 빗자루의 살이 망가졌을 뿐 아니라 말뚝에 부딪혀 걸리는 바람에 바지에 커다란 구멍이 뚫리고 말았다.

그녀는 깔깔거리며 방으로 들어가 반짇고리를 내왔다. 기워줄 테니 바지를 벗으라는 거였다.

바지 안에 팬티밖에 입지 않은 터였다. 나는 그만 얼굴이 빨개졌다.

---

* 레이펑(雷鋒, 1940~62). 인민을 위해 복무하다 젊은 나이에 순직한 중국 인민해방군 전사.

"무슨 생각을 하는 거야, 동지!" 그녀는 멀뚱히 쳐다보더니 돌아서서 내가 바지를 벗기를 기다렸다. 입으로 연신 종알거리며. "별것도 아닌 걸 갖고. 하여간 지청들이 더 보수적이라니깐……"

그녀는 돌아앉아 찢어진 곳을 꿰맸다. 이따금 킥킥거리면서. 뭐가 우스운 거야. 그제야 그녀 정수리 위로 말아올린 땋은 머리와 부드러운 귓불, 그리고 턱선이 내 눈에 들어왔다. 내려다보이는 자리에 서 있던 나는 무심결에 여자의 옷깃 안 내밀한 부분을 보게 되었다. 하얀 어깨, 가슴 곡선의 일부, 그리고 어렴풋이 보이는 검은 점. 머릿속이 쿵쾅거렸다. 어쩌면 그때 나는 순결을 잃었는지 모르겠다.

그렇게 혼비백산하여 방에 돌아와보니 바지 주머니에 귤 하나가 들어 있었다. 그날의 일을 곰곰이 되돌아보다가 귤을 보니 화가 치밀어올랐다. 그후로 며칠간 나는 한밤중에 일어났고 작업시간에 졸았다. 목욕하러 가면서 물통 가져가는 걸 잊어버리고 밥그릇을 들고 화장실로 들어가기도 했다. 방금 전까지 욕지거리를 하며 행패를 부리다간 금세 책을 들고 큰 소리로 뿌시낀이 어떻느니 공청단*의 성(城)이 어떻느니 하며 떠들었다…… 눈치 빠른 원숭이가 냄새를 맡았는지, 눈짓으로 내 손을 보자고 했다. 손바닥의 손금 하나를 가리키며 하는 말이, 이걸 어쩌나, 어째, 너 지금 발정기야. 몽정의 혐의

* 중국공산주의청년단의 약칭.

가 있어. 좀 있으면 훌륭한 사위가 되겠군! 한다.

생각 같아선 밥사발로 그 녀석 머리를 덮어버리고 싶은 걸 꾹 참고 그를 문밖으로 끌고 나갔다. 헛소리 그만해라, 발정기는 무슨 발정기? 돼지 치는 애한테 발정하냐? 저 댕기머리가 뭐 대단하다고? 딱 양 대가리지. 멍청한 모과처럼 생긴 게, 이마만 넓으면 뭐해, 돼지사료 범벅에. 그보다 저 염라대왕 아비가 내 뭐가 된다고? 나더러 죽으라는 거야, 뭐야?

8

분명 핸들을 돌리는 순간 정신이 나간 것 같다. 기어를 급히 바꿨는데 액셀이 굉음을 냈고 캐터필러 트랙터가 8번 언덕으로 올라갔다. 차 뒤편에서 아득히 고함 소리가 들려왔다.

차창 밖으로 머리를 내밀고 보니 그 노인네가 저 뒤에서 쫓아오고 있었다. 포효하는 사자처럼 울퉁불퉁한 길을 철벅거리며 달려왔다. 차 엔진이 꺼진 뒤에야 그의 으르렁거리는 소리가 귀에 들어왔다. "너 이놈 자식, 이 개백정 같은 놈!" 내가 뭐라고 대답하기도 전에 그는 큰 진흙덩이를 들어 내게 던졌다. 물론 재빨리 피했지만, 트랙터 창문 사방에 누런 진흙 자국이 큼직하게 찍혔다.

저 노인네가 왜 저래?

"장장님……"

"내려!"

나는 허둥지둥 캐터필러에서 내렸다.

"모자 똑바로 써!"

모자 매무새를 가다듬으면서도 나는 무슨 일인지 영문을 알 수 없었다.

치켜든 그의 손에 두움큼의 묘목이 들려 있었다. "봐, 눈 똑바로 뜨고 보라고. 이게 뭐야?"

그랬다. 분명 조금 전 언덕을 오를 때 잠시 한눈파는 사이 트랙터로 길가의 묘목을 깔아뭉갠 것이다. 막 꺾인 묘목 줄기의 상처가 너무도 생생해 발뺌할 수도 없었다.

"너 눈 있어, 없어? 이건 파괴라고, 파괴! 도대체 몇번 말해야 알아들어, 이거 장시(江西) 농과원에서 구해온 묘목이야. 고기보다도 비싸다고. 돈 주고 사려야 살 수도 없어! 이 건달 같은 놈, 이 집안 말아먹을 놈, 이, 이 로뜨쯔끼(뜨로쯔끼) 같은 놈!" 화가 머리끝까지 치민 그의 입에선 군인 시절에 배운 외국 사람 이름까지 튀어나왔다.

사람들이 우르르 몰려왔다. 혀를 날름하며 놀리는 이도 있었다. 트랙터 손잡이도 못 만져본 놈들이 고소하다는 듯 묘목을 이리저리 둘러보며 오만상을 썼다. 다행히 부장장 양씨가 왔다. 그도 대도시 출신이라 나와는 관계가 괜찮았다. 지금은 양씨를 꼭 붙드는 수밖에 없다.

장장은 여간해서 그칠 기세가 아니었다. 되돌아와서 나를 향해 "잘 들어. 너희들 모두 잘 들어. 어떤 놈이든 다시 공공

기물을 파괴했다간 나 이 장종톈이 총으로 쏴 죽이고 말 테
니!" 했다.

나는 더 참을 수가 없었다. "뭐라고요? 죽인다고요!"

"이 자식이 아직도 입이 살아서⋯⋯"

"묘목 몇그루 갖고 너무하잖아요. 물어낸다고요!" 나는 품
에서 지폐를 꺼내들고 씩씩거리며 땅바닥에 내동댕이쳤다.

"이게 무슨 버르장머리야? 좋아, 이렇게 나가시겠다? 당장
꺼져! 트랙터 팀에서 당장 빠지라고! 너 이놈, 오늘 제대로
가르치지 못하면 내 성을 간다⋯⋯" 그의 목소리가 마침내
멀어졌다.

어느샌가 양씨가 돌아와 내 옷매무새를 고쳐주며 나를 위
로했다. 앞으로 조심하게. 장장이 원래 성미가 불같고 풀 한
포기 나무 한그루를 자기 목숨처럼 여기는 사람 아닌가. 좀
지나면 화가 누그러질 걸세⋯⋯ 나는 약한 말에 약한 인간이
었다. 마음이 싸해지면서 참았던 눈물이 쏟아졌다.

"샤오마(小馬), 울지 말게⋯⋯"

그가 달랠수록 더 복받쳐올랐다. 더는 못 참는다. 못 참는
다고! 나는 벌떡 일어나 눈물 콧물을 사방에 튀기며 악을 썼
다. "군벌! 반동! 파시스트!"

9

짧은 트랙터 생활이 끝나고 나는 다시 어깨에 갈고리를 멨다. 그날 저녁 나는 명령대로 장창을 들고 보초를 섰다. 공장지대 옆 길가에 쌓아둔 삼나무를 지키고 방범부 인근 마을의 좀도둑을 막기 위해서였다.

도로 한편에 기척이 일었다. 대개는 들쥐나 산토끼다. 그래도 가봐야지 하는데 갑자기 퍽 하는 소리와 함께 땅에 고꾸라지고 말았다. 장창이 온데간데없이 사라졌다. 뭐가 어떻게 된 건지 알 수 없었다. 눈앞이 아찔하고 가슴이 콱 막히며 목에 극심한 통증이 느껴졌다. 나중에 보니 누군가 뒤에서 천으로 목을 조르고 있었다.

누구야? 겁에 질린 나는 하마터면 바지에 오줌을 지릴 뻔했다.

눈이 가려지고 손이 묶인 채 어딘가로 끌려갔다. 어둠속에서 사람들의 말소리가 들렸다. 북방 말씨도 남방 말씨도 있었다. 좀도둑 같지는 않았다. 눈을 가린 천이 풀리자 동굴이 시야에 들어왔다. 목초지 부근에서 늘 보던 종유동굴이다. 관솔 횃불이 매운 연기를 뿜어내고 손전등이 어지럽게 왔다 갔다 하는 사이로 일고여덟명의 그림자가 어른거렸다. 수건으로 얼굴을 두른 거무죽죽한 사내 하나가 발로 내 다리를 걸어찼다. 차갑게 번득이는 커다란 군도(軍刀)를 내 목에 들이댔다.

"어이, 우리가 누군지 알아?"

용감해야 해, 침착해야 해. 나는 스스로에게 되뇌었다.

"잘 들어. 우리는 반공구국선발군 제8종대……"

뭐? 나는 귀를 의심했다.

"오늘밤 전현(全縣)에 폭동이 일어난다. 국군 비행기가 지원해줄 거야. 너희 농장도 이미 포위됐어. 내일 날이 밝는 대로 현성(縣城)을 점령하고 군대를 몰고 북상하여 혁명을 할 거다. 이 애송이 녀석, 분위기 파악이 좀 되냐……"

순식간에 내 눈엔 사나운 불길과 형구, 시체가 떠올랐다. 혁명영화에서 본 장면이다.

"말해!" 불꽃 속에서 검은 사내의 부릅뜬 눈이 나를 덮쳐왔다. "너네 농장 어떤 놈이 공산당원이야? 어디 살아? 무장부 무기고는 어디 있어? 장장, 서기, 대장, 부대장 이름이 뭐야? 다 불어! 불기만 하면 너는 산목숨이야."

"빨리!"

"어서!"

옆에 있던 이들도 합세하여 윽박질렀다. 검은 총구멍들이 일제히 내 가슴팍을 겨눴다.

"반동파 타도! 개 같은 스파이 타도! 제국주의 타도……!" 나는 머뭇거리면 마음이 약해질 것 같아 쉴 새 없이 목청껏 구호를 질렀다. 갈라진 입으로 침을 토하고 몸부림치며 스스로에게 틈을 주지 않았다.

화가 난 그들은 나를 흠씬 두들겨팼다. 총 노리쇠를 당기는 소리가 귓전에 또렷하게 들려왔다. 이게 바로 최후의 일초, 아니 반초구나. 머리 위로 동굴 천장이 보였다. 그리고 거무스레한 파도 같은 바위들. 솔직히 나는 죽음이 두려웠다. 살려달라는 말이 목까지 올라왔다. 저 검은 물결 속에 목초지가 있고 감개천이 있고 수많은 친구들, 그리고 그녀가 있다. 어떻게 이렇게 끝낸단 말인가? 타협하자. 잠깐만이라도 굴복하자. 일단 정보를 흘리고 나중에 적의 내부를 공격하는 거야…… 그러나 결국 나는 그러지 않았다. 적이 호락호락 속아줄 것 같지 않았기 때문이다.

안녕, 친구들이여…… 나는 눈물을 참았다. 솟구치는 슬픔을 억누르며 거무스레한 물결을 절망적으로 바라보았다. 생명의 마지막 순간을 온몸으로 느꼈다. 이상한 일이다. 한참이 지났는데도 나는 아직 살아 있다. 눈을 크게 뜨고 숨을 길게 내쉬어보기도 하고 입술을 깨물어보기도 했다.

손 하나가 내 어깨를 토닥거렸다. 돌아보니 장장이 마술처럼 그 자리에 서 있었다. 허리에 혁대를 매고 손에 마우저총을 든 그의 눈이 흥분으로 빛났다. 그는 주먹으로 나를 툭 치며 하하 웃기만 할 뿐 아무 말도 하지 않았다.

"뭐 하는 겁니까?" 나는 소리 질렀다.

"조용히 해. 흥분하지 말라고." 조금 전 나를 고문하던 검은 사내가 웃었다. "마샤오강(馬小鋼) 동지, 합격을 축하하네. 아까 너무 아프진 않았지?"

마침내 깨달았다. 모든 것이 장장이 꾸민 연극이자 드릴이었던 것이다. 목적은 전국 계급교육운동에 발맞춰 사람들의 혁명입장과 사상각오를 점검하는 것이었다——이게 도대체 뭔가? 그나마 나는 운이 좋아 합격했다. 전농장대회 단상에 올라 합격한 다른 영웅들과 함께 붉은 꽃을 하사받고 축하주를 받아마셨다. 장장은 우리 하나하나를 단상으로 불러 대중에게 소개했다. 차마 손에서 떼어놓을 수 없을 만큼 아끼는 가보를 대하듯. "이들이야말로 공산당의 아들들이자 딸들입니다. 3차 대전이 터지면 우린 누구를 의지합니까? 바로 이들……"

물론 시험에 통과하지 못한 이들은 큰 낭패를 겪었다. 당원인 자는 당적을 잃었고 단원인 자는 단적을 잃었다. 듣자하니, 원숭이 자식은 '반공구국군'의 총이 머리를 한대 톡 치자마자 당장 제 아버지가 국민당원이었고 해방 전에는 금테안경을 끼고 단장을 휘두르던 식자였다며 나불거렸단다. 그는 잃을 단적도 없었기 때문에 장장에게 세게 한대 맞고 벌로 두달간 똥을 치웠다.

10

정세교육과 계급교육도 사람들을 고무하진 못했다. 병가를 내는 이가 늘어났고 제멋대로 도시로 돌아가는 이도 있는 듯했다. 장장은 하부사람을 불러 상황을 점검했다. 그가 나를 불렀다.

"전 별생각 없습니다." 내가 궁싯거렸다.

"너 여태 삐친 거냐?" 그가 웃으며 내 어깨를 툭툭 쳤다. "너 이 자식, 그때 내가 밭에서 욕한 건 잠깐 화가 나서 그런 거야. 관료주의 작풍이지. 사실 내가 늙은 까마귀처럼 입이 험해."

나는 여전히 시큰둥하게 풀줄기를 만지작댔다.

"너 붉은 꽃관도 썼고 격려주도 마셨잖아. 근데 아직도 안 풀렸어? 그건 내가 이해 못하지. 이 장종톈이 너한테 뭘 그리 잘못했냐?"

보아하니 정말 모르는 듯했다. 화가 치민 나는 생각나는 대로 몇가지를 늘어놓았다. 불량한 식사, 부족한 휴식시간, 문화생활의 결핍, 두세달 동안 영화 한편 못 본 것…… "장장, 다 알면서 모르는 척 하깁니까?"

그는 머리를 긁적거리며 한참 생각했다. "그런 거라면 뭐, 시정하지."

이번에는 확실히 의견을 들어줄 모양이다. 특히 동굴 시험 사건 이후 나를 대하는 그의 눈이 크게 달라진 터라 웬만하면 내게 토를 달지 않았다. 다음날 그는 몇몇 간부와 의논한 다음, 하루 휴가를 내 삶은 돼지고기와 두부를 먹고 저녁에 영화를 본다고 전농장에 선포했다. 스크린 위에 펼쳐진 불꽃 튀는 항미원조전쟁 장면에 들뜬 그는 선전과장을 불러 이렇게 말했다. "오늘밤 기분 째지게 봐야겠어. 수고스럽지만 당장 내 말을 타고 현(縣) 영화공사에 가서 몇편 더 가져오게.

끝내주는 걸로!" 깜짝 놀란 선전과장이 늦게까지 영화를 보면 모두 배가 고플 거라고 말하자, 장장은 손사래를 쳤다. "식당에다 밥하라고 하면 되지!" 결국, 그날 우리는 새벽 3시까지 영화를 봤다. 수백명의 노동자들이 밤참을 먹고 밤을 새워 영화를 봤다. 향기가 솔솔 나는 홍당무 생선찜은 장장이 사비로 낸 것이었다.

장장은 혁명원로라 월급이 많았다. 밥을 사는 일이 예사였고 늘 돈에 대범했다. 담뱃값 몇푼만 남기고, 남은 돈으론 사라고 하면 언제든 샀다. 담배도 몇갑씩 사서 서랍 속에 내버려두는 게 부지기수다. 개나 소나 다 꺼내 피울 수 있었다. 한번은 원숭이 놈이 장장 집에 몰래 들어가 페이마표 담배 한갑을 훔쳐와서는 내 앞에서 한껏 뻐기며 뻐끔뻐끔 연기를 뿜어댔다. "망아지." 그는 내 별명을 불렀다. "너도 가서 군화나 가져와. 내가 똑똑히 봐뒀지. 두켤레나 있더라고. 옷장 뒤에."

당시 병석에 있던 아버지는 나를 불효막심한 놈이라며 좀처럼 용돈을 보내주지 않았다. 내 고무신은 진즉에 바닥이 떨어져 덜렁거렸지만 장장의 신발을 훔치긴 싫었다. 그런데 어느날 길에서 그와 마주쳤다. 나를 훑어보는 그의 시선이 신발 사이를 뚫고 나온 내 붉은 발가락에 고정되었다.

"따라와." 그가 말했다.

"왜요?"

"따라오라니깐."

그는 나를 시장으로 끌고 갔다. 감개천 근처의 작은 읍내는 사방에 성벽 잔해들이 남아 있었다. 예전에 토비를 막기 위해 세운 것들이다. 담장 안쪽에 깔린 화강암 길은 작은 부두로 이어진다. 줄지은 판잣집 중에는 점포도 있고 민가도 있다. 때마침 장날이었다. 이곳 사람들 말로 '난장'이다. 시끌벅적 북적대는 사람들로 북새통을 이룬 장터에는 지청들이 사족을 못 쓰는 홍귤, 유자, 왕밤, 수박, 홍당무 같은 것들이 노파들의 좌판 위에 놓여 있었다.

장장은 뒷짐을 지고 나를 공급수매합작사로 데려갔다. 다 쓰러져가는 관음사당이었다. "언니." 그는 계산대 뒤에 앉은 동(僮)족 처녀에게 고갯짓을 했다. "뜨거운 물 한 대야 좀 갖다주지?"

토박이들은 모두 이 유명한 혁명원로를 알아보았다. 여계산원이 냉큼 물을 떠왔다. 장장이 사장실 방문을 확 열더니 의자 하나를 가져왔다. 제집처럼 거리낌이 없었다.

"발 씻어."

말뜻을 알아챈 나는 약간 당황했다.

"씻어!" 그는 쪼그려앉아 내 찢어진 신발을 벗기고는 문밖으로 휙 집어던졌다. 그러고는 내 발을 억지로 끌어와 씻겼다. "발 몇문이야?"

"장장, 나 신발 있소……"

그는 손가락으로 내 발을 재더니 진열대로 가서는 신발 한 켤레를 집어와 내 발에 신겼다. 조물락조물락 눌러 신발의 각을 세우고 보니 그런대로 맞는 것 같았다. 그는 고개를 끄덕였다.

"장장, 나 정말 필요없어……"

"신어!"

그는 만족한 듯 신발을 쳐다보고는 주머니에서 한움큼 잡동사니를 꺼내들었다. 총알이니 도장이니 하는 것들 사이에서 지폐 두장을 집어 신발값을 지불했다.

그는 아무 일도 없었다는 듯 나를 남겨두고 가버렸다. 사당 입구에서 만난 아는 사람 몇몇에게 인사를 하고는 뒷짐 진 팔자걸음으로 부두 쪽을 향해 걸어갔다.

11

장장은 연애를 용납지 않는다. 그는 말했다. 지금은 창업기니 삼년 동안은 누구도 연애질을 할 수 없다고. 만약 부르주아의 향기든 악취든 풍기기만 하면 절대 용서치 않겠다고. 영화를 볼 때도 그는 항상 남녀를 따로 앉혔다. 그것도 모자라 민병을 사방에 배치하여 짝짓기 지하공작자가 있는지 잘 감시하게 했다. 장장 앞에서 남자들은 모두 중이었고 여자들은 비구니였다. 살짝 웃기만 해도 덜컥 죄책감이 들었다. 한번은 여지청 하나가 침대 머리맡에 '로미오와 줄리엣' 사진을 붙여둔 적이 있었다. 장장은 그걸 보자마자 인상을 쓰며 핀잔을 줬다. "한심하긴!"

얼굴이 벌게진 줄리엣은 그만 울음을 터뜨리고 말았다.

장장은 분명 샤오위의 부친이다. 내가 아는 한, 샤오위의 고향은 쑤베이(蘇北)이고 부모는 진보적 교사로 반동파에게 살해당했다. 장장이 그녀를 입양해 해방 후 도시에서 공부를 시킨 것이다. 듣자하니 그녀는 모 농과대학에 합격했는데 장장이 고개를 저으며, 도시에서 무슨 농업을 배워, 차라리 나랑 농장으로 가는 게 낫지,라고 하여 결국 이 목초지로 그녀를 데려온 것이란다. 장장의 화목한 가정에서 그녀는 가장 중요한 사람이다. 저녁밥을 먹고 나면 두 동생들을 씻기고 숙제를 도왔고 아버지 등을 두드려주거나 함께 장기를 두거나 관운장을 읽어주기도 했다.

그들 집안에 대해 알게 될수록 내 마음은 점점 더 무거워졌다. 저 집안이 나와 무슨 관계가 있는가? 무슨 관계가 생길 수 있을까? 해가 지고 거대한 보름달이 목초지 위로 떠오르면 한조각 고요가 은빛 안개 같은 달빛을 따라 대지를 뒤덮는다. 은은한 감개천이 수은처럼 푸른 광채를 발산하면 세상은 동화 속 장면처럼 아스라하다. 하늘과 땅 사이로 신비하고 부드럽게 펼쳐지는 소리 없는 쪽빛 노래가 공중에 하늘하늘 휘날리다 초목에 스며들고 별빛 하늘을 물들였다.

지청들은 개울가에 앉아 두런두런 이야기를 나누고 노래를 하고 시를 낭송했다. 독소전쟁이나 물리공식을 가지고 얼굴이 벌게지도록 열을 올리며 논쟁을 하기도 했다. 슬쩍 옆자리 여지청 있는 쪽을 훔쳐보았다. 내가 찾는 이의 모습은 보이지 않았지만, 달빛 담은 두갈래 땋은 머리가 마치 뽕나무 아래, 제방 뒤에, 기계용 쟁기차 위에 있는 것처럼 느껴졌다. 어디에 있든 언제나 예술인 그녀.

"이봐, 맑스의 딸 이름이 뭐였지?"

원숭이가 갑자기 물었다.

"샤오위……" 나는 멍한 표정으로 말했다.

"뭐?" 그는 박장대소를 했다.

번쩍 정신이 든 나는 온갖 변명을 갖다붙였다. 장종텐이 제일 맑스 같으니까 내 말이 농담인 게 뻔하지 않냐며 딱 잡아뗐다.

진심으로 이 망상에서 벗어나 공부에 몰입하고 싶었다. 그러나 책이 오히려 나의 용기를 북돋웠다. 보라, 이것이 바로 맑스의 사랑이다! 보라, 이것이 바로 푸치끄*의 사랑이다! 바로 바진, 마오둔, 러우스…… 아아, 사랑의 선배들의 고무 속에, 나는 결전에 올인할 것이다. 행동을 개시할 것이다. 나는 그녀에게 저녁때 사탕수수밭 동쪽 끝에서 만나자고 했다. 우선 시 몇수, 격언 수십구를 외운 다음, 어디서 손을 잡을 것인지 위치와 자세 등을 잘 생각해뒀다. 나의 계획은 앞에서 세번째 뽕나무 앞까지 간 다음 첫 동작을 개시하는 거였다.

그녀는 내 거친 숨소리를 금세 알아챘다. 숨소리뿐인가, 온몸이 떨려 손이 손이 아니고 발이 발이 아니었다. "말 안해도

* 율리우스 푸치끄(Julius Fučík, 1903~43). 체코 작가.

돼……" 그녀가 고개를 숙였다. "네가 말하려는 거, 절대로 안돼……"

나는 눈앞이 캄캄해졌다. "왜, 왜 안돼?"

"아버지가 지금은 절대 남자를 만나선 안된대."

"남자를 만나다니?"

"연애라고 해도 되지. 아무튼 같은 뜻이잖아."

"그럼 네가 준 귤은……" 말을 뱉은 순간 나 자신이 얼마나 바보인지가 느껴졌다.

"귤이라니?"

"전에 네가 준 귤, 잊었어?"

무슨 말인지 알아차린 후에도 그녀는 여전히 눈동자를 되록되록 굴렸다. "내가 줬나? 그렇다 쳐. 그냥 먹으라고 준 건데, 뭐가 문제야?"

순간 나는 쥐구멍이라도 찾고 싶었다. 내가 확신했던 그 귤이, 언제나 보물처럼 애지중지하던 그것이 아무것도 아니었다니. 당나귀 똥을 금은보배로 착각한 멍청한 지주였던 것이다.

"샤오위, 내 말 좀 들어봐. 요즘 나 통 잠을 못 자. 왠지……"

"그만해. 아버지가 우린 지금 일심동체로 창업해야 한다고 하셨어."

창업, 창업, 말만 들어도 울화가 치밀었다. 샤오위야, 샤오위, 사랑이란 바람 속의 횃불이고 바다 위의 돛인 것을. 하마터면 입에서 시구절이 나올 뻔했다.

"화내지 마. 아버지 말씀이……"

"입만 열면 아버지, 아버지, 아버지!"

"그렇게 말하지 마. 부탁이야." 내 마음을 알아챈 그녀의 눈이 달빛처럼 반짝였다. "좋은 분이셔. 내가 가장 사랑하는……"

끝장이다. 아버지의 숭배자, 아버지의 똘마니라니. 희망은 바람처럼 종작없이 사라졌다. 준비한 말도 다 허사였다. 혼자 북 치고 장구 치고 다 한 셈이다. 그뒤에 쏟아낸 횡설수설은 기억도 잘 나지 않는다. 순간, 멀리서 손전등 빛이 이쪽을 향해 번쩍였다. 샤오위가 덥석 나를 잡고 떨리는 목소리로 말했다. "아버지야, 아버지. 얼른 가."

자세히 생각할 겨를도, 그럴듯한 작별인사도 없었다. 나는 걸음아 날 살려라 언덕 아래로 줄행랑을 쳤다. 등 뒤로 샤오위를 크게 꾸짖는 장장의 목소리가 들렸다. 내 뒤통수로도 그 목소리가 꽂혔다. "거기 서! 거기 서라니까……"

그가 쫓아왔다. 사탕수수밭을 지나 땅콩밭을 지나 비료창고를 지나 타이(台) 산 위 트랙터를 넘어 도로까지…… 몇백 미터를 쫓아오는 게 잡을 때까지 올 모양이다. 나는 풀무처럼 거친 숨을 내쉬었다. 신발도 한짝이 달아나고 없었다. 발은 무언가에 긁혀 있었다. 극심한 통증 속에서, 나는 문득 깨달았다. 바보! 왜 뛰는 거야? 내가 살인을 했어, 방화를 했어? 왜 죽어라 달리는 거야? 서지 않으면 저 노인네가 총을 쏠 거야—저 인간이 날 뭘로 보겠어?

"이놈!" 쫓아온 그가 내 코에 삿대질을 해대며 욕을 퍼부었다. "내 분명 네놈일 줄 알았지. 넌 도대체 장래가 있는 놈이냐, 없는 놈이냐? 머리를 왜 달고 다녀? 쪼끄만 놈이 건달질이나 배웠어?"

"저 건달 아닙니다!"

"개소리!"

"아니라고요."

그는 발을 쿵 구르며 으르렁거렸다. "손들어!"

손전등에 눈이 부시지만 않았던들 나는 분명 화를 주체하지 못해 일그러진 그의 표정을 봤을 것이다. 그리고 내 머리를 겨누던 마우저총도.

12

나는 붙잡혀 구금되었다. 화학비료 보관실이다. 입안이 코를 찌르는 암모니아 냄새로 가득 찼다. 장장이 최근 시행한 가법(家法)이다. 전기의자와 고춧가루, 물만 있으면 될 판이다. 나 같은 수모를 당하는 녀석들이 몇 더 있었다. 농장에서 수박 서리한 놈, 규율을 어기고 개울에서 수영한 놈. 허풍쟁이 몇놈은 몰래 종유동굴로 들어가 미국과 장제스의 스파이들을 수색하려 했다나. 그 동굴이 쓰촨 성 아메이 산까지 통한다는 농민들 말을 듣고 탐험해보려 했단다.

"옥살이 좀 하면 어떠냐? 우리는 꺾이지 않는다. 쓰러져도 다시 일어나 전진……" 우리는 혁명죄수가로 시름을 달랬다. 그러나 배급받는 밥양도 줄고 수로보수에도 동원되면서, 하루하루가 힘들었다.

장장은 비판투쟁대회를 열어 우리 해로운 망아지들을 사열하기로 했다. 그날 그는 사람을 시켜 친필서한을 농장에 보냈다. 그러나 글씨가 갑골문 수준이라 알아보는 사람이 없었다. 리창쯔는 서한을 가로로 펼쳤다 세로로 펼쳤다 하며 한참을 뚫어지게 쳐다보다 주머니에 쑤셔넣고는, 우리를 데리고 수로를 고치러 나갔다.

언제인지, 퉁탕퉁탕, 큰길에 진흙탕물이 튀어올랐다. 장장을 태운 말이 바람을 일으키며 쫓아온 것이다. 손에 채찍을 쥔 그의 얼굴은 노기충천하여 쇠처럼 푸르뎅뎅했고 귀밑의 상처가 벌겋게 부어 있었다.

"전체 집합!" 그는 고함을 질렀다.

우리는 민첩하게 두줄로 섰다. 그는 대열 앞을 왔다 갔다 했다. 얼마나 화가 났는지 한동안 말도 하지 못했다. 한참 후에야 대장에게 묻는 말이 "너 간이 부었냐? 지도자도 안 보이고 명령도 안 들려?" 한다.

"제가 언제 지도자를 무시했다고 그럽니까?"

"집회 열라는데 왜 말 안 들어?"

"무슨 말씀입니까?"

"내 통지문 못 봤어?"

"보내신 조서는 산신령이나 알아먹겠수."

"못 알아봐? 헛소리! 내가 문맹퇴치반에서 상도 탄 몸이야. 군부사령관도 내 글씨를 칭찬했다고. 네놈이 뭔데 못 알아봐?"

"나야 무식하다 쳐도, 저 지청들도 못 알아봅디다."

"못 알아보면 사람을 시켜 묻지도 못해? 이게 무슨 통진 줄 알아? 군사중요문서야, 긴급문서라고. 무슨 장난인 줄 알아?"

생각이 났다. 그의 통지문에는 붉은 지장 세개가 찍혀 있었다. 일전에 그가 왕년 유격대 시절, 문서에 지장이 하나면 긴급, 두개면 초긴급, 세개면 특긴급이라고 말한 적이 있다.

아무도 웃지 않았다. 그는 우리를 향해 눈을 부릅떴다. "이런 귀신이 곡할 노릇이 있나. 먹물을 몇년씩 처먹은 놈들이 글자도 못 알아봐. 책은 읽어 뭐해? 책 읽어 똥구멍으로 집어 넣었냐? 안경이나 걸쳐쓰고 부엉이인 척하면서 쥐새끼나 잡아? 잘 들어. 차렷, 우향우, 정지, 걸어가!"

나는 냄새나는 딱딱한 돌멩이처럼 고개를 푹 숙이고 쪼그려앉아 꿈쩍도 하지 않았다. 분명 장장이 불같이 화를 낼 것이다. 그런데 내 쪽으로 말을 달려 다가온 그는, 이상하게도 때리지도 않고 욕하지도 않으며 기이한 참을성을 보였다. "너 내 성질 돋우려고 그러지? 내가 실수하게 하려고? 나쁜 놈. 오늘은 절대 안 당한다. 네놈이 간이 배 밖으로 나와 내 딸을 홀려? 이 장종텐이 오늘 너를 잘근잘근 씹어주마. 각오하라고."

비판투쟁대회가 끝난 후 그는 나를 사무실로 데려갔다. 학습자료 한무더기를 낑낑대며 탁자 위에 내려놓은 다음, 비서에게 문건들을 읽으라고 했다. 그는 눈을 지그시 감고 나와 함께 들었다.

나는 화가 났다.

"할 말이 있으면 하세요. 수작 부리지 말고!"

"날더러 염라대왕이랬지? 오늘은 내가 관음보살이다." 그는 의기양양한 표정으로 나를 향해 고개를 끄덕였다.

학습자료 강독은 한밤중까지 지속되었다. 나는 견디지 못하고 연신 하품을 해댔다. 혁명영웅은 온데간데없이 사라졌다. 인정할 수밖에 없었다. 어떤 죄명이든 일단 인정하고 나중에 다시 생각하자 싶었다. 언제 잠이 들었는지 모른다. 새벽에 깨어보니 나는 그의 침대에 누워 있었고 그는 어딘가나가고 없었다.

13

들자하니, 장장은 내가 왜 총검에는 꿈적도 하지 않으면서사탕에 넘어갔는지 이해할 수 없었다 한다. 한참을 궁리한 그는 결국 전공장에 한층 엄중한 관리를 시행할 것을 결심했다. 몸이 아파 피를 토해도 작업장을 돌아다니며 규율을 잡았다. 지청들의 일기 및 각종 서간도 모두 검사를 받아야 했다. 여학생 기숙사 앞에 핀 장미들을 다 뽑아버리고 장장이 지정한 채소로 갈아심었다. 수르나이와 호금은 허락했지만 '턱금'—말하자면 바이올린—에 대해선 의심의 눈초리를 거두지 않았다. 나중에 베이징에도 '턱금'이 있다는 말을 듣고서야 턱금몰수령을 거두었다. 타고르 사진을 보았을 때 그는 이렇게 물었다. "저거 자본가야, 아니야? 뭘 주로 팔았어?" 시집 표지의 초승달 디자인을 보고는 벌떡 일어나 적개심에 불타 소리 질렀다. "터키, 터키!" 한국전쟁에서 본 터키 깃발에 초승달이 있었기 때문이다.

집에 환자가 있거나 상을 당하지 않는 한, 지청들은 집에 다녀올 수 없었다. 장장의 눈엔 도시의 번화한 밤거리는 부패와 타락의 발원지다. 그런 이상한 곳에서 굴러먹다보면 뼈가 녹아문드러지기 십상이며 결국 '로뜨쯔끼'가 안되는 게 이상한 일이다. 그는 중앙정부가 공립학교를 죄다 지방으로 내려보내야 한다며 노상 투덜거렸다.

사람들은 모두 그를 두려워했지만 그렇다고 일을 더 열심히 하는 건 아니었다. 간부들이 자리를 비우면 여지없이 괭이자루를 쥐고 빈둥거렸다. 소가 밭에 들어가 땅콩 싹을 먹어치워도 쫓지 않았다. 경작팀 트랙터 두대가 산 위에서 고장이 났다. 부속품도 못 구했지만 누구도 궁리는커녕 기계에 녹이 슬어 쥐구멍이 생기는 걸 멀뚱멀뚱 쳐다만 봤다. 거기에 지난 일년 가뭄까지 가세해 땅콩이든 뭐든 대부분이 빈 깍지투성이였다. 살을 에는 추위가 몰아치는 겨울이 왔지만 월급도 나오지 않았다. 곰팡이 슨 땅콩 두근으로 설을 쇠어야 했다. 장장은 울화로 피를 토했다. 사람 몇을 거느리고 식량차 세대를 끌고 가서는 막무가내로 차용증서를 들이대며 구황작물을 확보해왔다. 또한 간부 몇을 데리고 사방으로 '접선'하며 '연줄'을 찾아 도움을 청했다. 조직절차고 나발이고 개의치 않고 현정부 이 부서 저 부서에 철퍼덕 주저앉아서는 진을 치고 일어날 생각을 안했다. 현간부들은 모두 그보다 서열이 낮았다. 현위원회 서기도 그보다 아래였는지 그만 보면 골머리를 앓았다. 결국, 원로의 권위로 그는 차 두대 반 가득 새 작업복을 실어왔다. 광부 옷인지 노동개조범 옷인지 몰라도 어쨌든 모두에게 한벌씩 돌아갔다. 잘 맞지는 않아도 찬바람을 버티기엔 충분했다.

우리 집은 둥베이 쑹화 강변
거기엔 끝없는 광산이 있네
산과 들에 가득한 콩과 고량……

섣달그믐은 이처럼 우울한 노랫소리와 함께 찾아왔다. 폭죽도 웃음소리도 없었고 그럴듯한 설 상차림도 없었다. 목화 줄기를 태우며 알루미늄 밥통과 법랑 단지를 두들기는 우리의 눈빛에 한줄기 망연함이 서렸다.

장장은 몇몇 간부와 공장으로 와서 함께 설을 쇠었다. 술

한 단지와 고급담배 몇갑을 가져와 사람들의 기분을 돋워줄 요량이었다. 보는 사람마다 담배를 건네고 술을 권하며, 어느 천치가 분뇨통에 빠졌다느니, 어느 저팔계가 고로장(高老庄)에 가서 장가를 들었다느니 농지거리로 사람들을 웃겼다.

웃음소리의 인위성을 눈치챈 간부 하나가 화제를 바꿨다. "장 선생, 입만 열면 소싯적에 무술과 기공을 익혔다 하지 않았소? 칼과 창을 피하고 담벼락을 날아다녔다느니, 그거 다 뻥이죠?"

"무슨 소리, 이 장종톈이 뻥을 쳐?" 장장은 술 한모금을 들이켜고는 너스레를 떨었다. "못 믿겠으면 내 지금 이 두 손으로 똑똑히 보여주지." 그러면서 겉옷을 벗고 기마자세로 온몸에 기를 모았다. 이마에 핏대가 돋고 얼굴이 보랏빛으로 변하더니 다시 파래졌다 또 검어졌다. 뭉툭한 손가락 열개에 부르르 경련이 일었다. "헛!" 그는 크게 기합을 모았다. 다리를 구부리고는 손바닥을 내리쳤다. 과연 벽돌 하나가 쪼개졌다. 벽돌조각이 사방에 날렸고 탁자가 심하게 흔들렸다.

와— 어디선가 박수갈채가 일었다.

박수 소리가 잦아들자 장장은 다른 이벤트를 열었다. 기력이 가장 왕성한 젊은이 둘을 뽑아서는 각각 자기 다리 한쪽씩 잡게 하고는 자기를 뒤집어보라고 했다.

시범을 몇번 보이는 동안 장장의 온몸은 땀범벅이 되었지만 분위기는 좀처럼 무르익지 않았다. 말도 없이 슬쩍 자리를 떠버리는 사람들로 인해 모닥불 주변엔 빈자리가 늘어갔다. 어떤 사람은 박수도 치지 않고 무릎을 끌어안고 꾸벅꾸벅 졸았다. 리창쯔는 바보가 아니었다. 억지 춘향이 같은 상황을 알아차리고는 장작을 보탰다 찻물을 보탰다 하더니 아예 만취한 척 큰 소리로 욕을 했다. "리젠궈(李建國), 이 씨팔 놈아, 내가 한모금 마시는데 네가 반모금만 마셔? 내가 촌놈이라고 무시하는 거야?"

"어……" 속뜻을 알아차린 장장이 주위를 슬그머니 둘러보며 주섬주섬 옷을 걸쳐입었다. 손전등을 더듬어찾고는 이렇게 말했다. "어, 우리도 그만 가지……"

한물간 배우처럼, 그는 피로한 발걸음으로 퇴장했다. 가볍게 한숨을 내쉬며 비틀거리면서 문을 나섰다. 눈보라 속에 그의 꾸부정한 뒷모습이 이따금 보였다.

그날밤 나는 잠을 이루지 못했다. 왠지 모르게, 그의 굽은 등이 자꾸 생각났던 것이다. 아, 장장. 그에게 상처를 너무 주는 것도 옳지 않아. 우리보다 흘린 땀이 많은데. 그럼, 도대체 어떻게 된 건가. 우리 손은 굳은살투성이인데 받는 건 썩은 땅콩뿐이고, 첨단기계가 있는데 트랙터는 언덕에서 녹슬고 있고, 열정이 있는데 눈앞에 보이는 건 냉담한 얼굴들뿐이니. 이게 도대체 누구 탓이란 말인가?

눈 한번 시원하게 쏟아지는군.

14

샤오위가 다른 공장단위로 옮겨간 후에도 나는 종종 돼지우리 근처에 가곤 했다. 거기 가면 그녀의 흔적이나 냄새가 남아 있을 것 같았다. 어쩌면 그녀가 우리 안 어딘가에서 튀어나올지 모른다. 나는 공장 단지 저편 반짝이는 등불을 바라보며 그녀의 모습을 상상했다. 무얼 하고 있을까? 누구를 생각하고 있을까? 등불 아래 앉아 『사상회보』나 읽고 있는 건 아니겠지?

여지청의 배가 불러왔다. 자신도 몰랐던 모양이다. 의사는 우선 이 소식을 공장의 지도자에게 보고했다. 생쌀이 익어 밥이 다 됐으니 빨리 아이 아버지를 찾아내는 수밖에 없었다. 그놈을 찾아 아이 어미와 신속히 결혼시키라는 명령이 내려왔다. 결혼식장에서 장장은 몇 마디 축사를 하고 신혼부부에게 보온병을 선물했다. 생각해보라, 결혼식장의 떠들썩한 분위기 속에서 연애금지령은 흐지부지해졌다. 그런데 재밌는 것은, 목초지를 오래 머물 곳이라 생각하지 않았던 지청들이 결혼의 짐을 지고 싶어하지 않았다는 것이다. 오히려 이성을 대하는 지청들의 태도가 더 신중해졌다.

"이상하네. 연애하랬더니 다들 무슨 고자라도 된 거야!" 장장은 늘 생산대장들을 볼 때마다 연애의 동태를 물었다. 간부회의에서도 사람들을 동원해 매파질을 시켰고 부근 농촌에서 여직공들을 조달해 남녀비율을 맞췄다. 생산대장의 말에 따르면, 장장은 지청들이 결혼하고 마음을 잡아 농장에 정착하길 바랐다. 미래의 노동력인 갓난아이를 낳는 걸 포함해서.

그날 저녁, 원숭이 녀석이 갑자기 내게 와서는 샤오위가 날 찾는다고 했다. 늘 만나던 그곳에서 날 기다린다고.

"날 왜 찾아? 잠이나 잘래." 사실 내 심장은 이미 두근두근 뛰고 있었다.

"여자한테 매너가 그게 아니지. 향기로운 옥을 대하듯, 몰라?"

"맞을래?"

상황이 우습게 돌아간다. 아버지의 호각 소리에 화들짝 놀라 달아나던 그녀가 연애사업을 완성하라는 지시가 떨어지자 최근 들어 책을 빌려달라느니 공부를 물어본다느니 하며 나를 찾아오는 것이다. 그러나 나는 그 호각 소리만 생각하면 기분이 잡쳤다.

그래도 나갔다. 그녀는 전보다 말랐고 광대뼈가 불거져 있었다. 특별한 용건은 없었다. 그저 주(州) 단대회*에 참여한 소감과 자매결연한 이웃 농장들에 대해 말했을 뿐이다. 세개의 '낙후한 점', 네개의 '차이점', 다섯개의 '놓친 점' 등, 그녀가 흥분해서 떠드는 동안 나는 머리를 쥐어뜯고 내빼고 싶었다. 우리의 단대회 대표는 달빛 아래 꽃밭에서 내게 일장 연설을 늘어놓고 있었다!

....
* 중국공산주의청년단 대표대회의 약칭.

234

"아직 안 끝났어?" 나는 기지개를 켜고 하품을 했다.

"피곤해? 그럼…… 가서 쉬어."

"안녕."

숙소로 돌아가려는데 갑자기 등 뒤에서 울음소리가 들렸다. 돌아보니 그녀가 두 손으로 얼굴을 감싸고 있다. 하늘 저편에 번개가 한번 치더니 순식간에 구름 속으로 숨어버렸다. 언덕엔 타고 남은 회토 몇덩이가 이따금 붉게 빛났다. 날아다니는 반딧불 하나가 내 얼굴에 와서 부딪쳤다.

그녀는 계속 울었다. 등을 심하게 들썩이며 손으로 뽕나무 기둥을 두들겼다.

"내가 왜 찾아왔는지 알잖아. 내가 왜 왔는지 뻔히 알면서……"

"왜 왔는데?"

"알잖아."

"내가 어떻게 알아?"

"시치미 떼지 마!"

"장장실 벽보 말하는 거야? 전에 말한……"

그녀는 실성한 듯 눈을 부릅떴다. "아니, 정말 못 들었어? 그 위안(袁)가 이야기……"

물론 들었다. 위안 모라는 전문기사가 그녀에게 구혼했다는 것, 중매쟁이가 공장 당위원이자 자치주 모 지도자의 친척이란 것도. 나는 의젓하고 대범한 모습을 보여야 했다. 나는 아주 의연하게 그 위안 모를 높였다. 그 친구 잘생겼지, 능

력있지, 집안도 좋고, 여러모로 좋아. 분명 장래가 훤할 거
야…… 말하는 사이 몸이 후들거렸다.

그녀의 부릅뜬 눈이 점점 더 커졌다. 눈망울에 경악과 실
망, 그리고 분노가 비쳤다. 오초, 십초, 십오초…… 서로를 마
주 보면서 우리는 모든 심문과 문답, 하소연을 주고받았다.
여기에 얼마만큼의 단어와 문법이 담겨 있을까? 이년 전이었
다면 분명 나는 그녀의 손을 잡고 이렇게 소리쳤을 것이다.
나랑 가자. 아무것도 묻지 말고 아무 생각도 하지 마. 겁날 것
없어. 그러나 나는 이미 이년 전의 내가 아니다. 청년단 간부,
원로혁명가의 효녀 딸에게 손을 내밀 용기가 내겐 없었다.

"돌아가……" 나는 숨을 크게 들이쉬고 이 말을 내뱉었다.

"그게 다야?"

"졸려……" 나는 하품하는 시늉을 했다.

"죽어버려!" 그녀는 입술을 질끈 물고 고개를 돌려 달렸다.
그렇게 한줄기 번개 속으로 사라져갔다.

아름다운 샤오위는 그렇게 떠났다. 그녀의 마음을 나는 잘
알고 있었다. 그녀도 내 마음을 알고 있었겠지. 그녀가 떠났
다. 작별인사도 없이, 깜깜한 밤에, "죽어버려"라는 저주만
남긴 채……

15

샤오위는 결국 화전(火田) 작업 중에 죽었다. 여자 셋, 남자 하나가 같이 화를 당했다. 더 슬픈 일은 이 사고에 장장의 책임이 컸다는 사실이다. 남부 격리지대 나무가 충분히 베였는지 확인하지도 않고 지정한 시간에 불을 붙이라는 성급한 명령을 내린 것이다. 뜻하지 않게 강풍으로 바뀐 바람에 불길이 순식간에 격리지대를 범했고 양털처럼 빽빽한 건너편 숲과 먼저 가서 불을 놓던 청년들을 덮친 것이다……

작업장마다 며칠간 죽음 같은 정적이 흘렀다. 식당은 잔반이 늘어갔다. 밥이 목구멍으로 넘어가지 않았다. 입만 열면 청산유수던 원숭이도 머리를 쥐어뜯으며 엉엉 울었다. 내 품에 와락 안겨서는 내 어깨를 사납게 물어뜯는 것이었다. 그도 마음속으로 줄곧 샤오위를 좋아했던 것이다. 자다가 그녀 이름을 부르기도 했다.

불쌍한 녀석. 나는 그에게 아무 말도 하지 않았다. 눈물도 안 났다. 슬픔은 오히려 내게 평정을 가져다줬다. 나는 홀로 바깥에 나가 걸었다. 부슬부슬 내리는 보슬비에 길이 반짝거렸다. 그녀가 걷던 길이 어딘지, 그녀가 매던 밭이 어딘지 알 수 없다. 어디를 가야 그녀의 목소리를 들을 수 있는가. 어딜 가야 그녀의 많은 머리와 환한 이마를 볼 수 있을까. 생각해보면, 나는 그녀에게 아무것도 아니었다. 시 몇편을 찢어버렸다. 종잇조각이 눈송이처럼 감개천 위로 휘날렸다. 그녀를 위해 쓴 시이니 마땅히 그녀에게 돌려줘야 한다. 나는 그 종잇조각들이 하얀 나비로 변해 총총 떠나간 그녀를 쫓길 바랐다. 하얀 장미가 되어 누군가의 마음에 영원히 피어 있기를.

이 세상에 하얀 꽃으로 장례 지낼 만한 것이 얼마나 있을까? 광활한 천지는 목청껏 불러도 아무 대답이 없다. 나는 먼 산을 바라보았다. 거대한 무덤이 한발 다가가면 한발 뒤로 물러난다. 마치 나와 영원히 갈라서 다시는 자기 비밀에 근접하지 못하게 하려는 듯.

장장은 순식간에 백발노인으로 변했다. 누군가 말하길, 장장이 해 질 녘 미친 듯 말을 몰고 감개천을 건넜다 되돌아오기를 반복하다가 하늘 끝 고요한 붉은 노을을 향해 소리를 지르더란다. "이년아…… 집에 돌아오너라…… 애야……"

따따따. 마우저총이 하늘을 향해 울렸다.

대나무 쪼개지는 듯한 총소리에 놀란 들새 몇마리가 차가운 창공 위로 푸드덕 날아오르더니 어두운 보랏빛 노을 속으로 서서히 사라져갔다.

아무도 그에게 말을 걸지 못했다. 두 아들만이 말 엉덩이를 두드리며 소리 질렀다.

아버지 ─

아버지 ─

16

장장이 병으로 쓰러지자 농장은 더 엉망이 되어갔다. 이듬해에는 장기손실단위로 분류되어 해산하는 수밖에 없었다. 성 농간국(農墾局)의 공작조가 도착했다. 중앙에서 부부장도 하나 내려왔다. 듣자하니 왕년에 장장에게 '장종톈'이라는 이름을 지어준 지휘관이라 한다. 일주일간 당위원회가 열렸다. 회의가 끝나자 다시 직원대회가 열렸다. 전면적 정돈정신을 전달한 후 전농장직원의 몇년간의 공적을 치하한 다음 농장이 부근 공사 몇군데와 통합되었음을 선포했다. 재산청산과 직원배치가 즉시 시행되었다. 대부분의 지청은 철로작업장으로 보내졌다.

잘하면 나중에 철로건설공사 직원이 될 수도 있다는 말에 모두들 환호했다. 닭과 개를 잡고 종자씨를 씹어먹었다. 책걸상과 궤짝은 물론 문짝까지 떼어내 불을 피웠다. 근방에 사는 간 큰 농민들이 철사와 벽돌, 쟁기, 분뇨통까지 훔쳐갔다. 목초지에 남은 풀은 돼지와 소를 풀어 마저 먹였다. 모두가 떠날 채비를 했고 더는 장장을 두려워하지 않았다. 장장실에 붙은 커다란 대자보엔 각양각색의 비판이 적혀 있었다. 군중은 그가 그릇된 지휘를 했다고 비판했다. 간부들은 그를 독재자라 했다. 어떤 회계는 그가 겨울옷을 공수해오는 바람에 재정체계가 무너졌고 차에 식량을 실어온 것도 특권남용으로서 법규를 무시한 토비의 작풍이라 비판했다.

모두들 배불리 먹었기 때문에 그를 '토비'라 비난할 수 있었다.

책을 정리하고 짐을 챙기다 해진 고무신을 발견했다. 왠지 모르게 마음이 울컥했다. 장장은? 이 목초지 왕국의 추장, 사면초가에 처한 '토비'는 요 며칠 어디에 있는 것일까?

사람들 말이 며칠 동안 그는 벌판을 헤매다 어두워져서야 집에 돌아온다 한다. 그의 말도 이미 누군가의 총에 맞아 죽었다. 그는 어느 농업학교 서기로 갈 예정이다. 그러니 말이 필요없고 말을 탈 일도 없을 것이다. 식당에서 말고기를 먹던 날, 그는 한점도 입에 대지 않고 술 한 단지를 통째로 비웠다.

나는 그를 찾아갔다. 어지럽혀진 방은 텅 비어 있었다. 혹시 바깥 어딘가를 돌아다니는 중일까? 안개비 속에서 딸을 찾고 있을까? 이제 어느 학교의 지도자가 될 텐데 거기서도 목초지에서의 희로애락을 반복할까?

창문을 두들기는 빗줄기가 수많은 상처들을 잡아당기는 동안 창밖의 세상이 흐릿해졌다. 나는 한참을 기다렸다. 바닥을 청소하고 책상을 닦고 방 주인을 위해 이부자리를 정돈했다. 구석에 있던 진흙투성이의 가죽신발을 깨끗이 닦았다. 한참을 닦고 나서야 검은 가죽빛이 비로소 드러났다. 나는 그것을 침대 옆에 가지런히 놓았다…… 그리고 방을 나왔다. 조용히 문을 닫고 아무 소리도 내지 않았다.

왜 그랬는지, 나도 모르겠다.

농장을 떠나던 날, 나는 밧줄과 빵을 사러 나갔다가 장터에서 장장을 만났다. 냉기로 싸늘한 공급사에서 술사발을 들고 시멘트 계산대에 기대서 있었다. 울대뼈에 연신 꿀꺽꿀꺽 소리가 났다. 많이 늙어 보였다. 등이 약간 굽었고 눈도 충혈되어 있었다. 옆에 딸이 없으니 입은 옷이 더럽고 추레했다. 부리부리한 눈빛만 아니라면 어느 산골에서 온 비렁뱅이 노인으로 착각했을 것이다.

나를 보고 그가 고개를 끄덕였다. 쓴웃음을 지으며 "한잔하겠나?"라고 물었다.

나는 고개를 저었다.

장터 밖은 왁자지껄했다. 농민들이 농장의 소를 끌어냈고 검은 연기를 뿜으며 덜컹거리는 트랙터는 농장의 재산을 어디론가 실어가고 있었다. 다시 보니, 또다른 자동차 한 무리가 성벽 근처에 서 있다. 지청들이 차 위에 가지런히 짐을 쌓고 있었다. 이런 소란 통에 갈팡질팡하는 운동화와 추리닝. 어디선가 본 장면이다.

장장의 눈에 처량한 빛이 스쳤다. 그는 술 한모금을 넘겼다. "자네들 여기서 몇년 됐지?"

"사년요."

"음, 사년이라, 사년, 빠르군······"

"그렇죠."

"짐들 잘 챙겼어? 빠진 건 없고? ······새 작업장에 가면 조심들 해. 단결하고 음식에 적응 잘하라고. 철로건설은 밭일보단 덜 힘들어도 툭하면 화약질이니 위험해. 작업할 때 서두르지 말고 조심조심하라고. 어?"

참으로 이상한 노릇이다. 작별이 거친 인간의 마음을 곱게 갈아놓은 모양이다. 사내의 경골을 녹이고 당한 자의 원한을 씻어낸다. 그의 입에서 어머니의 목소리를 들을 줄이야.

멀리서 자동차 경적 소리가 울렸다. 큰 소리로 이름을 부르는 소리가 들려왔다. 그는 쓴웃음을 지으며 눈을 질끈 감고 손을 저었다. "됐네. 가봐. 가. 늦겠어."

"장장." 이미 낯설어진 두 글자, 이미 의미없어진 호칭이 내가 듣기에도 이상했다. "우리 가는 거 보러 같이 가셔야죠?"

"가야지, 가."

"오는 거죠?"

"그럼, 그럼……"

그는 술병을 들고 비틀거리며 문을 나섰다. 나중에 알았지만 배웅하는 무리 중에 그는 없었다. 아마도 사람들의 질시 어린 눈이 두려웠거나 이런 상황에 익숙지 않아서일 것이다.

자동차가 움직이자 "안녕"이라는 말들이 울려퍼졌다. 막 마을 어귀를 벗어날 무렵 감개천 다리 위에 꿈쩍도 않고 선 검은 그림자가 보였다. 장장이었다. 틀림없이 그다. 아마 그는 멀리서 이쪽 큰길을 바라보며 낯익은 우리 얼굴을 눈으로 하나하나 배웅하고 있을 것이다. 검은 그림자가 점점 흑점으로 변했다. 보이지 않는다. 보이지 않아…… 그러나 나는 분명 그의 주름진 얼굴에 서린 고통스러운 표정과 뜨거워진 눈시울을 보았다.

영광의 북벌 우창 성 아래
피로 물든 우리의 이름
뤄샤오 산의 고군분투로
선열의 수훈을 계승하리……

장장, 아직도 이 노래를 부르고 있는 거요? 다시 당신을 만날 날이 올까? 내가 얼마나 당신을 끌어안고 속 시원하게 울고 싶었는데, 당신과 나를 위해, 샤오위를 위해, 모두를 위해…… 그러나 나는 그러지 못했다.

해가 떨어지는 곳에 밝게 빛나는 감개천이 조용히 흘렀다. 노을 지는 석양 속에 물과 하늘이 하나가 되는 지금, 목초지는 불에 타오르는 듯 붉다. 버려진 트랙터가 아직도 산 위에 있었다. 이 모든 시간을 새긴 비석처럼, 무수한 실패를 겪은 영웅처럼, 자유의 미풍을 맞으며 과거와 미래를 조용히 응시하고 있었다. 녹슨 공기가 미세하게 떨렸다. 이 아름다운 세계, 녹슨 붉은색의 세계가 한가닥 번개처럼 획 지나가려 한다.

차가 덜컹 움직이자 차 안에 웃음꽃이 피었다. 원숭이와 대포 녀석이 담배를 갖고 토닥거렸다. 너 한대, 나 한대, 웃음소리가 몹시도 우렁찼다. 그들은 왜 웃는가? 손에 든 담배 때문에? 각자의 앞에 펼쳐질 미래를 위해? 어쨌거나 목초지를 떠나게 돼서? 두번 다시 돌아보고 싶지 않은 지옥을 마침내 벗어나서? 그렇겠지. 웃어야 할 것이다. 그러나 지나간 모든 시간이 다 웃을 일일까? 목초지를 몇 마디 가벼운 웃음으로 묻어야 하는 걸까? 도대체 왜 웃는 거냐.

나는 웃을 수 없었다. 팔꿈치를 무릎에 대고 두 손으로 이마와 눈을 가렸다. 아무도 모르게, 눈물 한방울이 뚝 떨어졌다.

1980년 10월.

1980년 『인민일보』에 처음 발표.
1980년 전국우수단편소설상 수상.
러시아어로 번역·출간.

웨란

月蘭

장순(長順)네 집 재앙은 네마리 닭에서 비롯되었다.

그 일은 1974년에 일어났다. 그해 농촌공작대에 들어간 나는 우충(嗚沖)이라는 생산대에서 일을 하고 있었다. 중학전문학교를 갓 졸업한 나는 생산공장에서 신참이었다. 기관에서도 '소자(小字)' 축에 속했다. 그런 날더러 상부에선 생산대 하나를 지휘하라는 명령을 내렸다. 그리고 그곳의 수많은 대원들은 나라는 이 '상관'에게 그저 네네 소리만 했다. 상황은 그렇게 괴이했다.

생산대엔 열여덟가구가 있었다. 대부분 우씨 성을 가진 사람들이었는데, 황니충(黃泥沖) 곳곳에 흩어져 살고 있었다. 생산대는 작년의 재해로 생산량이 줄어 매우 빈궁했다. 자금 통장에는 겨우 3마오 8편밖에 남지 않았다. 입춘이 되었지만 텅텅 빈 생산대 처소엔 찢어진 비닐봉지 두개밖에 없다. 두냥짜리 화학비료 살 돈도 없었다. 돼지축사엔 승냥이처럼 삐쩍 마른 늙은 암돼지 두마리만 끙끙거릴 뿐, 텅 비었다. 분뇨통엔 돼지똥도 얼마 남지 않았다. 이런 한심한 국면에서 어떻게

다자이와 샤오진쫭(小靳莊)*을 배운단 말인가? 나는 화가 치
밀었다.

농촌 공작에 빠삭한 동료의 충고는 이랬다. 생산대에 들어
가면 비료를 장악해야 하네, 비료만 있으면 주도권을 잡을 수
있어. 그래서 나는 얼른 남녀노소를 소집하여 공작대의 계획
대로 먼저 어느 부농분자에 대한 비판투쟁을 전개한 다음 일
련의 명령을 선포했다. 사적인 양돈양계 수량제한, 과다대출
금 추징, 개인 물레 봉인, 두달간 자류지(自留地)**에 거름 투
여 금지, 돼지, 닭, 오리의 방목 금지, 자연비료 종자 보호……
앞의 몇개는 처음 일이 아니라 사원들은 불만이 있어도 아무
소리 하지 않았다. 하지만 뒤의 두 조항에 대해서는 말들이
많았다. 특히 갓 시집온 아이 업은 새댁들이 따지고 들었다.
"자류지가 다 마르면 우리더러 소금국으로 끼닐 때우란 말인
가?" "돼지가 밭에 못 들어가다니 말이 돼? 오리랑 닭이 밭에
안 들어가면 다 말라비틀어지지!" "안 그래도 먹일 게 없는데
닭이랑 오리를 닭장에 가둬두면 귀신이 와서 먹일까?" "건넛
마을 현에도 이런 규칙이 없구먼, 별나기는!"……그외의 어
떤 말들은 사투리가 심해 도통 알아먹을 수가 없었다. 어쨌든
따지는 소리, 애원 소리, 항의 소리 들이 나를 질식시킬 지경

---

* 톈진(天津)의 마을 이름. 문혁기간에 혁명연극인 「양판희」를 공연하고 시 낭
  송회를 열어 유명해졌다. 마오쩌둥의 처 장칭(江靑)에 의해 '이데올로기혁
  명'의 모범으로서 전국적으로 선전되었다.
** 집단농장 외에 개인적으로 경영할 수 있도록 허용한 경지.

이었다. 그러나 나는 물러서지 않았다. 현지말로 표현하자면 "한치를 버티고 한푼도 내주지 않"으면서, 구시렁거리는 그들의 입을 막아버렸다.

회의가 끝난 며칠 동안 상황은 그래도 순조로웠다. 모든 일은 규칙대로 진행되었다. 논밭은 조용했고 길거리엔 표어들이 나부꼈다. 과연 분위기가 쇄신되었다. 그런데 어느날 대대(大隊)에서 돌아오는 길에 나는 밭두렁에 나와 있는 닭들을 발견했다. 누런 놈, 까만 놈, 하얀 놈 들이 파릇파릇한 종자씨 사이로 모이를 찾아다녔다. 단단한 발로 씨앗을 까뒤집고 뾰족한 부리로 쪼아먹는 꼴들이 아주 느긋했다.

"뉘 집 닭이 밭에 들어간 거요?"

대답하는 사람이 없다.

나는 다시 고함을 쳤지만 역시 아무도 대답하지 않았다.

"안 나오면 저놈의 닭들을 내가 가져갑니다!"

부대 위 돼지축사 옆 큰 단풍나무 아래 흙벽돌집에서 떨리는 목소리가 새어나왔다. "아, 예, 예, 우리 집이에요!" 어느 아낙 하나가 그 집에서 튀어나왔다. 서른이 채 안되어 보이는 여인이다. 비쩍 마르고 까무잡잡한 피부에 머리를 길게 땋아 내렸다. 예쁘지 않은 얼굴이었다. 나를 보는 눈빛에 당황하고 두려운 기색이 역력했다. 얼어서 새빨간 두 손을 새까만 앞치마에 다급하게 비볐다. 그녀는 고개를 끄덕이며 눈웃음을 쳤다. "아, 간부 동지, 이거 정말, 죄송해요! 방금 돼지풀 씻으면서 우리 집 하이 놈한테 닭들 좀 잘 지키라고 했는데, 이놈 자식이 금세 어디로 내뺀 거야?" 그러고는 황급히 밭두렁으로 달려나갔다. "훠이, 훠이" 소리를 지르고 흙덩이를 던지면서 누런 암탉 네마리를 집 안으로 몰고 갔다. 그러는 와중에도 그 하이 거시긴지 하는 놈 욕을 해댔다. 이런 재수 없는 놈! 나가 뒤질 놈, 놀 줄이나 알고! 아버지 돌아오시면 혼쭐을 내야지!

나는 더 뭐라 할 수 없어 다른 닭을 쫓으러 나갔다.

그런데 다음날 아침, 또 종자밭에 닭들이 있는 것이었다. 살금살금 잠입한 도둑 같은 놈들 중에는 어제 그 누런 암탉 네마리도 있었다. 나는 단풍나무 아래 벽돌집으로 달려가 고함을 질렀다. "어이! 닭이 또 밭에 들어갔소!"

또 묵묵부답이다.

"와서 닭 안 치우면 내……" 나는 다시 으르렁댔다.

"어머나!" 또 그 못생긴 여자가 튀어나왔다. 붉은 비단처럼 새빨간 얼굴에 박힌 눈에 어제처럼 겁에 질린 티가 역력했다. 어제처럼 손발을 어쩔 줄 몰라 쩔쩔맸고 입으로는 어제처럼 하이 욕을 했다. "……이런 재수 없는 놈! 닭 좀 지키라고 했더니, 도통 말을 안 들어…… 칵— 퉤! 아버지만 돌아왔단 봐라…… 칵— 퉤!" 닭을 몰면서 그녀는 흘끔 고개를 돌려 내 눈을 쳐다봤다.

이 여자가 누구지? 생산대에 들어온 지 얼마 안된데다 이 회의 저 회의 쫓아다니느라 나는 생산대 내부에서 보내는 시간이 많지 않았다. 그래서 아직도 모르는 사람들이 꽤 있었다. 그래도 골똘히 기억을 더듬다보니 그녀에 대한 첫인상이 떠올랐다. 그녀는 부녀회에 두번 나온 적이 있다. 공동노동에도 몇번 나왔다. 공동노동이든 회의든 그녀는 제일 먼저 나왔다. 다만 청년부녀다운 활력이 없을 뿐이었다. 회의 중에 발언도 하지 않았고 담소도 나누지 않았다. 구석에 앉아 신발 밑창을 꿰매다 부뚜막에 걸린 주전자에 물이 끓으면 시키지 않아도 알아서 사람들에게 차를 따랐다. 차를 따르면서 그녀는 희미한 웃음으로 인사를 대신했다. 참하고 싹싹해 보였다. 그러나 다른 면에서는 그리 적극적이지 않았다. 한번은 생산대 사무실에 찾아와서는, 천 두근만 짜게 자기 집 물레에 붙은 봉인을 떼달라고 사정하는 것이었다. 나는 당연히 거절했다. 그리고 '비림비공(批林批孔)'* 비판문도 제출하지 않았다. 글을 못 배웠고 지금 남편도 집에 없어 집안일이 많다는 것이었다. 거기에 시어머니도 돌봐야 하고 돼지도 먹여야 하고…… 그녀 이름이 뭐였는지 암만 해도 생각나지 않았다.

어느날 저녁, 정치야학 수업시간이었다. 그녀가 오지 않아 나는 부녀대장에게 어찌된 일인지 물었다.

"그 여편네 이름이 웨란(月蘭)이우. 남편 이름이 우장순(吳長順)이고. 두사람 금슬이 좀 좋다고." 젖을 먹이면서 부녀대

---

* 1971년 린뱌오(林彪)가 비행기 추락 사고로 사망한 뒤, 1973년 마오쩌둥은 린뱌오가 "공자를 존중하고 법가를 위반했다"며 그를 유교와 싸잡아 비판했다. 이후 장칭이 '비림비공'을 내세워 저우언라이(周恩來)를 비판하면서, 이 구호는 1974년 초부터 반년간 전국적으로 확대되었다.

장이 말했다.

"오늘 저녁은 이론학습 하는 날인데, 왜 안 오는 겁니까?"

"휴가 냈어. 툭하면 머리가 아프거든. 아마 월경 때문에 그럴 거야. 작년에도 수술해서 혹을 떼어냈거든. 가련하긴!"

나는 그런가보다 했다. 그런데 이어지는 며칠 동안 밭에 들어간 오리와 닭 중에는 늘 그녀 집 누런 암탉 네마리가 있는 것이었다. 이번에는 나도 화가 났다. 나는 확신했다. 분명히 닭을 일부러 내놓은 거야. 그녀가 하는 말도 죄다 도시 출신인 나를 골탕 먹이겠다는 수작이라고! 나는 그녀를 징벌하기로 결심했다. 그래서 틈을 보다 닭에게 돌팔매질을 했다. "꼬꼬댁!" 외마디 비명을 지르며 닭이 날개를 파닥거렸다. 나는 계속 쫓아다녔지만 헛수고였다. 돌을 열몇개나 던졌지만 하나도 명중시키지 못했다. 닭털만 어지럽게 날아다녔다. 눈이 시뻘게지도록 쫓아가던 나는 그만 언 논바닥에 미끄러지고 말았다. 고무신이 흙탕물에 빠져 건질 수도 없었다. 얼굴이고 몸이고 온통 흙투성이가 됐다. 소 치던 아이들이 몰려와 손뼉을 치며 웃었다. "소가 둑에서 떨어졌다! 와서 소고기 먹자!"

나는 화가 나고 창피하기도 했다. 제기랄! 어떻게 하지? 머리카락이 땀에 흠뻑 젖은 채로 나는 공작대의 다른 동료를 찾아가 방법을 간구했다. 양씨 성을 가진 말라깽이 부(副)대장이 담배 연기를 뻐끔거리며 껄껄 웃었다. "참으로 먹물일세! 아, 농약을 뿌리면 되지 않는가? 내 일러두는데 농민들에겐 엄하고 혹독하게 해야 하네. 좋게 좋게 해서는 자본주의를 타도 못해……"

돌아와서 나는 대장 우류(吳六)를 찾아갔다.

쉰 남짓한 류 아저씨는 농사경험이 풍부하고 젊은이처럼 쾌활했다. 우스갯소리를 잘했고 그림책과 영화 보는 걸 좋아했다. 또한 사람들 앞에서 『수호전』『설당(說唐)』『동주열국지』 같은 것을 강설하는 걸 좋아했다. 단점은 정치학습을 싫어한다는 것이다. 회의만 했다 하면 꾸벅꾸벅 졸았고, 담배말 종이가 떨어지면 벽에 붙은 학습소감이나 신문을 아무렇지 않게 찢어 썼다. 지금, 그는 논에서 쉬고 있다. 또 벽에 붙은 '비림비공' 표어를 뜯어 담배를 말면서.

"류 아저씨……" 나는 눈살을 찌푸렸다.

고개를 돌려 나를 본 그가 아차 하는 표정으로 말했다. "어, 어, 깜박했구먼! 이제 그만 죽어야지!" 그는 자기 손을 찰싹 때리고는 헤헤 웃었다.

나는 잠시 있다가 화제를 돌렸다. "저기 곡식창고에 가서 낟알 좀 갖다주세요. 농약도 같이요, 그러니까……"

"농약?" 그는 담배 연기를 뻐끔거렸다.

"농약 안 치곤 닭이랑 오리를 막을 수가 없어요!"

"그건……" 류 아저씨는 심각한 표정으로 눈꺼풀을 바쁘게 껌벅거렸다. "그럼 안되지! 그렇잖아도 집집마다 빈털터리라, 그저 달걀이나 좀 팔아서 소금이니 기름이니 사는 판인데, 큰일날 소리! 그 암탉이랑 오리 새끼 들이 그네들 기름통이고 소금통이야. 진짜로 몇놈 죽여보게…… 어이구! 안되지! 안돼!" 그는 머리를 딸랑이처럼 딸랑딸랑 흔들었다.

"그럼, 자유방임으로 놔두란 말입니까?"

자유방임이 무슨 말인지 모르는 그는 내 설명을 들은 후 다시 말했다. "아무튼 못 먹고 못 입는 게 사회주의는 아닐세! 따지고 보면 밭에 곡식도 없는데, 닭이랑 오리가 밭에 좀 나간다고 그게 무슨 범법인가!"

"이래서야! 공작대 간부의 사상이 이렇게 불통이니, 그래서 군중을 어떻게 지도합니까?" 나는 그가 연장자라는 것도 잊고 한바탕 호통을 쳤다. '다피추다간(大批促大幹)'* 원리에서 시작하여 제도의 견지와 명령복종의 중요성까지, 장장 십여분에 걸쳐 강의를 했다.

그는 찍소리 않고 땅바닥에 쭈그리고 앉아 있었다. 엽전 두 닢으로 한참 수염을 만지작거리다 마침내 입을 열었다. "미안하네! 어쨌든 나는 자네 장단엔 못 맞추겠네. 굳이 뿌리겠다면 뿌리라고!" 말을 마친 그는 쟁기를 둘러메고 쿵쾅쿵쾅 논바닥을 내려갔다.

그날, 나는 쌀 한근을 달아와서는 맹독성 농약 '1059'와 섞었다. 그리고 그것을 동네 밭두렁 부근에 뿌렸다. 다만, 혹 소가 먹을까 싶어 멀리까지 뿌리진 않았다. 10미터마다 조금씩 뿌린 다음 표시를 하여 소몰이 아이들이 식별하도록 했다.

....

* 1970년대 유행하던 혁명구호. 개인농지를 폐지하고 집단경영으로 효율을 높이자는 뜻.

그러나 이 방법으로는 아무 소용이 없었다.

어느날, 나는 민병대를 불러 '자류지' 시찰을 나갔다. 몰래 자류지에 분뇨를 뿌리는 사람이 있나 살펴보기 위해서였다. 한창 살피던 중이었다. 내 명령을 받고 '정찰'하러 나간 아이들이 왁자지껄 돌아왔다. 닭들이 또 밭에 들어갔다는 것이다. 그들은 앞다투어 공을 내세웠다. "내가 먼저 봤어요!" "나야!" "내가 먼저야!"

거짓말이 아니었다. 종자밭에 뿌린 농약 섞인 낟알은 누가 그랬는지 기와 조각에 덮여 있었다. 나무 대야로 덮어놓은 곳도 있다. 이런 짓을 한 사람은 밭에 나간 닭과 오리가 독살당할까 걱정은 되지만 농약을 치울 용기는 없는 사람이다. 먼 밭에 있는 십여마리의 닭들이 나를 보고는 겁먹은 듯 고개를 홱 돌렸다. 저쪽으로 도망가자며 저들끼리 속닥거리는 듯……

나는 속으로 욕을 내뱉었다. 이놈의 농민들, 정말 이기적이군! 사회주의의 각오라곤 눈곱만큼도 없어! 이래서 집단생산이 안되는 거야! 나는 봉분처럼 쌓아올린 곡식낟알을 발로 흩뜨리고는 다시는 덮지 못하도록 아예 기와 조각을 밟아 깨버렸다. 그럼 다음 나무 대야를 집어들었다.

"그 대야는 하이네 집 거예요!" 어느 계집애가 고했다.

"누구 거든 다 몰수야! 자아비판 안하면 이 대야는 못 가져가!"

"하하! 몰수다! 몰수!"

"자아비판문도 써야 돼! 공작대에 붙인다!"

영문을 모르는 까까머리 아이 둘이 그저 재밌어선지 남의 불행이 고소해선지 손뼉을 치며 좋아했다. 조금 큰 아이 하나가 웃지도 않고 얼른 어른들에게 알리러 갔다.

그날, 우충 마을에는 전생산대, 특히 아낙들이 기절초풍할 대사건이 발생했다. 공작대 산간 작업에 나갔던 웨란이 늦어서야 돌아왔다. 이웃이 그녀 집 닭을 집 안으로 채 거두기 전에 닭 네마리가 죄다 독사한 것이다.

내가 그 소식을 들었을 땐 이미 해 질 녘이었다. 볏짚 타는 연기 사이로 멀리 웨란 집 앞에 십여명의 아낙들이 부녀회라도 연 양 북적대는 것이 보였다. 저렇게 많이 모인 걸 보니 무슨 일이 생긴 게 틀림없어! 게다가 사람들 틈에서 서러운 울음소리가 흘러나오고 있었다. 얼음장 같은 시냇물이 부들부들 떠는 소리가. "……못살아! 그게 마지막 네마리였는데! 하이 공부시키려면 그 박복한 닭밖에 없는데! ……내가 집단을 해치려는 게 아니라 다른 수가 없어서 그런 건데! 다른 수가! 사람도 굶는데 무슨 수로 닭을 먹여? 무슨 수로……!" 여인 몇이 슬그머니 옷소매로 눈시울을 닦았다.

나는 웨란이 나를 저주하기를 기다렸다. 그러나 욕설 소리는 들리지 않았다. 나는 그리로 건너갔다.

건장하고 우직해 보이는 중년 남자가 머리를 싸매고 쭈그리고 앉아 있었다. 나를 보더니 얼른 일어났다. 검은 얼굴, 긴 턱. 가슴팍을 꽉 조이는 작은 웃옷은 어깨 부분이 터져 있었다. 근시인지, 나를 보면서 가늘게 실눈을 떴다.

　나는 그를 한번 훑어봤다. "당신이 우장순입니까? 줄곧 공사(公社) 전업대에 계셨다면서요."

　"아, 예. 거기 일이 다 끝나서." 그가 웃었다. 품에서 꼬깃꼬깃한 만 종이담배를 꺼내 내게 건넸다.

　"고맙습니다. 전 괜찮아요."

　"아." 그는 담배를 조심스럽게 도로 품에 집어넣었다. 손을 한참 비비고 난 후에야 더듬더듬 환영사를 풀기 시작했다. "당신…… 당신들 간부 동지들 참 대단해요! 공산당이 영도하는 신사회가 아니면 어찌 이런 촌구석까지 오셨겠소, 자기 돈 쓰고 자기 밥까지 싸들고, 참……"

　나는 이런 겉치레가 싫었다. 그래서 그의 말을 자르고는 바로 닭 이야기를 꺼냈다.

　"닭?" 그의 표정이 멍해졌다. 긴 얼굴에 한줄기 쓴웃음이 지나갔다. 그런 다음 고개를 돌려 아내를 꾸짖는다. "왜 울어? 어서 못 들어가!" 나를 보고 그는 다시 웃는 얼굴을 했다. "별거 아니오. 우리 마누라가 원체 고집이 세서, 고집불통이라오. 닭 몇마리가 무슨 목숨줄이라도 된다고! 거참……" 그는 애써 두터운 입술을 입속으로 집어넣었다. 신식단어를 쓰고 싶은데 생각이 안 나는 듯했다.

　하이로 보이는 상고머리 아이가 튀어나와 그에게 매달렸다. "아빠, 아빠, 나 학교 가서 공부할래! 학교 갈래!"

　장순은 아이 머리를 두번 세게 쥐어박았다. "시끄럿!"

아이가 왕 하고 울음을 터뜨렸다. 그래서 집 앞은 더 어수 선해졌다. 하이의 팔을 잡아끄는 사람, 장순에게 뭐라 하는 사람……

내가 말했다. "때리지 마세요. 때리는 건 옳지 않습니다. 제 대로 이해할 수 있으면 되지요. 공작대는 당신들이 이번 일로 잘못을 깨우치길 바랍니다. 이번 일을 교훈 삼아 다른 사람 들도 깨우치고요. 바로 가서 자아비판문을 써서 백부 인쇄하 고……"

"자아비판문? 인쇄?" 그는 몸을 부르르 떨었다.

"모든 생산대, 대대(大隊), 공사, 다 붙여야 합니다. 당신 처 가 쪽 생산대는 하는 거 보고 결정하겠습니다. 태도가 안 좋 으면 거기도 붙여야…… 오늘밤 당장 쓰십시오."

"그건……" 장순은 와락 나를 붙잡고 고개를 숙인 채 한참 동안 더듬거렸다. "저, 저, 저 좋은 일 좀 하십시다! 우리 여편 네, 저거…… 그렇게 고생시키면 안돼요!"

"저더러 어쩌란 겁니까? 이건 공작대의 명령입니다."

그는 두 눈을 부릅뜬 채 바닥의 돌덩이를 노려보았다. 아무 말도 없었다. 정신이 완전히 나간 사람 같았다.

웨란이라 불리는 그 여인은 이미 다른 아낙의 부축을 받아 집 안으로 들어가고 없었다. 다른 사람들도 한숨을 몇번 쉬고 는 하나둘 돌아갔다. 현장에는 아이들 몇명이 새까맣게 변해 사지를 쭉 뻗은 닭 네마리를 이리저리 뒤적거리고 있었다.

나는 사람들이 나를 두려워하고 멀리하고 또 원망하는 것을 확연하게 느꼈다. 평소 농을 잘 걸던 류 아저씨도 도로를 보수하러 왔을 때 내게 아무 말 걸지 않았다. 그저 닭들을 둘러보고 웅덩이물에 쟁기를 씻으며 혼잣말을 중얼거렸다. "좋다고! 계급투쟁 제대로 해야지! 자본주의 돼지도 타도하고! 자본주의 닭도 타도하고! 농민도 모조리 타도해야지……" 한참을 그렇게 구시렁거리다가 자리를 떴다.

내가 잘못한 것일까? 곰곰이 생각해봤지만 아닌 것 같다. 나는 자본주의에 포위되어 있다. 게다가 내가 먼저 강경책을 쓰겠다고 호통을 친 터다. 공작대를 대표하여 이 강경책을 밀고 나가야 한다!

이후 며칠 동안 나는 현 농업기술학습반에 참석하느라 생산대 일에 간여하지 않았다. 이따금 현성에 올라온 비료담당 사원 말을 듣자니, 장순네는 요즘 사는 게 말이 아니라 한다. 웨란은 화병으로 이틀간 앓아누웠고 시어미는 집안망신 시켰다며 며느리를 탓했다. 하이는 한밤중에도 자지 않고 울고불고 난리를 친다는 것이다. 장순은? 코 막힌 소처럼 미련하게 일만 하는 그는 집에 돌아오면 머리를 싸매고 울화를 삼켰다…… 이런 시답잖은 말을 나는 마음에 두지 않았다.

생산대에 돌아간 날, 내가 처음 들은 소식은 장순과 그 처가 방금 크게 싸웠다는 것이었다.

나는 장순네 집으로 갔다. 장순이 문지방에 앉아 있다. 찢어진 면신발을 구겨신고 거구의 몸을 웅크린 채 거칠고 큰 손으로 머리를 쥐어뜯고 있었다. 마침 류 아저씨가 뒷짐을 지고 그를 단단히 훈계하는 중이었다. "순, 이놈아, 네가 미쳤냐! 윗집이고 아랫집이고 하나같이 자네 부부 금슬이 좋다고 하는데, 오늘따라 왜 이리 황소고집이야? 웨란이 너한테 뭘 잘못했냐? 네놈이 은혜를 원수로 갚아도 유분수지, 인정머리도 없고 천하에 양심이라곤 없는 놈!"

한참 동안 입을 굳게 다물고 있던 장순이 벌떡 일어나 하늘이 무너져라 고함을 쳤다. 술냄새가 확 풍겼다. "그만 좀 하십쇼!" 그러나 류 아저씨와 나를 보며 다시 천천히 주저앉았다.

주변 사람들 말에 따르면 상황은 대체로 이러했다. 내가 떠난 후 공작대의 양 부대장이 이곳 생산대를 순시하러 왔다. 그는 '양대 노선 투쟁'의 전범을 세우겠다며 농약을 덮은 사람을 색출하려 했다. 자수하는 사람은 아무도 없었다. 장순네 집 나무 대야만이 유일한 증거였다. 그래서 투쟁의 화력은 그의 집에 집중되었다. 장순네에게 반성문 쓰게 한 것도 모자라 닭 한마리당 벌금 5위안을 매겨 가을 수매 때 제하기로 했다. 대대당(大隊黨) 지부와 생산대 위원회에서도 반대했지만 아무 소용이 없었다. 그후 장순네는 더더욱 안 좋아졌다. 오늘, 웨란은 답답한 가슴에 한숨을 쉬며, 주변머리 없는 장순이 집 안에 기름이랑 소금이 떨어지고 애 교과서 살 돈이 없어도 아무 대책도 못 찾는다며 원망을 했다. 마침 장순은 울화를 삭히려고 옆집에서 술 한잔 걸치고 돌아온 참이었다. 울컥 화가 난 그는 술기운 탓인지 처음으로 마누라에게 불같이 화를 냈다. 짝, 손가락 자국 다섯개가 웨란 얼굴에 찍혔다. "그러고도 나를 탓해, 흥! 망할 네년이 아니면 하이한테 왜 책 살 돈이 없어? 누구 때문에 벌금을 내는데?" 불쌍한 웨란은 한동안 멍하니 서 있었다. 손에 있던 사발이 쨍그랑 바닥에서 산산조각이 났다. 몇초 후, 그녀는 아픈 뺨을 어루만지며 울음을 꾹 참고 밖으로 뛰어나갔다.

"사람을 때리면 어떡합니까?" 나는 장순을 비판했다. "지금 어디 있어요?"

"모르오."

"그럼…… 빨리 가서 찾아야죠. 잘못되면 어쩌려고!"

그날밤 하늘엔 약간의 별빛이 있었다. 산과 나무가 파란 안개에 뒤덮였다. 촉촉한 공기 속으로 밭두렁엔 쟁기질한 뒤의 흙내음이 풍겼고 하늘에선 은가루 같은 달빛이 옹달샘 위로 쏟아지고 있었다. 언제부턴지 초봄의 첫 개구리 울음소리가 들렸다. 그렇게 죽어라 외롭게 울어대면서 마침내 모든 소리를 부숴놓았다. 말로 표현할 수 없는, 복잡한 예감이 엄습했다.

나는 밤 풍경에 신경 쓸 여력이 없었다. 오로지 빨리 웨란을 찾아 인심을 수습하고 내일 작업에 지장이 없기를 바랐다. 다시 한번 나는 장순 부부를 원망했다. 왜들 그렇게 속이 좁아? 이깟 작은 일로 이 지경까지 만들어야 해? 그러나 이런 원망은 통상 다른 감정에 흔들리게 마련이다. 그것은 은근한 불안감이다. 왜 불안할까? 나는 깊이 생각하지 않았다.

"웨 – 란—" 대장이 소리 질렀다.

"웨―란―"산골짜기가 공허한 메아리로 화답했다.

비가 내리고 옷이 젖었지만 우리는 계속 그녀를 찾아다녔다. 천신만고 끝에 동백나무숲에서 그녀를 발견했다.

그녀는 바위에 앉아 꼼짝도 하지 않고 아무 소리도 내지 않았다. 아무 일 없었다는 듯, 차분한 조각상처럼. 사람들이 기뻐서 환호했다. 다정하게 동정과 위로의 말을 건넸지만 그녀는 여전히 아무 말 없이, 조용했다. 눈은 흐리멍덩했고 얼굴엔 아무 표정이 없었다.

"집에 가세요! 곧 큰비가 내릴 테니." 내가 말했다.

그녀는 나를 한번 쳐다보고는 묵묵히 손으로 머리카락을 다듬은 다음, 천천히 산 밑으로 내려갔다. 글썽이는 눈물이 관솔불 아래 반짝, 했다.

"그쪽 아니야! 저쪽으로 가야지!" 누군가 그녀를 일깨웠다.

멍하니 멈춰선 그녀가 목석처럼 몸을 돌려 고분고분 알려준 길로 걸어간다.

"중간으로 걸어, 길가에 난 거우궁츠(狗公刺)*에 바지가 걸리잖아!"

그녀는 다시 목석처럼 길 한가운데로 발을 내디뎠다.

그녀가 집에 도착했을 땐 이미 한밤중이었다. 장순의 권유로 나는 잠시 들어갔다. 그러고 보니 미안한 마음이 들었다. 이곳 생산대에 온 지가 몇달인데 일에 쫓기다보니 이 집에

* 가시 달린 풀의 일종.

들른 적이 없는 것이다. 집 안에 들어서자마자 나는 피가 얼어붙는 듯했다. 무언가에 걸린 듯 다리가 말을 듣지 않았다. 내 눈을 믿을 수가 없었다. 작은 방 두칸짜리 집이었다. 흙벽돌을 쌓아 만든 침대에 낮게 걸린 찢어진 모기장은 불에 그을려 시꺼멨다. 부뚜막이 침대 옆에 있기 때문이다. 너덜너덜한 이불솜엔 이불보도 씌워 있지 않았다. 흙벽돌로 쌓은 기둥에 나무 판때기 하나 올린 것이 식탁이었다. 부뚜막 위엔 잉크병으로 만든 듯한 갓 없는 등이 흐릿한 불꽃을 안고 있다. 옆방에서 악취가 풍겨왔다. 장순 모친이 그곳에서 연신 기침을 했다. 이 호감이라곤 생기지 않는 늙은 노파는 구시렁구시렁 며느리 욕을 하는 중이다. 들어보니 웨란이 병약해서 살림도 건사 못하고 병치레하느라 돈이 없어 손자 공부도 못 시키게 됐다는 말 같다. 노파는 이런 '약병' 며느리를 들인 걸 후회하고 있었다……

혼돈 속에 깜박 켜진 전깃불처럼, 나는 벽에 붙은 낡은 상장들을 발견했다. 나는 얼른 류 아저씨를 구석으로 데리고 가서 살그머니 물어보았다. "이 사람들 우수사원이에요?"

"당연하지!" 류 아저씨가 담배 연기를 뿜었다. "장순은 일할 때 두사람 몫을 한다고. 웨란도 좋은 처자고. 지난봄 모내기 때 기력이 쇠한 생산대 소가 그만 밭에서 잠들어버렸잖아. 그때 그녀가 계란 열몇개랑 단술 두근을 가져다 소에게 먹였어. 돈을 줘도 안 받았어……"

나는 가슴이 철렁했다. 계란을 헌납한 웨란과 닭을 밭에 푼 웨란이 도무지 일치되지 않았다.

"장 동지, 앉으십쇼." 쓴웃음을 띤 장순이 작두로 대강 썰어 만든 나무등걸을 내 앞에 끌어다놓았다. "이거 참 미안하오. 제대로 된 의자가 없어서……."

"왜 의자가 없습니까?"

"그게, 저……" 그는 말을 제대로 하지 못했다.

류 아저씨가 담뱃대를 탁탁 두드리며 끼어들었다. "이 집은 대차오즈후(大超支户)*일세! 작년에 태풍이 불었는데도 공작대에서 빚을 갚으라며 옷장, 침대, 의자까지 다 값을 매겨 가져갔네!"

"노동력이 그렇게 좋다면서, 왜 차오즈후예요?"

장순은 또 쓴웃음을 지었다.

류 아저씨가 다시 그를 대신해서 설명했다. 작년에 웨란에게 큰 종양이 생기는 통에 작업을 그른 건 고사하고 의사를 부르네 입원을 하네 하며 500위안을 가져다 쓴 것이다. 평시라면 별일도 아니었다. 그러나 요 몇년 생산대의 생산량이 해마다 줄어 분위기가 어수선했다. 올해 저수지 보수 명령이 있었는데 내년엔 또 저수지를 메워 평지를 만들라고 했다. 일모작밖에 안되는 곳에 이모작을 하라지 않나, 다각영농에 숨이 막힐 지경이었다. 한사람의 노동력으로는 하루에 1~2마오

---

* 인민공사 시대, 개인의 노동을 점수로 계산한 다음, 연말에 점수를 다시 돈으로 쳐서 결산했다. 이때 점수가 모자라 생산대에 빚을 지는 가구를 차오즈후라 한다.

정도밖에 벌 수 없었다. 국영집단에서 웨란의 빚 200위안을 갚았지만 뚫린 구멍을 메우기엔 역부족이었다. 집집마다 하나같이 가난하니 빌리려야 빌릴 데도 없고……

집 안에 정적이 들었다. 대장만이 고개를 흔들며 한숨을 쉬었다.

온몸이 오그라드는 기분이었다. 나는 작두칼로 자른 나무 등걸을 만지작거렸다. 침대맡에 앉은 사과처럼 발그레한 하이의 얼굴을 보고 있자니, 육중한 무언가가 내 가슴을 짓누르는 듯했다. 진작부터 엉터리 지도가 이 지역에 극심한 해를 입혔고 사원들의 고생이 갈수록 커진다는 말을 들어온 터다. 그러나 나는 지금 눈앞에 보이는 이 지경까지 고생하는 사원이 있으리라곤 생각지 못했다.

이어서 대장이 뭐라고 하는지는 이미 내 귀에 들어오지 않았다. 어떻게 장순네 집을 나섰는지, 심지어 비에 젖은 외투를 어디다 벗어놨는지도 기억나지 않았다. 그날밤, 나는 뒤척이며 잠을 이루지 못했다.

이튿날, 공작대와 대대당 지부 연석회의에서 나는 웨란의 일을 보고했다. 그녀 일가에 부과된 벌금을 면제하고 하이의 교육문제를 해결해주고 싶었다. 논쟁이 한참 동안 이어졌다. 양 부대장이 '다피추다간' 원칙을 늘어놓으며 장시간 발언을 했다. 나는 앉아 있을 수가 없었다. 무엇을 걱정하는 것일까. 곰곰이 생각해본다. 그렇다! 나는 웨란을 걱정하고 있었다. 어제 그렇게 거센 폭풍우가 내렸는데 그녀는 너무 조용하고 평온했다. 이상하지 않은가? 무슨 일이 생기는 건 아닐까? 대대의 리 서기가 조용히 속삭였다. "그래! 자네 어서 먼저 가보게. 농촌 아낙들이란 몹쓸 생각 하기가 쉬워. 전에도 어떤 부부가 한번 싸웠는데 하마터면 송장 칠 뻔했네……" 나는 더 안절부절 견딜 수 없었다.

나는 회의가 끝나기도 전에 회의장을 빠져나와 허겁지겁 생산대로 돌아왔다. 마치 내 예감을 증명하기라도 하듯 분위기가 심상치 않다. 장순네 집에는 아무도 없었다. 다른 집도 마찬가지다. 또다른 집도…… 한참 찾다보니, 저수지 근처에서 몇명이 댐을 따라 집 쪽으로 돌아오고 있었다. 그중 약상자를 멘 의무대원이 고개를 푹 숙인 채 뭐라고 하는 게 보였다.

나는 크게 소리 질렀다. "생산대 분들입니까? 장순 씨는요? 웨란은요?"

노파 하나가 나를 보더니 얼굴을 가리고 통곡하기 시작한다. 등을 숙인 채 울면서 내게 달려오는 것 아닌가……

아! 걱정하던 일이 기어이 일어나고야 말았구나! 하늘과 땅이 빙글빙글 돌았다. 누군가가 달려와 상황을 보고했다. 그는 웨란이 자살할 거라고는 누구도 예측하지 못했다고 했다. 여느 때처럼 아주 차분했다는 것이다. 그날 아침 그녀는 집 안 구석구석을 반짝반짝하게 닦고 옷가지도 빨 건 빨고 꿰맬 건 꿰맸다. 하이에게 새 옷을 입히고 쌀을 빌려다 노모에게 맛있는 찰밥을 지어 올렸다. 오후에 장순이 일터에서 돌아오니 그녀가 보이지 않았다. 그러다 저수지에 그녀의 헝겊신 한쌍이……

시체는 이미 건져올린 뒤였다. 몸은 젖었지만 파리한 얼굴 만큼은 평온했다. 코에 핏자국이 약간 남아 있었다. 발이 진 흙투성이가 된 장순이 시체를 끌어안고 통곡했다. 목이 갈라 져라 포효하는 짐승처럼 애처롭게. 그의 눈물이 아내의 얼굴 위로 뚝뚝 떨어졌다. 그는 주먹으로 자기 머리를 쾅쾅 쳤다. "……하이 엄마, 어제 당신을 때리지 말았어야 했는데! 말았 어야 했는데! 내가 때리지만 않았어도, 내가 잘못했소! …… 밤낮 없이 고생만 시켰는데, 몇해 전 내가 메밀경단이 먹고 싶댔더니 칠팔십리를 걸어 처가에서 메밀을 가져왔었지. 땀 을 뻘뻘 흘리면서…… 미안하오! 당신 몸져누웠을 때도 아까 워서 제대로 먹지도 못했는데. 하이 공부시키려면 붓이랑 종 이 사야 한다면서 계란탕을 끓여준대도 마다했었지…… 내 가 때려선 안됐는데! 어머니한테도 구박을 받는데 나까지 왜 당신을 때렸을까? 그렇게 속상하게만 안했어도 당신이 그리 독한 마음을 먹진 않았을 것을!"

아빠 곁으로 기어온 하이가 엄마 손을 흔들며 울었다. "엄 마, 엄마! 나 다신 책값 달라고 안할게! 다시는 밤에 안 울 게!" 그는 주머니에서 진흙 범벅의 물고기 하나를 꺼내어 엄 마의 배 위에 올려놓았다. "엄마, 봐요. 나 이제 물고기 잡을 줄도 알아. 내가 돈 벌어 책 사고 학교 갈 수 있어. 다시는 떼 쓰지 않을 거야! 엄마, 이렇게 부르는데, 왜 대답을 안해?"

주위에 모인 사람들이 눈물을 훔쳤다. 몇몇 사람은 분개하며 무언가를 논하고 있다. 그들의 눈에 노기가 비쳤다.

나무 위에서 까마귀 한마리가 괴상하게 한번 울고 날개를 파닥이며 멀리 날아갔다.

얼마나 지났을까. 누군가 내 어깨를 툭툭 쳤다. 류 아저씨였다. 쟁기를 멘 그의 눈이 빨갰다. 그는 곱게 갠 옷 한벌을 내게 건넸다. "이거 자네 거지? 웨란이 오늘 아침 자네 것까지……"

아, 그것은 어젯밤 그 집에 두고 온 회색 겉옷 아닌가? 깨끗이 빨아 고이 개킨 옷은 어깨에 있던 구멍까지 기워져 있었다. 두부피만한 크기의 촘촘한 실땀이 옷 색깔과 잘 어울렸다. 마음이 채찍으로 세게 두들겨맞은 듯 아파왔다. 나는 두 손으로 옷을 움켜쥐었다. 코가 시큰해지고 눈물이 콸콸 솟구쳤다. 내 눈앞에 보이는 것은 실땀이 아니다. 그것은 웨란의 얼굴이었다! 그렇게 천진하고 온순하게 용서를 구하던, 그 분노 서린 눈동자!

나는 머리를 돌려 그 자리를 떠났다.

어디로 가야 할까? 저수지 부근 무성하게 푸르른 버드나무 잎이 눈앞에서 웨란의 긴 머리카락으로 변했다. 바위에서 샘물이 콸콸 쏟아져내렸다. 그것은 웨란의 눈물이었다. 허공에 자욱한 우윳빛 안개비 속으로 일체의 사물이 녹아들었다. 웨란의 얼굴처럼 창백하다. 수문 쪽 천둥처럼 쾅쾅 솟구치는 물살 소리가 천지를 뒤덮었다. 그것도 웨란을 떠올리게 했다. 그녀의 천만개의 울음, 한없는 애원……

나는 안개비를 맞으며 달렸다. 빗방울이 쏟아졌고 온몸이 흙탕물 범벅이 되었다. 아아, 웨란, 내가 너무 늦었어! 이제 당신은 다시는 돌아올 수 없는 곳에서 영원히 잠들었구려. 나는 이제야 깨어났는데! 내 몸에 붙은 죄책감을 벗겨낼 수도, 당신에게 용서를 구할 수도 없다오. 그러나 이게 어떻게 된 것이오? 누가 당신을 집어삼킨 것이오? 어떻게 된 거요? 웨란!

여전히 비가 내리고 천둥이 쳤다. 그것이 내가 받은 대답이었다.

그해, 공작대는 나를 선진 공작대원으로 선정하여 큰 상을 내렸다.

웨란의 죽음은 공작대 회의에서 거의 논의되지 않았다. 양부대장만이 그 일이 있은 지 얼마 후 한번 말을 꺼냈을 뿐이다. "장씨, 요 며칠 왜 그리 얼이 빠졌나? 웨란 같은 사람은 정치적으로 진보가 없어. 스스로 죽는 길을 택했는데 우리 공작대가 무슨 수로 막겠나? 바보처럼 굴지 말게!"

공작대를 떠나기 전, 나는 두근거리는 마음으로 장순과 하이를 보러 갔다. 부자 모두 집에 없었다. 어디 갔는지도 알 수 없었다.

그후 나는 현기관으로 돌아갔다. 한번은 회의차 올라온 류 아저씨가 내게 소식을 전했다. 장순은 사촌형 소개로 새장가를 들었다. 그런데 무슨 연유에선지 고집을 부려 하이를 다른 친척집에 대 이을 양자로 보냈다고 했다.

내가 물었다. "그 집이 어디예요?"

류 아저씨가 주소를 알려주었다.

며칠 후 나는 그곳으로 갔다. 그러나 하이가 없는 때를 봐서 집 안에 들어갔다. 그애를 보면 애 엄마가 생각날까 두려웠기 때문이다. 나는 아이를 위해 새 공책과 새 옷을 사갔다.

"그애랑 어떻게 되시는지?" 하이의 지금 부모 역시 농민이었다. 그들은 이상하다는 듯 눈을 휘둥그레 떴다.

"그게, 그건 묻지 마시고요." 잠시 후 나는 간청했다. "그애를 잘 키워주세요. 구박하지 마시고요!"

"다, 당연하죠!"

"잘 공부시켜서 중학교에도 보내시고 가능하면 대학까지 보내주세요. 학비는 제가 내겠습니다." 내가 지금 무슨 말을 하고 있는지 나도 알 수 없다.

"학비는 안 내도 되는데, 도대체 뉘시오?"

"그건 묻지 말아주세요, 제발. 또 오겠습니다."

나는 떠났다.

1979년 3월.

파란 병뚜껑

藍蓋子

나는 전의를 상실했다. 묵직한 술병을 건네며 그에게 뚜껑을 열 수 있겠냐고 물었다. 마침 돼지족발과 씨름하고 있던 그는 윗니와 아랫니로 돼지힘줄을 퉁겨대고 있었다. 그가 입을 벌리기도 전에 술병이 사라졌다. 바로 내 오른쪽에서 어느 손이 채간 것이다. "내가 열지." 젊은 향장(鄕長)이 곁눈질로 그를 쳐다보더니 다시 나를 흘끔 봤다. 불콰한 얼굴에 순한 웃음이 묻어났다. 술병을 채가는 그의 동작은 정말 재빠르고 가차없었다. 잠시도 지체하지 않는 그의 행동엔 분명 무슨 사연이 있다. 맞은편에 앉은 두사람도 심상치 않음을 느꼈는지 그를 한번 보고는 나를 향해 웃었다.

그는 여전히 고개를 숙이고 낑낑대며 돼지고기를 씹고 있었다. 트림을 하고 진짜 같은 가짜 틀니에 낀 이물질을 제거한 다음 허리를 굽혀 손을 씻었다. 그제야 향장이 내 무릎을 탁탁 쳤다. "저 친구한테 뚜껑 열라고 하지 마. 자, 탕 들게. 탕이 아주 달아(신선해)."

"왜요?"

"뚜껑 이야기는 꺼내지 않는 게 좋겠어."

"왜요?"

"탕 들게, 탕. 밥 한그릇 달랑 들고 뭘 먹고 있나?"

나는 짜증이 났다. 물론 내 밥 먹는 걸 탓해서가 아니다. 왼쪽에 있는 빈 의자 때문이다. 조금 전까지 그는 여기 앉아 있었다. 이곳에선 보기 드문 부츠를 신고 내게 소고기를 권하며 자기소개를 했다. 성은 천(陣)이고 이름은 멍타오(夢桃)고 창고에서 찻잎을 관리한다고 했다. 그리고 봄차와 여름차가 어떻게 다르다느니, 한무제(漢武帝)가 어떻느니 하며 한참 이야기를 나눴다──그의 펠트모자엔 『서한 이야기(西漢小故事)』라는 얇은 책 한권이 들어 있었다. 병뚜껑이랑 그가 무슨 대단한 관계라도 있는 건가?

손을 씻고 그가 엄숙한 표정으로 돌아왔다. 찰칵 틀니를 끼운 다음 다시 입을 헤벌리고 웃으며 한무제 이야기를 늘어놓았다. 나는 그를 주의 깊게 살피기 시작했다. 의자를 저만치 뒤로 끌고 앉아서 보니, 그의 목이 좀 무시무시했다. 늘어진 피부가 한다발의 혈관을 둘러싸고 있다. 불거져나온 혈관들이 목구멍이 움직일 때마다 말캉말캉 파이는 걸 보고 있자니, 보는 사람 목까지 옷깃 속으로 기어들어갈 것 같았다. 마치 마음이 통하는 친구처럼 그의 눈동자가 물끄러미 당신을 바라본다. 고양이처럼 노란 눈에 초록빛 테두리가 있다. 그 깊고 깊은 눈테에서 당신은 끝이 보이지 않는 터널을 연상할 것이다. 터널 속에 어떤 빛이 떠다닌다. 집요하게 당신을 유혹하며 ─ 계속 가라고.

내가 보기엔 뭔가가 있다.

진(鎭)으로 돌아가는 나를 배웅하는 향장에게 나는 물어보았다. "그 천씨는 왜 병뚜껑을 못 열어요? 설마……"

"몰라. 읍내 동물원에 붉은 털의 야만인이 왔다던데, 자네 봤나?"

"못 봤는데요. 어떻게 이리로 왔대요?"

"나도 온 지 얼마 안되어 잘 모른다네. 세상에 진짜 붉은 털 야만인이 있겠는가? 원숭이겠지?"

부득불 나는 하릴없이 원숭이 이야기를 했다.

그날 나는 다른 사람을 만났다. 천멍타오를 알고 있는 그 덕에 비로소 내 마음을 짓누르던 병뚜껑을 열 수 있었다. 저녁식사 후 나는 진 여관 옥상 콘크리트 베란다에 앉아 있었다. 베란다 난간 너머 멀리 복파묘(伏波庙)* 사당에 이끼가 얼룩덜룩 낀 낡은 청벽돌 담장이 보였다. 묘당의 높은 담장 아래로 기와 자락과 수많은 용마루로 이루어진 수평선이 짙었다 옅었다 즐비하게 늘어서 있다. 건물 안과 기와 틈새로 실처럼 솔솔 밥 짓는 연기가 하늘 높이 피어올랐다 점점 옅어지더니 다시 사뿐사뿐 내려온다. 땅과 골목 사이사이 아스라한 연기가 망망한 물결을 이루었다. 지붕 꼭대기는 연기의 물

....

* 불교색이 짙은 건축. 묘당문, 패루, 전전, 대전, 측전, 후전, 회랑, 제단 등으로 되어 있으며 제단을 중심으로 폐쇄된 구조를 이룬다.

결에 표류한 배의 돛대이고 양쪽 높이 치솟은 용마루는 당연히 선미다.

발아래 콘크리트 베란다 바닥까지 출렁이는 느낌이었다.

여기 온 사람은 정육수산점에서 일하는 청년이다. 전에 그를 몇번 본 적이 있다. 줄곧 소일 삼아 성씨학을 연구해온 그는 지금 파출소 인구조사 작업을 돕고 있는 모양이다. 제보자의 성씨만으로도 그 사람이 자기 본적을 제대로 쓰고 있는지 정확히 판단하여 적잖은 누락을 막은 터라, 성(省) 유관기관이 애지중지한다는 것이다. 그가 수년 동안 몰래 기록해온 야사만 해도 반궤짝은 된다. 보물처럼 고이 간직했다 명산(名山)에 묻을 예정이란다.* 어느 마을에 암산 신동이 나왔다거나 엄청나게 큰 고구마를 캤다거나 심지어 읍내 모 상류대학에 떠도는 스캔들까지, 적어야 한다고 생각되는 건 죄다 적었다. 천명타오 이야기가 나오자 그는 입술을 실룩이며 웃었다. 뒤쪽을 향해 고개를 들고는, 다시 당신을 보는 듯 지붕 꼭대기를 보는 듯 눈동자를 한바퀴 굴린다. 다 내 손바닥 안에 있소, 라는 표정이었다.

"그 친구 말이죠? 내가 좀 알죠. 고역장(苦役場) 출신이에요. 고역장이 뭔지 알아요? 전에 여기 하나 있었는데. 이 벽돌기와 대부분이 거기서 왔죠. 저기 가마⋯⋯"

───────────────

* 사마천이 「보임소경서」에서 쓴 말. 자신의 저작을 산에 묻어 훗날 자기를 이해하는 사람이 읽기를 기다린다는 뜻.

그는 계속 떠들었다. (그의 자잘한 고증과 해설을 다소 생략하고 내 상상을 적당히 보탠다.)

—전에 천명타오는 고역장에서 돌을 날랐다. 키가 큰 탓에 돌 나를 때 늘 손해를 봤다. 멜대의 중심이 이동하면 태산이 정수리를 짓누르는 듯한 중압이 그의 무릎을 꿇렸다. 며칠 안되어 그는 등이 굽고 얼굴이 일그러졌다. 옷을 갈아입을 때에도 어깨와 등이 쑤셔, "어머니, 아버지!" 하며 소리를 질렀다. 갈아입은 저고리와 바지도 눅눅했다. 전신이 허연 소금가루였다. 갈수록 커지는 얼룩은 새 땀과 묵은 땀이 엉겨붙은 것이었다. 어느 꼭두새벽, 그는 오줌이 마려워 잠이 깼다. 그런데 두 다리가 마비된 것처럼 꿈쩍도 하지 않는 것이었다. 깜깜한 어둠속에서 간신히 자기 다리를 더듬었다. 자기 것 같긴 한데 진흙모래투성이다. 그러고 보니 전날 발을 씻은 기억이 없다. 다리는 꿈쩍 안하지 오줌은 마렵지, 간신히 몸을 침대 모서리까지 끌고 갔지만 결국 오줌보가 터졌다. 뜨끈뜨끈한 오줌이 바지와 이불을 적시고 말았다.

그는 엉엉 울기 시작했다. 막사에서 함께 자던 사람들이 일어나 욕을 퍼부었다.

그는 좀 쉬운 일을 하고 싶었다. 당시 가장 쉬운 일은 단 하나—매장(埋葬)이다. 병으로 죽은 사람, 자살한 사람. 노동 할당량을 채우지 못한 사람들은 총구의 위협 아래 기합을 받았다. 기합 중 열을 받으면 사람을 패고 밧줄과 혁대까지 쓰는 일이 생기게 마련이다. 상당한 교육효과를 담은 비명 소리가 이어지면, 백여근의 근골이 황토로 돌아가는 일이 다반사다. 단체기합 때마다 제일 먼저 나오고 고개도 제일 큰 각도로 꺾는 천명타오를 잘 본 감독관은 그에게 특별히 매장 일을 맡겼다.

"어이, 가서 처리해." 그들이 명령한다.

사실 천명타오처럼 사람 죽는 걸 무서워하는 이도 없다. 평소에도 비명 소리만 났다 하면 벌벌 떨며 죽을상을 했고 혀가 굳어 반나절 동안 한마디도 하지 못했다. 그러나 사람은 돌덩이보다 훨씬 가볍다. 뿐만 아니라 감독관들도 불길하다며 제대로 감독하지 않는다. 그러니 아침잠 실컷 자고 평소 신지 않던 구두와 양말까지 느긋하게 챙겨 신고 물도 충분히 마신 다음 심신을 편안히 가다듬고 작업장의 긴장에서 벗어나 고즈넉한 산비탈로 가면 그만이다. 천천히 구덩이를 파고 느릿느릿 흙을 덮고 나면, 땀이 식어 으슬으슬해질 때까지 써레 웃대강이를 깔고 앉아 있어도 된다. 바위 실은 멜대가 없는 어깨와 대가리를 노려보는 총구가 없는 뒤통수의 그 여유로운 느낌이란, 정말 살이 부쩍부쩍 찌는 것 같았다.

천명타오는 유쾌한 공포 속에서 열심히 새끼줄을 꼬았다. 곡식을 묶거나 침대에 깔 볏짚을 다른 용도에 쓰고 있다. 숙련공은 아니지만 마음먹고 배우니 발전속도가 아주 빨랐다. 다 꼰 다음 한쪽을 발로 꾹 밟고, 있는 힘껏 잡아당겨 사람 하나의 무게를 지탱할 수 있는지 가늠한다. 그런 다음 멜대를 가져와 튼튼한지 여기저기 꺾어보기도 하고, 쭉 펴서 자기보다 두세척이 긴지 확인한 다음에야 비로소 마음이 놓였다. 그는 일할 때 큰 소리로 기합을 넣었다. 자신이 믿음직스러운 일꾼임을 감독관에게 보여주기 위해서였다.

그러나 싸늘한 주검 앞에만 가면 얼굴의 주름이 제멋대로 구겨지고 숨이 턱 막혔다. 고개를 돌려야만 간신히 숨을 쉴 수 있었다. 손도 말을 듣지 않아 매듭 하나 만드는 데 반나절 넘게 걸렸다. 다행히 동료가 올가미를 두개 만들어 하나는 시체의 목에, 다른 하나는 두 다리에 묶고는, 천명타오에게 멜대 앞쪽을 들게 했다. 사람이란 체온이 있을 땐 말랑말랑하지만 식으면 딱딱해져 아래에 판자를 깔 필요가 없다. 그냥 그렇게 뻣뻣이 허공에 흔들거리며 산에 올라가 영원한 안식을 취하면 그만이다.

앞쪽에서 걸으면 유리한 점이 있다. 죽은 사람의 시커먼 입이랑 그 속의 구릿니 또는 이 사이에 낀 시커먼 절인 채소 찌꺼기를 보지 않아도 된다. 그냥 돌덩이를 메거나 꽃가마를 졌다고 치면 된다. 그러나 한걸음 걸을 때마다 제 엉덩이 쪽에 있는 것이 꽃가마가 아니라 한때 따듯했던, 식어버린 생명이라는 생각이 들면, 동공이 굳어버릴 것 같다. 재 넘어가던 그날, 그들은 분뇨더미를 피해 평지를 밟으려고 내리막길 쪽으로 걸었다. 멜대가 휘청하더니 시체의 싸늘한 팔 한짝이 가슴에서 떨어져내렸다. 진자처럼 큰 폭으로 흔들리는 팔이 금방이라도 천명타오의 무릎에 닿을 것 같았다. 장난처럼 불시에 그를 쓱 하고 만질 것만 같다.

"엄마야······" 천명타오는 펄쩍펄쩍 다리를 추켜올리다 넘어졌는데 하필이면 삐딱하게 누운 시체 밑에 깔리고 말았다. 순간 팔이 딱딱하게 굳는가 싶더니 기절해버렸다. 동료에게 인중을 꼬집히고 따귀를 몇대 맞고 나서야 깨어난 그는 입가에 묻은 진흙을 퉤퉤 뱉었다.

그러나 몇번 하다보니 담력도 생기고 이력도 붙었다. 기술도 점점 노련해져 처음처럼 무슨 수영장 파듯 구덩이를 크게 만들지도 않았다. 바닥을 사각으로 딱딱 맞추느라 애쓰지도 않았다. 언덕을 오르내릴 때도 어느 발로 어느 돌을 디딜지, 어느 풀포기를 밟을지, 어느 손으로 어느 풀, 어느 가지를 잡을지, 모두 정해진 규칙이 있었다. 언덕 위에서 써레나 쟁기를 깔고 앉는 시간도 점점 늘어났다. 아마추어 극단에서 연극을 했다며 그는 동료더러 얼굴이 깨끔하니 샤오성* 역을 하라고 했다. 그러고는 이렇게 말했다. 전에 연애를 했는데 여자 이름에 '밍'자가 있어서 나도 '밍타오'로 개명했어, 사랑의 충정을 표하기 위해서지. 진짜일세. 그렇게 이 얘기 저 얘기 늘어놓다보면 어느덧 바람이 쌀쌀해지고 해는 작아졌다 하얘졌다 다시 빨갛게 커지며 서편으로 뉘엿뉘엿 기우는 것이었다. 그러면 그들은 작업장 쪽을 안됐다는 표정으로 흘끗 보고는 돌아갈 채비를 한다. 가는 길에 사람들을 만나면 발걸

* 중국 전통연극의 젊은 남자 배역.

음을 재촉하며 바쁘고 힘든 척했다. 숙소로 들어가서도 최대한 말을 아꼈다. 써레와 멜대, 그리고 새끼줄 꼴 볏짚단 들을 다른 이들의 공구와 섞이지 않도록 벽 한구석 정해진 곳에 단정하게 세워두었다. 다음날 다시 쓸 수 있게.

어떤 날은 조금 일찍 돌아와 살금살금 부엌으로 들어갔다. 가마솥에서 더우츠 고기찜 한그릇을 떠서는 문을 걸어닫고 사람들이 오기 전에 얼른 먹어치웠다. 감독관에게는 일부러 보란 듯이 먹었다. 매장하는 사람은 시체에 감염되어 체질이 상할 수 있으니 몸보신이 필요하다는 명분이다. 어쨌거나 자기 집에서 보내온 돈이니.

한 숙소에 살면서 번번이 할당량을 채우지 못하는 이들은 자연히 벽 구석에 선 볏짚더미를 볼 때마다 가슴이 콩닥콩닥 뛰었다. 그럴 때마다 이제 이불에 오줌도 지리지 않고 만면에 홍조가 번져가는 천명타오를 질시의 눈으로 흘겨보았다. 무슨 일인지 그의 요강은 법랑칠이 뜯어져나갔고 그의 낡은 솜 저고리도 날개가 달렸는지 도망가고 없다. 저녁밥 시간에 조금이라도 늦으면 절임반찬 그릇은 바닥이 났고 거무튀튀한 국물 한숟갈 남지 않았다.

그날, 숙소에 또다시 주인 없는 젓가락 한쌍이 생겼고 침상 한칸이 비었다. 모두들 숙연했다. 누구도 그 침상의 공동(空洞)과 정적 근처에 가려 하지 않았다. 동료가 천명타오에게 새끼줄을 꼬러 가자 했지만, 천명타오는 변기통에 앉아 일어날 생각을 안했다. 초점 없는 두 눈은 어두웠고 뻐드렁니 두개가 부들부들 아랫입술을 때렸다.

"나…… 나, 오줌이 안 나와."

"새끼줄 꼬러 가야지."

"오줌이…… 안 나와, 어떡…… 하지?"

그를 쳐다보던 동료가 상황을 알아차렸다. 오늘도 하나를 물어야 한다. 이전처럼 말 한번 안 붙여본 생면부지의 사람이 아니라, 천멍타오의 맞은편 침대를 쓰던 이를. 그는 손발에 힘이 빠졌다. 사실, 천멍타오는 맞은편의 그 사람을 잘 아는 것도 아니었고 이야기를 많이 해본 것도 아니었다. 그저 전에 침상에 오줌을 쌌을 때 그 사람에게 이불을 빌렸었고 시내에 있는 오래된 바오쯔(包子) 가게에 대해 이야기하며 맞장구를 친 적이 있을 뿐이다. 그런 걸 교분이라고 할 수나 있는가? 하지만 필경 침대에서 서로 마주 보며 열며칠 밤을 같이 잔 사람이다. 그젯밤엔 이 가는 소리에 화가 치밀었는데, 오늘은 그의 볏짚자리가 텅 비었다. 그리고 천멍타오는 어서 일어나 이 갈던 그 녀석을 위해 새끼줄을 꼬아야 한다, 그런가? 설마 내 엉덩이에 대고 이를 갈지는 않겠지?

동료가 말했다. "안 갈 거야? 좋아, 딴사람 찾을 거다, 이참에 갈아버리면 그만이야."

천멍타오는 이를 악물고 멍석에 놓인 짚신짝을 노려보았다. "돌 지러 가는 거야! 난…… 돌을 지러 가는 거야!"

"돌을 져? 이런 원숭이 같은 놈. 내일은 내가 네놈을 지고 갈 거다."

"난…… 숭차오위안(宋超遠)보다 힘이 세다."

"오늘 할당량이 늘었어."

"얼마나?"

"각자 하나씩 져야 해."

"맙소사."

천멍타오의 얼굴색이 변했다. 얼굴 가득한 주름이 일제히 아래로 처졌다. 오줌은 더더욱 나오지 않았다. 끙끙거리며 허리를 펴고 목을 잡아늘이고는 코를 실룩이며 다시 눈을 꾹 감았다. 사람들이 일 나간 지 벌써 한참이 됐다는 걸 그는 안다. 머리 셋에 팔 여섯이 달렸대도 오늘 할당량을 맞추지 못할 판이다. 게다가 이놈의 오줌통까지……

"그러니까," 그의 숨이 차올랐다. "오늘, 반드시 묻어야 한다?"

"안 묻으면 들고 있을 거야?"

"흙에…… 묻어?"

"그럼 밥으로 묻을까?"

"늘…… 묻던 데 거기다?"

"뭐 하자는 거야? 안 갈 거면 마. 내 밥그릇까지 뺏지 말고. 난 가서 새끼줄 꼴 테니."

"솔직히, 나, 정말, 정말로, 다리에 힘이 없어, 생각 좀 해보게. 그저께도 이 가는 소릴 들었고 어제도 날 보고 웃었는데…… 저 젓가락, 저 젓가락이 바로 내 침상 선반에 있잖아. 난 못 들어, 정말 못하겠어. 욕하지 말게, 난 못해……"

그날, 그는 결국 갔다. 초가 숙사로 돌아온 그는 저녁밥도 먹지 않았다.

하루하루 다시 천천히 안정을 찾아갔다. 무슨 대단한 변화는 생기지 않았다. 사람들은 전처럼 바닥에 쭈그리고 앉아 밥사발을 긁었고 전처럼 팔다리를 두드리며 끙끙거렸고 전처럼 온몸 구석구석을 뒤지며 빈대를 잡았다. 그 놀고 있던 젓가락도 누군가의 손에 들어가 멜대 부품이 되었다. 햇빛은 매일매일 문밖에서 들어왔다 조금씩 물러났다. 크고 하얀 혓바닥처럼 약간의 습기와 볏짚 향기를 핥고는, 대자연으로 돌아가 유채꽃 향기와 기러기 울음소리 속으로 녹아들었다.

천멍타오는 어딘가 달라졌다. 심신이 불안해 보였고 종종 의심스러운 눈초리로 사람들을 쳐다보곤 했다. 밥시간 때마다 두 뻐드렁니를 드러내고는 이 얼굴 저 얼굴 우두커니 들여다보았다. 짧은 순간이지만 뚫어지게 쳐다보는 그 눈에 무슨 꿍꿍이가 있나 싶어, 사람들은 간담이 서늘해졌다.

그는 열심히 착한 일을 시작했다. 특히 할당량을 채우지 못하는 사람들을 극진히 보살폈다. 저녁에 이불 속에 있다가 누군가 몸을 뒤척이기라도 하면 얼른 가서 이불을 바로 덮어주거나 물병에 찻물을 채워주었다. 혹은 자는 자세가 안 좋으면 머리나 다리를 살짝 옮겨놓기도 했다. 잘못하다 잠을 깨우기라도 하면 허리를 굽실굽실하며 뻐드렁니 두개를 드러내고 헤 웃었다. 안녕하냐, 나 이제 간다, 미안하다는 뜻이다. 얼굴에 영문 모를, 순식간에 사라지는 긴 웃음 같은 주름은 무슨 기계처럼 신축성이 좋았다. 몹시도 음흉해 보였다. 새끼줄과 구덩이를 볼 만큼 본 고양이 눈은 더 깊어지고 동공도 더 확장되어 노란 자위가 푸른빛을 온통 뒤덮어버린 듯했다. 그의 눈이 당신을 꿰뚫고 있음을, 당신은 느낄 것이다. 당신의 무게와 둘레를 가늠하고 당신 미래의 모습까지 예측하며 암암리에 당신과 다른 무엇과의 높이를 비교하고 있음을.

그의 비굴함과 음흉함은 그야말로 사람들의 공분을 샀다. 한번은, 어떤 사내가 그의 코 훌쩍이는 소리에 잠을 깼다. 놀란 그는 벌떡 일어나 침대 위에서 저만치 뒷걸음을 치더니, 이내 욕을 퍼부었다. "이 천가 ××놈아! 장가 이가는 놔두고 내 신발만 집적대는 이유가 뭐냐?"

"당신 신발에 풀이 묻어서, 헤헤."

"네가 무슨 상관이야, 꺼져!"

천멍타오는 굽실굽실 쓴웃음을 지으며 몸을 돌렸다. 땅에 떨어진 더러운 옷과 비누를 챙겨들고 연못가 빨래터로 향했다.

펄펄 뛰는 옷 주인의 목소리가 부들부들 떨렸다. "천…… 천멍타오…… 내가 너한테 뭘 잘못했냐? 왜 내 옷을 가져가?"

"내가…… 가서 빨아오려고. 허."

"너, 무슨 꿍꿍이야, 무슨 꿍꿍이냐고?"

천멍타오는 마음이 아팠다. 분명 자신의 정성이 부족한 탓이다. 그는 씩씩거리며 침대로 돌아와 잠을 청했다. 이불 속에서 뒤척거리며 나지막이 "아이고, 아이고" 중얼거렸다. 잘 때 더 커 보이는 사람이 있다. 참 이상하다, 그는 이불 속에만 들어가면 줄어든다, 어린아이처럼.

이상하게도 그는 갈수록 가책을 느꼈고 좋은 일을 하면 할수록 더 욕을 먹었다. 얼굴이 창백해지고 눈이 푹 꺼졌다. 손발이 떨렸고 흰머리도 많아졌다. 그러나 그는 한결같이 선행을 지속했다. 누군가에게 쫓기기라도 하는 양 허둥대며 밥그릇을 치우고는 금세 다시 멀쩡해지곤 했다. 사람들의 요강도 채가듯 들고 가서 비워왔다. 키가 크고 손발이 둔해 신발과 바지에 오물이 묻었지만 일언반구도 하지 않았다.

찬바람이 쌩쌩 부는 어느날이었다. 콧날과 손가락이 꽁꽁 얼어붙어 이불 속에 들어가나 나오나 차이가 없었다. 감독관들은 상의 끝에, 술을 사서 추위를 피하는 걸 허락했다. 천명타오는 즉시 행동에 착수했다. 동생이 보내온 몇 위안의 돈을 비장하게 털어 재빨리 보관원에게서 술을 받아왔다.

술을 사온 다음엔 술병 대강이의 작은 쇠뚜껑을 열어야 했다. 이로 물어뜯어봤지만 소용이 없었다. 젓가락으로 젖혀봐도 꿈쩍도 하지 않았다. 마침내 그는 괭이를 무릎에 끼고 괭이 주둥이를 잡아당겼다. 뻥 하는 소리와 함께 뚜껑이 사라졌다.

그는 멍하니 있었다. "뚜껑은?"

"뚜껑은?" 그는 멍석 지푸라기를 들었다 놨다, 신발마다 밖으로 내던졌다.

"뚜껑은?" 벽 한구석에 서 있던 써레와 멜대를 싹싹 뒤지고 빈 요강 바닥까지 뚫어져라 들여다봤지만 찾지 못했다.

사람들은 이미 술을 몇모금씩 들이켜고 있었다. 배 속에서 올라온 얼얼한 열기에 얼굴이 불콰해졌다. 돌아보니, 그는 여태 같은 곳에 머리를 처박고 뚜껑을 찾고 있었다. 상체는 온데간데없고 높이 쳐든 엉덩이만 보였다. 바지 중간 솔기는 언제나처럼 한쪽으로 몰려 있었고 희미한 누런 진흙자국 두개가 보였다. 그 진흙자국 두개는 그길로 문을 나서더니 들판으로 길을 떠났다. 나중에 들으니, 그는 초소를 지나 읍내까지 병뚜껑을 찾으러 갔다 한다. 입으로 연신 이상하다고 중얼대면서.

"뚜껑은? 참 이상하네. 내 뚜껑?"

그렇게, 그는 미쳤다. 지극히 조용하고 평온하게, 그 영원히 찾지 못할 뚜껑을 찾기 시작한 것이다. 참으로 이해하기 힘든 일이었다.

하루, 또 하루, 수많은 날들이 지났다. 많은 사람들이 죽고 태어났고 많은 집들이 허물어지고 새로 지어졌다. 고역장이 철거될 때, 그는 많은 다른 사람들과 함께 오심판결로 처리되어 자유를 회복했다. 이 병원 저 병원 전전하면서 정신도 많이 맑아진 듯했다. 찻잎 관리직에 부임한 그는 적잖은 월급으로 더우츠 고기찜도 먹고 가끔 신문도 보고 라디오도 듣고 아마추어 극단의 연기도 품평했다. 부츠를 신고 장에 나가 과학보급 잡지도 샀다. 뚜껑을 찾는 것 말고는 어떤 이상한 데도 없었다. 많은 사람들이 호의 또는 악의로 그에게 온갖 병뚜껑을 들이밀었다. 그러나 그는 투박한 손가락으로 조물조물 상하좌우로 뜯어보고는, 그 풍요로운 색깔의 고양이 눈을 굴리며 학술토론을 하듯 진지하게 말하는 것이었다. "조금 비슷하긴 한데, 아니야."

도대체 그는 무엇을 찾는 것일까.

— 이야기를 마친 아마추어 성씨학자가 손목시계를 보며 말했다. "어이구, 말이 너무 많았네요. 당신 이야기를 듣고 싶었는데. 이번에 무슨 소식을 가져오셨수?"

나는 담배를 빼어 입에 물었다. 지금 우리가 이야기를 하고 있었나 싶었다. 이야기하던 것들이 어느새 흐릿해지더니 아련히 멀어져갔다. 우리는 즉시 다른 이야기를 할 수 있다. 성씨학에 대해, 돼지족발 먹는 것에 대해, 핵군축담판에 대해. 이야기할 수 있다.

갑자기 나는 바보가 된 것 같았다. 한참을 생각해도 화제가 떠오르지 않았다. 한 마디도, 한 글자도.

다시 밥 짓는 연기가 타고 올라가는 지붕, 그리고 그 지붕 아래 즐비하게 늘어선 수많은 집들이 보였다. 유구한 시간을 뚫고 저 지붕은 어디서 달려와서 이곳에 정박하여 이런 작은 고을을 이루었을까. 아마도, 언젠가 그들은 다시 흩어져 새로운 세계를 만들기 위해 달려갈 것이다. 조용히 왔다가, 다시 조용히 떠날 것이다. 이 작은 항구에 잠시 노를 내려놓았다가 옅은 푸른빛의 고요와 가벼움 속으로 들어갈 것이다. 내일 새벽, 저들은 돛을 올릴 수 있을까? ──나는 유심히 살펴보았다.
그렇다. 거기 한 글자가 없다.

　마치 뚜껑이 없는 것처럼.

1985년 1월.

1985년 『상해문학』 6월호에 발표.

파란 하늘을 날아

飛過藍天

그는 한마리 비둘기였다. '징징'이라는 사람 이름을 가진 비둘기.

배가 고파지면 그는 처마 밑으로 내려와 구구 울었다. 좌우를 두리번거리며 '그 사람'의 모습이 나타나길 간절히 기다렸다. 저녁놀은 점점 붉어졌고 조금 있으면 밥 짓는 연기도 사라질 것이다. 평소 같으면 그 사람은 진작 왔을 터다. 땔감을 지고 쟁기를 메고 멀리서 휘파람을 길게 불며 손을 흔들었을 것이다. "징징, 이리 와! 어서!" 그러면 징징은 날아가 그 땀냄새 물씬 나는 어깨 위에 내려앉아 가슴을 활짝 펴고 사방을 두리번거렸을 것이다. 그 사람은 가볍게 그를 쓰다듬고는 주머니에서 곡식 낱알을 꺼낼 것이다. 어쩌면 징징이 제일 좋아하는 녹두가 있을지도 모른다.

그 사람은 징징에게 또다른 괴상한 이름 하나를 붙여줬다. '통신원.' 여러번 불리다보니 징징도 그게 자기 이름인 줄 안다. 그는 징징을 높이 날려보낸 다음 팔을 휘휘 저으며 북쪽 산을 가리킨다. 그의 뜻을 알아들은 징징은 날개를 활짝 펴고 창공에 올라 북쪽 산꼭대기로 날아간다. 그러면 오두막에 있는 어떤 사람이 징징의 다리에 대죽통을 묶어준다. 그런 다음 다시 산봉우리를 날아 돌아오는 것이었다. 그때마다 주인은 흥분에 차 함박웃음을 지었다. "이렇게 빨리 왔어? 내가 진짜 기상국장이 되면 네 월급을 꼭 올려줄게!" 그는 대죽통을 풀고 나무상자 위에 엎드려 무언가에 열중한다. 일을 다 마치면 허벅지를 탁 한번 치고는 기지개를 쭉 편다. 그러고는 반짝이는 마우저총을 어루만지며 입속에 밀어넣고 좌우로 당겨본다. 기이한 소리가 났다. 이른 새벽 지저귀는 참새 소리, 또르르 굴러가는 물방울 소리, 수풀을 스쳐지나는 햇빛 소리, 푸른 잎을 두드리는 빗방울 소리…… 징징은 늘 이런 소리에 놀라 멍하니 넋을 놓곤 했다.

이제 그 소리들은 사라졌다. 먹을 것도 없다. 배불리 먹은 송아지가 어미의 배를 핥는다. 졸린 제비 새끼가 어미의 날개 깃을 파고든다. 사람은? 가족과 식탁에 둘러앉아 있다. 그러나 징징은 얼마나 외롭고 춥고 배고픈가. 그를 찾아야 한다.

탁자 위로 날아왔다. 그곳엔 담배꽁초 두개와 먹다 남은 음식뿐이다. 침대 밑을 살펴봤지만 낡은 운동화와 냄새나는 양말밖에 없다. 문밖의 그 하얀 상자로 날아갔다. 사방 어디에도 그 사람의 모습은 보이지 않았다. 실망과 초조가 몰려왔다. 비둘기의 예리한 시력은 구름 너머의 손님도 볼 수 있다. 비둘기의 기억력은 몇년이 지나도 자기의 둥지를 기억한다. 그러나 지금, 그것들은 저 상고머리에 동그란 얼굴, 그 힘 있는 입모양을 찾는 데 아무 도움이 되지 않는다……

　그는 사람이었다. '참새'라는 새 이름을 별명으로 가진 사람.
공사(公社)에서 온종일 하는 '외교활동'으로 그는 온몸이
쑤시고 안면근육까지 굳어질 정도다─종일 웃어야 하니까!
아, 일자리, 일자리. 모든 것이 이 골치 아픈 일의 주변을 뱅뱅
돈다. 공사 비서에게 담배를 바치고 인사 담당자에게 술을 대
접하고 진심에서 우러나오는 존경의 마음을 보여줘야 한다.
그리고 일각의 지체 없이 허풍과 너스레를 떨어야 한다. 체
육특기자가 필요하다고요? 제가 보여드리죠! 얼른 엔드라인
안쪽을 파고들어가 백핸드로 레이업슛을 날린다, 슛! 시 대
표 농구팀의 주전급 수준이다. 아니라고요? 그럼 이번엔 초
원 홍위병의 춤 솜씨를 보여드릴까요? 하모니카 불 줄 아는
사람요? 기상관측원이라고요? 게다가…… 전 열쇠랑 자물쇠
도 고칠 줄 안다고요! 그러나 이런 말을 하면 사람들은 박장
대소를 할 뿐이다. 물론, 어떤 지청들은 이렇게 전력을 기울
이지 않아도 됐다. '연줄'이 있는 것들은 전신국에 가서 장거
리전화를 건다. '남의 자리를 뺏고' 싶으면 비서의 귓전에다
소곤거린다…… 젠장! 철두철미한 폭로 좋아하시네. 난세의
영웅들이 자웅을 겨루는 꼴이란.
　지금, 그는 침대맡에 앉아 '나팔통'을 네대째 피우고 있다.
장탄식을 쏟으며 징징을 팔 위에 올려놓는다. 머리를 쓰다듬
고 손가락으로 깃털을 빗겨준다. 한참 생각하다, 또 상자 밑

바닥에서 찾아낸 붉은 완장을 찢어 붉은 띠를 만든 다음, 그 것으로 징징의 다리에 호루라기를 묶었다.

"구구, 구구." 징징은 빨간색이 무서웠다.

"괜찮아, 이렇게 해야 예쁘지, 안 그래?" 주인은 상자를 열어 곡식 낟알, 녹두, 그리고 사탕 두알을 꺼낸다. 사탕 껍질을 벗겨 입으로 씹어 부스러뜨린 다음 징징의 입에 넣어준다……

그토록 풍요로운 음식을 징징은 오랫동안 보지 못했다. 구구, 구구― 그는 날개를 활짝 펴고 짜랑짜랑한 소리로 흥분과 감격을 표한 다음 눈을 깜박거리며 녹두를 쪼아먹었다.

주인은 그에게 다정했다. 그가 뽑아내는 목소리는 닭 우는 소리나 개 짖는 소리가 아닌, 사람의 언어다. "징징, 우리 이제 헤어져야 해. 정말 널 보내고 싶지 않지만 내게 무슨 방법이 있겠니? 지청들이 하나둘 도시로 돌아가는데 네 주인만 평생 농촌 총각으로 살 순 없잖아? 나한톈 성에서 국장 하는 아버지도 없고 데이크론* 같은 뇌물을 살 돈도 없어. 수학, 물리학, 화학 공부를 했지만 알아주는 사람도 없고. 다행히 저 인사 담당자가 너 비둘기라면 사족을 못 쓰잖니, 나……"

그의 말투와 얼굴 표정에 징징은 이상한 느낌이 들었다. 누구랑 이야기하는 걸까? 문간의 저 강아지한테? 왜 그러지? 밖에 비가 오나? 왜 그리 목소리가 침울하지? 그런가?

----
* 폴리에스테르 계통의 합성섬유.

"지청 숙소엔 우리 둘만 남았어. 하지만 친구는 언젠간 헤어지는 법이야. 날 원망하지 말고, 잘 가." 주인은 징징의 머리를 쓰다듬었다. 두 손을 십자로 모으고 두 눈을 감았다. "내일 너는 자동차랑 기차를 타고 북쪽으로 가야 해. 가는 길이 순탄하도록 기도할게. 아프지 말고 조심해, 아미타불⋯⋯"

징징은 그게 무슨 소린지 몰랐다. 먹을 만큼 먹고는, 목을 폈다 움츠렸다 하며 다시 또 즐겁게 울었다. 주인은 그를 마지막으로 한번 바라보고, 하드보드지로 만든 상자 안에 넣었다. 안이 너무 캄캄했다! 답답해! 불안해진 징징이 비명을 지르며 푸드덕거렸다.

"숨구멍을 뚫어줄까?" 주인은 가위를 가져와 네모반듯한 창문 두개를 만들어주었다. 상자는 정교한 작은 집 같다.

징징은 머리를 창문으로 빼고 여전히 울었다.

새로 만든 둥지가 낯선가? 주인은 한참 생각하다 징징의 밥그릇이며 그가 물어온 나뭇가지며 노상 갖고 놀던 탁구공 같은 걸 넣어주었다.

구구, 구구—— 울음소리가 여전히 처량하고 쓸쓸했다.

주인은 하마터면 상자를 다시 열 뻔했다. 묶은 줄까지 풀었다 결국 다시 묶었다. 단단하게. 그는 조용히 문 앞에 쪼그리고 앉아 하모니카를 만지작거리며 하늘을 쳐다본다. 하모니카 소리가 어쩌면 징징을 안정시켜줄지 몰라. 아마도 친구에게 마지막 연주를 들려주면, 아마도. 아마도 그에겐 아무런 목적도 없었을 것이다⋯⋯ 그는 있는 힘껏 하모니카를 불었다. 「세대의 차」라는, 지청들 사이에 유행하던 노래였다. 펄펄 휘날리는 눈꽃과 전율하는 고드름, 일망무제의 망망한 대설원을 연상케 하는 소리였다. 차디찬 역사로부터 걸어나온 그 노랫소리는 이방의 어느 강가, 어느 인력거꾼의 노래였다. 이보게, 여기 가련한 늙은 말이 있네. 나를 따라 세상 끝까지 달려온 말을 주인이 팔아치우려 하네. 이제부터 고난이 그를 기다리겠지……

징징은 조용히 안정을 찾아갔다.

어둠속에 얼마 동안 있었는지 모른다. 징징은 제대로 먹지도, 자지도 못했다. 종이상자는 쉬지 않고 흔들렸다. 코를 찌르는 악취와 귀를 울리는 퉁탕 소리. 징징은 두려움과 불안에 떨며 울었다.

며칠이 지났는지 모른다. 갑자기 눈앞이 환해지고 신선한 공기가 덮쳐왔다. 날이 밝았나? 그는 무의식적으로 몸을 움츠렸다. 뒤로 한발 물러앉았다 땅을 박차고 쏜살같이 날아올랐다.

"아이고! 뭐 하는 거야? 상자를 그냥 열면 어떡해? 내 비둘기, 내 비둘기, 잉……" 저 낯선 음성. 뭐라는 거야? 징징은 알 수 없었고 알고 싶지도 않았다. 그냥 멀리멀리 달아나 숨어버리고 싶었다.

몸서리가 쳐지고 날개가 제멋대로 오그라든다. 여기가 어딜까? 너무 춥고 건조하다. 고향의 풍요로운 녹음이 그리웠다. 여기는 누렇다. 고향의 청량한 안개가 떠올랐다. 여기는 모래바람만 어지럽다. 고향의 산들과 아름다운 호수, 그 위에 비치던 파란 하늘과 흰 구름, 그리고 자기를 닮은 비둘기들이 생각났다. 호숫가에는 나무 몇그루가 있고, 제일 작은 나무 밑에 삼각형으로 생긴 바위가 있다. 그 바위 뒤로 대나무숲을 관통하는 오솔길이 나온다. 그리고 낯익은 지붕과 비둘기집. 그런데 여기는, 고향에서 멀리멀리 떨어진 곳이겠지?

그는 먼 곳을 보려고 높이 날아올랐다. 상층풍이 줄어들어 고요했지만 한기가 더 심해졌다. 온몸을 바짝 움츠리고 창공을 빙빙 돌았다. 온 힘을 다해 고향 친구를 부르면서……

징징은 지쳤다. 어지럼증이 왔다. 돌연, 머리가 뻣뻣해지면서 온몸이 부르르 떨렸다. 동공이 확대되었다. 큰일이다! 저게 뭐지? 저 구름층을 뚫고 나오는 흑점은 대머리독수리가 아닌가? 그는 저 독수리가 죽은 시체가 아닌 살아 있는 생물을 좋아하는 맹수임을 본능적으로 알아보았다. 먹구름 같은 저 날개, 음산한 눈빛, 뾰족한 부리와 날카로운 발톱, 심지어 머리에 솟은 털까지, 소리 없이 어두운 바람을 거느리며 바짝바짝 다가오고 있었다.

남은 의식은 단 하나—튀어!

아침 일찍 눈을 뜬 그는 들보에 매달린 텅 빈 새장을 바라보았다. 구구 소리가 더 들리지 않았다. 추리닝 바지와 바꾼 녹두가 아직 절반이나 남았는데, 이제 쓸데가 없다. 방 안이 한층 썰렁했다. 누가 알았으랴, 이번 '비둘기 외교'도 결국 실패로 돌아갈 줄이야! 다섯개의 관문을 넘고 여섯명의 장수를 처리했건만, 막판에 '공사 추천'이라는 관문에서 걸려버렸다. 젠장! 공사 비서에겐 상급관료 아들을 챙기겠다는 속셈이 뻔했다. 그런데도 허허 웃으며 혁명공작이 하나같이 다 중요하다느니 광활한 천지에 전도가 드넓다느니, 산간지역은 지식청년, 특히 자네 같은 신진과학도를 필요로 한다느니 하며 떠들어댔다…… 젠장! 망할!

노인 하나가 그를 불렀다. 기침을 하고는 담배를 문 대머리를 문 안으로 들이밀었다. "아직 아침 전인가? 호각 소리 날 때가 됐네. 오전에 수세미밭에 분뇨 뿌려야지."

"대장, 저…… 손이 아파요!" 그는 얼른 침대로 돌아가 오른팔이 펴지지 않는 시늉을 했다. "아이고! 아이고! 골종에 걸렸나봐요……"

"그럼, 가서 소를 돌보게."

"아, 소요……"

늙은 대장은 뒤에서 웃는 그를 알아채지 못한 채, 연기를 뻐끔거리며 나갔다. 나가면서 한마디 덧붙였다. "빨리 밥을 좀 먹게. 방금 딴 고추랑 오이 좀 문 앞에 두고 가네. 자네 채소밭에도 날씨 좋을 때 거름 좀 뿌려야겠어. 게으름 피우지 말고!" 나중에 보니 채소 한바구니가 방문 앞에 놓여 있다.

대장이 채소를 갖다주는 건 어제오늘 일이 아니다. 물론, 그의 관심에는 처세에 대한 가르침이 담겨 있다. 그는 비둘기를 왜 키우는지 이해하지 못했다. 늘, 알을 낳는 닭을 키우라고 말했다. 또 그는 왜 아령이 필요한지 이해하지 못했다. 늘, '참새'에게 대장간에 가서 쓸 만한 쟁기 두개와 바꿔오라고 종용했다……

'참새'는 잠시 감동했지만, 조금 전의 굽은 팔 연기에 대해서는 후회하지 않았다. 그는 진짜진짜 이 산속에서 진흙과 거름이나 만지며 썩고 싶지 않았다. 육년 전 막 하방했던 시절이 떠오른다. 그땐 얼마나 뜨거운 환상에 젖어 있었는가? 어머니를 속이고 호적까지 바꾸고 몰래 기차에 몸을 실은 그였다. 폭포 아래서 멱 감고 산 정상에서 노래 부르고 숲속에서 모닥불을 피우는 삶을 그는 갈망했다. 벗들과 이곳에서 '홍위병의 근거지'를 건설하리라. 깜빠넬라*의 '태양의 도시'처럼. 그리고 독학으로 기상 전문가가 되어 현대 농업과학의 전당에 오르리라. 물론, 그의 손에도 자랑할 만한 굳은살이 있어야 했다. 처음 산에 올라 대나무를 벨 때 그는 젊은 객기로 주위의 만류에도 불구하고 백여근을 베었다. 하산할 때 그는 자기도 모르는 사이 대오에서 뒤처졌다. 걸을 때마다 발에 힘이 빠지고 어깨가 결리고 심장이 벌렁거리더니 결국 대오의 뒤꽁무니로 처진 것이다. 어느 급커브 길에서 그는 무성한 대숲과 바위더미에 가로막혀 꼼짝달싹도 할 수 없었다. 수풀

---

* 또마소 깜빠넬라(Tommaso Campanella, 1568~1639). 이딸리아 르네상스 시기의 공상적 사회주의자. 『태양의 도시』는 공상적 사회주의 이상을 담은 옥중 저작이다.

속에서 바스락 소리와 함께 뱀 한마리가 지나갔다. 날은 점점 어두워지고 사방에 인적이라곤 보이지 않았다. 돌아가는 길이 어딘지 도무지 알 수 없었다. 그는 겁에 질려 엉엉 울기 시작했다…… 한참 후 대장이 관솔등을 들고 그를 찾으러 왔다.

그러나 그깟 일로 그는 기죽지 않았다. 그러면, 어쩌다 그가 굽은 팔 연기까지 하게 되었는가? 그도 잘 모른다. 그가 아는 것은 첫 인사발표가 너무나 충격적이었다는 것뿐이다. 지위분화라는 눈앞의 현실에 벗들의 열정은 너무나 빨리 식어버렸다. 뜨로쯔키와 질라스*에 관한 토론도 언제부턴가 시들해지고, 대장 집에 남아 있던 사회조사 기록은 권련 제조에 사용되었다. 공사 간부와의 불화, 농민들과의 분쟁, 지청 내부의 크고 작은 사건들로 인해, 점점 더 많은 사람들이 앞날에 대한 고민으로 밤잠을 뒤척였다. 모두 하나씩 떠났다. 어떤 이는 아버지의 편지를 백 삼아 군대에 입대했고, 어떤 이는 '비림비공' 구호에 편승하여 대학에 입학했다. 어떤 이는 여자와 돈이 목표라고 공개적으로 선포하며 호적도 마다한 채 칼을 품고 하산했다. 입을 것 먹을 것 살뜰하게 챙겨주던 '그녀'도 바이바이 손을 흔들고 떠나 지금껏 소식도 없다…… 결국, 그 떠들썩하던 지청 숙소에는 '참새'와 징징 단

* Milovan Đilas(1911~95). 유고슬라비아 공산주의 정치가이자 철학자. 이차대전 중 빠르띠잔 운동의 핵심인물. 1953년 12월에서 이듬해 1월까지 사회주의연방공화국 국민회의 의장을 지내다 곧 티토(Josip Broz Tito, 1892~1980)에 의해 숙청되었다.

둘만 남았다. 그리고 지금은 그 혼자다.

땔감을 안한 지도 한참이다. 축축한 볏짚에 불을 피우자 연기가 치솟았다. 그는 캑캑거리며 눈물을 줄줄 흘렸다. 발로 불을 밟아 끄고 라디오를 켰다. 마침 기상정보가 흘러나온다. 전 같으면 얼른 기록부터 했을 것이다. 그런 다음 스스로 관측을 하고 징징이 산 위에서 가져온 직공 린씨의 수치자료와 비교한 후, 다시 예보를 작성해 공사 방송국에 전화를 건다. 그러나 지금, 그는 라디오를 탁 꺼버렸다.

라디오 옆에는 편지 하나가 놓여 있다. 친한 동료가 보낸 것으로 어제 이미 읽었다. "……이보게, 자네 머리는 왜 달고 다니나. 간부한테 추천을 받는 게 얼마나 쉬운데. 잘 좀 보여. 그런 재주가 없어? 그럼 아주 밉보이던가. 자네라면 진절머리가 나게 말썽을 피워서 자넬 어디다 치워버리고 싶게 만드는 걸세! 나도 그렇게 성공했잖아!"

밉보이라고! '참새'는 다시 그 대목을 찬찬히 읽어보았다. 그래! 약자는 강자를 못 이기고 강자는 목숨 거는 자를 못 당하는 법! 내 갈 데까지 가서 저들을 혼비백산케 해주리라!

징징은 그 회색 비둘기에 감사했다. 그가 아니었다면 자신은 이미 독수리에게 갈가리 찢겼을 것이다. 당시 그는 오로지 달아날 생각만 했다. 급하강했다가 급상승하길 반복했다. 그러나 그 거대한 적은 먹구름처럼 덮쳐왔다. 어느 틈엔가 가시나무에 걸려 날개깃이 두조각 떨어져나갔지만 징징은 아픈 줄도 몰랐다. 몸에 균형이 잡히지 않아 속도가 떨어졌다. 그 일촉즉발의 순간에 징징은 그를 만난 것이다. 구구구— 나를 부르는 소리인가? 징징은 그를 따라 대추나무를 넘고 보리밭을 지나 큰 바위 틈으로 숨어들었다. 독수리는 비집고 들어가지 못했다. 게다가 부근에서 인기척과 개 짖는 소리가 들렸다. 결국 대머리독수리는 하늘 높이 달아나 몇번 빙빙 원을 그리더니 외마디 소리를 지르고는 풀 죽어 돌아갔다.

구구— 징징은 회색 비둘기를 향해 날개를 비비며 다정하게 울었다.

회색 비둘기는 가버리는가 싶더니 한떼의 비둘기를 거느리고 돌아왔다. 이 얼마나 다정한 사회인가! 수컷도 있고 암컷도 있다. 늙은 비둘기, 어린 비둘기, 흰 비둘기, 회색 비둘기들이 여기저기서 날갯짓을 하며 한목소리로 울음소리를 냈다. 이들은 온몸이 눈처럼 새하얀 새 친구를 훑어보았다. 수컷 몇놈이 큰 소리로 울었다. 복슬복슬한 깃털과 우렁찬 울음소리, 넓은 어깨와 단단한 용골이 드러났다.

구구구— 징징은 신이 났다. 고독을 충분히 맛본 그는 따뜻한 집단생활을 갈망했다. 집단이 없다면 무슨 재미로 사는가? 물론 집단에도 불쾌한 일이 있고 식욕과 정욕으로 싸움이 생기기도 할 것이다. 그러나 함께 모여 살아갈 때 비로소 생존이 있고 발전도 있으며 배우는 기쁨의 노래도 있다! 그들은 이쪽 보리밭에서 저쪽 보리밭으로, 이쪽 지붕에서 저쪽 지붕으로 푸드덕푸드덕 날아다녔다……

그러나 징징은 안정을 찾지 못했다. 여전히 눈을 크게 뜨고 무언가를 찾았다. 즐거움이 '그곳'과 '그 사람'을 잊게 하지 못한 것이다. 그곳 청산의 호수, 산꼭대기의 작은 오두막. 그 오두막으로 날아가 작은 대죽통을 가져와야 하는데. 왜 여기 머물러 있는 거야? 물론, 여기엔 먹을 것이 있고 친구들이 있다. 하지만 더 좋은 무언가가 없다. 그래, 무언가가 부족해, 무언가……

그는 회오리바람처럼 상승했다가 다시 배회하며 내려왔다. 그를 따라 위아래로 날아다니던 비둘기 무리가 의심과 추궁의 눈초리로 바라보았다.

날이 어두워졌다. 먼저 뚱뚱한 비둘기 두마리가 피곤한 신음 소리를 내자, 이어서 삼베색의 수컷 비둘기가 돌아가자는 신호를 보낸다. 아무 새로운 것도 찾지 못한 비둘기들은 외래자의 안내에 점점 불만이 쌓였다. 구구— 부리로 날개깃을 쪼며 흙먼지를 떨어낸다. 꽁지를 흔들며 유유자적한 원래의 상태로 돌아간다. 방향을 돌려 둥지로 돌아가려던 비둘기들이 낡은 보루 위에 홀로 앉아 있는 징징을 발견했다.

만약 사람이었다면 그들의 대화는 이렇게 시작되었을 것이다.

"너 뭐 하는 거야?"라고 친구들이 물으면, "나 찾아야 해"라고 징징이 대답할 것이다.

"뭘 찾는데?"

"나…… 찾아야 해."

비둘기들은 어깨를 으쓱하고는 구구구 왁자지껄 떠들기 시작한다. 마치 이렇게 말하는 것처럼. 별나! 별나! 그들은 징징에게 함께 돌아가자고 권유한다──그래, 저들에겐 부족한 게 없어, 찾고 싶은 게 없어. 구구. 저들은 배불리 먹고 나면 놀고 지치면 자는 거야. 만족할 때는 마음이 넓고 느긋하다가, 춥고 배고파지면 또 조급해지지. 하지만 저들에겐 환상이 없어. 환상은 막 알을 깨고 나온 새끼에게만 있을 뿐! 구구, 저들에겐 조상이 있고 후손이 있고 자신의 둥지가 있어. 저들은 현실에 만족해. 그래서 번뇌나 고독이 없는 거야, 구구!

안돼, 난 찾아야 해. 징징은 고개를 숙였다.

시큰둥해진 비둘기들이 떠나갔다. 고요한 대지의 한기가 밤안개를 천천히 적셨다. 논두렁에 반짝이는 원이 하나 보인다. 갈고리 같기도 하고 복숭아 같기도 한데, 오늘따라 왜 이렇게 커 보일까? 한번은 그것을 향해 날아가본 적이 있다. 가서 한번 쪼아보고 싶었던 것이다. 그러나 한참을 날아도 그것은 여전히 멀리 있었다. 지금, 마음속의 모든 것을 다 찾고 싶은 징징의 마음이 바로 그 기분일까? 징징은 찾을 수 있을까?

갑자기 옆에서 푸드덕 소리가 들렸다. 돌아보니, 그 회색 비둘기다. 아, 안 갔구나.

그는 새 전략을 개시했다. 그날, 제비가 낮게 날고 물독에 물기가 맺혔다. 개미가 둑을 쌓고 메아리가 낮게 울렸다. 분명 비가 올 조짐이었다. 그러나 그는 일부러 현(縣) 기상대에

예보를 수정하라는 전화를 걸지 않았다. 한바탕 폭우가 쏟아져내렸다. 한평 남짓한 밭의 유채씨가 폭삭 젖었다. 방금 밭에 내다놓은 탄산수소암모늄 천여근이 산에서 흘러내려온 물에 잠겼다. 액체비료가 다 떠내려갈까 싶어 다급해진 늙은 대장이 발을 동동 구르며 하느님을 불렀다. 공사 비서도 화가 났다. 부대에 내려온 비서는 그를 찾아와 다시 기상대원 자리를 맡아달라고 부탁했다. 그는 이 기회를 잘 이용해 역공을 펼칠 생각이었다. 그는 냉소를 지으며 거절했다. 갈아입을 옷이 부족해서리, 비서 동지가 입은 그 데이크론 카키색 중산복을 빌려주면 또 모를까…… 하면서 이 구실 저 구실 붙였다. 결국, 옷은 못 빌려입었지만 비서 주머니에 있던 담배 한갑은 '빌렸다'. 비서는 붉으락푸르락 성난 표정을 추스르며 도망가듯 자리를 떴다. 그가 쫓아와서 돈이랑 양식표까지 달라고 할까 겁이 났던 것이다. 며칠 후 비서의 말은 바람처럼 퍼졌다. "지식청년 좋아하네. 그게 도시 건달이지! 삼차대전이 일어나면 저런 놈부터 혼내줘야 돼!" 욕하려면 해라. '도시 건달' 하나도 겁 안 난다, 흥! 두통거리를 주는 게 바로 그의 목적이다.

소 치는 일도 당연히 제대로 할 수 없다. 산에 올라갔다 하면 큰 대자로 드러누워 쿨쿨 잠만 자면서, 그는 소몰이 아이에게 부채질을 해라, 매실을 따와라 하며 시켰다. 소가 벼이삭을 먹고 울타리를 부수는 바람에 생산대의 닭과 개 들이 혼비백산하여 달아났다. 어느날 일을 마치고 점검을 하던 중,

마을 사람들은 검은 소 한마리가 없어진 것을 발견했다.

"맙소사, 이게 어떻게 된 거야!" 대장은 논바닥을 뱅글뱅글 돌았다. "그 소가 막 새끼를 뱄는데 만일 둑에서 떨어지기라도 하면 손실이 1000위안도 넘는다고!" 다급해진 공사 사원들도 수군거리며 그에게 질타의 시선을 보냈다.

"내 눈 두개로 어떻게 그 많은 일을 다 챙깁니까? 그놈이 어디로 갔는지 귀신이나 알까!" 그는 아무렇지도 않은 듯 바닥에 철퍽 앉았다.

"자네도 한사람분 월급을 받고 있잖나!"

"그깟 월급 안 받아도 그만이우!"

"그럼 뭘 먹고 살 거야? 돼지를 먹이라고 해도 게으름 피워, 밭에 비료 주라고 해도 못한다. 소 모는 일이 뭐 장난인 줄 알아? 너, 너……"

"내가 뭘 어쨌다고요? 진작부터 여기서 일하기 싫댔잖소. 내가 싫다니 하늘에 감사하고 땅에 감사할 일이죠! 대대 공사에다 말해서 날 좀 쫓아내달라고요!"

대장의 수염이 치켜올라갔다. 그는 발을 탕 구르며, "너, 이 십여년 밥만 축낸 놈!" 하고는 몸을 홱 돌려 가버렸다. 뭔가가 생각났는지 고개를 돌린 대장은 노기 띤 얼굴로 그의 면전에 밀짚모자를 내동댕이치고는 가버렸다.

새 밀짚모자였다. 촘촘한 대오리가 반짝거리는 모자 겉면은 오동나무 기름을 발랐고 안은 종이꽃을 댔다. 며칠 동안 대장은 쉬는 시간마다 모자를 엮고 있었는데 알고 보니 그를 위해 만든 것이었다. 잠시 당황한 그 말썽꾼은 입을 벌려 대장에게 무슨 말을 하려고 했다. 그러나 노인은 죽을 듯 캑캑 기침을 하면서 황급히 소를 찾으러 언덕을 내려갔다……

깊은 밤, 소를 찾으러 나간 대장과 두명의 대원이 아직 돌아오지 않는다. 산에선 소나무와 대나무가 바람에 울고 간혹 멧돼지 울음소리, 그리고 알 수 없는 다른 소리들도 들려왔다. 아, 소를 찾은 거야, 만 거야? 대장이 멧돼지라도 만난 건 아니겠지? 배는 안 고플까? 넘어졌나? 대장 마누라랑 아이들이 아직도 부뚜막 옆에서 기다리고 있겠지? '참새'는 마침내 겉옷을 걸치고 호롱불을 들고 집을 나섰다. 한발, 한발, 사위가 칠흑같이 어둡다. 이따금 반딧불만이 날아다녔다. 정말, 게으름을 부리지 말았어야 했어. 그는 후회했고, 대장을 빨리 찾기를 바랐다. 그러다 다시 고개를 흔들며 걸음을 멈추었다.

그렇다! 전략을 중단해선 안된다. 할 거면 끝까지 해야지! 이를 악물고 버텨야 한다! 연기는 계속해야 한다! 이 세계에선 강자가 살아남는 법. 벌에는 침이 있고 개에는 이빨이 있고 소에는 뿔이 있다. 이렇게 물러터져서야? 그래! 돌아가자! 술을 마시고 한잠 늘어지게 자는 거야……

그는 한참을 생각하다, 담배 한갑을 대장 집 문틈으로 밀어넣고는 집으로 내달렸다.

그들은 남쪽을 향해 날았다.

발밑에 물살 부딪치는 소리가 들렸다. 아마 큰 호수인가

보다. 아니면 큰 강이거나. 가는 곳마다 짙은 안개가 자욱하다. 징징과 회색 비둘기는 낮인지 밤인지 알 수 없었다. 햇빛도 보이지 않았고 사람이나 짐승의 소리도 들리지 않았다. 다만 날개가 젖어 무거웠다. 마치 보이지 않는 어떤 힘이 그들을 아래로 끌어내리는 듯했다. 그러나 물살 소리가 들릴 때마다 그들은 익사의 위험을 감지하고 있는 힘껏 다시 날아올랐다……

요 며칠 동안 얼마나 많은 높은 산과 큰 강, 들판을 지났는지 그들은 기억하지 못했다. 그날 폭풍우에 혼이 달아날 뻔한 것만 기억한다! 마치 천지가 바닥 없는 심연 속으로 떨어지는 듯했다. 나무줄기가 탁탁 바람에 쓰러지고 광풍에 모래와 자갈이 어지럽게 날아올랐다 다시 무겁게 떨어졌다. 징징과 회색 비둘기는 몸을 가누지 못했다. 몇번이나 바람에 날려 나무나 바위에 가서 부딪치곤 했다. 비틀거리며 꼬박 하루를 날았지만, 나중에 보니 처음 출발했던 그 자리, 작별을 고한 굽은 나무에게로 돌아와 있었다……

그들은 낙심하지 않고 다시 힘껏 전진했다. 좋아, 이제 희망이 생겼어! 공기가 점점 따듯해지고 지상에 녹음도 많아졌다. 그리고 거울 같은 호수, 옥띠 같은 물길. 이 얼마나 그리운 정경인가! '그곳'이 머지않은 것일까?

회색 비둘기에 감사했다. 친절하고 용감한 그는 여로의 즐거움이었다. 매를 만나면 징징을 엄호하며 앞장섰고 밤에 쉴 때면 족제비로부터 단단히 지켰다. 징징이 몸을 떨면 다정하게 다가와 온기를 전해주었다. 게다가 그는 노래를 잘 불렀고 노래 부르는 것을 좋아했다. 구— 구— 구— 구—

그들은 날고 또 날고, 찾고 또 찾았다. 징징으로 말하자면 찾는 것이 습성이 되었다. 찾는 것은 생명의 기탁이자 생활의 목적이었다. 잊어서는 안될 모든 것을 찾기 위하여, 그는 밤낮을 날았다. 먼 곳에서 또다른 먼 곳으로, 저 광활한 창공을 가르는 호루라기 소리가 그의 신념을 파란 하늘에 새겨넣었다.

점점 안개가 걷혔다. 푸른 나무를 가득 채운 황금색 반점이 태양을 따라 조금씩 올라갔다. 반점은 불타올랐다 다시 식었다. 방금 큰 비가 지나갔다. 대지의 더러운 냄새가 깨끗이 씻겨, 오로지 청신함만이 남았다. 젖은 꽃받침 위에 하늘거리는 싱그러운 꽃잎이 새벽 바람과 속삭이고 나비와 눈빛을 교환한다.

고난이 지나가니 세상이 이토록 아름답고 생활이 이토록 풍성할 줄이야! 정말 이젠 좀 쉬어야겠어. 뒤를 돌아보니 갑자기 회색 비둘기가 옆에 없다. 저 멀리 작은 못가 나무 위에 멍하니 앉아 있는 것이다. 왜 그러지? 무슨 동정이라도 발견했나? 힘들어서 그만 날고 싶은가?

징징이 만약 지금의 자신을 봤더라면 회색 비둘기의 눈빛을 이해했을 것이다. 햇빛 아래 징징의 모습은 너무나 마르고 더럽고 흉했다! 만약 징징이 먼 거리를 비행해본 적 없는 북방의 비둘기였다면, 회색 비둘기의 눈빛을 이해할 수 있었을 것이다. 이 얼마나 막연한 추구인가! 아직도 더 날아야 해?

고향에서 더 멀리 가야 해? 저 보기 흉한 비둘기를 따라 고생길을 더 가야 해?

노래를 좋아하던 회색 비둘기는 오늘따라 조용하다. 침묵은 두려운 사색이다. 반대로, 조용한 성격의 징징은 오늘 구구 쉬지 않고 운다. 그것은 초조와 불안, 애원과 재촉……

아쉽게도, 징징의 소리가 가늘게 갈라졌다. 징징은 몰랐다. 그런 소리로는 수컷 비둘기를 꼬리치게 할 수 없음을, 회색 비둘기를 노래하게 할 수 없음을.

회색 비둘기는 주저하며 구, 구 끊었다 이었다 하더니, 길게 한번 울고는 북쪽을 향해 날아갔다. 그는 징징을 버린 것이다. 징징은 놀라 큰 소리로 울며 그를 바짝 따라갔다. 구구구, 돌아와. 회색 비둘기는 몇걸음 되돌아오는가 싶더니 큰 원을 그렸다. 그리고 다시 징징이 가리키는 방향에서 멀어져갔다.

반려를 버리는 것은 포유류나 파충류에게는 별것 아니다. 그러나 비둘기에게는 쉬운 일이 아니다. 일찍이 과학자들은 그 비밀을 발견하고 인간에게 쓰는 용어를 붙이기도 했다. '일부일처제'라는 말로 비둘기의 금슬에 찬탄했던 것이다. 지금, 그런 천성으로 인한 슬픔이 징징의 눈빛에 스며들었다. 그를 따라가면서 징징은 목이 터져라 울었다. 그래, 회색 비둘기도 말랐구나. 깃털도 많이 빠졌어. 하지만 징징은 그의 온기 없이는, 그의 보호 없이는 살 수 없다. 힘든 하루가 끝나면 깃털을 닦아주던 그가 없이는 안되었다. 구구구, 돌아와!

구구구, 돌아와! 징징은 거의 모든 것을 잊었다. 눈앞의 노을 빛도 호수도, 싱그러운 꽃도 이슬방울도 보이지 않았다. 심지어 '그곳'과 '그 사람'조차 잊었다. 눈앞에는 오직 그 회색 점만 보였다. 그 마르고 우수에 찬, 강인했던 벗……

다시 또 낮과 밤 들이 지나갔다. 북쪽으로 가는 여정 중, 전에 지나온 높은 산과 들판이 보였다. 한발 한발 얻었던 것을 지금 한발 한발 잃고 있다.

그런데 어느날 새벽, 눈을 뜬 회색 비둘기는 징징이 옆에 없는 것을 발견했다. 정말로 징징을 잃었다고 생각하니 뜻밖에도 이름 모를 공포와 외로움이 밀려왔다. 그는 번개처럼 창공을 솟아올라 사방을 샅샅이 둘러보았다. 징징의 모습은 여전히 보이지 않는다. 그는 이미 방향을 분간할 수 없었다. 동서남북, 산언덕과 들판 사방을 찾아다녔다. 마침내 태양이 높이 솟아오르자, 저 밑에 하얀 비둘기가 보였다. 안개 속에서 하얗게 반짝이는 잔물결. 징징? 그가 울어봤지만 상대는 반응이 없다. 그는 재빨리 아래로 내려갔다. 정신이 없는 나머지 물에 닿는 소리도 듣지 못했다. 풍덩! 물에 빠졌다. 애처롭게 울며 수면 위로 오르려 버둥거렸지만, 무겁게 젖은 날개는 다시 펴지지 않았다. 몇번 날갯짓을 하다 다시 잠긴다. 다시 날아오르다 다시 가라앉는다……

물 위의 파문이 점점 잠잠해졌다. 새벽빛이 큰 나뭇가지 사이로 떨어져내렸다. 버섯이 방긋 웃으며 고개를 드는 곳에서 꿀벌과 나비가 다시 작업을 시작한다……

이곳은 할 일이 없다. 도시와 농촌 모두에게 낯선 생물들. 오직 조롱과 욕설, 포커, 빈 술병, 부모가 보내준 송금표, '세대의 차', '당신에게 바치는 장미 한다발'. 오늘 이곳에서 밥을 먹으면 '연합유격대'는 어디로 출동하나? 마음껏 먹고 쓰고 만수무강할지어다! 자, 건배! 우정을 위해, 행운을 위해, 건배! 이런, 술이 없군, 젠장, 지금 어디나 술 담배가 귀하니, 조달이 힘들어. 허난(河南) 성에 가뭄이 들고 랴오닝(遼寧) 성에 지진이 났다지. 지진이 뭐가 무서워? 여기나 좀 날 것이지! 그럼 첫째, 공안국 호적관리처를 날려버리고, 둘째, 현 지청배치반을 날려버려, 나 좀 도시로 가게.

'참새'는 죽어라 담배만 피우며 입을 열지 않았다. 처음에 여기 온 것은 연기였다 치자. 하지만 지금 그는 이미 이곳 공기에 점점 익숙해졌다. 일장춘몽 같다. 꿈속에서 그는 수도 없이 황당무계한 일들을 자행했다! 포커판에서 졌다고 탁자를 때려부수고, 누룩으로 공사 사원의 닭을 꾀어 책가방 속에 집어넣고…… 하지만 안 그러면 또 뭘 할 것인가? 때로 그도 주저한 적이 있다. 다른 청년들을 찾아가거나 저 맑스, 아인슈타인의 숭배자에게 접근해볼까도 했다. 그러나 저들에겐 신심도 역량도 없다. 그는 자신이 근력 빠진 '참새' 같았다. 흙탕물에 젖어 날개가 무거워진.

"'참새'! 넌 너무 게을러!" 별명이 바실리*인 시커먼 키다리가 냄비와 바가지를 두드리며 명령을 내렸다. "오늘 너와

'돼지머리'에게 벌칙을 하나씩 주겠다. 같이 가서 '봉황(닭)'을 잡아오너라. '꼬리치기(물고기)'도 같이!"

"왜 내가 가냐?" 누군가 벌떡 일어섰다. "난 파 구해왔어!"

오히려 '참새'가 잠자코 있다.

"그럼……" 난감해진 키다리는 이 집단의 최고 판결방식에 따르는 수밖에 없었다. "좋아, 그럼 묵찌빠로 정한다!"

'참새'와 '바실리'가 묵찌빠에서 졌다. 이 사내는 약속을 준수했다. 공기총을 챙겨넣고는 즉시 작업에 착수했다. 두사람은 산골짜기 두곳을 헤집고 다녔지만 '봉황' 그림자도 찾을 수 없었다. 아마도 대부분 '꼬리자르기'**에 당한 모양이다. 다행히 개 한마리를 발견했다. 시커먼 키다리가 입맛을 다시며 손가락을 탁 튕기고는 총을 들어 조준했다. 순간 '참새'는 그것이 대장 집 개라는 걸 깨달았다. 그는 얼른 손을 휘둘러 키다리의 총을 밀어냈다. 개머리판의 방향이 틀어지면서 저격수의 턱을 때렸다.

"너 미쳤어?" '바실리'가 으르렁댔다.

"저 개…… 쏘면 안돼."

"안돼? 네 조상이라도 되냐?"

"저 개가 기른 게 네 조상이다!" 술도 한잔 걸쳤겠다, 당하고만 있을 '참새'가 아니다. 순식간에 두사람은 상대방을 노

----

* 러시아 소설가 니꼴라이 바실리예비치 고골을 뜻한다.

** 모든 사유재산의 잔여를 제거하자는 뜻. 1960년대 초 농민들의 합당한 경제생활에 타격을 가한 '극좌'구호이다.

려보더니 투전판의 싸움닭처럼 주먹을 주고받았다. 힘에서 딸리는 '참새'가 넘어져 바닥을 뒹굴었다. 이에서 피가 났다. 그는 입을 닦았다. 자기가 왜 싸우는지 알 수 없다. 게다가, 내가 왜 저 개를 보호하려는 거야? 알다가도 모를 일이다……

구구구 ─ 멀지 않은 곳에서 새 울음소리가 들렸다.

'정황' 탐색을 위해 두사람은 잠시 휴전에 들어갔다. 키다리는 재빨리 먼지를 털고 일어나 나무 아래로 몸을 숨겼다. 그러고는 앞을 향해 조용히 나아갔다. 총을 집어든 그의 호흡이 멈췄다. 탕! 나뭇잎이 부르르 떨었지만 명중하지 못했다. 이상하네! 새가 달아나기는커녕 이쪽으로 날아오고 있다. 자세히 보니 하얀 비둘기였다. 구구구 ─ 애절한 울음소리가 어딘가 낯익기도, 낯설기도 했다. 울어대는 매미 소리에 제대로 들리지 않았다.

"멍청한 놈!" '참새'가 낮은 소리로 욕을 내뱉고는 포복으로 기어가 얼른 총을 뺏어들었다. 그러고는 한치의 유예도 없이 조준했다. 이번엔 반드시 맞힌다! 저격수는 속으로 생각했다. 이번에 맞으면 아빠는 '해방'이야, 두발째 맞으면 명예회복은 되지만 복직은 안돼. 월급 배상도 못 받고……

탕! 저런! 아빠의 '해방'은 물 건너갔다! 잠깐, 아직 달아나지 않았다. 한번 더. 결국 명중시켰다. 두사람은 앞으로 달려갔다. 정말 비둘기였다! 수풀에 떨어져 눈을 반쯤 감고 있다. 피가 가슴에서 흘러나왔다. 그런데 너무 여위어서 무슨 껍데기 같다. 재수 옴 붙었군! 아마도 먼 길을 날아왔는지, 입가엔

까맣게 혈흔이 굳어 있고 몸도 먼지투성이였다. 다리에도 상처가 있다. 상처 곪은 자리에 털이 빠져 듬성듬성하다. 그런데 이게 어떻게 된 거지. 다리에 너덜너덜 색 바랜 빨간 띠가 매여 있다. 호루라기를 매단……

저격수는 멍하니 눈을 끔뻑거렸다.

초점 잃은 비둘기의 눈동자가 저격수를 응시하고 있다. 가볍게 경련하는 입이 마치 무언가를 말하려는 듯하다. 틀림없어, 분명 그야. 아, 징징, 무슨 말을 하려는 거니? 너 정말 멀리서 날아온 거니? 이렇게 변했으니 내가 못 알아봤지, 네 울음소리를 못 알아들었어. 방금 전 푸다닥 날아오면서 뭐라고 말한 거니? 사람처럼 웃고 싶었던 거니, 사람처럼 울고 싶었던 거야, 사람처럼 애원하고 외치고 싶었던 거야? "날 죽이지 마요!"라고? 아, 내가 방아쇠를 당기고 말았구나.

그는 두 손으로 비둘기의 시신을 들었다. 피 묻은 손가락이 떨렸다.

밤이 되었다. '유격대' 근거지엔 기타 소리와 비둘기탕 냄새가 흘러나왔다. 징징의 이야기에 모두가 놀라고 감탄했다. 그러나 장시간의 토론 끝에 결국 비둘기탕을 먹기로 했다. 오직 그 저격수만이 말이 없다. 모닥불 빛이 그의 얼굴에 비쳐 번쩍거렸다. 솥 안 부글부글 끓는 소리가 마치 비둘기의 애원처럼 들렸다. 그는 징징의 생각을 떨쳐낼 수 없었다. 어떻게 돌아왔을까? 상상도 할 수 없는 일이다. 그토록 넓은 하늘의 그토록 먼 길을, 천리 밖에서 구름과 달을 지나, 충성스럽게도 그는 돌아온 것이다. 자기가 술에 취해 정신 못 차리고 있을 때, 징징은 비바람과 고투하며 전진하고 있었다. 무엇을 찾고 있었을까? 지금, 그는 죽었다. 고향에서. 그러나 추구의 여정 중에 죽었으니 그는 추구와 함께 있다. 어쩌면 그는 행복할 것이다. 영혼이 편안하고 충만할 테니. 종교법정에서 화형당하는 과학자의 어진 미소처럼. 자유와 해방의 싸움에서 칼을 휘두르며 노래하는 혁명가처럼. 그런 거니? 그럼 너는? 너는 살아서, 행복하니? ······그는 눈을 감싸쥐었다.

"동지들, 지진에 죽지 않은 제군을 위하여, 건배!"'바실리'가 기타와 사발을 들었다. 방 안은 다시 시끌벅적하다. 술이 떨어져 탕으로 건배한다. 술잔이 모자라 어떤 이는 찻병, 기와 조각, 솥뚜껑을 가져와 부딪쳤다. 어떤 이는 웃고, 어떤 이는 갑자기 부모 생각이 난다며 구슬 같은 눈물을 뚝뚝 떨어뜨린다. 떠드는 소리와 무럭무럭 피어오르는 열기에 기름등의 불꽃이 번쩍거렸다.

'참새'는 손을 뻗지 않았다. 돌연 무언가를 깨달은 듯 깊은 숨을 들이쉬고는 상의를 걸치고 문을 나섰다. 떠날 때 그는 모두를 한번 훑어봤다. 엄숙한 기운이 감돌아, 마치 다른 사람이 된 듯했다. "나······ 다시는······ 돌아오지 않을 거야."

어리둥절한 청년들을 뒤로하고 그는 말없이 떠났다. 산길을 따라 집으로 향했다. 그곳에 그의 책이 있고 흰 칼이 있으며 하모니카와 비둘기 상자가 있다. 그리고 정수리가 떨어져 나간 오동나무 기름 먹인 밀짚모자도.

상쾌한 저녁바람에 개구리 울음소리가 섞여 있다. 마을 어귀 나무 아래 소가 꼬리를 흔들며 냄새를 풍긴다. 둑 사이로 왔다 갔다 움직이는 노란 점이 보였다. 대장이 관솔등을 들고 길 잃은 아이를 찾고 있을까?

하늘과 땅에 이토록 수많은 생물이 태어나고 또 죽는다. 죽어서 진흙과 물이 되고 광물과 돌이 되고 초목과 꽃이 된다. 이 밤, 누군가는 믿는다. 징징은 죽어서 금색 꽃술을 품은 연푸른빛의 작은 꽃이 되었을 거라고. 밝아오는 여명에 태어나 다이아몬드처럼 밝은 광채를 뿜을 거라고. "나 돌아왔어요"라고 말하면서.

그 사람이 파란 하늘을 바라본다.

1981년 4월.

바람이 부는 수르나이 소리

風吹嗩吶聲

1

당시 나는 대장 집에 머물고 있었다. 창밖에서 서툰 리듬의 수르나이 소리가 들리더니 금세 다시 "어우, 어우" 하는 포효 소리로 바뀌었다. 목구멍에 뭔가 걸린 듯 답답한 소리였다. 지르고 싶은데 질러지지 않는 소리. 나는 바깥을 둘러보았다. 집 앞에는 수르나이를 허리에 찬 중년 사내 하나가 서 있다. 축축하게 젖은 나뭇짐 두다발을 손에 들고 땔나무칼을 쥔 아이 두명과 실랑이를 벌이는 중이었다. 그의 음성, 손짓, 다급해 발을 동동 구르는 모습은 확실히 그가 벙어리임을 말해주고 있었다.

아이들은 그를 무서워하지 않았다. 그의 코를 가리키며, "가짜 적극분자! 가짜 적극분자! 너네 집 것도 아니잖아!"

그는 피식 웃고 상대하지 않았다. 그러나 아이들이 옷자락을 쥐고 놓지 않자 험상궂은 표정을 지으며 때리는 시늉을 했다. 아이들은 기겁을 하며 달아났다. 그러면서도 "가짜 적극분자, 귀머거리!" "귀머거리야, 내가 네 할아버지다. 귀머거리, 내가 네 조상이다……"라며 종알거렸다. 그는 개의치 않고, 득의양양한 얼굴로 나뭇짐을 돼지 축사로 가져갔다. 무엇을 하는 걸까? 혹시 그가 산지기인가? 공작대에서 잃어버렸다는 나뭇짐을 찾은 건가?

하지만 귀머거리가 어떻게 산을 지키지? 게다가 방금 전 수르나이는 그가 분 건가?

나를 본 그가 내 쪽으로 걸어오며 입을 헤벌리고 웃었다. 흑발과 백발이 뒤섞인 삼베 색깔의 머리카락으로 보건대, 노년과 소년이 뒤섞인, 서른 남짓으로 보인다. 어깨에 찢어진 옷자락이 대충 동여매여 있다. 약간 들린 마늘코에 심하게 돌출된 입 탓인지 웃으면 얼굴에 천진난만한 표정이 떠올랐다. 여느 농민들처럼 그의 사지도 힘든 노동으로 변형되었다. 몸에 걸친 옷과 발에 신은 장화가 없었다면, 완전히 거대한 성성이라 착각했을 것이다.

그는 나를 향해 어어 하며, 눈이 빙글빙글 돌 정도로 정신없는 동작들을 해댔다. 자기를 가리켰다가 나를 가리켰다가 핸들처럼 두 손을 빙빙 돌리더니 다시 팔을 가리키고는 손으로 큰 원을 그린다. 그리고 엄지손가락을 치켜들고 다시 웃었다.

어리둥절한 나를 본 그는 마음이 다급해져 같은 동작을 다시 한번 반복했다. 눈을 크게 뜬 모습이 이렇게 묻는 듯하다. 아직도 모르겠소?

거참 난감하다. 마침 그때 대장이 풀다발을 한아름 안고 왔다. "위안(袁) 동지, 저 친구 하는 외국어를 못 알아듣겠지? 저 친구 말은 자네가 자동차 타고 온 현 간부라는 걸 알고 있다는 뜻이야. 성은 위안가고, 아주 훌륭한 사람이래."

아하 — 팔은 손목시계라는 뜻이고 손목시계는 간부를 뜻한다. 동그라미를 그린 건 성이 위안*이란 뜻이고…… 이런 특수언어에 나는 웃음을 지었다.

벙어리도 웃는다. 마음이 놓이고 기쁘다는 표정이다.

대장이 다시 소개했다. "저이는 이름이 더치(德琪)일세. 어릴 때 병에 걸려 벙어리가 됐어. 모친도 일찍 죽었고. 그래도 저이를 아둔하다 생각지 말게. 아주 똑똑해. 천문지리도 많이 알고." 말을 마치고는 벙어리에게 손가락을 내밀고 물었다. "어이, 누가 간신이지?"

벙어리는 오관을 한번 찡그리더니, 극도로 경멸하는 표정으로 손가락 네개를 폈다 — 하, "사인방!"**

내가 더 신이 나서 하하 크게 웃었다.

좋은 점수를 받아 기분이 좋았는지, 더치의 얼굴에 술 취한 듯 불그레한 기운이 감돌았다. 그는 뒷짐을 지고는 몸을 흔들며 내 방에 들어가 한참 동안 시찰을 했다. 창문을 가리키고는 대장에게 창호지 좀 잘 붙여주라고 했다. 또 기름등 갓을

---

* 성씨 '袁'과 동그라미라는 뜻의 '圓'은 발음이 모두 '위안'이다.
** 문화대혁명 시기 결성되었으며, 1974년 저우언라이를 비판하면서 처음 등장했다. 1976년 10월 정권탈취라는 죄목으로 숙청되었다. 장칭, 왕훙원(王洪文), 장춘차오(張春橋), 야오원위안(姚文元).

가리키며 새것으로 갈아달라고도 했다. 마지막으로 고기를 썰고 완자를 빚는 동작을 했는데, 설날 자기 집에 고기랑 찹쌀경단을 먹으러 오라는 소리였다.

"좋습니다." 아직 흥이 안 가셨는지 그는 안채 방향을 가리키며 손가락 세개를 치켜들었다. 안채에 사는 돼지치기 싼(三)을 말하는 것이다. 그는 자기 코를 쥐고 소 흉내를 냈다. 싼이 소를 너무 험하게 다룬다는 뜻이다. 새끼손가락을 흔든 것은 좋지 않다는 뜻이다.

대장이 통역을 했다. 물론 나는 그의 반응을 잘 살폈다. 그제야 그는 만족한 듯 내 어깨를 탁탁 치고는 뒷짐을 지고 기분 좋게 돌아갔다.

우리는 그렇게 서로 면식을 텄다. 세월이 흐르고 긴 강물이 아홉굽이 열여덟 만을 흘렀건만, 그는 아직 내 기억의 백사장에 남아 있다. 그 산골을 떠난 지 오래지만, 달 밝은 밤 창가에 앉으면 텅 빈 원고지를 앞에 두고 멍해지곤 하는 것이다.

2

역시 이야기를 처음부터 해야겠다.

벙어리는 마을의 우수사원이었다――그곳 사람들이 모두 그렇게 말했다. 전파상자* 소리를 못 들어도 그는 매일같이 새벽에 일어났다. 기다리다 지치면 대장 집 창문을 두드리며 빨리 일을 분배해달라고 졸랐다. 장애자인 그는 어떤 회의든 불참할 권리를 가진 유일한 사람이다. 그러나 사원회의든 간부회의든, 남들이 다 땡땡이를 쳐도 그는 적극적으로 참석했다. 여기 기웃 저기 기웃 하는 모습이 자기도 사람들과 어울리고 싶은 듯했다. 수많은 입과 귀를 부러워하며. 주전자 물이 끓으면 뚜껑 위에 옅게 앉은 재를 입으로 훅 불고는, 누가 시키지 않아도 사람들에게 차를 따랐다. 누군가 담배를 꺼낼라치면 얼른 부집개로 탄덩이를 집어 불을 붙여주었다.

어수룩한데다 성격 좋은 그에게 힘든 일을 미루는 사람들도 있었다. 논에 들어가 김매기, 방아 돌리기, 말벌집 태우기 같은 일은 언제나 그의 차지였다. 집을 짓거나 초상을 치를 때, 매입 물품을 대리판매할 때, 또 대대 학당의 우물을 청소할 때도, 사람들은 늘 그를 떠올렸다. 그는 손해 보는 게 뭔지도 모르는 듯했다. 손발이 놀고 있는 한, 부르면 언제든 왔다. 온몸에 땀을 뻘뻘 흘리면서. 일을 마치고 밥을 주면 몇그릇이고 박박 긁어먹었고 안 주면 손뼉을 탁탁 치며 집에 돌아갔다. 다음에 부르면 또 올 것이다. 그가 상을 좋아하는 것을 아는 사람들은 일 시킬 때 상장 모양을 손으로 그려 보이기도 했다. "벙어리, 상 줄 건데, 가야지?"

상장 모양을 보면 그는 눈을 반짝이며 당신을 따라갈 것이다. 상장에 도장이 있든 없든, 당신 아들이 학교에서 받아온

---

* 마을의 공동 스피커를 말하는 듯하다.

'싼하오 상장'*에 이름만 바꿔주든.

그에겐 수많은 상장이 있다. 현정부가 내린 것부터 안채 사
는 돼지치기 양씨가 내린 상까지, 심지어 남의 상장까지 —
그 상의 수여자는 '고급사'**를 하던 해에 온 간부로, 벙어리가
늘 자기 친구라며 우쭐댔었다. 그는 벙어리와 같은 침대에서
잤고, 자기 돈으로 벙어리 모친의 병도 치료해주었으며, 사람
을 불러 벙어리에게 면신발을 지어주기도 했다. 그해는 풍년
이었다. 벙어리에겐 먹고 남을 만큼의 찹쌀경단이 있었고 그
간부를 따라 난생처음 차를 타고 현성에 놀러 갈 만큼 돈도
있었다. 현성에 가서, 그는 아무것도 필요하지 않았고 아무
데도 구경하려 들지 않았다. 오직 주인집에 있는 커다란 상장
에 넋이 나가 잠시도 눈을 떼지 못했다. 어쩔 수 없이, 주인은
미련없이 상장을 그에게 증정했다.

지금, 그의 상장은 소중한 표창과 싸구려 가짜가 뒤섞인 채
산처럼 쌓여 있다. 새로 친구를 사귀거나 특히 새로 부임해
온 간부를 만나면, 그는 히죽거리며 상장 뭉치를 꺼내와서는
한장 한장 펼쳐 보여준다. 옆에서 사람들이 웃으면 그도 따라
웃는다. 왜 웃는지도 모르면서.

....
* 학교가 우수학생에게 주는 칭호. '싼하오(三好)'란 사상품성, 학습성적, 신체
  건강 세 분야에서 우수함을 뜻한다. 1954년부터 시작되었다.
** '고급농업생산합작사(高級農業生産合作社)'의 약칭으로 1956년에 결성
  됐다. 농업합작화 과정 중에 만들어진 사회주의 집단경제 조직이다. 1958년
  '농촌인민공사'로 개편된다.

어쨌거나, 그는 이처럼 한 사회가 공유하는 공공의 인물이었다. 그를 존경하는 사람은 별로 없었지만, 그를 필요로 하는 사람은 많았다. 그의 땀, 그가 가져다주는 웃음을.

3

그는 형 더청(德成)과 함께 살았다.

몇번이나, 벙어리가 남의 집 일을 하러 가면 더청이 쫓아와 그를 끌고 갔다. 그러고는 그 집 주인에게 욕을 한바탕 퍼부었다. "이런 양심없는 놈들, 벙어리라고 누에 새끼 취급을 하고도 양심에 안 찔리냐? 머리에 종기 나고 발바닥에 고름 날까 무섭지도 않아?" 누구든 벙어리를 좀 과하게 놀리다 더청에게 걸려도 욕바가지를 피하기 어렵다. "이런 요절을 내고 대를 끊어놓을 놈. 속이 썩어빠진 동과(冬瓜)* 같은 놈, 어디 네놈이 곱게 죽나 보자!"

우더청은 머리가 크고 허리가 죽통처럼 굵었다. 눈알을 한번 뒤룩 굴리면 보는 사람의 마음을 뜨끔하게 하는, 현지말로 하면 '팔방미인'이다. 그는 어릴 때부터 삼촌을 따라다니며 도살업을 했다. 소를 팔고 가마를 굽다보니 발이 넓어지고

....
* 박과의 식물. 익을 때 표면에 생기는 하얀 가루가 겨울철 서리 같다고 하여 동과라 한다.

아는 게 많아졌다. 주판알도 굴릴 줄 알아, 집안은 상당히 유복했다. 늘 담배와 돼지기름, 참깨콩 미숫가루가 끊이지 않았다. 큰 마당 둘과 방이 아홉칸인 그의 기와집 유리창이 반짝거렸다. 대대 사람들은 큰길 절반은 되겠다며 수군댔다. 그의 저택을 지나다니며 부자의 위엄에 눌리곤 했다.

몇년 전만 해도 이런 사람은 당연히 '자본주의적 걸림돌'이었다. 대대에서 그의 돼지와 가마벽돌을 몰수했고 그의 집 몇칸을 철거했다. 그에게도 하루 종일 소똥 냄새를 맡으며 밭일을 하게 시켰다. 화가 끝까지 난 그는 하릴없이 욕만 해댔다. 다행히 부담이 과하진 않았고 벙어리 동생까지 힘을 보태 굶어 죽는 지경에 이르지는 않았다. 뱁새 중 황새라고 마누라도 잘 골랐다.

형수를 들인 것은 한참 뒤였다. 이름은 얼샹(二香)— 이곳 여인들이 그렇듯 그녀의 성씨가 뭔지는 중요하지 않다. 묻는 사람도 없었을 것이다. 장가들던 그해, 수많은 사람들이 보러 왔다. 바람도 못 뚫고 지나갈 만큼 두터운 인파가 마을을 에워쌌다. 사람들은 제각기 떠들었다. 신부의 화장, 얼굴, 발, 손, 옷섶, 그 부러울 만큼 하얀 피부와 꽃 같은 미모. 모처럼 화창한 날이었다.

더치는 형보다 더 신이 났다. 종일 헤헤거리며 여기저기 바쁘게 뛰어다녔다. 돼지를 잡는다, 채소를 씻는다, 탁자를 옮긴다, 의자를 닦는다 하며 뛰어다니다, 틈이 나면 수르나이를 불었다.

'차 달이기'가 시작되었다. 이는 태고의 흔적을 끌어안고 살아남은 시골 관습이다. 우렁찬 목소리가 한차례 울리면 남자 하객들이 고함을 지르기 시작한다. 차를 따르는 신부를 갖은 방식으로 괴롭히는 건 물론, 심지어 신부를 문밖으로 쫓아낼 수도 있다. 그렇게 신부와 스스럼없이 가까워지는 것이다. 듣자하니, 어떤 신부는 웃옷을 세겹씩 껴입고 사전준비를 철저히 했어도, 나중에 보면 온몸에 붉으락푸르락 멍이 들어 있었다고 한다.

황당하지만, 이런 소란이 환영과 반가움의 표시이므로 주인은 절대 원망해선 안된다. 안 그러면 규범을 어겨 손님에게 결례하는 것이 된다. 물론 얼상도 이 풍습을 알고 있었다. 그러나 한쪽에서 윙크를 하고 추파를 던지지 않나, 다른 쪽에서어서 차를 우려라 고함을 지르지 않나, 그녀는 얼굴빛이 순식간에 창백해졌다. 그러나 그녀에겐 아무 힘도 없었다. 이리저리 사람들의 노리개 노릇을 할 뿐. 이 사내의 무릎 위에 안겼다가 환호성 소리와 함께 다른 젊은이에게 던져지고 또 낯선 누군가의 품속에 떨어졌다.

벙어리에겐 신부의 비명 소리가 들리지 않았다. 그러나 사내들의 음탕한 기색에 불안했는지 줄곧 성난 표정을 짓고 있었다. 그러던 그가 성큼 나서, 동쪽 서쪽을 날아다니는 신부를 콱 채서는 자기 쪽으로 끌어당겼다.

"귀머거리, 너 미쳤어?"

"너도 차 달이려고? 하하……"

"방해하지 말고, 저리 가⋯⋯"

어우, 그는 큰 소리로 고함을 지르며 버텨섰다. 핏발 선 두 눈이 싸움을 기다리는 황소 같았다.

하객들은 그제야 그의 뜻을 알아차렸다. 청년 하나가 마음에 안 드는지, 그 병신을 문밖으로 밀어내려 했다. 그런데 뜻밖에도 벙어리의 얼굴색이 확 변하더니 청년의 면상에 주먹을 날린 것이다. 신혼방 옆으로 나가떨어진 청년의 입에서 피가 흘러나왔다. "너 오늘 무슨 개똥이라도 먹었냐?" 화가 난 청년이 악을 썼다.

흥이 깨졌다. 신부가 나와 사죄를 하고 수건으로 다친 청년의 피를 닦아줬지만 달아난 흥은 돌아오지 않았다. 다른 재미거리를 찾는 수밖에. 사람들은 술을 마시거나 땅콩과 당근편을 먹으며 농담을 주고받았다. 어디선가 하품 소리가 났다. 하객들은 하나둘 데려온 아이들을 찾아 집에 갈 채비를 했다.

문을 나서면서도 그들은 투덜거렸다.

"귀신이 곡할 일이네. 오늘따라 벙어리가 참견을 다 하고."

"형수를 제 사탕처럼 꼭 틀어쥐고 만지지도 못하게 하네그려."

"허허, 자기 마누라도 아닌데, 왜 그리 노심초사일꼬?"

"그놈에게 마누라? 암퇘지라면 모를까? 하느님이 인연부를 쓸 때 저놈 생각을 했을까!"

⋯⋯

물론 벙어리는 사람들의 말을 듣지 못했다. 그에게 평생 여복이 없으리란 말은 아마도 사실일 것이다. 이에 대해 그는 아무런 고민도 없는 듯했다. 사람들이 시집가고 장가갈 때마다 그는 늘 발그레한 얼굴로 새 옷을 입고 예비신랑이라도 되는 듯 사람들 틈을 헤집고 다녔다. 흥이 나면 삐리삐리 수르나이를 불었다.

마침내 하객들이 돌아갔다. 녹초가 된 얼샹이 담벽에 기대 긴 한숨을 내쉬었다. 그녀의 시선이 마침 문간을 청소하던 벙어리를 향했다. "오늘 당신 동생 덕을 많이 봤어요……" 그녀가 더청에게 말했다.

"어……" 더청은 조금 전 들어온 부조금을 세느라 제대로 듣지 못했다.

4

식을 치른 지 얼마 되지 않아 신부는 바로 밭으로 나가 일을 했다. 어느날, 설거지를 마친 그녀가 바구니를 들고 옆집 아낙 둘과 아오베이충(坳背冲)으로 돼지사료를 캐러 집을 나섰다. 아낙 하나가 갑자기 그녀를 덥석 잡았다.

"왜 그래?"

"저기 봐, 빨리."

"뭘?" 사실 얼샹은 진작에 알아차렸다.

"저기 귀머거리……"

"왜?"

"몰라서 물어? 저거 뭐 하는지 보라고!"

손이 가리키는 곳에, 더치가 섬돌 근처 대죽 장대에 널린 빨래를 넋 나간 듯 바라보고 있다. 그것은 얼샹의 무명적삼 두벌이었다. 담홍색 살구꽃 무늬가 선명하게 박힌 아름다운 저고리가 여인의 실루엣을 드러내고 있었다. 기가 막혀! 저 바보가 아까도 아니고 나중도 아니고, 하필이면 지금 손을 뻗어 꽃무늬 적삼의 가슴 부위를 조심조심 어루만지고 있는 것이다. 손이 허리 쪽으로 내려온다……

깔깔깔— 옆집 아낙들은 박장대소를 하다 하마터면 넘어질 뻔했다.

더이상 시치미를 뗄 수 없게 된 얼샹이 얼굴이 빨개져 욕을 내뱉었다. "죽일 놈의 귀머거리." 그러고는 얼른 다가가 벙어리의 손을 때렸다. "소 먹이러 가, 얼른! 알아들었어, 못 알아들었어? 다 큰 어른이 철없기는!"

형수와 옆에 선 다른 부인네들을 본 벙어리는 얼굴이 시뻘게져 안절부절못하며 두 손을 비벼댔다. 얼굴에 웃는 건지 우는 건지 알 수 없는 주름 몇개가 깊게 파였다.

"어서……" 형수는 사납게 팔을 휘두르고는 장대에 걸린 옷들을 걷어 방으로 들어갔다.

소에게 채찍을 휘두르며 허둥지둥 달아나는 벙어리를 보면서 아낙들은 또 한번 폭소를 터뜨렸다. 배를 끌어안고 아이고아이고 신음까지 했다. "얼샹, 누가 너더러 그렇게 귀엽게 생기래?" "그러게 옷에 돈을 왜 써? 결국 남이 만져서 다 닳겠네?" "조심해, 조심. 네가 마신 찻잔도 누가 집어가서 뽀뽀할라. 앉았던 걸상도 가져가 문지를지 몰라…… 호호호, 아이고, 아이고!"

두 아낙은 여전히 대굴대굴 구른다.

얼샹이 그네들에게 주먹을 들어 보였다. "그 입을 찢어버리기 전에, 얼른 가!"

그날, 얼샹은 일찌감치 돌아와 벙어리의 방을 자세히 살폈다. 과연, 며칠 전 어디론가 달아나버린 꽃무늬 손수건과 진작에 어디 갔는지 없어진 양말 한짝이 벙어리의 베개 밑에 돌돌 말린 채 떡하니 놓여 있다. 무언가를 깨달은 그녀는 하얗게 질린 얼굴로 한참이나 그 자리에 멍하니 서 있었다. 벙어리의 어어 소리가 마당에서 들리자 그제야 달달 떨며 부엌으로 들어가서는 다시 나오지 않았다. 벙어리를 볼 수가 없었던 것이다.

벙어리도 찔리는 데가 있는지 며칠 동안 그녀를 쳐다보지 못했다. 그는 온종일 머리를 처박고 일만 했다. 고구마 넝쿨을 자르고 우물물을 긷고 짚신을 삼고 광주리를 고쳤다. 팬장작더미가 산처럼 쌓여갔다.

영리한 더청이지만 집안에 무슨 일이 일어나는지 몰랐다. 동생에게 담배를 상으로 내리며 그가 말했다. "어? 귀머거리가 요새 꽤 부지런하네."

얼샹은 말없이 남편 신발의 바느질을 마쳤다.

5

더청의 욕설이 늘어날수록 시골의 날들도 바빠졌다. 가을
걷이 후, 사람들은 수레를 삐걱거리며 곡식을 국가창고로 나
르고는 식량징수 공작을 포상하는 상장과 바꿔왔다. 아이들
은 서로 보겠다고 신이 났지만, 마을엔 길고 짧은 한숨 소리
가 새어나왔다.

생산대에서는 '공분제(工分制)'*를 시행하고 있었다. 한사
람의 하루 노동은 대략 십공분이다. 연말에 총 공분을 계산하
여 분배한다. 그러나 공분의 가치가 너무 낮아 양식이랑 기
름을 제하면 대대에 현금은 몇푼 남지 않는다. 그래서 적자가
구는 죽을상을 했고 흑자가구 역시 좋을 게 없었다. 왜냐하면
적자가구가 돈을 갚아야 흑자가구가 돈을 받을 수 있기 때문
이다. 더청은 물론 흑자가구였다. 그러나 흑자가구 명단을 공
시한 지 여러달이 지나도록 돈은 들어오지 않았다. 맹물 공분
만 잔뜩 얻은 셈이다. 그는 소대, 대대 간부들을 찾아다니며,
적자가구에게 돈을 제대로 받아내라며 격렬하게 항의했다.
집을 부숴버리든가 험한 수를 쓰지 않으면 묶은 겨에서 무슨
수로 기름을 짜겠소?

....
* 혹은 노동일제(勞動日制)라고도 한다. 각 개인의 노동 점수를 계산하여 그
  에 따라 공산품을 분배하는 제도. 인민공사 시기에 행해졌다.

간부들은 대부분 더청의 담배를 피운 자들이고 또 분배를 이행하지 않을 수도 없는 터였다. 결국 돼지 한마리를 압수하고 집 두칸을 헐기로 결정했다. 봄갈이 전에 돈을 지불 못하면, 최소한 흑자가구에 구운 벽돌과 목재라도 제공하겠다고 했다.

그제야 더청의 화가 누그러졌다. 그는 마을 곳곳을 돌아다니며 어느 집 담벽 벽돌의 질이 좋은지, 낡은 흙벽돌은 퇴비로 쓸 만한지, 들보에 벌레가 먹진 않았는지 등을 살폈다……적자가구들은 바늘방석에 앉은 심정이었다. 어느날, 날이 새자마자 그는 벙어리에게 광주리를 지웠다. 벙어리는 소똥을 주우러 가는 줄 알고 신이 나서 형을 따라나섰다. 돼지치기 싼네 집에 이르러서야 그는 뭔가 심상치 않음을 깨달았다. 평소 그는 싼이 소를 험하게 다룬다며 간부들에게 고발을 해서 싼에게 몇차례나 얻어맞았다. 그러나 지금 바닥에 주저앉아 눈물 범벅이 된 싼을 보고는 무슨 일인가 싶어 등짐을 내려놓고 가서 그를 잡아일으켰다.

싼은 벽으로 달려가 머리를 찧었지만 다행히 주위 사람들에게 잡혀 머리에 피가 나지는 않았다. 모여든 사람들로 일장소동이 벌어졌다.

벙어리는 사람들이 뭐라고 하는지 이해할 수 없었다. 사다리를 올리는 사람, 지붕 위로 올라가는 사람, 또 현장지휘를 하는 대대 서기를 보고서야 마침내 상황을 파악했다. "어어! 어어……" 그는 사다리 앞을 막고 서서 연신 팔을 흔들었다.

서기는 그를 밀어내고 사람들을 계속 지붕 위로 올려보냈다.

벙어리는 소 같은 큰 눈망울을 휘둥그레 뜨고 쌴에게 달려가 어, 어 하며 소리를 질렀다. 가서 어떻게 해보라는 소리 같았다. 그러나 그저 울기만 하는 쌴을 보고는 다시 헐레벌떡 뛰어와서는 사다리를 넘어뜨렸다.

"귀머거리, 자넨 몰라." 대대 서기는 어떻게 설명할 수가 없었다. 손짓 발짓으로는 아무리 해도 적자가구와 흑자가구의 관계를 설명할 수 없었고, 생산대에 집을 헐 만큼 가난한 사람이 생기는 원인을 설명할 수 없었던 것이다. 하물며 아무리 설명을 한들 쇠귀에 경 읽기 아닌가. 누가 사다리 근처에 얼씬거리거나 지붕 위에 올라가려 하기만 해도 벙어리는 분노인지 경멸인지 모를 사나운 표정으로 주먹을 휘둘렀다.

모인 사람들도 대부분 내키지 않은 마음으로 온 터라, 누군가 총대를 메자 기다렸다는 듯 맞장구를 치며 음양으로 장단을 맞췄다. 그러게, 헐지 맙시다. 옳소, 옳소. 봄에 곡식 안 걷고 겨울에 집 안 허무는 법이오, 너무 그러지 맙시다. 옛날 어른들 말 못 들었소? 덕을 쌓는 게 십년 향불 태우는 거라고…… 사람들이 이렇게 말하자 초조해진 더청이 냉소했다. "안 허물어도 좋아. 누군 뭐 이렇게까지 하고 싶은 줄 알아? 간부 호주머니를 털어서 돈만 나오면 내가 집도 지어주겠다. 나도 비싼 밥 먹고 소 부려가며 일년을 일했는데 피땀 흘린 돈 몇푼은 받아야 하는 거야."

"맞소, 맞소. 나도 돈을 받아야겠소. 초닷새날 고기 끊고 목수도 불러야 한다고⋯⋯" 누군가 맞장구를 쳤다.

사람도 많고 입도 많았다. 명확하게 두 파로 갈라져 팽팽하게 대치하는 형세가 이루어졌다. 얼굴을 제대로 들지 못하던 서기가 호루라기를 삑 불었다. "시끄럽소. 당신들이 서기요, 내가 서기요? 잘 들어요. 오늘 싼의 집은 더청이 동의해도 헐고 동의 안해도 헐 거요. 누구든 안 헐고 버틸 거면 싼 대신 돈을 내시오!"

대장은 어쩔 수 없다는 듯 벙어리의 어깨를 두들겼다. 서기를 가리켰다가 또 손목을 가리켰다. 이건 예삿일이 아니니 손목시계 찬 간부의 명령을 들어야 한다는 뜻이다.

벙어리는 손목을 가리키며 믿을 수 없다는 표정을 했다.

대장은 다시 손목을 가리켰다.

벙어리는 얼이 빠졌다. 얼굴뿐 아니라 목까지 벌게진 그는 절망스레 두번 신음을 내뱉고는 자리를 떴다.

"어이, 돼지 같은 놈아." 더청이 돼지 간처럼 시뻘게진 얼굴로 고함을 질렀다. "어디 가? 이 많은 벽돌을 나 혼자 지고 가란 말이냐?"

벙어리는 사납게 그를 노려봤다. 그러고는 씩씩거리며 마당을 나섰다. 어디에 그런 성질이 있었는지, 광주리 두개를 우지끈 부숴버리고는 하나는 도랑 속에, 다른 하나는 모판 위에 던져버렸다. 멜대도 부숴 갈대숲에 던졌다. 그날, 그는 아무 일도 하지 않았다. 집에 돌아와 방구석에 처박혀 잠만 잤다. 심지어 얼샹이 와서 말을 걸어도 대꾸하지 않았다.

오후에 더청이 씩씩거리며 돌아와서는 그의 방문을 와락 열고 모기장과 이불을 확 걷어냈다. "니미랄 놈, 오후에 벽돌 지러 따라와!"

벙어리는 벌떡 일어나 그를 노려보고는 방 한구석에 앉아 수르나이를 불었다.

"들었어, 못 들었어?" 수르나이를 잡아채고는, "벽돌 져, 벽돌!" 하며 벽돌을 지는 동작을 했다.

벙어리는 흰자위를 드러내며 파란 꽃무늬 이불을 끌어다 머리에 뒤집어썼다.

"좋아, 네놈이 억대 재산이라도 쌓아놨나보구나. 네가 국가의 쌀을 먹고 간부라도 됐냐? 북춤 추다 신선이라도 됐냐? 좋아, 마음대로 해. 앞으로 내 밥 처먹을 생각은 말고!"

더청은 그날 정말로 화가 났다.

6

날이 컴컴해질 때까지 벙어리는 아무것도 먹지 못했다. 몇 번이나 형에게 밥사발을 빼앗겼는지 기억나지 않는다. 전에도 남의 집 일을 한참 해주고 돌아오면 형에게 욕을 먹고 밥사발을 뺏기곤 했다. 그러면 산으로 올라가 왕밤을 굽거나 밭에서 채과를 땄다.

그러나 지금은 그런 것도 없다. 그는 풀 죽은 얼굴로 수르나이를 들고 마을을 돌아다녔다. 대장 집을 좀 기웃거리면 뭐 얻어먹을 게 없을까? 그러나 멀리 개울가에서 솥단지를 씻는 대장 부인이 보였다. 마지막 희망이 사라졌다. 그 집 식구 풀칠할 양식도 부족한 게 분명했다.

하는 수 없이 그는 돼지축사에 놓인 사료용 홍당무를 떠올렸다. 정찰에 의하면, 돼지 먹이는 아낙이 밥 먹으러 들어갔고 축사 문에 달린 자물쇠쯤은 아무것도 아니다. 그는 자물쇠 모가지를 비틀고 들어가 사료통을 뒤졌다. 과연 홍당무 몇개가 나왔다. 소맷자락으로 두세번 쓱 닦고는 입에다 얼른 집어 넣었다.

"가짜 적극분자, 홍당무 도둑! 홍당무 도둑……"

역시 홍당무를 찾으러 숨어든 아이들이 그를 발견하고는 손뼉을 치고 와자지껄 떠들며 즉시에 보복전을 펼쳤다.

벙어리는 허겁지겁 홍당무를 꿀떡 삼켰다.

"이 도둑을 잡아 간부에게 고발하자!"

"그러면서 상을 받겠다고? 목탁 걸고 고깔모자를 쓸 판에."

"우리가 증인이야. 선생님이 잘했다고 홍기를 꽂아주실 거야."

아이들의 적의를 알아차린 벙어리는 얼른 웃음을 지어 보이며 화해를 청했다. "아, 아?"

아이들은 한층 의기양양했다. "안돼, 빨리 가!" "딴생각 말고!" "완위처럼 팻말을 달자." 아이들이 말하는 완위는 지주 분자였다. 이전에 팻말을 가슴에 달고 단상에 올라가 돌팔매질을 당했다.

몇개의 손들이 그를 이리 끌고 저리 끌며 축사에서 끌어내 간부 집으로 향했다. 상황이 심상치 않음을 깨달은 벙어리가 정신없이 손짓을 했다 ─ 하지 마, 하지 마. 내가 새장도 만들고 산비둘기도 잡아줄게, 어때?

"싫어, 싫어!"

다시 한바탕의 손짓 ─ 그럼 광주리 만들어 미꾸라지 잡아줄게, 좋지?

"싫어, 싫어!"

다시 또 손짓 ─ 그럼, 수르나이 불어줄게……

아이들이 솔깃해졌다. "불어봐, 잘 불어야 해."

벙어리는 수르나이를 꺼내들었다. 배에 숨을 불어넣고 뺨을 반구처럼 빵빵하게 만들었다. 입에서 흘러나온 침이 수르나이 입구로 들어갔다. 그는 미약하나마 음을 변별하는 능력이 있어 보였다. 손가락을 따라 선율을 느끼는 것일까. 벙어리, 귀머거리가 되기 이전의 소리를 기억하는지도 모른다. 물론 소리는 엉망이었다. 닭 울음소리 같기도 하고 꽥꽥거리는 오리 소리 같기도 했다. 강아지가 깡충거리고 송아지가 장난치는 소리 같기도 했다. 추수 때의 북소리 같기도 했다. 한꾸러미의 음표들이 서로 싸우고 부딪치고 몸부림친다. 피투성이가 되도록 서로를 물어뜯는다.

아이들은 기본적으로는 만족했다. 그러나 그중 가장 나이 많은 아이가 악역을 더 하고 싶어했다. "안돼, 별로잖아. 새끼손가락, 새끼손가락이야. 코로 불어봐, 코로, 알아들었어?"

벙어리는 화난 얼굴로 고개를 저었다.

"코로 불어라, 코로 불어라!" 아이들도 덩달아 소리 질렀다. 그의 머리 위로 올라타는 놈, 옷을 잡아당기는 놈, 다리를 붙잡고 늘어지는 놈, 수중의 수르나이를 뺏으려는 놈…… 아이들은 얼샹이 나타나서야 우 하고 떨어졌다. 아이들은 뛰어나온 얼샹 앞에 벙어리를 꼭 붙들어 아이처럼 끌고 나왔다.

"샹 아줌마, 얘가 홍당무를 훔쳤어요!"

"샹 아줌마, 얘는 가짜 적극분자예요, 도둑놈!"

"항거종엄!* 견결타도……!" 아이들은 비판대회에서 쓰는 용어를 잘 알고 있었다.

"소리 지르지 마, 제발 소리 지르지 마." 얼샹이 화들짝 놀라 주위를 살피고는 아이들의 머리를 쓰다듬었다. "착하지, 곧 어두워질 테니, 어서들 집에 들어가." 그러고는 호주머니에서 볶은 누에콩을 뇌물로 나눠주었다.

그렇게 벙어리는 집에 돌아올 수 있었다. 다행히 형이 없어 매질을 면했다. 형수는 그를 의자에 앉히고 먼저 뜨거운 물을 가져와 손을 씻긴 다음 신발을 가져와 갈아신겼다. 그런 다음

* '솔직하게 뉘우치면 용서하고 반항하면 엄히 다스린다(坦白從寬 抗拒從嚴)'는 과거 중국 공산당의 기본 형법정책이다.

밥을 가져왔다. 부드럽고 낯선 손으로 백김치와 고추를 내왔다. 위에는 연잎으로 싼 노르스름한 달걀이 덮여 있었다.

어— 벙어리가 엉엉 울기 시작했다.

형수는 뒤돌아 눈을 비볐다. 그러고는 주전자 걸린 부뚜막에 땔감을 더 넣었다.

7

형과 형수가 싸운다. 눈에 핏발이 선 형이 욕설을 퍼부으며 의자를 집어던진다. 걷어올린 소매 아래로 두 주먹이 부들부들 떨고 있다. 뭐라고 욕을 하는 것일까.

형수의 입도 열렸다 닫혔다, 뭐라고 응수하고 있다.

결국 형이 손찌검을 했다. 단번에 형수는 벽 한구석으로 나가떨어졌다. 그녀는 한참 동안 꼼짝도 않다 간신히 기운을 차려 일어났다. 그러나 돼지사료고 닭이고 오리고 다 팽개치고 옷가지를 싸들고 나오더니 눈물을 줄줄 흘리며 뛰쳐나갔다.

왜 싸우는 거지? 벙어리는 아무래도 그게 자기와 관련된 일 같았다.

불안한 마음에 그는 어두운 구석에 가서 숨었다. 왠지 금이나 은덩이를 훔친 것 같고, 해서는 안될 짓을 한 것 같았다. 그는 한방 또 한방 자기 머리를 때렸다.

이웃들이 몰려왔다. 대장까지 와서 더청을 에워싸고 이러

쿵저러쿵 입방아를 찧었다. 결국, 대장이 방금 마신 두잔 술에 힘입어 중재자를 자청했다. 그는 벙어리에게 가서 한바탕 수화를 했다——어이, 자네 내일은 일하러 나오지 말게. 통근 차 타고 형수 집에 가서 형수 모셔와. 알았어?

벙어리는 들을 필요도 없이 알아들었다. 고개를 끄덕였다.

그는 밤새 잠을 뒤척였다. 다음날 깜깜할 때 일어나서는 푸르스름한 새 적삼을 입고 일년에 두어번밖에 안 신는 노란 고무신을 신은 다음, 우산을 끼고 황급히 집을 나섰다. 결국 그는 형수를 데려왔다. 형 앞에. 그러나 형은 다시 손만 안 댈 뿐, 얼굴이 여전히 퉁퉁 부어 있다. 허, 어떻게 하면 저 얼굴을 웃게 하지? 벙어리는 속으로 한참 생각했다. 종일 동쪽을 봤다 서쪽을 봤다 하며 머리를 쥐어뜯었다. 형이 담뱃갑을 꺼내면 얼른 성냥을 대령하고, 형이 땀을 흘리면 얼른 가서 부채질을 했다. 집안일도 많이 했다. 웃통을 벗어던지고 거름을 져다 밭에 뿌리고 산에 올라 나무를 하고 물 긷고 청소하고 심지어 닭장과 오리 횃대까지 깨끗이 닦았다. 담벽에 붙은 오리똥이 잘 떨어지지 않자 아예 바닥에 꿇어앉아 기와 조각으로 한점 한점 싹싹 긁어냈다.

형은 간부처럼 생긴 사람과 논쟁을 하고 있었다. 둘 다 표정이 좋지 않다. 벙어리는 옆방에서 탁자를 치고 의자를 걷어차고 통을 두드리며, 자기도 형처럼 화가 났음을 시위했다. 더 큰 소리를 내기 위해 일부러 간부같이 생긴 그의 앞을 왔다 갔다 하더니, 급기야는 마당에 내려가 그가 타고 온 자전거를 쓰러뜨리고 말았다. 형이 쫓아내지 않았다면 아마 쓰러진 자전거를 몇대 밟기까지 했을 것이다.

옆에서 누군가 그를 비웃었다. "정말 귀머거리라 천둥이 안 무섭구먼. 이 집에서 저가 뭐라고?"

벙어리는 새끼손가락을 들이대며, 흥 하고 웃었다.

"이놈이 간이 부었나, 감히 정부가 새끼손가락이란 거냐?"

벙어리는 상대방을 쳐다보고는 입을 삐죽 내밀고 침을 뱉었다. 그러고는 다시 새끼손가락을 들이댔다. 뜻인즉, 니미랄!

며칠 뒤, 사람들은 그 간부 같은 작자가 다시는 마을에 오지 않은 것을 깨달았다. 듣자하니, 그의 자전거가 여기만 왔다 하면 타이어가 터지거나 방울 뚜껑이 달아나거나 하더란 것이다. 누구 짓인지는 생각하고 말 것도 없었다. 그러나 제아무리 간부라도 쓴웃음을 지을 뿐 어쩔 도리가 없었다.

8

집 앞의 개울물이 따듯한가 싶더니 차가워지고 탁해지는가 싶더니 다시 맑아졌다. 밭에선 오곡이 한 철 한 철 베였고 산마을 사람들은 알게 모르게 조용히 거대한 변화를 겪었다. 첫째는 부업개방, 둘째는 포공포산(包工包産), 마지막은 분전분산(分田分山) 책임제…… 더청은 순식간에 바빠졌다. 처음 고추를 짊어지고 자유시장에 나갈 때만 해도 어리바리하더니만, 얼마 지나지 않아 곧 자신의 기량과 배짱을 한껏 발휘하기 시작했다. 그를 찾아오는 친구들이 끊이지 않았다. 그들은 함께 후베이로 가서 차를 팔고 광둥에서 치어(稚魚)를 팔았다. 한번 갔다 하면 여러날 돌아오지 않았다. 돌아올 때마다 득의양양한 표정과 함께 산 밑의 소식을 한보따리 들고 왔다. 밥 먹고 차를 마시면서, 사람들의 부러움과 경탄에 둘러싸인 그의 얼굴은 희색이 완연했다.

'더청 형'이라는 호칭은 이제 '더청 아저씨'로 대체되었고 '자네'는 '어르신'으로 바뀌었다. 그러나 그는 그였다. 여전히 툭하면 두통과 고혈압에 시달리는 뚱뚱보였다.

그는 재산은 많고 성질은 더러웠다. 뒷짐 지고 배를 내밀고 집 안팎을 어슬렁거리다 사람들을 만나도 데면데면했다. 말하는 품새도 고압적이었다. "칭씨, 자네 집 새끼돼지 다른 데 팔면 안돼. 내가 찜했어!" "싼, 자네도 돈 빌리려고? 허허, 자네, 지폐가 네모나게 생겼는지 동그랗게 생겼는지 기억이나 나는가?"……사람들은 이런 으름장에 분개하면서도 찍소리도 하지 않았다. 이 일수쟁이 도살꾼이 산중의 대왕이라도 되는 듯 누구도 밉보이려 하지 않았다. 듣자하니 그는 진(鎭)으로 나가 점포를 열고 트럭을 사들여 운수업도 하고 또 벽돌공장을 매입해 가마업을 한다고도 했다──나중엔 현정부까지 사들이는 거 아냐?

얼샹도 여인들의 관심의 대상이 되었다. 그녀들이 보기에,

얼샹은 팔자를 타고났다. 앞으로 돼지 치고 밭 갈 일이 있을까? 베 짜고 신발 기울 일은? 관둬라. 그냥 가만히 앉아 주인마님에 귀비, 황후마마가 되는 거지. 금딱지 은딱지에, 꽃가마는 고사하고 하녀까지 거느리고 전후좌우로 시중을 받겠어. ⋯⋯이상하게도, 얼샹은 여전히 저고리가 등짝에 달라붙도록 땀을 뻴뻴 흘리며 이리저리 바쁘게 다녔다. 집 안을 들여다보면, 돼지우리엔 일고여덟마리의 포동포동한 돼지들이 굴러다니고 뒤뜰엔 박과 채소가 파릇파릇하며, 섬돌은 풀 한포기 없이 깨끗했다. 게다가 밥하고 손님 대접하고 작업 나가고⋯⋯ 이렇게 똑 부러지고 부지런한 색시는 참으로 드물 것이다.

그녀는 여전히 좀처럼 웃지 않았다. 그날의 저녁식탁은 한결 불안했다. 첫술을 뜬 더칭의 얼굴빛이 금세 변했다. 밥사발을 얼샹 얼굴에 들이대더니 내던져 부숴버렸다. "이게 무슨 밥이야? 너나 먹어, 너나!"

깜짝 놀란 얼샹이 얼른 한입 먹어본다. "어머, 솥에 물이 좀 많았나봐요."

남편은 다시 반찬을 한젓가락 먹어보더니 더 화를 냈다. "나더러 썩은 수건을 먹으라는 거야?"

놀란 얼샹이 다시 한입 먹어본다. "수세미가 좀 오래됐나⋯⋯"

"수세미? 이게 수세미냐?"

"내 다시 만들어올게요⋯⋯"

"만들긴 뭘 만들어? 돼지죽 만들어?"

"당신 요릿집 음식에 맛 들어서 그래요. 아니면 진에 가서……"

"내가 여기서 더 뛰어다녀야겠어? 혈압이 여기서 더 올라야겠냐고? 이런, 속 시꺼먼 여편네 같으니!"

"미안해요, 미안……"

"밥 한끼도 제대로 못할 거면, 나가 죽어, 죽으라고! 암퇘지가 나한테 고기 몇근을 주는지 알아? 암탉도 달걀 몇개를 준다고! 너는 뭘 하냐? 우리 우씨 집에 돈이 넘쳐나서 널 공밥 먹이러 데려온 줄 알아?"

더청은 머리에 핏발이 서도록 마누라에게 욕을 퍼붓고는 손목시계를 한번 보았다. 그리고 밥그릇을 뺏어다 다시 두입 먹었다. 먹다가 화가 치미는지 다시 젓가락을 던지고 사발을 땅바닥에 내동댕이쳤다. 한바탕 욕지거리를 한 다음 그는 손전등을 들고 문을 나섰다. 닭들이 몰려들어 떨어진 밥알을 쪼아먹었다.

얼샹은 목석처럼 멍하니 있었다. 한참 후에야 허리를 숙이고 깨진 사기 조각을 하나하나 주웠다. 마지막 조각을 주워들었을 때, 옆방에 숨어 있던 벙어리의 눈에서 구슬 같은 눈물이 손등에 떨어졌다.

그날 저녁 인근 마을에 큰 공연이 있었다. 모처럼 산마을에 극단이 들어온 것이다. 마지막으로 현의 극단을 본 게 언제인지 모른다. 듣자하니 이번엔 소품도 촌장이 직접 구해온 것이라 한다. 북소리가 신나게 울렸고 등불이 환하게 켜졌다. 무대 아래서는 쌀강정, 해바라기씨, 볶은 밤, 감주, 쌀경단을 팔았다. 연극뿐 아니라, 사람들 틈에 앉아 코를 자극하는 향기를 맡는 것만으로도 산마을 사람들에겐 큰 즐거움이었다. 그러나 벙어리는 극을 보러 가지 않았다. 조용히 주방으로 들어와, 멍하니 부뚜막 옆에 앉은 여인을 보고 있다. 불빛에 밝았다 어두웠다 하는 얼굴을.

그는 형수에게 차를 따라주었다. 그러나 형수는 받지 않았다.

수건을 건네줬다. 역시 받지 않는다. 그저 옷깃으로 눈물을 훔칠 뿐이다.

그들은 조용히 꺼져가는 불씨를 지켰다.

멀리서 은은히 북소리가 들려왔다. 귀머거리는 들을 수 없었지만, 땅에 댄 두 발에 무언가가 느껴지는 듯했다. 그는 수르나이를 집어들었다. 입에 공기를 잔뜩 들이마시고는 깊이 한번 내쉬었다. 삐리. 긴 소리가 났다. 이번엔 듣기 괜찮았을까? 옆 동네 연극을 대신할 수 있을까? 형수 기분을 풀어줄 수 있을까? 그는 수르나이를 들어올렸다 내렸다 하는 최고 난도의 기술을 구사하며 불기 시작했다. 긴박했다 편안해지는가 하면 카랑카랑했다 힘없이 가늘어졌다. 그의 수르나이 실력은 여전히 엉망이었다. 웃어야 할 때 울고, 아름다운 것을 추하게, 애원을 싸움질로, 애모를 원한으로 뒤바꿔놓았다. 그러나 그의 반짝이는 두 눈은 말하고 있었다. 사실 그는 조상과 아이들, 고산(古山)과 대대로 경작해온 토지를 노래하고 있다고…… 아아, 토지여, 곡식이여, 산마을이여, 얼마나 좋은가, 얼마나. 음표 하나하나가 싱그러운 꽃처럼 피어나 별님처럼 반짝거렸다. 온 산을 붉게 물들인 산도나무가 눈물을 뚝뚝 떨구었다.

무슨 일인지 얼샹은 얼굴이 하얗게 질려 두 손으로 귀를 막았다.

얼른 멈춘 벙어리는 어쩔 줄 몰랐다. 자기의 무능을 깊이 자책했다. 결국 그는 수르나이를 집어넣었다. 그러고는 성난 듯 나무통을 들고 돼지죽솥 쪽으로 나갔다.

"돌아와!" 마치 사라지기라도 할 듯 형수가 그를 불렀다.

그는 듣지 못했다.

형수는 그의 뒷모습에 대고 악을 썼다. "돌아와!"

뒷모습도 듣지 못한다. 죽솥 쪽에서 푹푹 죽 푸는 소리가 났다. 죽을 들고 돼지우리 쪽으로 가는 모양이다. 대문 밖 어둠속으로.

"이 귀머거리야, 아무 쓸모도 없구나, 쓸모가. 내가 말을 하는데 듣지도 못하고……" 여인은 참지 못하고 목 놓아 울기 시작한다. "이 박복한 팔자야, 소나 말이 될 팔자야. 전생에 무슨 죄를 지었길래 하늘이 이런 벌을 내리시나? 못생긴 것이나 가난한 것이나 다 아들딸 하나씩 잘들 낳는데, 나만 없어. 약도 먹고 향불도 피웠는데. 피운 향 재로 사람을 빚어도 빚었을걸, 왜 나만 없을까. 나더러 어쩌라는 거야, 어쩌라고.

말 좀 해봐, 말 좀⋯⋯."

그녀는 울다 기가 쇠했다. 목소리가 목구멍에 걸려 한참 동안 나오지 않았다. 그러나 문밖 어둠속에선 아무런 대답이 없다. 그저 엎치락뒤치락 돼지 울음소리, 귀머거리의 나무주걱이 밥통을 긁는 박박 소리뿐이었다.

9

한밤중에 벙어리는 외마디 비명을 지르며 깨어났다. 어딘가 이상했다. 그는 불을 켜고 허둥지둥 형수를 살피러 갔다. 과연, 여인은 호흡이 거칠고 얼굴색이 창백했다. 그는 어, 어 소리를 지르며 형수에게 이불을 한겹 더 덮어주고 뜨거운 물을 가져와 수건으로 눈물을 닦아주었다. 땀에 푹 젖은 형수의 속옷을 보니 얼른 새것을 갖다줘야 했다.

둔한 손발을 정신없이 놀리는 것을 보면서 여인은 말릴 힘도 없었다. 그저 한 손으로 상대의 손을 꼭 부여잡았다. 벙어리는 손을 물리기라도 한 듯 화들짝 놀라 무릎을 부들부들 떨었다. 독이라도 먹은 사람처럼 뻣뻣이 굳어버렸다. 그러나 그가 손을 빼려 할수록 상대는 더 꽉 쥐는 것이었다. 근골이 으스러져라 쥐는 게, 그를 말리려는 것만은 아닌 듯했다.

"나 좀⋯⋯ 만져봐." 여인은 벙어리의 손을 자기 가슴에 얹어, 심장의 뛰는 소리를 느끼게 했다. 눈물이 다시 눈시울에 솟구쳤다.

팔딱팔딱 뛰는 뜨거운 체온에 벙어리는 더 기겁을 했다. 간신히 여인의 손을 떼어내고는 옆집으로 뛰어가 문을 두드린다. 대장 집 문을 두드린다. 온 마을에 땅땅땅 소리가 진동한다. 얼상의 침대맡으로 몰려든 사람들이 소스라치게 놀랐다. 어쩌다 이 모양이 됐을꼬? 그들은 의사를 찾는다, 전화를 건다 갈팡질팡하다 문짝을 떼어 들것을 만들고는 얼상을 위생원으로 데려갔다. 대장의 분부대로 벙어리는 더청을 찾으러 나갔다.

그는 손전등을 들고 밭두렁에 난 오토바이 바퀴 자국을 따라갔다. 자국이 없어진 뒤부터는 코를 벌름거리며 개처럼 석유 냄새, 형의 머릿기름 냄새, 담배 냄새와 특이한 땀냄새를 따라갔다. 정말로 이 개코에 의지하여 그는 작은 다리를 건너고 대나무숲을 지나고 묘지를 돌아 대번에 더청을 찾아냈다. 옆 마을 어느 과부의 집이었다. 문 앞에 더청의 오토바이가 서 있었다. 창문에서 웃음소리가 새어나왔다. 벙어리는 문틈으로 안을 살펴보았다. 과연 더청의 비대한 머리가 보였다. 탁자 주변엔 서너명의 남녀가 있고, 탁자 위에는 카드, 술잔, 먹다 남은 음식, 담뱃갑, 널린 지폐들……

그는 문을 열고 들어가 더청의 어깨를 쳤다. 문밖을 가리키며, 손으로 긴 머리카락을 그린 다음 병들어 아픈 표정을 지어 보였다.

더청은 그를 한번 노려보더니 담배꽁초를 뱉었다. "왜 왔어? 가! 돌아가!"

어, 어, 어——마음이 급해진 벙어리가 발로 땅을 굴렀다.

"죽일 놈의 귀머거리, 무슨 귀신 씻나락 까먹는 소리야?"

옆에 있던 사내가 벙어리의 뜻을 알아차렸다. "더청, 자네 마누라가 아프다는 말 아닌가? 그만 치고 가보게. 병원에 가야 하지 않겠나?"

더청은 기분이 몹시 언짢았다. "제기랄, 재주가 없으면 귀신이 붙는다더니. 좋아, 좋아. 금방 간다고." 다시 카드를 탁탁 치며 껄껄 웃는다. "딜러! 이번에 자네들, 벌주 마시는 거야, 하하하……"

"더청……" 여주인도 벙어리의 표정이 신경 쓰였다.

"계속해, 이번 판만 치자고." 더청은 아무렇지도 않은 듯 손을 휘두른다. "그 여편네는 툭하면 그래, 절대 안 죽는다네."

말이 끝나기도 전에 그의 몸이 돌연 내려앉더니 쿵 하고 바닥에 엉덩방아를 찧었다. 순식간에 벙어리가 더청의 의자를 잡아빼버린 것이다. 뿐만 아니라 탁자를 들어올려 카드랑 재떨이가 사방으로 날아갔다. 놀란 여주인이 괴성을 질렀고 사람들은 갈팡질팡했다. 전구가 이리저리 흔들렸다.

더청이 기어서 일어났다. 창피함에 그는 벙어리에게 불같은 일격을 날렸다.

벙어리는 꿈쩍도 하지 않았다.

더청이 다시 한번 날렸다. 짝 하는 소리가 그의 얼굴에서 번쩍했다.

벙어리는 피하지도 않았지만 때릴 기세도 아니었다. 받아칠 생각은 없어 보였다. 그저 나갈 준비가 되었느냐는 듯, 눈을 부릅뜨고 상대를 노려볼 뿐이었다.

"꺼져……" 더청은 머리를 매만지고 옷깃을 가다듬었다. 그러고는 다시 탁자 옆에 앉았다. "오늘 무슨 귀신이 씌었나? 나 절대 안 갈 테니! 자, 카드 섞어. 다시 한판!"

벙어리는 상대의 입모양을 분명히 읽었다. 이제 주먹을 돌려줄 때였다. 꽈당 하는 소리와 함께 탁자가 다시 뒤집어졌다. 그러고는 손에 잡히는 대로 걸상을 집어들고는 맹렬한 기세로 덮쳤다. 더청이 나동그라진 것은 물론 방금 전 벙어리를 거들었던 사내까지도 구석으로 내동댕이쳐졌다ㅡ완전히 눈에 뵈는 게 없었다. "이 시팔 놈이 눈이 멀었나?" 구석에서 사내가 분에 차서 소리 질렀다. 그러나 무슨 말인지 못 알아듣는 벙어리는 어, 어 하면서 다시 한번 걸상을 창턱으로 들고 왔다. 거울과 보온병이 무슨 요물이라도 되는 듯 산산조각을 내버렸다. 누군가 그의 허리를 잡고 늘어지지 않았다면, 여주인도 그 앞에서 피를 봤을 것이다.

폭발하는 화산처럼 그는 완전히 통제력을 잃었다. 말리는 사람들을 하나씩 떼어냈다. 손에 든 걸상이 부러진 것을 보고 던져버리고는, 시선을 담벽의 수레로 향했다. 끄응 하는 소리와 함께 그는 수레를 통째로 들어올렸다. 머리 위까지 들어올렸다. 산을 옮기고 세상을 뒤집을 힘이었다. 금방이라도 벽돌

담과 기와지붕을 와르르 무너뜨릴 기세였다.

자리에 있던 사람들이 모두 혼비백산하여 달아났다.

목표물이 사라지자 그는 비로소 멈췄다. 입술이 가볍게 떨렸다.

"오냐, 네놈이 환장을 했구나, 미쳤어. 감히 나를 때려, 죽고 싶냐…… 이 짐승 같은 놈!" 더청은 얼굴의 피를 닦고 허둥지둥 문밖으로 달려나갔다.

밖에서 개 짖는 소리가 들렸다.

10

벙어리는 결국 분가했다. 벙어리에게 돌아온 것은 침대 하나랑 발판 하나, 옷가지 몇개뿐이었다. 생산대 사람들은 더청이 너무하다고 수군거렸다. 더청은 씩씩거리며 장부에 하나하나 적었다. 벙어리가 자기 집에서 먹고 입는 데 쓴 것, 먹여준 자기를 배반한 것, 이번에 다친 사람들 배상한 병원비, 약값, 전에 벙어리 귀 고친다고 쓴 돈…… 마지막으로 한마디 덧붙였다. "내가 그놈 기름을 짜먹었다고? 좋아, 앞으로 혼자서 북 치고 장구 치고 다 하라고 해, 돈 왕창 벌라고 해!"

생산대 사람들은 남의 집안일에 신경 쓰기가 뭣했다.

지낼 곳이 없어진 벙어리는 공작대의 사무실을 한칸 빌렸다. 마을 사람들은 탁자와 의자, 솥, 대야, 사발, 접시 등을 추렴했다. 그리고 밭 두배미의 흙으로 벽돌을 만들어 추수가 끝나면 집을 지어주기로 했다. 그러나 벙어리의 형편은 그다지 나아지지 않았다. 돌봐주던 형수가 없으니 옷도 너덜너덜, 구질구질했다.

얼상은 두번 벙어리를 보러 갔다. 몰래 새 옷과 새 신발, 그리고 찹쌀, 말린 생선, 오이, 채소 들을 두고 갔다. 남편에게 들켰다간 얻어맞고 욕을 먹을 게 뻔하다. 한번은 더청이 대문간에 서서 허벅다리를 두드리며 차마 입에 담지 못할 말들을 퍼부었다. 수다스러운 아낙들이 수군대기 시작했다.

그후 얼상이 벙어리를 보러 가는 횟수가 점점 줄었다. 가끔 사무실 앞에 연꽃 사탕이 놓여 있곤 했다. 사람들은 얼상이 늘 가까운 데 놔두고 먼 개울까지 가서 옷을 빠는 것을 알아차렸다. 옷을 빨 때마다 남들보다 먼저 와서 제일 늦게 가는 것이 어딘가 굼떴다. 빨래하는 아낙들이 웃고 떠들 때 그녀는 돌판에 앉아 고개를 처박고 아무 말도 하지 않았다. 담홍색 살구꽃 무늬 적삼을 세세하게 문질러 빨았다. 맑은 물줄기가 파란 돌판을 따라 개울로 되돌아왔다. 빨래에 열중하던 여인은 물살에 놀라 달아났다 다시 돌아와 하던 일을 계속했다.

이듬해 봄, 그녀는 더청에게 여자가 있는 걸 알고 결국 그와 이혼했다. 그날, 친정집 동생이 와서 그녀를 데려갔다. 마음이 안됐는지 이웃집 아낙들이 찾아와 그녀와 작별인사를 했다. 여인들이 코를 훌쩍거렸고 손수건으로 몰래 눈물을 훔쳤다. 지난날의 자잘한 은원은 단번에 잊고, 서로 얼싸안고 통곡하며 이별을 못내 아쉬워했다. 아이들도 철이 들었는지, 소란도 피우지 않고 요리조리 눈치를 살폈다.

얼샹의 머리는 단정했고 낯빛도 물처럼 편안했다. 아낙들에게 절을 한 다음, 인파 속에서 누군가를 찾았다. "더치는요?"

그녀는 사람들이 통상 쓰지 않는 그 이름을 불렀다. 편안하고 대담하고 단호하고, 또 무거운 짐을 벗어버린 홀가분한 말투였다.

대장이 한참 멍하니 있었다.

"더치는요? 왜 작별인사를 하러 안 올까요?" 그녀가 목소리를 높였다.

대장은 황급히 사방을 두리번거리며 그를 찾았다.

얼샹은 옷매무새를 단정히 하고 머리를 가지런히 다듬은 후 사무실로 향했다. 오늘 그녀는 그 담홍색 살구꽃 무늬 적삼을 입고 있다. 비록 색이 바래고 여기저기 꿰맨 자국투성이였지만, 역시 새 옷처럼 깨끗했다. 맑은 샘물과 햇빛의 기운이 감돌았다. 이 찬란한 살구꽃이 도랑을 건너고 언덕을 넘고 또 논을 지나 그 집 창문 쪽으로 가는 것을, 사람들은 바라보고 있었다.

벙어리는 사무실에 없었다. 그의 도롱이와 고무신, 남포등과 성냥, 그리고 어디다 쓰는지 모를 빈 병 한무더기만 있을 뿐이었다.

다급하게 찾던 대장이 윗마을 쪽을 향해 크게 외쳤다. "더치 본 사람 있소?"

모인 사람들도 함께 외쳤다.

"더치……"

"더치……"

골짜기들이 한차례씩 메아리로 화답했다.

여전히 그는 나타나지 않았다. 얼샹의 얼굴에 한줄기 실망의 빛이 어렸다. 그녀는 대장 쪽으로 걸어갔다. "어르신께 제가 몇가지 부탁드릴게요. 제가 떠나면 생산대에서 그 사람을 잘 돌봐주세요. 그는 코피가 잘 나요. 삼복날에는 햇볕을 너무 쬐게 하지 마세요. 경단을 좋아하니까, 곡식 분배할 때 찹쌀경단 좀 많이 분배해 주시고요. 그리고 지금 입고 있는 저고리는 너무 낡아서 더 못 입어요. 진작부터 새 걸 만들려고 했는데 못 만들었어요. 올 입추에 면화 분배할 때, 잊지 마시고 재봉사 불러서……"

"알겠네, 알겠어……" 대장이 당황한 얼굴로 고개를 끄덕였다.

"밭에서 일할 때 찬물 마시는 걸 좋아하는데, 못하게 하세요. 덥다고 밤에 논바닥에서 자는 것도 못하게 하시고요."

"알겠네……" 대장의 목소리가 잠겨들었다.

"남일 참견하길 좋아해서 미움을 잘 사지만, 속은 두부처럼, 찹쌀떡처럼 말랑말랑한 사람이에요. 다 생산대를 위해서, 모두를 위해서 그런 거니, 나무라지 마시고 잘들 대해주세요……"

눈물을 찔끔거리던 부인 몇이 소리 내어 울기 시작했다.

얼샹은 이상할 정도로 평온하고 강인했다. 머리 매무새를 다시 한번 다듬고는 이번엔 더청에 대해 말했다. "……그 사람을 미워하지 않아요. 하룻밤 인연도 만리장성을 쌓는다잖아요. 새사람이 들어오면 잘 말씀하셔서 동생을 불러들이게 하세요. 형수가 있으면 지내기가 더 나을 거예요."

얼샹을 에워싼 아이들이 그녀의 옷소매를 붙잡았다. 샹 아줌마, 가지 마세요. 가면 보고 싶을 거예요. 아줌마, 왜 가는 거예요? 아줌마, 나중에 우리 보러 또 올 거예요?

그녀는 몸을 굽혀 아이들의 얼굴을 쓰다듬었다. "그럼, 또 오지. 어른들 말씀 잘 듣고 공부 열심히 하고, 알겠지? 다시는 더치 삼촌 괴롭히면 안된다, 응?"

"안 그럴게요! 다시는 안 그럴게요! 우릴 믿으세요!"

"산도 열매 따서 삼촌에게 줄 거예요!"

"게도 잡아서 갖고 놀라고 줄 거예요!"

"그림도 보여줄 거예요……"

얼샹은 말을 잇지 못했다. 아이들을 껴안은 그녀의 흐린 눈에서 눈물이 샘물처럼 솟았다. 감격 때문이기도 하지만, 이별의 슬픔과 미련이 담긴 눈물이었다. 이 흙투성이 아이들에게, 그들의 신성한 약속에, 무슨 말로 감사해야 할지 알 수 없었다.

마침내 그녀는 떠났다.

짐을 멘 청년을 따라, 청량한 바윗돌을 따라, 산어귀를 향해 걸었다. 점점이, 검은 그림자가 작아지고 작아져, 끝내 검은 점이 되었다. 그런데 산어귀 끄트머리서 그 점이 멈췄다. 오래오래 그렇게 정지해 있었다. 그녀의 움직임이 보이지 않는 것인가, 아니면 그녀가 걸음을 멈추고 이쪽을 바라보고 있는 것인가……

마침내 흑점이 사라졌다. 세상은 원래의 모습을 회복했다. 녹음 푸른 산들이 짙고 옅게 겹쳐졌다.

11

다시 하던 이야기로 돌아오자. 나는 벙어리를 잘 모른다. 글을 써서 묘사할 만한 사람인지도 잘 모르겠다. 세상에는 수많은 사람들이 있고 몇십년씩 사는 동안 긴긴 세월이 덧없이 흘러간다. 우리가 기억하는 사람은 몇이나 될까? 왜 우리는 그들을 기억해야 하는가?

하물며 우리는 제각기 다른 삶을 살아왔다.

다시 산에 왔을 때, 나는 더치에 대해 물었다. 뜻밖에도 그의 이름을 입에 올리자 사람들의 낯빛에 음영이 지나갔다. 듣자하니 언젠가 수리공사 때 발을 헛디뎌 수레째 저수지로 떨어졌다 한다. 수레엔 수백근의 화강암이 실려 있었다…… 당시 누군가 그에게 큰 소리로 위험하니 조심하라고 말했다. 그러나 귀머거리의 귀에는 들리지 않았다.

지금, 사람들은 더이상 그를 입에 올리지 않는다. 그저 논밭을 갈거나 방아를 돌릴 때, 집을 짓거나 우물을 청소할 때, 어딘가 빈자리를 떠올리고 나날이 낯설어져가는 그 이름을 불러볼 따름이었다. "아, 참 착한 사람이었는데." "좋은 일 많이 했으니 염라대왕도 기억하겠지." ―그들은 이렇게 탄식한 후, 다시 그를 떠올릴 틈 없는 바쁜 일상으로 돌아갈 것이다. 땔감과 곡식, 기름과 소금의 생활로.

그러나 더청에 대해서는 종종 이야기했다. 그의 사업이 날로 번창했기 때문이다. 비록 사영화(私營化)로 가는 바람에 정부에 벌금을 물기도 했지만, 그래도 그의 고무신이 가죽신으로, 오토바이가 중고 자동차로 바뀌었다. 그날은 막 새 농장을 개원한 그의 셋째아들 돌잔칫날이었다. 시골 풍습에 따르면 사람들은 선물을 보내고 돈을 모아 극단을 불러야 했다. 그러나 오후가 다 되도록 마을에는 드문드문 폭죽 소리 외엔 아무 동정도 없었다. 뭔가를 감지한 더청이 집집마다 다니며 사람들을 초대했다. 잔칫상도 다 차려놓고 극단 비용도 낼 것이며 이미 배우들도 오기로 했으니…… 그저 입만 달고 오라고.

그는 내가 이곳에 있는 게 아주 기쁜 모양이었다. 필터담배를 내밀고 액화가스 라이터를 켰다. "헤헤, 참 귀한 손님일세. 꼭 와서 내 체면을 살려주시게. 요리도 실컷 드시고……"

나는 담배를 받아 피웠지만, 오늘 마침 중요한 약속이 있다며 핑계를 댔다.

수르나이 소리가 또 들렸다. 사탕을 받은 아이들이 신이 나서 수르나이를 갖고 노는 모양이다. 물론 그들은 불 줄을 모른다. 소리가 났다 안 났다, 높았다 낮았다, 밑도 끝도 없이 소스라치다 울부짖는다. 게다가 낯익은 그 낡은 수르나이는 이미 얼룩덜룩 녹이 슬어 있었다.

수르나이, 수르나이, 나는 다시 기억의 백사장을 배회한다. 어제였나, 그제였나? 더치는 호위무사처럼 내 집 앞을 지키고 있었다. 아이들이 우리 집에 들어와 내 독서와 집필을 방해하지 못하도록. 집에 들어온 그는 내게 무슨 말을 하고 싶은 듯했다. 그러나 책에 열중해 있는 나를 보고는 옆에 가만히 앉아 있었다. 얼마쯤 지났는지, 그는 더 버티지 못하고 실망한 표정으로 떠났다. 떠나기 전 나를 툭툭 치면서 고기를 썰고 완자를 빚는 시늉을 했다. 무슨 뜻인지는 말할 필요로 없다—자기 집에 와서 설을 쇠라는 뜻이다. 그 말을 나는 반드시 기억할 것이다.

그가 손짓으로 내게 하려던 말은 외부인과 친구 하는 게 좋다는 뜻이었다. 그와 수화를 더 많이 했어야 했다. 설사 그것이 음악에 맞추는 장단이나 라디오 체조가 되는 한이 있더라도—어쨌든 그의 외로움을 달래고 얼굴에 더 많은 웃음을 띠게는 했을 것이다.

그러나 나는 결국 그렇게 하지 않았다. 바빠서? 할 말이 없어서? 벙어리의 과도한 친절이 약간은 싫었었나? 이제는 하고 싶어도 할 수 없다. 청산이 된 그는 이제 나와 무관하다.

더이상 나를 귀찮게 하지도 않을 것이다.

더이상.

또다시 산들바람이 불고 안개가 내려앉았다. 멀리 방앗간에서 방아 찧는 소리, 산골마을에 간간이 들려오는 개 짖는 소리. 문 앞 돌제방에서는 언제나처럼 물이 콸콸 흐른다. 투명한 달빛 너머로 다시 먼 곳을 떠올린다. 그곳은 어디에 있을까? 이 행성에 있을까? 네온사인 아래 질주하는 번쩍이는 자동차들, 광활한 활주로를 날아오르는 거대한 비행기, 빽빽한 빌딩숲 아래 서로의 어깨를 부딪치며 넘쳐흐르는 인파들, 도처의 사람들……

나는 열심히 살고 싶다.

1981년 9월.

1981년 『인민문학』에 처음 발표.
후에 소설집 『파란 하늘을 날아』 등에 수록.
영어, 불어로 번역, 1983년 영화로도 제작.

임시시행조례

暫行条例

1

상점에 벌써 플라스틱 수갑이 나왔다. 사람들 말이, 장난감으로도 쓰고 부모들이 아이들 관리하는 데에도 편하다고 했다. 이는 완구업에 숨은 병통이 많다는 것과 더불어, 그래서 완구관리국의 설립이 중요하다는 점을 충분히 입증한다. 아이들의 심신 건강을 위해 수갑에 반대하고, 앞으로 출현할지 모를 장난감 호랑이의자*, 장난감 교수대에 반대하기 위해 완구를 각별히 잘 관리해야 하므로 당연히 부서를 따로 만들어야 한다. 말하자면, 고혈압이나 기관지염을 앓는 국장과 시장에서 가격 흥정을 잘하는 부국장 및 과장 들을 두고, 알루미늄 연통이 사방팔방으로 뻗은 난방 잘되는 사무실과 말끔한 욕실, 공중화장실 그리고 보온병과 폐지수거함 약간을 확보하자는 것이다. 이런 것들이 없다면 우리는 Z시(市) 수십만

* 고문용 기구 중 하나.

아동의 성장, 즉 Z시의 미래에 대해 안심할 수 없을 것이다. 심지어 우리는 알 수 없다, 밥 먹고 텔레비전 보고 가격흥정하고 붐비는 버스에 올라타는 활동 등을 우리 후손들이 계속할 수 있을지.

그래서 완관국(완구관리국)의 국장과 그 거대한 기관의 간부들은 신문을 읽고 바닥을 닦으며 자부심을 키웠다.

어느날 그들은 남쪽 멀지 않은 곳에 '국(局)'이라는 간판을 단 또다른 건물 한채가 생긴 것을 보았다. 가깝고 먼 곳에서 일제히 중간체조 시간을 알리는 종소리가 울리자, 그 건물에서도 새까만 인파들이 벌떼처럼 쏟아져나왔다. 기지개를 펴고 다리를 차고 허리를 굽히고 목을 돌리는 행동들이 겸손하고 신중하다. 개중엔 허리가 굵어졌다며 성질을 부리는 이도 있다. 이것이 천부인권, 기회균등을 의미하는 것임엔 의심의 여지가 없다. 완관국 사람들만 휴식을 누릴 자격이 있는 것은 아니기 때문이다.

저게 뭐지?─얼음표, 목욕표, 연료표, 그리고 최근 모 과장의 승진을 놓고 입방아를 찧던 수많은 사람들이 일제히 입을 다물고 눈을 끔뻑거린다.

언어관리국─누군가 대답했다.

누군가가 이상하다는 듯 말했다. 어제까지만 해도 안 보였는데?

다른 누군가도 재빨리 맞장구를 쳤다. 맞아. 나도 어제 못 봤어.

또다른 누군가가 격분한 어조로 말했다. 어제는 고사하고 오늘 아침에도 못 봤어. 어떻게 이런 황당한 일이!

그들은 눈을 크게 뜨고 하늘에서 뚝 떨어진 그 녀석을 노려보았다. 이해할 수도 없고 참을 수도 없이 빨라진 세상의 변화에 개탄하면서. 이거야 원, 시간에 무슨 음모가 숨어 있지 않고서야. 방금 전까지 바닥을 싹싹 훔치고 창문을 닦으며 부풀어올랐던 흥이 순식간에 연기처럼 사라졌다. 누군가 크게 재채기를 했다. 재채기 소리가 거슬렸는지 과장 하나가 옆에 앉은 동료를 사납게 한번 노려보고는 주먹으로 창틀을 꽝 내리쳤다. 내일 오후에 물리치료를 꼭 받아야겠어!

사실 중간체조의 권리를 다른 사람과 나누게 되었다고 해서 불만이나 불안을 느낄 것까지는 없다. 원칙대로 말하면 집단이기주의를 극복하고 국가발전의 대사라는 전체 국면을 생각해야 한다. 완구관리사업만 중요하고 언어관리사업은 안 중요하단 말인가? 그래서 부서를 만들 필요가 없다는 말인가? 잘 생각해야 한다. 미간의 주름마다 고뇌를 담뿍 담은 작가와 학자 들이 영화에 나오는 버버리코트 신사처럼 두꺼운 하드커버 책을 끼고 낙엽 흩날리는 가을 광장을 거닌다. 구름 같은 중생을 향해 그윽한 눈빛을 반짝이며 가슴 깊이 터져나오는 탄식에 입술을 깨문다. 마치 억울한 옥살이와 먼 귀양살이에서 돌아온 사람처럼. 인생의 모진 풍파를 다 겪은 사람처럼. 그렇다. 우리도 이런 태도로 사색해보아야 한다. 그러다보면 혹 깨닫게 될지 모른다, 언어관리국에도 중대한 사명이 있음을.

현대사회는 정보사회다. 그리고 언어는 가장 기본적이고 중요한 정보의 담지체다. 말로 의미를 전달하고 말로 감정을 표현하고 말로 뜻을 표명한다. 모두 기본적인 상식이다. 당, 정부, 군사, 인민, 교육이 동서남북 어디서든 그 존재와 발전에서 언어와 떨어질 수 있는 것이 있는가?* 우리는 여전히 경전에 의존하고 옛것을 거울삼아 오늘을 본다. 일부 산문가나 평론가 들처럼 우리도 붓을 들어 『상서(尙書)』『한서(漢書)』『사기』『청패류초(淸稗類抄)』같은 책에서 한두 구절 따와 학문의 바다는 끝이 없고 문장에 영원한 진리가 있음을 사람들에게 일깨울 수 있다. 이를테면, 춘추시대의 종횡가(縱橫家)**가 얼마나 언변에 능했는지, 어떻게 언변으로 골육을 원수로 바꾸고 병기를 옥과 비단과 바꾸며 달랑 입 하나로 천군만마를 대적했는지를 가르쳐줌으로써, 나라를 들었다 놨다 하는 말(言)을 결코 경시해선 안됨을 일깨울 수 있다. 나아가 우리는 다음과 같은 승화성 논증을 할 수도 있다. Z시가 최고수준의 도시관리를 하고자 한다면 언어의 현대화와 문명화를 홀시할 수 있는가? 언어관리사업을 예전처럼 교육국에 맡긴다면, 결국 일반교육에 의해 '언어관리가 타격을 입고 배척당하고 대체당할' 것이다. 과거에 교육국이 유아교육사업을 타

---

* 마오쩌둥의 말 "당, 정부, 군사, 인민, 교육은 동서남북 어디서든 당이 모든 것을 영도한다(黨政軍民學, 東西南北中, 黨是領導一切的)"를 패러디한 것.
** 전국시대 제자백가 중 정치외교 방면에서 활약한 유세가들.

격하고 배척하고 대체했고, 또 지금 유아교육국이 하마터면 완구관리사업을 타격, 배척, 대체할 뻔한 것처럼—많은 기관 간부들이 한때 이런 원망들을 했다.

사실이 증명하듯 이런 경솔한 자세는 무궁무진한 해악을 가져왔다. 몇가지 예를 들어보자⋯⋯ 됐다. 말해 무엇하랴. 언어관리국에 다큐멘터리 녹화영상이 있는데. 지금 언어관리국의 M국장이 시 외부인사들을 불러놓고 다큐멘터리 영상을 틀려고 한다. 이 영화를 보면 우리도 언어관리사업에 대해 한층 차원 높은 인식을 갖게 될 것이다. 그렇다면, 어서 들어오세요. 들어와 앉으세요. 어이, 거기, 불 꺼요. 이제 틉니다.

빵—개막등이 밝게 빛났다. 전자오르간에서 무언가에 눌려 만신창이가 된 망측한 몰골의 리듬이 죽어라 몸부림치더니 이윽고 나른히 사지를 뻗는다. 스피커가 정상으로 돌아온 것이다. 스크린 위로 파도가 기슭을 범하고 우주왕복선이 비상하며 레이저광선이 빠르게 뱅글뱅글 돈다. 와자지껄한 거리에 초미니스커트를 입은 여성들이 힘찬 걸음으로 가두행진을 하고 있다. 홀연 금자탑이 나왔다가 다시 고즈넉한 강가에서 배의 밧줄을 당기는 인부들이 보인다. 현대의 숨결과 역사의 종심(縱深)이 횡으로 교직된다. 화면 위로 검은색 큰 글씨의 자막이 점점 더 커진다. "언어—사회의 신경, 시대의 씨줄과 날줄, 발전의 도구!" 그리하여 청중들은 거듭, 거듭 숙연해진다. 잠시 후, 음악이 잦아드는 사이, 산뜻한 미모의 여성 해설위원이 마이크를 들고 오른쪽에서 등장한다. 그녀가 청중에게 제기한 것은 광활한 우주의 문제이다. 공령파(空靈派) 시인의 시처럼.

"여러분, 생각해보셨습니까? 이러한 언어환경에서 인류는 장차 어디로 가게 될까요?"

부드럽게 움직이는 그녀의 섬섬옥수를 따라 낯익은 Z시의 정경이 한장 한장 펼쳐진다. 어느 고급호텔의 카운터에서 여성 안내원이 우아한 여자 손님에게 눈을 부라리고 입을 삐죽거린다. 말투도 아주 사납다. 여자 손님의 예쁜 눈이 뚱그래지고 얼굴에 노기가 서린다. 스크린 밖에서 해설이 붙는다. 이 호텔은 바로 얼마 전 거친 언어로 손님을 화나게 했습니다. 그래서 돈가방을 싸들고 온 외국은행의 대표단이 화가 나서 가버렸지요. 우리 시 2억의 투자계획이 수포로 돌아간 것입니다. 삼환로(三環路)* 입체교차로 공사도 다시 연기되었습니다! 장면이 바뀌어 이번엔 어느 공장의 화재 현장이다. 사방에 보이는 것이라곤 재와 흙더미, 무너진 벽의 잔해뿐이다. 푸른 연기가 기와 조각 사이로 피어오른다. 고온에 녹아버린 자동차는 형체를 알아볼 수 없는 고철더미로 변했다. 기체에 강한 충격을 받아 보일러가 100미터 밖에 떨어진 웅덩이에

....

* 베이징의 시내도로 구조는 자금성을 중심으로 하여 장방형의 '환(環)'이 바깥으로 확장되는 구조이다. 그중 가장 먼저 만들어진 것이 삼환로다. 1950년대에 시작하여 1970년대에 완공되었다가 입체교차로가 없어 1990년대에 다시 재건되었다. 2014년 현재 베이징 도로는 육환로까지 있으며 2015년 칠환로가 개통될 예정이다.

처참하게 곤두박여 있다. 화면 밖에서 침통한 신음 소리가 들린다. 망자에게 보내는 듯한 절절한 추도의 침통한 염(念)이 해설위원의 떨리는 목소리에 담겨 있다. 암울한 목소리로 그녀가 말한다. 한번의 싸움과 욕설, 번민으로 인해 피운 한대의 담배가 이 유류창고의 폭발을 야기했습니다. 말 한마디가 재앙이 되는 현실의 교훈. 보기만 해도 몸서리가 쳐지는 이 교훈은 우리에게 깊은 깨달음을 주고 있습니다!

……

이 다큐멘터리는 이미 여러차례 방영된 바 있다. 립스틱을 지운 맨입술에 펑퍼짐한 블라우스를 입은 여성 해설위원이 침통한 분위기를 연출할 때마다, 덩달아 침통해진 청중은 들고 있던 오렌지 팩주스를 될 수 있는 한 천천히 빨았다. 빨대 소리가 침통한 분위기를 망치지 않도록.

누군가 말한다. 정말 많이 깨달았습니다!

또 누군가 재빨리 말을 받는다. 맞습니다, 맞아요. 아주 많이 배웠습니다!

또 누군가 말한다. 언어관리국 창립의 전례를 우리도 반드시 따라야 합니다.

모두가 말한다. 옳소, 옳소. 반드시 따릅시다!

누군가 말한다. 보시오. 사실이 말해주고 있습니다. 한번 터지면 수백만 위안이 날아가요, 쯧.

또 누군가 이어서 말한다. 그래요. 수백만. 다 국가와 인민의 재산 아닙니까. 억장이 무너집니다!

무릎을 만지다 손을 비비다 소파를 치대는 통에 여기저기서 삐걱거렸다. 지난번 외국출장 때 받아먹은 여비, 식비, 해변 리조트 비용 값을 톡톡히 하려는 듯했다. M국장이 엷게 미소 지었다. 부드럽게 손을 들어 손님들을 오찬 식당으로 안내했다. 식당에서 그는 손님에게 한결 깍듯했다. 사람들은 언제나 그렇듯 서로 양보하며 누구도 먼저 자리에 앉으려 하지 않았다. 앉은 다음에도 역시 관례에 따라 서로의 나이와 고향, 특산품 등에 대해 물었다. 나이를 논할 때 그들은 한층 통이 컸다. 양보는 고사하고 반격의 여지도 주지 않고 상대의 나이를 깎기 바쁘다. 쉰이라니, 말도 안돼요. 당치 않아요. 이렇게 젊어 보이는데 어떻게 나보다 많단 말이에요? 농담도 참, 그쪽은 ××년생이죠? 그럼 나보다 세살이나 젊으시네. 나는 꽉 찬 쉰넷이오. 그쪽은 쉰셋이 막 되셨구먼. 쉰넷과 다르죠. 여자는 만으로 치고 남자는 그냥 치는 법이니 나는 쉰넷이죠…… 고향에 관한 대화 역시 각박하긴 마찬가지다. 상대편이 자기 고향을 치켜세우는 것을 결코 고분고분 받지 않는다—내 보기엔 당신 고향이 낫습니다. 겨울에도 안 춥고. 며칠 전에 앵두바위에 가봤는데 푸퉈사(普陀寺)야말로 천하의 불문도량(佛門道場)입디다. 대단해요, 대단해. 거기 건조개랑 참새우 맛이 일품이죠. 지금도 많이 나지요? 에이, 우리 동네 요리는 이름만 쓸데없이 났지, 계통이 없어요. 한끼 300위안을 준대도 주방장이 감당을 못해요. 먹을 게 없거든요, 헛!

그들은 혀와 입술을 팽팽하게 겨루며 상대의 나이를 터무

니없이 깎아내리거나 상대방의 고향을 무릉도원으로 치켜세
운다. 그러고 나서야 비로소 마음이 좀 놓이는지 허허 웃으면
서 탁자 끄트머리에 놓인 거대한 냉채요리에 젓가락을 대는
것이다.

　자!

　자, 자!

2

　외지 손님들은 Z시에 대한 심화학습에 들어갔다. 조금만
빨리 왔어도 이곳 '언관'(언어관리)의 명성은 그들에게 훨씬
깊은 영감을 주고 또 그들을 한층 더 설레게 했을 것이다.

　언관국의 건립이 사회를 뒤흔든 것은 대략 한달 전이었다.
순식간에 거리마다 새로운 기상이 드날렸다. 거리에 수도 없
이 휘날리는 큼직한 표어들이 도로 양편 빌딩을 짓누르는 좁
은 하늘을 옴짝달싹 못하도록 꽁꽁 묶고 있었다. 고딕체, 캘
리그라피, 평서체, 초서체, 빨간색, 초록색, 노란색, 파란색,
검은색, 종이에 쓴 것, 천에 쓴 것, 화학섬유에 쓴 것, 목판 표
어, 네온사인 표어──M국장의 소개는 상세했다. 간혹 무언
가를 잊어버렸나 싶어 옆에 있는 비서에게 뭐라고 속삭이기
도 했다──네온사인 표어나 전광판 표어가 빠지면 안된다며.

　표어들은 대략 이러했다. '전인민이 일어나 언어관리의 돌

격전으로!' '마음을 다잡고 입을 다스려 헛소리와 상소리를 철저히 박멸하자!' '한사람의 고운 말은 가문의 영광이요, 한 사람의 상소리는 가문의 망신이다!' '국가의 흥망은 필부에 달렸고 사회의 안위는 입과 혀에 달렸다!' '공민이여, 신성한 사명이 너를 부른다, 전시(全市)의 언어수준을 향상하기 위해 함께 분투하자!' ……높이 나부끼는 글씨들은 사람들의 마음을 흥분시켰다. 누구든 보는 순간 깊은 감동에 빠져 부지불식간에 가슴을 쑥 내밀고 이른바 아름다운 언어라는 것을 움켜쥐고 싶어지는 것이다.

수많은 퇴직 노동자들이 동원되었다. 붉은 완장을 차고 삼각 홍기를 들고 허리에 나팔을 찬 사람들이 고개를 끄덕이며 거리의 인파를 누볐다. 사방으로 돌아가는 눈동자들이 오고가는 입들을 잠시도 놓치지 않는다. 어느날 당신이 아내와 쇼케이스 앞에서 코트 한벌을 고르거나, 영화 광고판 아래에서 어느 영화가 좋을지 상의하고 있을 때, 무언가 이상한 기척을 느끼게 될지 모른다. 무의식적으로 돌아보면, 어깨 뒤로 여느때처럼 팔락이는 삼각 홍기를 발견하게 될 것이다──집요하게 그림자처럼 따라다니는 마늘 냄새와 담배 냄새에 얼얼한 화기가 느껴질지도 모른다. 누군가 당신 입을 바짝 주시하는 기분이 들 것이다. 그러나 그들은 결코 무례한 행동은 하지 않을 것이다. 그저 당신 입을 한번 노려보고 태연스레 지나갈 뿐이다.

볼에 빨간 연지를 바른 어린이들도 길거리에 동원되었다.

광활한 대로를 두리번거리며, 이리저리 뛰어다니는 선생님에게 이끌려 여기에 섰다 저기에 섰다 하는 아이들. 무슨 옷을 벗으라 하면 벗고, 또 조금 있다가 무슨 옷을 입으라 하면 입고. 또 멀리서 꽂히는 선생님의 따가운 눈빛에 찔끔하다가 고무되었다가. 그러다 호루라기 소리가 나면, 일사불란하게 방긋 웃으며 꽃을 흔들고 환호성을 지르고 팔짝팔짝 뛴다. 언어관리 선전의례가 정식으로 시작된 것이다. 식순은 이미 통지된 바 있다. 첫째는 '할머니의 언관국 예찬'. 꼬부랑 할머니 네명이 말을 듣지 않는 다리를 끌고 종종거리며 왼편에서 줄지어 입장한다. 음악에 맞춰 이마를 짚거나 무릎을 두드리다가 바느질하는 동작을 크게 한다. 어린아이 같은 몸과 늙은이 같은 행동의 절묘한 결합이다. 그런 다음 둘씩 마주 보며 개사(改寫)한 옛날 노래를 부른다.

장 아줌마, 좀 물어봅시다.
좋은 소식 들었소?
온 시(市)가 나서서 언관(言管)을 세웠다지.
나라에 이롭고 백성에 이롭고 나에게 이롭구나.
얼씨구절씨구—
나라에 이롭고 백성에 이롭고 나에게 이롭구나.

이편에서 노래와 박수 소리가 이따금 들려오는 한편, 저편 모퉁이에 탁자 하나가 출현한다. 봄기운이 화사한 남녀 간부가 「Z시 언어관리 임시시행조례」라는 소책자를 무료로 배포한다. 표준어 녹화 테이프 목록도 들어 있다. 수많은 사람들이 소책자를 받기 위해 앞다투어 목이 빠져라 팔을 뻗었다. 개중에는 '언관'에 열성적인 이도 있지만, 소책자란 소책자는 죄다 아이들 입학시험에 도움이 되는 줄 착각하는 이들도 있었다. 확실히 무언가 잘못 알고 있는 누군가가 소리 질렀다. 나는 두근 줘요, 두근! 앞에 당신, 새치기하지 맙시다!

삼각 홍기를 든 노인 하나가 깔려 넘어질 뻔했지만 질서 유지의 책임을 방기하지 않았다. 어이, 거기 대머리, 못 들었어? 두개 가져가지 말라고! 알아들었어? 두개 가져가지 마! 아이고, 내 모자…… 거기 대머리, 대머리!

아무도 그의 분개에 개의치 않았다. 특히 카메라를 든 청년은 자꾸만 전기선을 밟는 노인 때문에 상당히 짜증이 났다—이런 난장판에서 특종을 잡아오라니, 살다 살다 별꼴을 다 보는군! 그는 왜 삼각대가 안 오냐며 조수에게 화풀이를 했다.

조금 어수선하긴 했지만, 시민들은 필경 세상이 뒤바뀌었음을 깨달을 수 있었다. 변했어, 아주 고무적으로 변했어.

변화는 이처럼 순식간에 찾아왔다. 이제 당신은 붐비는 버스 안에서도 욕설을 듣지 못할 것이다. 안내양의 얼굴은 일률적으로 웃음 가득이다. 시민 여러분, 안녕하십니까. 우리 버스를 이용해주셔서 감사합니다. 우리는 여러분을 존경하고 여러분께 배울 것입니다. 우리 모두 혁명의 포부를 품에 안고 새로운 시대, 미래로 뻗어난 광명대로를 향해 즐겁게 질주합시다. 손님, 어디까지 가십니까? ……표를 걷어 끝부분을 뜯어낸다. 당신은 당연히 알고 있다. '교통버스 안내원 언어규칙'이 이미 시행 중임을.

쇼핑센터도 달라졌다. 한구석에서 시시덕거리는 점원들의 모습은 더이상 찾아볼 수 없을 것이다. 머리를 빗거나 춤 스텝 연습을 하거나 피 튀기는 무협소설을 읽는 모습도. 카운터에서 일사불란하게 고개를 숙이는 준수한 미남미녀들의 입은 웃는 각도마저 고정되어 있다. 눈에서도 상냥한 웃음이 흘러나온다. 시민 여러분, 안녕하십니까. 오늘 하루 일하시느라 얼마나 고생이 많으셨습니까. 우리 시의 건설과 유지를 위해 고귀한 공헌을 하신 여러분께 매장 전체 사원을 대표하여 충심으로 감사를 드립니다. 이곳 매장은 여러분을 위해 저렴하고 질 좋은 상품들을 준비했습니다. 우리의 상품이 우리의 우정과 불꽃같은 열정을 전할 수 있기를 바랍니다. 손님, 어떤 물건 찾으세요? ……그런 다음 아이쇼핑도 괜찮다며 손짓을 할 것이다. 말할 것도 없이 '상업거래 안내원 언어규칙' 역시 시행 중인 것이다.

이런 상황에서 미소 짓지 않을 수 있는가? 미사여구를 늘어놓지 않을 수 있는가? 세상에 대한 분노와 증오가 충천하여 욕설을 쏟아낼 배짱이 생기겠는가? 사사로운 개인의 이익을 시시콜콜 따질 수 있겠는가? 길거리에서 여자 가슴을 훔쳐보거나, 이모부의 전보가 왜 사흘 후에 당도했느냐며 불평

할 수 있겠는가?

너무 웃어 얼굴 근육이 뻐근하게 아파와도 걱정할 필요가
없다. 백화점에 출시된 수백가지 마사지크림이 당신의 안면
근육의 피로를 풀어줄 것이다. 시의회의 어떤 의원은 예절이
통속화되었다며, 불필요한 미소와 아첨, 미사여구를 고개를
숙이는 것으로 대체하자고 제안했다.

과연 싸움질도 줄었다. 주먹다짐과 범죄 발생률이 크게 감
소했다. 언어가 미화되자 구매력이 왕성해져 시장이 번영했
다. 부부의 금슬이 좋아지고 가정이 화목해졌으며, 학풍이 단
정해지고 철로가 원활해졌다. 역도 기록이 갱신되었고 냉장
고의 기술이 대폭 향상되었다. 폐품수거 작업도 크게 진척되
었다…… 이 모두가 언관국이 제공한 자료로서, 신문지상에
연일 보도되는 것들이다. 우리는 신문의 중요성을 깨달아야
한다. M국장과 그의 부하 직원들은 매일 신문을 본다. 심지
어 대부분의 시간을 안에서 차를 마시고 신문을 읽는 데 쓴
다. 일면에서 팔면, 혹은 십이면까지, 중요 외교 관련 기사에
서 스포츠와 기상예보까지. 신문은 그들 생명의 주도 성분으
로, 그들의 하루하루를 생활로 만들고 이력서를 빵빵하고 화
려하게 만드는 기록이다. 생각해보라. 그들은 왜 아침을 먹는
가? 왜 점심을 먹고 저녁을 먹는가? 왜 월요일에 먹고 화요
일에도 먹는가? 왜 월급을 받고 오금희(五禽戱)*를 하고 태극

....

* 후한(後漢)의 의원 화타(華佗)가 호랑이·사슴·곰·원숭이·새 다섯 동물의

권을 하는가? 왜 정치학습과 도덕강좌에 꼬박꼬박 참석하는가? 바로 지속적으로 신문을 보기 위해서가 아닌가? 그들은 신문을 보고 또 보기 위해 극도의 희생을 감수한다. 마음이 느슨해질수록 열심히 일하고 열심히 일할수록 몸이 풀어지고, 그렇게 세월이 흐르면서 신경증, 고혈압, 좌골신경통, 만성기관지염, 치질, 간암 등이 생긴다. 참으로 비장한 이력이다. 그래도 그들은 낙관적이다. 매년 연말 폐품을 처리할 때, 폐품창고로 보내질 한차 가득한 먼지투성이의 신문지를 보며 애간장을 녹이는 슬픔 같은 건 느끼지 않는다.

M국장은 손에 든 신문을 서서히 내려놓았다. 잠시 무언가를 깊이 생각한 다음 말했다. 오늘은 제가 두가지만 말씀드리겠습니다……

그에게는 습관 하나가 있었다. 큰 회의든 작은 회의든 부하 직원 하나하나에게 따로 말을 거는 것과, 일분을 말하든 일고여덟시간을 말하든 늘 손가락 두개를 펴며 두가지만 말하겠다고 하는 것이다.

그는 말한다. 오늘 두가지만 말하고자 합니다. 첫째, 요란하게 하는 것은 어렵지 않습니다. 중요한 것은 실속있게 하는 겁니다. 일이란 겉만 번지르르 해서는 안되고, 반드시 내용을 장악해야 합니다.

정치공작과장이 말했다. 맞습니다. 국면을 타개하는 것은

<hr>

동작에 기초하여 창안한 건강체조.

제일보이고 더 중요한 것은 제이보, 제삼보, 제사보입니다. 언관을 견고하게, 그러니까 빈틈없이 철저하게 진행해야 합니다.

청소년교육과장이 말했다. 철저하게 장악하지 않으면 안 하느니만 못하고 철저하게 했는데 장악을 못하면 철저한 게 아닙니다. 철저하게 장악한다는 것은 철저하면서 장악한다는 뜻입니다. 철저함으로써 장악을 강화하고 장악을 함으로써 철저함을 강화하는 것입니다.

선전과장이 날카롭게 문제를 제기했다. 철저하게 장악하는 건 좋은데 구태 그대로 장악해서는 안됩니다. 새로운 내용과 방법이 있어야죠. 항상 장악하되 항상 혁신해야 합니다.

M국장은 고개를 끄덕이며 격려했다. 그렇습니다. 세상이 크게 변하고 있어요. 새로운 정세과 새로운 이슈, 새로운 도전에 주목해야 합니다. 요 며칠 내가 계속 생각해봤는데, 언관국을 제대로 향상시키려면 먼저 간부의 소양을 향상시켜야 합니다. 안 그렇습니까?

정치공작과장이 깊이 공감한다는 표정으로 말했다. 국장님의 생각은 매우 깊고 시의적이며, 전략적 안목이 뛰어납니다. 말씀을 하셨다 하면 핵심이고, 잡았다 하면 중심고리예요.

인사과장이 능수능란하게 이어받았다. 좋은 소양 없이 어떻게 공작을 장악하겠습니까? 공작을 잘 장악하려면 좋은 소양 없이 되겠습니까? 소양과 공작의 관계는 변증법적 관계, 그러니까 대립하면서 통일되는 관계입니다. 이러한 지도 이념을 명확하게 이해해야 합니다.

선전과장은 좀더 보완이 필요하다고 생각했다. 명확하게 이해한다는 것은 대충대충 알아서는 안된다는 뜻입니다. 지도자만 명확하게 이해하는 게 아니라 모든 간부가 다 명확하게 이해해야지요. 그리고 일시적으로 명확하게 이해하는 게 아니라 영구적으로 명확하게 이해해야 합니다.

청소년교육과장은 다른 각도에서 논의를 잇고 방점까지 찍었다. 다른 측면에서 말하자면, 지도사상을 명확하게 이해해야 근본적으로 실천이 보장될 수 있습니다. 그러지 않으면 전면적 실현이란 속빈 강정이 되는 거예요. 실현을 하고 싶어도 어떻게 실현하는지를 모르니까요.

살기등등한 그의 눈빛이 여타 과장들을 훑고 지나간다. 설전 한복판에서 고집불통, 후안무치의 적수들을 하나씩 노려보았다.

국장은 여러 관점들에 대해 침착하고 조용히 검토했다. 모두의 생각을 신중히 파악한 다음, 이 회의의 방향을 어떻게 끌고 갈지 결정했다. 지도자로서 극도로 중요한 기술을 그는 잘 알고 있다. 절대 자기 생각을 먼저 드러내선 안되며, 다른 사람들 머리에서 창조적이고 독자적인 사고가 나오도록 유도해야 한다는 것이다. 공작도 장악하고 인재도 배출해야 한다. 젊은 부하 직원들에 대해 그는 막중한 책임감을 느끼고 있었다.

그는 입을 한번 쓱 닦았다. 그리고 한자 한자 절차탁마하듯 말을 이었다. 이 문제에 대해 여러분이 한번 생각해보시고 토론을 해봅시다. 토론과 사고를 하는 이유는 사상을 향상시키고 사상을 통일하고 사상에 활기를 불어넣고 사상을 단정하게 하기 위함입니다. 그래야만 실속있게 공작을 전개할 수 있거든요.

정치공작과장은 이해력이 상당했다. 실속이라는 두 글자가 매우 중요합니다. 계획을 세울 때도 실속있어야 하고 일을 할 때도 실속있어야 하며 전면적으로 추진할 때도 실속있어야 합니다.

선전과장이 한층 깊이 들어갔다. 실속이란 바로 알맹이 있는 말을 하고 알맹이 있는 일을 한다는 뜻입니다. 겉만 번지르르한 게 아니라 착실하고 실용적이고 실무적으로 해야 합니다. 특히 형식주의와 교조주의를 경계해야 하고요.

청소년교육과장이 다시 독자적인 관점을 내놓았다. 제가 보기엔, 실속은 주로 기층공작에서 체현됩니다. 기층이란 기초이자 주춧돌이자 근간을 뜻합니다. 바로 우리의 모든 공작이 발 딛고 선 곳이지요. 저는 올해 공작의 중점을 기층으로 옮길 것을 강력히 주장합니다. 더 단단한 기층을 장악할 것을 말입니다!

국장은 즉시 호응했다. 찬성합니다. 중점을 기층으로 옮깁시다. 물론 제 개인적 의견이지만요.

정치공작과장 역시 기회를 놓칠세라 창의력을 발휘했다. 저도 찬성합니다. 그리고 건의합니다. 하부기층을 영도하고 하부기층에 대해 고민하고 하부기층에서 정책을 끌어내어 물자와 재정을 기층에 쏟아붓고 전력을 다해 기층공작을 장악합시다.

국장이 흥분하여 끼어들었다. 실사적 정신을 장악하고 구시적 태도를 장악하고 구체적 성과를 장악한다면, 우리 공작을 전면적으로 추진할 수 있습니다!

자리에 있던 모든 사람들은 전면추진, 전면추진, 전면추진을 되뇌며 몇번이고 두 주먹을 불끈 쥐었다.

말할 것도 없이, 감동과 흥분의 도가니였다. 사람들의 기세는 물을 마실 때 한층 거세져, 곳곳에서 벌컥벌컥 소리가 들렸다. 사람이 다 그렇다. 누군가는 더 못 참겠다는 듯 모자를 벗어 머리를 긁고 또 누군가는 신발을 벗고 발가락을 후볐다. 누군가는 긴장을 풀고 담배를 피웠다. 빨고 빨아 옴팍해진 담배꽁초엔 더 뿜을 연기조차 없어 보였다. 흡연자의 숙련된 기술과 악랄한 수법이 어느 정도인지 알 만했다. 몹시 더운 날씨였다. 창문 위에 달린 에어컨은 어디 나사가 하나 빠졌는지 달칵달칵 쇳소리를 냈다. 냉방 효과도 그리 좋지 않았다.

긴장된 회의가 계속 진행되었다. 토론할 안건이 많아, 참석자들은 귀가하여 저녁밥을 먹고 텔레비전을 볼 시간이 없었다. 하는 수 없이 각자 기관 식당으로 내려가 호떡 두개와 차 한잔씩을 사왔다. 한입 한입 꾸역꾸역 목구멍으로 넘기는 동안 이마와 목덜미의 푸른 힘줄이 터질 것 같다. 당연히, 그들은 닭튀김과 대하구이, 푹 곤 자라탕, 두부찜이 그리웠다. 밤

12시가 되도록 회의는 끝나지 않았다. 건물 전체가 어둠속으로 몸을 숨겼지만, 그들의 회의실만은 밝게 켜져 있었다.

시뻘겋게 푹 익은 눈에 푸석푸석한 흙빛 얼굴로 죽어라 하품을 해대는 부하 직원들을 본 M국장이 마침내 잠시 휴식을 선포했다. 일요일과 월요일 밤에 이어서 하자는 것이다. 간부란 말이지, 이런 겁니다. 일이 몰리면 휴일도 없어요. 누가 우리더러 인민의 공복이 되라 했습니까? 누가 우리더러 이 신성한 책임을 지라 했습니까? 관료는 백성을 섬기지 않을 거면 고향에 내려가 당근이나 팔아야 해요. 이 자리를 차고 앉아 있는 한 편안히 지낼 생각은 마십시오.

사람들은 집에 가면 또 가족의 원망과 잔소리를 들어야 했다. M국장의 외손자란 녀석은 외할아버지의 머리카락을 쥐어뜯고 손님들 담배에 불을 붙일 줄도 알았다. 원래 주말에 외할아버지를 따라 공원에서 범퍼보트를 타리라 기대하고 있던 녀석은 외할아버지의 배신에 분개하여 울고불고 난리리를 쳤다. 녀석은 이를 악물고 플라스틱 보검으로 외할아버지의 뒤통수를 탁탁 때렸다. 반들반들한 대머리라도 베어 한을 풀겠다는 듯.

껄껄 웃는 M국장의 얼굴에는 회의를 위해서라면 죽음도 불사하겠다는 기백이 서렸다. 짙은 눈썹과 부리부리한 눈이 여인처럼 온화하고 부드러웠다. 성격 하난 좋은 사람이다.

3

어느 사회든 무리를 좀먹는 교활하고 완고한 이들이 있어 문명사회로의 진보를 가로막는다. 그래서 언관국이 지속적으로 반포하는 각종 언어 '규칙'들을 제대로 실현하기 위해서는 선전교육에만 의지할 수 없었다. 적절한 강제성 조치가 필요했다.

이같은 시대의 요구 속에 언어감찰본부(간칭, 언감부)가 태어나 법 집행의 권한을 부여받았다. 언감부에 언어경찰 ×대대(大隊) ××중대(中隊) 도합 ××××명의 관병이 배치되었다—기밀보안 숫자라 함부로 발설할 수 없다. 언경(언어경찰)들은 챙이 넓은 모자에 하늘색 제복, 멜빵 달린 혁대를 참으로써, 법률경찰, 형사경찰, 조세경찰, 교통경찰, 산업경찰, 경호경찰 등의 제복과 차별화했다. 언경의 제복은 특히 근사했다. 그걸 입고 어떤 공공의례에 참석하거나 아이들을 데리고 공원에서 무서운 이야기라도 한번 하면, 비주얼 효과가 끝내줬다. 전에 몇몇 잡지사들이 너도나도 제복 입은 여성 언경을 표지모델로 내세워, '여성의 날'의 내용적 건전성과 형식적 아름다움을 증진한 적이 있다. 잡지의 판매량이 급증한 것은 물론이다.

언경의 장비 또한 상당히 양호했다. 온갖 기술합작을 거쳐 전자방향탐지 원격음파측정기가 탄생했다. 이 기기는 300미터 이내 어떤 방향에서든 아무리 작은 소리라도 측정할 수 있다고 한다. 업무상의 대화는 물론 험담, 속삭임, 은어, 농담, 헛소리, 심지어 베갯머리송사까지. 이불 속에서 속닥속닥, 망할 놈의 노인네가 통장을 쥐고 놓지 않는다는 말까지도 죄다 측정될 것이다. '금언고(禁言膏)'라는 고약도 생겼다. 입에 붙이기만 하면 위아래 입술이 단단하게 들러붙어 아예 피와 살이 하나가 되어버린다. 불에 달군 칼로 잘라도 떨어지지 않는다. 오직 언감부의 특수 탈고제(脫膏劑)만이 효과가 있다. 그보다 더 지독한 것이 HP-401이라는 스프레이다. 분무기로 입에 찍 한번 뿌리기만 하면, 한달 내내 성대에 염증이 생겨 목소리가 나오지 않는다. 욕을 못하는 것은 물론 살려달라는 말도 못하고 아첨도 못하고 허허 웃으며 날씨 이야기도 못하며 아들에게 산양 백마리를 어떻게 네등분하는지 가르칠 수도 없다.

물론 이런 장비들의 발명이 거저 나온 것은 아니다. 모 과 연구원들의 심혈이 깃든 것들이다. 이들 연구제작 요원들은 하나같이 근시안경을 쓰고 흰색 가운을 입었다. 팔에 설계도를 끼고 걸으면서도 혼잣말을 중얼거리다 전봇대에 머리를 부딪치곤 했다. 코딱지만한 집에 돌아오면 불을 피워 밥을 짓고 아내에게 반찬을 집어준다. 따라다니는 수많은 여성 팬들에겐 항상 고상한 품격을 유지했다. 그녀들의 어깨에 손을 얹고 그늘진 오솔길을 걸으며 인생의 섭리에 대해 논하다, 밤이 되면 찬물로 세수를 하고 등허리를 두드리며 다시 책상머리에 처박혀 논문을 썼다──우리 소설가들은 종종 이런 식으로 그들을 묘사하고 칭송해왔다. 이 감동적인 지식인들을.

물론, 「언어관리 임시시행조례」에 의하면 언경들은 이런 업무용 기구들을 함부로 사용해선 안된다. 오직 수차례의 계도에도 개선이 없는 사람들에 대해서만 강제징계를 할 수 있다──'금언' 하루에서 석달 같은 징계 말이다. 그리고 이런 징계들은 인체에 무해한지 인도주의 정신에 부합하는지 등 유관부서의 신중한 검토를 거친다.

그러던 어느날 골치 아픈 사건이 발생하고 말았다. 그날, 시골에서 어르신 하나가 올라왔다. 갈수록 번창하는 살림에 승승장구하던 차라 모처럼 시내에 나와 마누라에게 줄 생크림 케이크를 하나 살 생각이었다. 길을 걸으며 도시의 새로운 경관을 구경하니 기분이 아주 좋았다. 두 발로 광장을 쿵쿵 밟고 또 밟았다. 이렇게 널찍한 콘크리트 바닥에 채 썬 홍당무를 펼쳐놓고 말리면 얼마나 좋을까.

흥에 들썩이다 문득 담뱃갑을 찾았는데 글쎄 호주머니가 텅텅 비어 있는 것이다. 그의 얼굴이 돌연 흙빛으로 변했다──도둑! 도둑이다!

지나가는 사람들이 우르르 모여들었다. 그들은 친절하게 이것저것 물었다. 또 어떤 사람은, 그러고 보니 방금 전 어르신이 과학보급선전 코너를 둘러볼 때 콧수염을 기른 청년 하나가 근처를 얼쩡거리더라며 수상한 정황을 제공했다.

어떤 이는 어서 경찰서에 신고하라고 했다. 노인은 연신 알았다고만 할 뿐 움직일 생각을 안했다. 그저 선 자리를 뱅글

뱅글 돌며 발을 동동 구르고 욕을 퍼부었다. 나쁜 놈, 네가 눈이 멀었구나. 어르신 돈을 훔쳐? 가서 네 부모 관짝이나 사라!

하필이면 그 욕설이 전자언어감지기에 포착되고 만 것이다. 즉시 삐용삐용 고막을 찌르는 싸이렌 소리가 도시의 왁자지껄한 소란을 찢어발겼다. 멀리서 오토바이 한대가 다가오더니 소리를 뚝 멈추었다. 챙이 넓은 모자를 쓴 사람이 오토바이에서 뛰어내려 노인 앞으로 다가왔다. 먼저 공손하게 손을 들어 경례를 한다. 시민, 방금 욕을 하셨습니까?

노인은 챙이 넓은 모자를 쓴 사람을 보고는 구세주라도 만난 양 상대방의 옷소매를 잡고 소리 질렀다. 도둑!

언경은 온화한 웃음을 짓더니 말했다. 죄송합니다. 방금 선생은 언관조례를 위반하셨습니다. 아무리 고령이라도, 유감스럽지만 언관국을 대표하여 경고합니다. 다음부터는 다시 위반하지 마십시오.

노인은 어리둥절했다. 뭘 위반해? 내가 위반한 게 아니라 딴 놈한테 위반을 당했다고. 내 돈 142위안이 모조리 털렸어!

언경은 이 불손한 노인에게 인내심 있게 설명했다. 치안에 관심을 가져주셔서 감사합니다만, 우리는 언어경찰입니다. 절도문제는 우리 소관이 아닙니다. 우리는 무질서한 언어만 타격합니다. 그러니까……

노인은 화가 머리끝까지 났다. 별꼴을 다 보는군! 내가 사방팔방을 다 다녀봤어도 이런 꼴은 처음 봐. 내가 시골 영감이라 이거지? 만만하다는 거야? 퉤, 이 공밥만 먹고 빈둥대기만 하는 놈! 이게 왜 네 소관이 아니야?

언경의 얼굴이 빨개졌다. 또 욕을 하셨군요. 한번 더 경고합니다. 언어는 중요한 사안입니다. 어르신의 심신 건강과 사회 공익을 위해 반드시 임시시행조례를……

노인은 분이 하늘로 치솟았다. 상관 안할 거면 길이나 비켜!

노인은 팔을 휘두르며 가버렸다. 그러나 어깨가 언경의 힘센 팔에 잡히고 만다. 언경이 말한다. 욕을 하셨으니 자리를 뜨기 전 반드시 이 자리에서 '조례'를 익혀야 합니다.

노인은 어림없다는 듯 가슴을 탁탁 두드렸다. 욕을 해? 퉤, 한대 때리고 싶은 걸 참았구먼. 이 몸이 이 나이 먹도록 혁명을 몇십년 했고 회의에 출석하고 상을 탄 게 한두번인 줄 알아? 우리 동네에서는 말 안 듣는 놈한텐 욕하고 자시고 할 것도 없이 따귀 한대면 끝나. 네놈이 어쩔 거야, 흥!

결국 언경은 노인을 설득할 방법이 없음을 깨달았다. 도리가 없었다. 그러고 싶지 않았지만 결국 조례에 따라 HP-401 스프레이를 들고 극도로 예의 바르게 입을 벌리라고 명령했다. 노인은 깜짝 놀랐다. 이게 지금 뭐 하는 것인가. 설마 지금 이 악랄한 놈이 총으로 사람을 쏴 죽이려는 것인가? 그는 얼른 숨을 거칠게 들이쉬고 다리에 힘을 준 다음 기합을 넣었다. 그리고 두꺼운 대나무 담뱃대로 언경을 한대 내리쳤다. 선수 치는 자가 이기는 법이다.

예상치 못한 공격에 미처 대비하지 못한 청년 언경은 순간 눈앞이 하얘지더니 비실비실 쓰러지고 말았다. 한참 동안 그는 정신을 차리지 못했다.

결과는 말할 것도 없다. 다른 언경들이 현장에 도착했을 때 노인은 이미 줄행랑을 친 뒤였다. 보고를 받은 언감부는 즉각 전구역 봉쇄령을 내리고 전력을 다해 경찰을 습격한 흉악범을 수색했다. 차 두대가 강제로 정지당했다. 언경의 지휘 아래 줄을 선 행인들은 한사람씩 신분증을 제출함과 동시에 음성탐지기에 대고 말 몇 마디와 욕 한마디를 해야 했다. "어르신 돈을 훔쳐? 가서 네 부모 관짝이나 사라!"—음성탐지기가 그 소리와 용의자 목소리의 차이를 판별한 다음에야 그 구역을 떠날 수 있었다.

물론 탐지 속도는 그리 빠르지 않았다. 술을 많이 마신 사람, 담배를 많이 피운 사람, 자다 막 일어난 사람, 또 긴장해서 말을 더듬는 사람 같은 경우, 원래 목소리를 탐지하기란 상당히 어려웠다. 그러나 일부러 목소리를 변조하는 사람이 있을 수 있으므로 번거롭더라도 강행해야 했다. 탐지 요원들은 곤란한 상황에서도 강하게 밀고 나갔다.

교통경찰이 출현해 지휘봉으로 탐지대의 책상을 땅땅 내리쳤다. 난장판이군, 빨리해, 빨리. 길이 얼마나 막혔는지 알아!

언경 측에서 대응했다. 미안합니다만, '경찰요원 언어규칙'에 유의해주십시오. 설마 법을 집행하는 분이 법을 어기진 않으시겠죠.

교통경찰 측은 더 짜증이 났다. 어디서 방귀를 뀌고 있어! 할 일 없으니 길이나 틀어막고 질서를 어지럽히는군, 우리가 다 잡아버리기 전에 조심하라고!

그들은 싸우기 시작했다. 쌍방이 다 챙이 넓은 모자를 썼고 양쪽 모두 기세등등했다. 한쪽에서 빨갛고 하얀 지휘봉을 휘두르면 다른 쪽에서 우윳빛 HP-401을 들어올렸다. 양측이 조금도 물러서지 않은 기세로 팽팽히 맞섰다. 매서운 눈빛이 오가더니 서로를 때려눕히고 바닥을 뒹군다. 순식간에 구경꾼들이 겹겹이 에워쌌다. 희희낙락거리며 파도처럼 모여들었다. 한동안 싸움구경을 못한 터라 유난히 신선했다. 사람들은 이쪽저쪽 입을 번갈아 쳐다보며 어서 새로운 욕이 나오기를 기다렸다. 어떤 이는 너무 흥분한 나머지 욕하는 당사자보다 더 격분하여 이를 갈고 소매를 걷어붙이며 펄쩍펄쩍 뛰었다. 길 전체가 점점 더 심하게 막혔다. 꼬리에 꼬리를 물고 장사진을 이룬 차량들이 못 참겠다는 듯 여기저기서 경적을 울렸다. 제일 바쁜 것은 역시 행상들이었다. 기회를 놓칠세라 얼른 보따리를 펼치고는 부침개와 고기만두, 소금달걀, 염가 패스트푸드, 해바라기씨, 아이스케이크 등의 상품을 내놓았다. 개중엔 한층 긴 안목을 지닌 이도 있었다. 그는 그 자리에 간판을 내걸고 카메라와 아이들 장난감, 장화와 우산 등을 대여하고 숙박 등기를 대행했다. 어떤 이는 이 기회에 유료 단기속성반을 열어 외국어, 의류재봉, 미술, 문학창작 등을 가르쳤다. 나중에 들으니 창작 단기속성반 학생의 작품이 꽤 우수하여 내부의 모 간행물에 게재되었다는 말도 있다. 그들은 황금의 땅을 눈앞에 두고 목이 터져라 소리를 질렀다. 봄바람 같은 미소를 살랑대는 젊은 아가씨들을 출동시켜 고객들을 끌어와 쎄일즈 판로를 확대했다.

딴따라들도 돗자리를 깔았다. 어느 중년 사내가 웃통을 벗고 가슴팍을 탕탕 두드렸다. 가슴팍에 번지는 붉은 멍에 사람들은 움찔하면서도 경탄했다. 사내는 써커스장을 한바퀴 쭉 돌고는 식칼을 들어 자기 배를 찍었다——은광이 번쩍, 했다. 뜻밖에도 그의 둥그런 배는 아무런 상처도 없이 멀쩡했다. 수많은 사람들이 머리를 들이밀며 그 배를 보고 또 보았다.

해가 서녘으로 기울었다. 사람들은 비지땀에 젖어 좌불안석이었다. 비록 부침개, 고기만두, 소금달걀, 패스트푸드, 해바라기씨, 아이스케이크 등을 잘 먹긴 했지만 눈앞에 꽉 막힌 체증은 풀릴 기미가 안 보였다. 답답한 마음에 욕이 절로 나왔다. 언관국에 대해서는 제 어미 제 할미랑 붙어먹을 놈들이라고 욕을 했고, 교통경찰에 대해서는 체해서 급똥을 싸고 변비에 걸릴 놈들이라며 욕을 했다. 부침개, 고기만두에 대해서는 속에 밀가루만 쑤셔넣은 순 사기꾼이라고 욕을 했다. 오랫동안 욕을 못한 사람들이라, 간만에 욕을 하자니 처음엔 좀 어색했지만 빠른 속도로 감각을 회복해나갔다. 욕을 할수록 속이 시원하고 입에 착착 달라붙었다. 감칠맛 나는 접두사와 접미사 없이 말을 하는 것이야말로 밀랍을 씹는 기분이다. 나중에 들으니, 그때 사람들의 욕설이 얼마나 신랄하고 저속하고 거침이 없었는지, 전자언어탐지기가 미친 듯 뱅글뱅글 돌다가 결국 팍 하고 터져버렸다고 한다.

얼마나 지났는지 모른다. 하늘에서 달달달 소리와 함께 헬리콥터가 출현했다. 사람들은 또 텔레비전 뉴스를 찍나보다 하고 신경 쓰지 않았다. 잠시 후, 멀리서 또다시 요란한 소리가 들려왔다. 저쪽에서 수많은 사람들이 몰려오고 있었다. 이 또한 사람들의 이목을 끌진 못했다. 갑자기 몇몇 사람들의 입이 들러붙고 두 팔이 누군가에 의해 젖혀지고 나서야, 그들은 무언가 잘못되었음을 깨닫기 시작했다. 온 힘을 다해 머리를 굴리려 했을 때는 이미 언경들이 구름처럼 몰려온 후였다. 보이는 것은 파란 하늘색 제복뿐이었다──끝장이다. 대소탕이 시작된 것이다!

그들의 입에 모두 금언고가 붙여졌다.

아직 징벌을 당하지 않은 위반자들은 걸음아 날 살려라 하고 달렸다. 그러나 사방을 둘러본들 어디로 달아날 수 있겠는가. 하늘색 제복은 무소부재였다. 어디서 튀어나올지 몰랐다. 모든 요로(要路)와 고지가 장악된 뒤였다. 제복이 가는 곳마다 두 손 들고 투항하는 사람, 체념으로 머리를 쥐어뜯는 사람, 바닥에 누워 죽은 척하는 사람, 입에 고약이 붙은 채 눈을 부릅뜨고 두 팔을 마구 휘젓는 사람, 아무 소리 못하고 펄쩍펄쩍 뛰는 사람.

그제야 사람들은 '하늘의 그물이 성긴 듯해도 물 샐 틈이 없다(天網恢恢疏而不漏)'라는 성어를 떠올렸다.

그 와중에 머리를 쓴 청년들도 있었다. 그들은 백화점 건물로 들어가 숨거나 뒷문이나 변소 같은 곳을 찾았다. 그러나 곧 발견했다. 모든 건물의 문마다 삼각 홍기를 든 노인들이 지키고 섰음을. 그 삼각 홍기에 무슨 신비한 위력이라도 있는지, 건장한 청년들의 간담이 그것을 보는 순간 서늘해졌다. 싸우기도 전에 알아서 와르르 무너진 이들은 마치 대가리 잘린 개미처럼 사방을 나뒹굴었다.

"자유가 아니면 죽음을 달라!"

"침묵은 폭발 아니면 멸망이다!"

"공민이여, 동포여, 후퇴는 자멸이다. 나아가 싸우자!"

누군가 이렇게 고함을 질렀다. 과연, 야심가와 음모가 들이 이 틈을 놓칠세라 조직과 사전모의, 강령을 갖춰 민심을 선동하는 것이다. 영문을 모르고 속아넘어간 군중들이 의식적, 무의식적으로 언어범죄에 가담한다. 그들은 미친 듯 제 어미를 욕하고 신성한 언관법규에 노골적으로 도전했다. 뿐만 아니라 쇼윈도우 유리를 부수고 물건을 탈취하고 오토바이와 자동차를 불사르기 시작했다. 입에 고약이 붙었어도 두 팔로 반격할 수 있는 사람들은 넓은 모자챙을 향해 부침개와 고기만두, 탄산음료, 물병 들을 맹렬하게 투척했다. 그런데 고기만두 하나가 언경이 아니라 행상에게 가서 맞았다. 그 행상은 누가 던졌나 두리번거리다 욕을 몇 마디 하고는 다시 지폐 세던 일을 계속했다.

상황이 예까지 이르자 헬리콥터가 연신 긴급명령을 발신했다. 다른 영역의 경찰들이 속속 현장에 당도하여 언경의 진압작업을 지원했다. 즉석에서 신속하게 투입된 강화유리 방패들이 철벽처럼 대열을 형성하고 한발 한발 앞으로 전진했다. 이따금 햇빛에 방패들이 번쩍일 때마다 백광이 눈을 찔렀다. 방패 뒤로 각 영역의 경찰들이 웅크려 있다. 이열이 일열 뒤로 바짝 붙었고 삼열이 이열에 바짝 붙었다…… 견고한 제복의 대오가 폐지 조각, 음료수병, 해바라기씨를 밟으며 한발 한발 폭도들을 향했다. 그러나 세를 뒤집기엔 역부족이다. 멀리서 고압관이 투입되었다. 커튼처럼 드리워진 물안개가 여유롭게 흔들거린다. 길어졌다 짧아졌다 하며 뿔뿔이 달아나는 헛소리, 잡소리, 상소리, 개소리를 향해 은빛 혀를 날름거린다. 팍. 첫번째 최루탄이 발사되었다. 코를 찌르는 연기가 순식간에 거리를 뒤덮었다.

사람들은 최루가스를 피해 사방팔방으로 달아났다. 돌연 텅 빈 대로에 통통한 사내아이 하나가 비틀거린다. 하늘을 쳐다보며 앙앙 운다. 아빠, 내 빨간 풍선, 빨간 풍선……

머리 위로 빨간 풍선 하나가 빠르게 올라가고 있다. 파란 하늘로, 고독하게 홀로.

다시 어느 빌딩 뒤에서 헬리콥터가 나타났다. 긴급경보가 발령 중이다. 규정을 위반하지 않은 시민 여러분은 두 손을 머리에 얹고 길 왼쪽에 서십시오. 달아나거나 밀지 마세요. 유언비어에 속지 마십시오. 언경 요원들은 여러분을 해치지 않습니다 해치지 않습니다 해치지 않습니다……

소동은 다음날까지 계속되었다.

4

하루아침에 금언고 사천여개가 언어의 사풍(邪風)에 맹공
을 퍼부었다. 그러나 M국장은 이 수치가 고민이었다. 타격면
이 너무 넓었나? 시장의 얼굴이 곱지 않은데다 교통경찰, 형
법경찰, 호위경찰, 산업경찰 측에서도 비난이 끊이지 않았다.
언경이 난폭하게 법을 집행하는 바람에 폭동이 일어났고 득
보다 실이 많았다는 비판에, M국장은 압박을 느끼고 있었다.

어떤 청년 교사는 입에 고약이 붙어 수업을 할 수 없다고
했다. 어떤 쎄일즈맨도 고약 때문에 영업을 할 수 없다고 했
다. 화장터 직공이 금언징계를 당하는 바람에 장례업도 영향
을 받았다. 안치 칸에서 장례식을 기다리는 시체의 줄이 문밖
까지 장사진을 쳤다. 가족들은 곡성을 그치고 날씨와 작업교
대, 주택분배에 대해 떠들고 이참에 인맥을 쌓느라 손님들과
악수하고 웃고 떠드는 통에 비극이 한바탕 골계극으로 바뀌
고 말았다는 것이다.

게다가 오심사건도 있었다. 일부 언경들의 주먹구구식 일
처리, 뇌물수수, 사리사욕 탓이다. 전형적인 사건 두가지를
잠시 소개하면 다음과 같다.

하나는 열애에 빠진 어느 전기공의 사례이다. 매일 큰 소리로 유행가를 흥얼거리고 문학작품을 탐독하는 그에게 정적이 하나 있었는데 바로 언경 ××중대에 속한 모모였다. 그 모모 언경은 여자 쪽 부모의 환심을 샀다. 게다가 온갖 권모술수를 동원하여, 전자언어탐지기로 전기공과 여자친구의 대화를 엿듣고는 수시로 여자 쪽 부모에게 보고했다. 부모에게 호되게 야단을 맞은 여자는 우울증에 시달리다 끝내 큰 병에 걸려 자리에 누웠다. 전기공은 눈물을 삼키며 석유화염병을 만들었다. 간사한 흉수를 처벌할 것을 간청하는 탄원서에서 그는 사랑을 위해 최고법원까지 가고야 말겠다고 맹세했다.

또 하나는 모 상점 점주의 이야기다. 그의 부친 역시 아마추어 언감원(언어감시원)으로 붉은 완장을 차고 삼각 홍기를 들고 다녔다고 한다. 수년간 집에서 순정한 언어만을 써 온 그는 작은 상소리 하나에도 귓불이 빨개졌다. 못 믿겠으면 옆집 사람에게 물어보라. 그런데 점포를 열고부터 늘 모 언경에게 괴롭힘을 당해왔다. 산업경찰이나 조세경찰처럼 손에 봉인딱지를 들진 않았지만, 그 언경이 스프레이를 잠깐 들어올리는 것만으로도 점주는 두려움에 벌벌 떨었다. 그 언경은 문 열고 들어왔다 하면, 담배만 들고 라이터를 안 들고 오거나 라이터만 달랑 들고 와서 담배를 찾았다. 뿐만 아니라 미소 띤 얼굴로 고급 오토바이를 만지작거리며 한다는 말이, 꼭 사고 싶은데 돈이 부족하다나. 행간의 의미를 읽은 점주는 속으로 비명을 질렀다. 소자본 경영자인 그는 담배나 라이터쯤이야 별거 아니지만 고급 오토바이를 터무니없는 가격에 팔자니 참으로 속이 쓰렸다. 그러던 어느날 언경이 험상궂은 얼굴로 찾아와서는 점주가 여러차례 고객에서 흉악하고 상스러운 말을 썼는데 오늘은 반드시 공무로 집행하겠다는 것이었다…… 지금 그 점주의 입에는 고약이 두달 넘게 붙어 있다. 장사도 큰 손실을 입었으니 참으로 억울하고 원통한 일이다.

이런 투서들로 언관국의 문서수발실은 미어터질 지경이었다. 매일같이 우체부가 큰 가방 두개를 메고 찾아온다. 지친 업무에 짜증이 난 우체부는 앞으로는 언관국에서 자체적으로 차를 보내 우편물을 가져가라고 했다. 다시는 오지 않겠다더니 과연 다시 오지 않았다.

우체부가 우편배달을 안하다니, 사람들은 이상하게 생각했다. 누군가 우체국으로 가서 상황을 알아봤는지, 알아본 후에 어떻게 처리했는지, 알 수 없다. 아무튼 얼마 후, 수발실 사람들은 직접 우체국에 가서 우편물을 가져와야 했다. 다시 얼마가 지난 후, 사람들은 이런 상황에 완전히 적응했다. 수발실에 사람이 없으면 이렇게 말했다. 아, 우체국 갔구먼.

한무더기씩의 투서들이 수발실에 산처럼 쌓여갔다. 그것을 본 국장은 서신처리과와 오심판별과를 설립하기로 결심했다. 오심판별과는 같은 사무실 건물 오층에 만들어졌다. 사무실이 좁아 복도까지 문서상자로 가득 찼다. 다 놓지 못한 상자들은 남자 화장실 한쪽에 처박아두었다. 여동지들은 문서를 가지러 갈 때마다 고개를 숙이고 헛기침을 해야 했다. 듣자하니, 언관 업무량이 늘어나 부서를 증편하고 간부도 확대 편성한다고 한다. 사무실은 더 좁아질 테니 여자 화장실에도 문서상자를 넣어야 한다는 것이다. 여동지들은 앞으로 숨을 데도 없다며 한숨을 쉬었다.

매일 출근종이 울리면 대부분의 사람들은 정각 혹은 그전에 도착한다. 지도자에게 박히는 인상 대부분이 출근시간 십분 전후에 결정된다는 것을 알기 때문이다. 반드시 그때 눈도장을 찍어야 한다. 절대로 그 시간에 사적인 일을 해서는 안 된다. 반드시 근면 성실하게 바닥 청소를 하거나 뜨거운 물을 받아오거나 하다가, 지도자와 마주치면 순진한 얼굴로 쭈뼛대야 한다. 마치 이런 선행이 너무나 별거 아니라서 지도자가 어깨를 두드려주실 만한 일이 못된다는 듯. 지도자는 일반적으로 아랫사람에게 온화하다. 온화야말로 지도자의 덕목이다. 바닥 쓰는 것을 도와준다든지, 젊은 남녀들에게 애인이 있냐고 물어본다든지 하면서.

몸이 약하고 치통을 달고 다니는 M국장은 청소를 같이하는 축은 아니었다. 그래서 그는 늘 알아서 자기반성을 했다. 나라는 인간은 쓸모가 없어, 그만 살아야지. 돕는다는 게 방해만 되니, 그냥 덕담이나 하는 게 나아.

이러한 자기반성은 분위기를 화기애애하게 할 뿐 아니라 감동을 주기도 했다. 그런 말을 할 때 그는 늘 주머니에서 사탕 몇알을 꺼내어 청소하는 이들을 포상했다.

지도자가 자리를 뜨고 나면 비로소 하루 일과가 시작된다. 일반적으로 업무는 상당히 빡빡하다. 신문을 펼치는 사람, 투서를 찢는 사람, 식권과 지폐를 세는 사람, 이발소나 매점에 가는 사람, 탁아문제를 의논하거나 어젯밤 텔레비전 연속극이 정말 별로였다고 떠드는 사람. 그때 업무학습 담당 과장이 나타났다. 국장의 지시대로 다른 부서는 다 학습기간을 마쳤는데 우리만 수업일수가 모자란다며, 며칠 뒤 업무지식 고사를 칠 테니 누구도 도망갈 생각 말라고 했다. 봐가면서 하라고. 사람들은 여기저기서 학습자료를 찾아가며 열심히 읽었다. '통칙' 제43조가 뭐냐, '언어는 인생의 투쟁의 도구'라는 말을 어떻게 해석해야 하느냐, 서로 물어가면서.

각종 공무 처리 방식도 상당한 신중을 요한다. 회신문서 작성을 예로 들어보자. 어느 의원에게 언경이 왜 교통업무를 겸직하면 안되는지를 설명하는 내용이다. 비서가 초고를 작성했다. 초고를 검토한 부과장이 상당히 불만이었다. 그는 부사 세개를 덧붙이고 띄어쓰기 두군데를 고쳐야 한다고 생각했다. 과장은 정확히 판단할 수가 없어 전과(全課)에 초고를 돌려 집단토론을 시켰다. 부사와 띄어쓰기 문제가 해결되지 않은 상태에서, "단호히 반대한다"와 "결연히 반대한다" 중 어느 조합이 더 적절한지를 두고 격렬한 논쟁이 벌어졌다. 얼굴과 목덜미가 벌게지도록 감정들이 격해올랐다. 하는 수 없이 의견조율을 포기하고 억지로 제4교정본을, 과장을 거쳐 모 부국장에게 올려보냈다. 그러나 모 부국장은 그 교정원고를 이론적 깊이가 결여되었다는 장문의 평문과 함께 비서과로 돌려보냈다. 최종단계에서 M국장은 제6교가 쓸데없이 길다며 대폭 압축, 삭제하여 결과적으로 초고의 상태로 복귀시켰다. 그러고는 겸허한 자세로 유관부서의 동지들에게 다시 한번 열람시켜 건설적 의견을 구했다. 좋은 산문을 여러편 읽어 문장 실력을 제련하라는 당부와 함께. 비서과가 만약 다른 일로 눈코 뜰 새 없이 바쁘지만 않았다면 이 수정작업은 결코 끝나지 않았을 것이다.

폐기된 수정원고가 얼마나 많았는지 휴지통이 금세 꽉꽉 찼다. 무더기로 쌓인 폐지들은 밖에 내다 태워야 했다. 누군가가 칠칠치 못하게 다 타지도 않은 종이에 물을 부어 씻어내리는 바람에 화장실 하수도가 막히고 말았다. 물이 복도까지 흘러넘쳤다. 소용돌이를 이루며 흐르는 검은 물줄기에 타고 남은 종잇조각들이 둥둥 떠다녔다. 이번 일로 일군의 문약 서생들은 한동안 혼이 빠졌다. 누군가는 부집게를 써야 한다고 하고 누군가는 대나무 꼬챙이를 가져오라 했으며 누군가는 보도블록을 파고 파이프를 갈아야 한다고 했다. 사람들은 책과 도면을 펼치며 수많은 안을 냈지만, 결국은 수도 배관공을 부르기로 했다. 그러나 툴툴거리는 배관공에 사람들은 또다시 분노했다.

순식간에 점심시간이 되었다. 수도관은 아직도 뚫리지 않았다. 그 와중에 누군가가, 오후에 식료품 배급이 있다고 했다. 소고기, 닭고기, 생선, 설탕, 과일 등을 대폭 할인한 가격으로 배급하니 필요한 사람은 신청하라고 했다. 모두 흥분했다. 누군가는 식품 담을 봉지를 빌리고 솥을 빌리고 냄비를 빌렸다——누군가는 또 캐비닛에서 대나무 바구니를 뒤지는 등 바쁘게 움직였다. 웃고 떠들고, 기관의 배려가 봄날의 햇살과 같다며 칭송하면서도 식료품의 가격과 질에 대해 세세하게 따지는 것을 잊지 않았다. 누군가 행정과에서 소고기에 겨울 죽순을 섞는다고 하자, 사람들은 행정과장의 대머리에 대해 한마디씩 퍼부었다.

전화벨이 쉬지 않고 울렸다. 공무로 온 것도 있지만 더 많은 경우가 N간사를 찾는 전화였다. 온갖 회의에서 기록원이나 연락원 역할을 하는 젊고 아리따운 N을 사람들은 '회의 서시(西施)*'라 부르곤 했다. 그녀는 수많은 간부, 모범시민, 문화계 인사 및 외국전문가 들을 알았고 각종 통로를 통해 희귀한 연극 및 공연표를 구할 수도 있었다. 그녀의 주머니는 온갖 티켓들로 색색이었다. 듣자하니 툭하면 그녀에게 춤을 추자고 추근대던 어느 저명한 극작가가 자기 작품을 보내고 또 미학학회에도 가입시켜주려는 모양이다. 그녀의 주머니엔 언제든 꺼내 쓸 수 있는 천진함이 가득하다. 누구를 만나든 언제나 아이 같은 해맑은 질문들을 했다. 칠 곱하기 팔이 오십육이에요? 와, 어떻게 계산하신 거예요? 신장(新疆)이 중국 서북부에 있었나요? 나는 남쪽인 줄 알았는데. 왜 인형을

....
* 춘추시대의 미인.

안 좋아하세요? 나는 정말 좋아하는데. 이런 것들이다. 그러다 어느날 기름소비량과 전자표지판에 대해 노련하게 따지는 그녀의 모습에 사람들은 깜짝 놀라기도 했다. 간부들은 그녀를 인형, 즉 기름소비량과 전자표지판에 대해 아는 인형으로 여겼다. 그들은 그 인형의 머리도 쓰다듬고 인형에게 농담도 걸었다. 인사배치 같은 기밀사안을 논할 때도 귀걸이를 딸랑거리는 그녀의 예쁜 귀를 경계하지 않았다. 바로 그런 이유로 승진을 원하는 사람들은 그녀에게 몇곱절 깍듯했다. 그녀가 대학시험을 치고 싶다고 하면 우르르 달려와 자료를 제공하고 업무도 대신해주었다. 구두는 안 필요하냐며 묻는 이도 있었다.

그녀를 찾는 사람들은 대부분 남자였다. 그래서인지 수화기를 든 그녀의 얼굴에 종종 엷은 수줍음이 감돌았다. 통화시간은 오분이 되기도, 십분 혹은 이삼십분이 되기도 했다. 외할머니 이야기도 하고 영화나 여행 이야기도 했다. 그러다 나중에는 조금 불편한 표정으로 옆자리의 동료를 흘끔거리며 전화통에다 소리를 지른다…… 그만 좀 하세요, 그만하라고요!

그녀가 그만하라면서 전화통을 계속 붙들고 있을 때, 빌딩 바깥에 사람들이 모여들기 시작했다. 개중에는 말을 할 수 있는 사람도 있고, 고약이 붙은 입으로 손짓만 하는 사람도 있다. 또 어떤 이는 스프레이에 당했는지 왝왝거리기만 할 뿐 한 마디도 내뱉지 못했다. 이 소요꾼들은 빌딩 안 사람들의 주목을 끌기 위해 손뼉을 치고 발을 구르고 침을 뱉고 오줌을 갈겼다. 심지어 징과 북을 두들기기도 했다. 가두행렬인 줄 알고 우우 몰려든 아이들이 어른들의 겨드랑이와 가랑이 사이를 지나다니며 영문도 모른 채 신나게 들썩거렸다. 미친 사람도 거들었다. 멀쩡하게 차려입고 가죽구두까지 신었지만 연지곤지 찍어바른 얼굴이 어딘가 심상치 않았다. 그는 빌딩 정문에 대고 침을 튀기며 고래고래 소리를 질렀다. 어서 나와, 나와! 남자라면 나오라고!

지나가던 사람이 그를 쳐다봤다. 사람들의 시선을 느낀 그는 고개를 돌려 친절하게 한번 웃고는 두 팔을 벌리고 말했다. 여기, 제가 좀 자주 와요. 그때 우리 엄마는 내가 라면 끓이는 줄 알았는데 사실은요, 내가 홍삼을 끓이고 있었거든, 헤헤!

그리고 다시 정문을 향해 눈을 부릅뜨고, 또다시 청중을 보며 홍삼 이야기를 했다. 나중에 내가 우리 엄마를 차에 태워 호텔까지 모시고 갔어요. 우리 엄마는 어딘지도 몰랐죠. 내 말은요, 가던 길 가시라고요. 내가 좋은 데 데려가줄까요. 갑자기 그가 다시 한번 웃으며 은밀하게 속삭인다. 내가 우리 엄마한테 끓여준 게 뭔지 알아? 헤헤, 홍삼이야. 거짓말하면 내가 사람이 아니지. 진짜 홍삼이라고.

……

그의 맛 간 눈에 덜컥 겁이 난 사람들은 저도 모르게 뒷걸음질을 쳤다. 새로 구상하는 변태소설의 소재를 찾기 위해 그

를 찾아온 작가 지망생도 있었다. 드라마 감독을 깜짝 놀래주
리라 다짐했건만, 어찌 된 일인지 그 미친놈의 말은 들으면
들을수록 갈피를 잡을 수 없다. 재미도 없었다. 그러나 점점
더 몰려드는 사람들 틈을 이 작가 지망생은 뚫고 나갈 수가
없었다. 수도 없이 발을 밟고 노인 하나를 짓누르고 나서 결
국 그 미친놈에게 가 안기고 말았다.

왁자지껄한 소리에 빌딩 안 사람들이 머리를 내밀었다. 창
문이 하나둘 열렸다가 하나둘 닫혔다. 업무시간을 알리는 벨
이 울린 다음에는 누구 하나 내다보는 사람이 없었다.

사실, 이 소동을 언관국의 간부들이 그렇게까지 두려워할
필요가 없었다. 왜냐하면 소요꾼들은 처음부터 내부가 분열
되어 있었기 때문이다. 말은 못해도 손짓을 하거나 글을 쓸
수는 있었기 때문에, 몇몇 우두머리 사이에는 격렬한 담판이
진행되었다. 누구는 총대표를 하겠다, 누구는 총지휘를 하겠
다, 너는 우경수정주의다, 너는 좌경모험주의다, 본부에는 여
덟개의 부서를 세워야 한다, 아니다, 열두개가 있어야 한다,
나는 바쁜 몸이니 여비서가 필요하다, 업무가 과중하니 식료
품과 교통비 보조가 있어야 한다…… 미친놈 하나는 계속 라
면과 홍삼을 가지고 끼어들질 않나, 게다가 대부분 대화가 불
편한 상황인지라 온종일 지지고 볶아도 지휘기관 하나 만들
지 못했다. 구체적 요구사항에 대해 아무 합의도 내지 못한
것은 말할 것도 없다.

언관국은 민심을 외면하지 않았다. 서신처리과와 오심판

별과, 두 과의 과장들이 나와 시위자들을 만났다. 그러나 딱히 할 일이 없었기 때문에 그저 자기들끼리 싸우는 시위꾼을 보고만 있었다. 끼어들 틈도 없었다. 의자에 앉아 길게 하품을 하는 꼴이 까딱하면 곯아떨어질 판이다.

5

M국장은 아침 일찍 일어났다. 이가 유난히 아팠다. 신문을 펼쳐든 그는 하룻밤 사이 모든 여론이 자신의 치통보다 가벼워진 것을 발견했다. 그는 언관국의 대민조치에 대해서 한마디도 하지 않고, 업무 중 자잘한 하자에 대해서만 있는 대로 호들갑을 떨었다. 『신차오바오(新潮報)』가 기상천외한 사설을 발표했다. 언관국의 업무효율 저하와 직업윤리 타락을 공격하고 나아가 수뇌간부의 책임을 추궁하는 내용이었다. 『천바오(晨報)』에는 시민의 목소리가 실렸다. "상소리와 비속어, 방언과 사투리에 대한 정책을 차별화할 것을 강력히 요구한다"라는 내용이었다. 『젠캉저우바오(健康週報)』는 기자의 논평을 실었다. '말더듬이는 죄가 없다'라는 제목이었다. 『푸뉘룬탄(婦女論壇)』은 미혼여성 열네명의 좌담기록을 내보냈다. 그들은 유관당국에게 득보다 실이 많은 '언어정화' 운동을 폐지하여 정당한 연애 공간과 성에 대한 사적 대화의 자유를 보장하라고 강력히 요구했다. 공격의 여파가 더 큰 것은 방송

삼사(三社)였다. 자동차 타이어와 임신 잘되는 약 광고가 나왔다. 이윽고 보기 드문 엄숙한 표정의 여자 사회자가 나오더니 의문문으로 이렇게 말하는 것 아닌가——이렇게 가다가는 우리는 묻게 될 것입니다. 언관국은 과연 존재할 필요가 있을까요? 헌법이 보장하는 언론의 자유가 물거품이 되는 건 아닐까요?

출근하자마자 M국장은 어느 대학생에게서 걸려온 전화를 받았다. 연극공연 도중 규범에 어긋나는 말과 우파들이 쓰는 비속어를 썼다는 이유로 언경들이 무리하게 제지한 데 대해 성토하는 전화였다. 그는 언관국이 예술규범을 존중할 것을 강력하게 요구했다. 이번 사태를 엄중 처리하지 않으면 대학가에 큰 시위가 일어날 테니 그때 가서 딴소리하지 말라는 것이다!

M국장은 식은땀을 흘렸다. 전에 매체 관련 부처에 뿌린 영화표가 너무 적었나? 연회 초대장이 부족했나? 그래서 지금 이런 보복을 당하는 것인가? 물론, 그의 의심은 내부의 배신자 쪽으로 더 기울었다 —— 누군가 나를 물먹이려고 사람들에게 폭탄을 제공하고 청년들을 선동한 거야. 그는 알고 있다. 몇몇 부국장들이 국장의 조기퇴직을 꿈꾸고 있다는 것을. 또 툭하면 궤변을 늘어놓는 비서과의 T비서는 사회의 양심을 자처하며 틈만 나면 상관에게 대든다. 국장은 사회경험이 풍부한 사람이다. 요괴를 꿰뚫어보는 통찰력이 왜 없겠는가? 심지어 그는 어느 사회든 T 같은 인물이 상당수 존재한다는

것을 잘 알고 있다. 펜대를 휘둘러 더러운 글을 쓰고 원고료를 챙기고 나면 다시 장발에 누더기를 뒤집어쓰고 내가 빈민입네 허풍을 떤다. 회의시간에 졸고 회의 끝나면 말이 많다. 어떤 날은 자기가 철학 숭배자라며 무협소설 욕을 한참 하다, 또 어떤 날엔 무협소설을 추어올리며 철학을 멸시한다. 입만 열면 과장이다. 그들은 정부의 어두운 면을 공격하는 것을 낙으로 삼아, 아무 데나 대고 침을 뱉는다. 해변이나 역사인물의 묘소 앞에 서서 원대한 뜻과 포부를 아직 펼치지 못했다는 듯 턱을 만지작거리며 사진을 찍는다. 이런 부류들은 저속한 언어를 즐겨 쓰는 만큼 당연히 언관국을 가장 증오한다. 문제는, 중요한 문제는, 이처럼 명예에 환장하는 무리들이 순진한 처녀를 속였다면 모를까, 어떻게 신문과 매체를 속였을까? 그것도 수뇌간부들과 광대한 민중을?

M은 즉각 머리를 빗고 세수를 했다. 그런 다음 정장을 차려입고 시장을 배견하러 갔다. 일처리에 신중하고 주도면밀한 그는 언제나처럼 약속시간 삼십분 전에 도착했다. 승용차도 타지 않았다. 차로 가다 길을 잘못 들까 걱정되었기 때문이다.

시청에서 돌아온 그는 즉시 조사작업에 착수했다. 건물 빌딩에 확실히 수도관 두곳이 막혔고 복도 곳곳에 담배꽁초가 널려 있다. 속으로 그는 시장이 좀 편파적인 데는 있어도 대체로 총명한 편이라고 생각했다.

그는 피로한 몸을 이끌고 즉시 전체회의를 소집했다. 또한 이례적으로 비서에게 담배를 가져오라고 해서는 수시로 코에 대고 쿵쿵 냄새를 맡았다. 그는 일어서서 손가락 두개를 내밀었다. 오늘, 내가 두가지만 말하려고……

그는 국 내부의 사상과 작풍을 철저하게 정돈해야 한다고 주장했다. 그리고 모두가 과학적이고 공정하고 문명인답게 협력하여 언어를 관리해야 한다고 힘주어 말했다. 언관 대오 내부를 좀먹는 벌레를 박멸하기 위해 그는 즉시 정돈사무소를 설립할 것을 선포했다…… 이건 말도 안됩니다. 아주 엉망이에요! 내가 결점이 아주 많은 사람인데, 제일 큰 결점이 너무 마음이 약하고 물러빠졌다는 거예요. 나쁜 사람들에게도 관용을 베풀거든. 동지들! 하지만 이번에는 내가 엄청난 결심을 했습니다. 시장님도 큰 결심을 하셨소——'시장님'이라는 말을 할 때 그의 목소리 볼륨이 세배로 커졌다. 창문이 쩌렁쩌렁 울렸다. 듣고 있던 사람들의 흘러내리던 땀방울이 일제히 정지했다——이번에는 저도 마음 독하게 먹고 눈물을 머금고 군마를 베겠습니다!

그러자 부국장도 발언을 했다. 눈물을 머금고 군마를 벱시다!

비서장도 발언했다. 눈물을 머금고 군마를 벱시다!

과장들도 발언했다. 눈물을 머금고 군마를 벱시다!

나머지 사람들도 극도로 격앙된 상태에서 저마다 입장을 표명했다. 기관의 전면적 정풍(整風)은 바로 이런 함성 속에서 개시되었다. 살이 떨리고 피가 얼어붙는 순간이었다. 누군가가 쌤통이라는 듯 행정과장의 머리를 힐끔 쳐다본다. 저 대가리도 이젠 끝이야,라고 말하는 것 같다.

국장의 제안에 따라 언관 공작의 과학성이 강조되기 시작했다. 빌딩 문 앞에 간판 두개가 추가되었다──'언어관리학회'와 '언어관리 학술총서 편집부'. 그리하여 기관에 순식간에 학구적 분위기가 농후해졌다. 국장과 부국장의 책상에도 영어와 일어 원서가 출현했고 사람들은 '언어'라는 말만 나오면 국제적으로 통용되는 'language' 같은 단어를 사용하곤 했다. 학회의 첫 연례회의도 성대하게 치러졌다. 배산임수. 경치 좋은 해변의 어느 호텔로 장소가 정해졌다. 창문을 열면 멀리 파란 바다 위에 점점이 떠가는 하얀 돛이 보였다. 아련히, 갈매기 울음소리도 들렸다.

초대장을 수도 없이 뿌렸지만 오지 않은 사람들이 많았다. 언관에 대한 인식이 부족하거나 거드름쟁이임에 틀림없다. 소형 승용차들이 덕망있는 원로학자들을 모시러 갔다. A, B, C, D 원로들이 지팡이를 짚고 상투적인 인사를 나누며 고개를 주억거린다. 응급실, 요강, 산소통, 휠체어, 특대 글씨 자료집 등 만반의 준비가 끝났다. 그들은 희희낙락 샤워실부터 들어간다. 들어가기 전, 보청기, 안경, 틀니, 가발 등을 벗는다. 마치 몸 전체가 하나씩 해체될 것 같다. 어쩌면 저 기침 소리도 해체될지 모른다. 여기 막히고 저기 걸리는 것이, 시원하게 뚫리는 맛은 없어 보인다. 식사 자리에서 그들은 죽은 사람들 이야기로 꽃을 피웠다. 요즘 거시기 봤어? 죽었다고? 안

됐구먼. 거시기도 죽었어, 몰랐어? 거참. 듣자하니 거시기가 동맥경화에 걸렸다는데, 얼마 못 가게 생겼어. 저런. 거시기는 당분간은 안 죽겠다는군. 등등.

대형 여행버스에서 중견, 소장 학자 들이 회의장에 속속 도착했다. 위풍당당하다. 머리에 구두약으로 광낸 사람, 전신에 향수 냄새가 코를 찌르는 사람, 이발소에서 곧장 왔는지 머리 주변이 푸르스름한 사람. 그들은 서로 인사를 하고 상대방의 가슴을 두드리거나 어깨를 툭툭 쳤다. "이 자식" 하고 고함지르는 게 보통 사이가 아닌 듯하다. 그들은 '스승님' '사모님'께 경로의 예를 잊지 않았다. 면식이 없는 노인네 앞에 가서 "중학교 때 선생님의 대작을 읽은 적 있습니다"라거나 "저는 선생님의 책을 읽으며 자랐습니다"라며 공손히 예를 갖췄다. 그러나 어느샌가 등을 돌려 동년배들과 시시덕거리며 밀담을 나누느라 정신없다. 들어보면 그 내용인즉슨 이렇다. 먼저 식사의 급을 물어보고, 회의 후에 댄스파티와 영화상영이 있는지 묻는다. 그리고 신참들에게는 절대 논문을 내지 말고 요약문만 제출하라고 충고한다. 왜냐하면 창작력이 고갈된 '노땅'들이 지금 한창 남의 아이디어와 소재를 표절할 때이기 때문에, 제아무리 군자라도 예방을 해야 한다는 것이다. 그런가 하면 얼마 뒤 열릴 이사회에 비상한 관심을 보인다. 주먹을 휘두르며 학회의 고령화를 더이상 방치하면 안된다느니, 이번에 '노땅'들을 끌어내리지 않으면 안된다느니, '세대차이'는 객관적인 현실이므로 방도가 없다느니…… 너무 자주 몰려다니며 중대사안을 토론해서 그런지, 그들은 늘 지갑을 잃어버렸다——내 가방을 어디다 뒀더라. 그래서 밥을 먹기 전이나 후, 언제나 친구를 찾으며 허둥댄다. 어이, 내 가방을 자네 방에 두고 왔나? 참, 귀신이 곡할 노릇일세!

부문별 대표성을 기하기 위해 기층 아마추어 언감원들도 초대되었다. 문화수준이 그리 높지 않은 이 아저씨, 아줌마들은 학회장에서도 붉은 완장을 차야 하는지 말아야 하는지 몰라 우왕좌왕했다. 대부분 싸구려 담배를 피웠다. 그들은 문화인들이 매점에서 녹음테이프와 책을 사는 걸 이해하지 못했다. 자기들끼리 쉬쉬하며 벽걸이 에어컨과 욕실에 있는 뱀처럼 생긴 용 대가리의 사용법을 물었다. 그들은 일찍 자고 일찍 일어났다. 큰 소리로 "밥 먹으러 가자"라고 소리 지를 때 외에는, 지루해도 꾹 참았다. 기껏해야 호텔의 화초나 창틀의 나사구멍을 요리조리 살펴보며 자신도 연구에 흥미가 있음을 과시할 뿐이었다. 개중에 좀 배웠다는 이는 시종 고위급 문화인사들을 향해 눈을 흘겼다. 저기 저 안경잡이가 뭐 대단한 줄 아나? 천하의 문장은 다 표절이야. 알아? 표절이라고.

드디어 개회가 선포되었다. 물론 제일 바쁜 사람은 N이다. 빨간 치마를 입고 들락날락, 원로학자, 중견학자, 소장학자들과 담소를 나누면서도, 보온병과 찻잎 그리고 녹음기 테이프를 갈아끼워야 할 타이밍에 주의했다. 사람들과 이야기를 할 때면 갑자기 눈썹을 찡그리다가 또 호호 웃었다. 그러다 누군가에게 은밀히 불려나가기도 했다. 잘 들어보면 영화표를 얻어달라는 부탁 같다. 영화표를 얻으러 온 사내에게 그녀는 최선을 다해보겠지만 안되면 어쩔 수 없다고, 상냥하게 말한다.

M국장의 개회사가 끝났다. 이제 착석하여 학자들의 발표를 들을 시간이다. 예의를 차리기 위해 M국장은 엉덩이를 의자 표면에 최대한 가볍게, 천천히 댔다. 만년필을 손에 잡았다. 무언가를 쓰려 했지만 쓸 수가 없었다. 쓰면 쓸수록 과학이란 놀랍고 두려운 것이었다. 방금 전 "남곽 선생 피리 불기"*라며 겸손을 떤 것이 천만다행이다.

대부분의 학자들이 심오한 이야기를 했다. 학술적 가치도 높았다. 어떤 이는 외국인의 이름을 읽을 때 외국어처럼 들리도록 악센트에 주의해서 발음했다. 이를테면 '꼰스딴쩐(Konstantin)'의 '꼰'을 아주 높게 읽고 '딴'은 반드시 길게 끌었다. 위에서 떨어졌다 미끄러져내려와 신속하게 매듭지었다. 외국어로 한참 떠들고는 해석을 붙이지 않을 때도 있었다. 평소 쓰던 외국어가 자기도 모르게 입에서 나왔다는 듯. 어떤 때는 하던 말을 멈추고 오만상을 쓰며 머릿속에 든 개념을 어떻게 표현할지 고심하다, 결국은 중국어에 적당한 단어가 없다며 투덜거렸다.

....

* 전국시대 제나라 선왕이 피리 합주를 매우 좋아했다. 이에 남곽 선생이 몰래 악대에 들어가 피리를 부는 척하며 공밥을 먹었다. 얼마 후 선왕이 죽고 피리 독주를 좋아하는 아들 민왕이 왕위에 오르자 남곽 선생은 슬그머니 달아났다.

외국어를 못하는 사람도 있지만 그렇다고 범재(凡才)인 것
은 아니다. 방대한 자료들을 두루 섭렵하고 고금에 통달하여
말끝마다 구구절절 전고(典故)를 들이댄다. "언어는 아주 중
요하다"라는 말 한마디를 위해서도, 어느어느 출판사가 몇년
에 낸 무슨 책 몇면 같은 주석을 달았다. 그들의 근엄한 학자
적 엄숙성과 나이 들어서도 지치지 않는 학문적 열정에, M국
장은 감히 기침 소리도 내지 못했다.

줄줄 외는 고시(古詩) 구절은 강연의 내용을 한층 풍요롭
게 했다. 엄숙한 기조에 생기까지 가미되었기 때문이다. 또한
심심하면 들춰보는 게 고시인 그들인지라, 암송 또한 기가 막
히게 유창했다. 결코 원고를 보는 일이 없었다. 다섯 수레 가
득 책을 읽은 내가 원문을 찾아볼 필요가 있을쏘냐.

국장 옆에 앉은 곱슬머리 청년 학자가 냉랭한 표정으로 콧
방귀를 뀌고 있다. 국장은 생각했다. 후생이 가외라더니, 이
신진 수재가 더 높은 경지에 있는 건가?

국장의 등에 또다시 서늘한 땀방울이 맺혔다.

아니나 다를까, 곱슬머리 청년 수재의 발표순서가 되었다.
단상에 오르자마자 곱슬머리를 흔들며 대범하게 담뱃불을
붙인다. 규칙과 규범을 가볍게 무시하는 폼이 어딘가 심상치
않다. 그리고 커다란 갈색 뿔테 안경을 벗고는 탁자를 만지작
거린다. 수평으로 뻗어나가는 그의 눈빛이 회의장 허공을 미
끄러지듯 나는 제비 두마리에 가서 꽂혔다. 한참 동안, 마치
인류의 다음 세기를 고심하는 듯, 아무 말이 없다. 청중 사이

에서 웅성웅성 소리가 나기 시작했다. 비로소 입을 연 그는 제비에 대해 말하기 시작했다——자유의 세상을 향해 비상하는 제비에서 출발하여 학문적 자유의 필요성까지. 먼저 어떤 사물에 대해 논한 다음 주제로 들어가는 비흥(比興)* 수법이다. 과연 격이 달랐다. 그제야 사람들은 그에게 원고 자체가 없음을 알아차렸다. 다음 순서에 발표할 일부 중견학자들의 얼굴색이 좋지 않다. 그러나 마음속에 이미 대나무를 갖고 있는** 이 신인 천재는 조금도 개의치 않았다. 그는 고대 이집트 문화와 나뽈레옹 제국, Z시의 도시조각물, 그리고 방금 회의 시작하기 전 스피커에서 흘러나온 교향곡에 대해 논한 후, 앞서 A원로가 제기한 D원로의 관점이 사실 C원로가 G원로에 보내는 서신에 이미 언급이 되었다고 말했다. 그리고 자신은 F와 J와의 사적인 대화를 통해 그 관점에 동의를 표한 바 있다고 말했다. 입만 열면 청산유수에 좌우로 막힘이 없는 그의 언변은 최소한 일고여덟명의 마음을 후련하게 했다——기분좋게 귀를 후비는 사람도 있었다.

그러나 그는 결코 저속하게 뼁치지는 않았다. 청년은 용감하게 탐색하고 도전해야 한다며 특정 원로를 겨냥하여 직언과 헛소리까지 예사로 했다. 저는 스승님을 사랑하지만 진리

---

* 중국 고전시 이론용어. 먼저 다른 사물을 거론한 다음 그로부터 본의(本意)를 끌어내는 표현기법을 뜻한다.
** 대나무를 그리기 전에 마음속에 이미 대나무가 있어야 한다는 말로, 송나라 문장가 소식(蘇軾)의 말이다.

를 더 사랑합니다. 안 그렇습니까? 그래서 그는 다시 한번 담배에 불을 붙여 들고 언어의 정확성과 명징성, 생동성과 효율성에 대해 논했다. 그리고 시대감, 민족감, 역사감, 진실감, 문화감, 유동감, 승화감, 공간감, 복사(輻射)감, 거시감, 전위감에 대해 논한 다음, 대(大)화음대위법 원리와 언어의 자체 반응력과의 비선(非線)적 함수관계를 논하고, 언어밀도의 정서적 효과와 방언 흡수 과정 중 엔트로피 증가의 절대적 추세에 대해 논했다. 그리고 광의적 상대성 이론과 원시토템의 철학적 의미가 정보공학의 정량 분석과 마름모 수학 공식에 있어 긴박한 과제라며 학계가 이 문제에 충분히 주목하고 쓸데없는 관료적 말투를 타파해야 한다고 말했다. 마무리 발언이 다시 제비로 돌아간 것은 물론이다.

제비―그는 손을 들어 허공을 한차례 사납게 휘저었다. 불과 방금 전만 해도 자유를 향해 비상하던 제비가 이제는 "영원한 시공간의 비밀을 간직한 언어의 제비"가 되어 날아올랐다.

그는 고요히 눈빛을 거두고 신음을 내뱉었다. 재떨이에 담배꽁초를 세심하게 비벼 껐다. 마치 연주를 마친 후에도 여전히 음악의 성역에 빠져 있는 피아니스트처럼, 그는 오래도록 현실로 돌아오지 못했다. 강당의 기둥을 휘감는 여음에 빠져든 청중도 한참 후에야 그의 발언이 끝났음을 깨닫고는 곳곳에서 박수를 쳤다. 특히 미스 N의 눈에 존경의 빛이 글썽거렸다. 그녀는 향수 뿌린 손수건으로 연신 자기의 오똑한 콧날을 훔쳤다.

박수 소리가 몹시 뜨거웠다. 그런데 M국장은 단상 아래 상당수의 사람들이 수군거리는 것을 알아차렸다. 그들의 얼굴엔 못마땅하지만 들어줄 만하다는 기색이 보였다. 젊은 친구가, 거참…… 허허……

그러니까 그렇게까지 눈을 휘둥그레 뜨고 입을 쩍 벌릴 필요는 없었던 것이다.

회의는 이런 식으로 하루하루 개최되었다. 너 한마디, 나 한마디, 아무개 한마디. 이것이야말로 정통 회의방식임에는 추호도 의심의 여지가 없다. 매일 오전 세시간, 오후 두시간 반이라는 회의시간의 배치는 그리 힘든 편은 아니었다. 회의 중간중간 약간의 실습 프로그램도 끼어 있었다. 도교 사당 관람이나 야시장, 자연탐방 등등. 모두들 함께 나가 천년 묵은 용수나무를 감상했다. 어느 원로학자가 "괜찮군"이라고 말하자 중견학자도 "괜찮군"이라고 말했다. 소장학자도 "괜찮군"이라고 말했다. 모두들 사진을 찍기 시작했다. 먼저 단체사진을 촬영하고, 개인별로 동향과 동창 같은 온갖 명목 아래 산발적 촬영이 진행되었다. 누군가 어느 원로시인을 챙겨야 겠다 싶었는지 얼른 달려가 그를 용수나무 아래로 끌어다 앉힌다. 찰칵, 한장 더 갑니다.

M국장이 거듭된 권유에 원로시인은 입을 한번 쓱 닦고 즉흥시 한수를 지었다.

평생에 행운을 얻어 연회를 만나니
언어학자들이 모여 학회를 열었네
이백서른여덟명의 남녀들이
해변에 모여 학회를 열었네

시낭송이 끝나자 오랜 벗들이 여기저기서 좋군, 좋아, 하며 악수를 청하고 경축했다. 시를 좀 아는 M국장도 질세라 시인 의 말라빠진 손을 꼭 쥐고 오래도록 놓지 않았다.

당연히 회의장 음식도 과학연구의 수요를 충족했다. 비록 시(市) 규정에 의해 요리 네접시와 탕 한그릇이 전부였지만, 한접시에 세가지 요리가 담긴 것을 셋으로 치면 역시 상당히 다채로운 식단이다. 정제된 쌀과 밀가루로 만든 음식은 잘 꺼지지도 않았다. 일순 몸의 영양상태가 좋아지자, 체내에 부풀어오르는 안락함을 감당하지 못해 피부에 발그레한 미열이 올랐다. 식욕감퇴와 비만을 방지하기 위해 식후 산보시간도 늘어났다. 또다른 조치가 마라톤 회의 경험이 많은 누군가의 소개로 마련되었다. 바로 차를 많이 마시는 거였다. 휴식시간만 되면 왁자지껄 서로 비집고 밀치며 앞다투어 화장실 문 앞에서 줄 서기 바빴다. 찍찍 소리와 함께 소변통에 차오른 누런 물이 잘 내려가지도 않았지만, 사람들은 얼른 지퍼를 올리고 종종걸음으로 회의장으로 돌아왔다.

M국장도 차를 너무 많이 마셨는지 자주 요의가 생겼다. 그러나 그날따라 화장실 운이 따르지 않았다. 두번이나 화장실

에 갔지만 그때마다 사람이 너무 많았다. 그래서 그는 매점 옆에 난 한칸짜리 화장실로 갔다. 그런데 하필이면 문 앞에서 원로시인이자 학자인, 이번 대회의 최고 연장자와 마주친 것이다.

M국장은 멍하니 섰다가, 먼저 들어가시라며 얼른 옆으로 비켜섰다.

상대방도 만면에 자애로운 웃음을 지으며 먼저 들어가게, 라고 했다.

국장이 말했다. 사양하지 마시고 먼저 들어가십시오.

상대방이 말했다. 먼저 들어가게. 사양하지 말고.

국장이 말했다. 먼저 가십시오. 누가 먼저 가나 다 마찬가지입니다.

상대방이 말했다. 먼저 가게. 다 마찬가지니.

약 십분간 대치상태가 지속되었다. 결국 원로시인 측에서 복종이 사양보다 낫다며 국장의 과학적 경의를 받아들였다. 그러나 역시 언어학자답게 화장실 문을 열면서 농담 한마디를 던진다. 긴 창을 든 그이, 군왕을 위해 선봉을 달리네.* 허허허.

국장은 문 앞에서 한참을 기다렸지만 문은 꿈쩍도 하지 않았다. 안에서 이따금 헛기침 소리만 날 뿐이었다. 다시 공중화장실로 가는 수밖에 없었다. 그런데 로비로 돌아가자마자

---

* 『시경』「위풍(衛風)」 '백혜(伯兮)'의 한 구절.

수많은 사람들에 둘러싸이고 말았다.

먼저 말을 건 사람은 누런 얼굴에 챙이 넓은 모자를 쓴 사람이다. 입속의 비곗덩이를 질근거리며 그는 M국장에게 명함을 줬는지 기억이 안 난다며 다시 한장을 건넨다. 그리고 싸늘한 표정으로 묻는다. 국장님께 하나 묻겠습니다. 이게 학술단체입니까, 아니면 행정기관입니까? 이사회에 왜 이렇게 많은 과장들이 들어 있습니까?

M국장이 말했다. 그게…… 그러니까……

상대방이 다시 말했다. 제가 나가는 학회가 이삼십여군데인데, 여기서는 이사 같은 거 안해도 좋습니다. 문제는 이 학회처럼 관계와 학계 구분이 없는 곳은 못 봤단 말입니다……

말하는 도중 누군가가 그를 밀어낸다. 얼굴이 크고 허여멀건 사람 하나가 밀고 들어왔다. 그는 국장이 뭐라고 말할 틈도 주지 않고 한번 웃고는 손에 든 이사회 명단을 가리키며 묻는다. M국장에게 묻겠습니다. 이게 전시(全市)급 학회입니까? 아니면 어느 급에 해당합니까?

국장이 단호하게 답했다. 국(局)급입니다. 당연히 국급이죠!

상대방은 자신감이 생긴 듯했다. 그러면 지도자급 기구이니, 그 이사회 성원들은 국급 간부에 해당하겠네요? 적어도 부국급은 되겠지요?

M국장은 대답하기가 쉽지 않았다. 어, 에. 개인마다 다르죠, 물론…… 그건…… 상급인사 관련부서와 의논을 해봐

야……

상대방이 점잖게 요구했다. 결과가 나오면 문건으로 작성해서 규정을 명시해주시기 바랍니다. 혼란을 피하기 위해서말이죠. 아시겠지만 요즘 지식인과 인재를 함부로 대하는 풍조가 아주 심각하거든요.

그때 멀리서 소란스러운 소리가 들려왔다. 어느 뚱보가 미스 N의 저지를 뚫고 이쪽을 향해 돌진해왔다. 전부터 그 뚱보에게 괴롭힘을 당해온 M국장은 즉각 상황을 파악했다. 저뚱보는 당선된 이사 명단에 자기 이름 한 글자가 잘못 인쇄되었으니 다시 인쇄하라며 트집을 잡으러 온 것이다. 안 그러면 대학교수의 신분으로 항의서를 제출하겠다며.

M국장은 사람들이 몰려드는 틈을 타 살짝 빠져나갔다. 그러나 화장실 문을 열려는 순간 또 잡히고 말았다. 아마추어언감원 아줌마들이었다. 마치 무슨 중요한 용건이라도 있는표정인데 말을 꺼내지 못한다. 서로 쿡쿡 찌르다 한명이 옆의 하나를 세게 꼬집었다. 그러고는 깔깔거리며 뒤로 몇보 물러난다. M국장은 추궁을 해야 하나 가만히 있어야 하나 싶어어물쩡 서 있었다. 마침내, 그녀들이 웃음을 멈췄다. 그중 하나가 빨개진 얼굴로 말을 꺼낸다. 국장님, 궁금한 게 있는데요, 우리…… 그거 없나요…… 그거요.

그거라니?

국장이 어리둥절해하자 그녀들은 다급해졌다. 방금 전만해도 말을 못하던 여자들이 순식간에 뒤질세라 앞다투어 종알거렸다. 수료증요. 양성반에서 공부한 수료증요. 사람들 말이 배운 사람들은 돈을 많이 번다던데, 왜 그렇겠어요? 학위가 있어서 그런 거죠. 우리도 반달이나 공부했는데 뭔가가 있어야 하지 않겠어요?

국장이 입장을 밝히지 않자 저마다 한마디씩 떠들기 시작했다. 길거리에서 일하는 게 얼마나 힘든지 아느냐, 당신은 입으로 떠들지만 우리는 다리가 부러져라 돌아다녀야 한다, 이번에 뜨개질도 젖혀두고 언관 공부하느라 머리에 쥐가 날 지경인데 뭔가 보상이 있어야 하지 않느냐, 누군 호텔에서 안 자본 줄 아느냐, 이번 학회에 참석하느라 할 일을 다 미루고 왔는데, 우리 집 화상은 밥도 못하고…… 뭐가 재밌는지 서로 꼬집어뜯고 난리를 피우더니 또 한번 박장대소가 터진다.

이미 얼굴이 하얗게 질린 M국장은 따라서 웃는 수밖에 없었다. 그녀들의 말을 경청하는 수밖에 없다. 그는 이십여년 국장 경력에서 얻은 온갖 방법을 동원하여 각 방면의 인사를 응대해야 했다. 어깨를 두드리고 악수를 하고 상대방의 옷깃을 만져주기도 했다. 음식은 어떠냐, 사과는 먹었느냐, 사진은 잘 나왔느냐. 그러다 어느 순간에는 엄숙하게, 오늘 발언이 아주 좋았으니 꼭 간단한 보고서를 작성해 올리라고 했다. 혹은 웃음을 띠며 딴청을 피우다 이렇게 말한다. 나도 학벌주의에는 반대지만 국가의 고용정책이 이런데 난들 무슨 수가 있겠습니까. 결국, 그는 이번 회의의 수확이 아주 컸다며 이런 회의는 자주자주 열어야 한다는 말로 매듭지었다. 여러분도 나중에 언관국에 자주 놀러 오세요. 만약 수위가 못 들어오게 하면 나한테 직접 전화하십시오. 괜찮으니…… 이런 말을 하는 그는 유난히 상냥하고 친근해 보였다. 다년간 논두렁에 걸터앉아 농민들과 집안일을 이야기하고 청소부의 생활을 알뜰살뜰 챙겨온 사람처럼.

하루가 그렇게 지나갔다. 간신히 사람들 틈을 빠져나온 그는 비로소 생리적 임무를 떠올렸다. 그러나 얼룩덜룩 축축한 타일 바닥을 밟는 순간 암모니아 냄새에 눈을 뜰 수 없었다. 어지럽고 귀까지 윙윙거려 금세라도 토할 듯했다. 그는 소변을 볼 수 없었다.

학회 의료실에서 진단이 나왔다. 소변을 너무 오래 참아 요도감염중독이 되었다는 것이다.

국장은 회의장을 먼저 떠나야 했다.

6

M국장은 요양원에 한달간 머물렀다. 체중도 약간 증가했고 증상도 다소 완화되었다. 여전히 연필로 문건에 동그라미와 줄을 그었고 초보적이나마 테니스와 교향곡 감상법도 익혔다. 포커 기술도 눈에 띄게 향상되었다. 패가 끝내준다고 너스레를 떨면서 상대방의 패를 조용히 채왔다.

그러나 그곳 생활이 특별히 편한 것은 아니었다. 담백하고 달달한 음식을 좋아하고 매운 음식은 못 먹는다고 식당 매니저에게 몇번이나 말했다. 그럴 때마다 매니저는 알았다고 고개를 끄덕였지만 식판에 올라온 음식은 언제나 빨갛게 튀긴 고추였다. 또 선풍기도 이상했다. 사단계로 올리면 일단계로 내려가고 일단계로 맞추면 사단계로 올라갔다. 요양원 측에 수리를 해달라고 했다. 과연 전기공 하나가 와서 만지작거리기는 했다. 그러나 그가 간 후에 선풍기는 아예 움직일 생각을 관두고 다소곳이 앉아만 있다.

방을 같이 쓰는 땅딸보 늙은이도 M국장의 골칫거리였다. 그 늙은이는 저녁만 되면 괴상한 소리를 내며 코를 골았다. 고는 방식도 아주 규칙적이어서 꼭 타지방 말처럼 들렸다. 낮에는 늘 베개 청소를 한다며 베개 속에서 무언가를 파헤치거나 방구석 난로 옆에서 커다란 엉덩이를 M에게 들이밀면서 줄담배를 피운다. 가만 생각해보면 장장 반달간 그 늙은이의 얼굴을 못 본 것 같다—그 노인네 머리가 달려 있었나?

그는 퇴원하기로 결심했다. 차를 한대 불러 타고 시내로 향했다. 달릴수록 늘어나는 길 양쪽 빌딩들의 노랗고 하얗고 빨갛고 파란 색이 너무나 찬란해서, 마치 진짜가 아니라 장난감 상자 같았다. 가로수 잎의 선명한 녹색도 두껍고 단단해 보였다. 햇빛을 받아 반짝이는 잎들이 밀랍으로 만든 가짜 같다. 줄지어 늘어선 광고판들이 차창 밖으로 빠르게 지나갔다. 그림 윗부분이 상당히 현대적이었다. 사람이 기하학 모형으로 변하고 그림은 피부가 벗겨진 청개구리가 되었다. 머리 큰 여자 하나가 행인들을 노려보고 있다. 굵고 검은 아이라인을 그린 눈이 판다를 연상케 한다. 판다가 가죽부츠 한짝을 높이 들어올린다.

그는 거리에 챙이 넓은 파란 모자가 거의 보이지 않는 것을 발견했다——그러고 보니, 법 집행자들이 다 어디로 간 거야? 왜 자기 자리를 안 지키고 있지?

이상한 생각이 들었다. 생각하다보니 자기도 모르게 입에서 욕설이 나왔다. 한번 언관 수행 상태를 시험해봐야겠다는 생각이 들었다.

과연 예상대로였다. 무슨 욕을 어떻게 하든, 하다 하다 조상 팔대까지 욕을 해도 아무런 움직임이 없었다. 뒷창문으로 언감서(言監署) 경찰차도 보이지 않았고 삐용삐용 경보음도 들리지 않았다.

아주 해이해졌구먼, 해이해졌어! 그는 얼굴이 벌게졌다. 문명적으로 집행을 하라고 했지, 누가 아예 손을 놓으라고 했나, 어떻게 일하는 게 이렇게 극단적이야?

택시 기사는 영문을 모르는 듯 멍하니 있다가 한참 만에 아아, 하며 웃었다. 국장님, 어르신 쓰시는 용어도 바꿔야겠습니다. '해이'가 뭡니까? 지금은 그걸 '활발'이라고 합니다.

M국장은 오리무중에 빠졌다. 누가 그렇게 정했어?

아무도 정한 사람 없습니다. 그냥 사람들이 다 그렇게 말하지요.

해이는 해이고 활발은 활발이고, 두 단어의 뜻이 완전히 다른데. 내가 언어학 동네에서 먹은 밥이 몇그릇인데, 그것도 모를까?

국장님, 저도 그렇게 생각합니다. 하지만 그렇게 말하면 저들이 나를 바보라고 합니다.

기사가 한참 동안 설명한 덕에 국장은 상황을 파악할 수 있었다. 그가 입원해 있던 사이 언관사업에 큰 진척이 있었던 것이다. 전문가의 자문에 따라, 언어미화로 인간관계를 양성화하기 위해 각종 자극적 단어들이 제재를 받게 되었다. 이를테면, 대학교수가 학생의 좋지 못한 학습상태를 질책할 때, 알 듯 말 듯한 표정으로 한번 웃은 다음 이렇게 말한다. "그 친구, 똑똑하긴 아주 똑똑하지." 만약 어느 교수의 평가가 "책은 잘 읽지"라면, 그것은 그의 재능이 두루두루 의심스럽다는 말이다. 사고방식이 진부하고 둔해 창의력이라곤 없다는 뜻이다. 기관에서도 마찬가지다. 고집불통인 사람에 대해, 사람들은 그냥 이렇게 말한다. "기백이 아주 대단해." 또 빤질빤질 여기 붙었다 저기 붙었다 하는 사람에 대해서는 "그 친구, 당연하지, 뭐랄까? 인간관계에 아주 세심해"라고 말한다. 또한 어느 기관의 수장에 대해, 업무능력은 꽝이면서 월급만 축낸다는 말은 결코 하지 않을 것이다. 기껏해야 이렇게 말할 뿐이다. "그 사람 노력파야. 열심히 하지. 장점과 강점이 있어. 다만 다른 데서 수장을 하면, 허허, 자네 생각은 어떤가……" 말할 것도 없이 이러한 언어의 혁신은 분명 수많은 부서에 화기애애한 분위기를 증진했다. 이런 성과에 근거하여, 관련부처에서 또다른 건의가 제기되었다. 즉, 앞으로는 모든 출판물과 사전(辭典)을 엄격히 검토, 수정하여 폄의어(貶義語)를 모조리 없애버리자고. 이 사안은 이미 신문지상에서 광범위하고 열띤 토론을 거쳤다.

M국장은 그 말이 십년 독서보다 낫다는 생각이 들었다. 순간 갑자기 주변이 어두워지더니 끽 하며 차가 정지했다.

M이 물었다. 왜 안 가?

기사는 대꾸도 없이 차에서 튀어나갔다. 곧장 차 트렁크에서 담배와 맥주를 꺼내들고 가버린다. M은 아무리 해도 그의 얼굴이 생각나지 않았다. 그도 얼굴이 없었나?

M은 차창 밖을 내다보았다. 어두워진 것은 어느 빌딩 하나가 창문을 가로막고 있기 때문이었다. 그의 시선이 건물의 정문에서 꼭대기로 이어졌다. 하마터면 쓰고 있던 모자가 벗겨질 뻔했다. 뒷덜미의 살가죽이 눌려 아파왔다. 그는 자기 눈을 믿을 수가 없었다. 요도감염중독을 고쳤을 뿐인데 그사이이 빌딩이 이렇게 높아졌단 말인가?

고층빌딩 앞에 걸린 간판을 보았다. 언어관리 '국'이 '총국'이 되어 있었다. '총' 자에 그만 치통이 다시 도졌다. 일그러진 입이 쫙 벌어지고, 헉, 신음 소리가 터져나왔다. 어쩐지 얼마 전 전화통화에서 동료들이 우물우물하더라니, 시장 비서도 계속 마음 편히 먹고 요양에 전념하라고 하더라니 — 알고 보니 술을 먹여 병권을 놓게 한 것이었어.* 나 모르게 이런 엄청난 꿍꿍이가 있었다니.

그는 화가 머리끝까지 나 빌딩 안으로 들어갔다. 복도가 전보다 한층 복잡하다. 문서 캐비닛이 늘어났을 뿐 아니라 쓰던 소파와 탁자, 간이침대, 접이식 의자 들로 빽빽하다. 앞으로 엎어진 소파들은 마치 무릎을 꿇고 고개를 숙인 채 비판을 받고 있는 듯했다. 어디서 이런 문서들이 쏟아져나와 산처럼 쌓인 거지, 이런 곰팡이 냄새와 먼지를 풍기면서.

건물은 모든 층마다 이렇게 어수선했다. 복도를 돌면 눈에 띄는 길목마다 흰 바탕에 붉은 글씨로 된 낯선 간판들이 보였다. 상업언어국위생구, 농촌언어국위생구, 간부언어국위생구, 오심판결국위생구, 행정국위생구, 비서국위생구, 정돈국위생구, 업무훈련부위생구, 기관자제교육사무실위생구 등등. 이전의 과(科)와 실(室)은 지금 죄다 국이 되었다. 매 구간마다 먼지와 휴지 조각을 처리하는, 공무에 분주한 사람들의 모습에 국장은 심장이 뛰고 살이 떨렸다. 수많은 낯선 얼굴들과 마주쳤다. 서류철을 끼고 계단을 올라가는 사람, 서류가방을 들고 내려오는 사람 들이 바쁘게 그의 어깨를 밀치고 지나갔다. 모두 그의 새 동료 같았다. 리모델링 일꾼도 있었다. 이 방에서 저 방으로, 저 방에서 이 방으로 사무용 탁자를 옮기는 가운데 탁탁 쿵쿵 소리가 나고 먼지가 사방으로 날렸다. 그러다 탁자 하나가 문틀에 걸리자 사람들은 이렇게 소리 질

* 송 태조 조광윤(趙匡胤)이 중앙정권을 강화하기 위해 하루는 고위군관들을 불러 연회를 베풀었다. 그 자리에서 위협 반 회유 반으로 군관들의 병권을 강탈했다.

렀다. "하나, 둘, 셋! 여차……"

마침내 옛 부하직원들을 만났다. 그런데 이상한 것은 먼저 와서 가방을 받아주기는커녕 인사를 하거나 악수를 청하지도 않는 것이다. 마치 처음 보는 사람인 듯. 정신수양을 많이 쌓은 M은 소인배처럼 굴지 않기 위해 화를 꾹 참았다. 오히려 자기 쪽에서 먼저 다가가 예전처럼 만면에 미소를 지으며 전(前) 정치공작과장의 어깨를 탁탁 두드렸다. 바쁘지? 사무실 옮기나? 내가 좀 도와줄까?

전 과장은 돌아보지도 않고 위층을 가리켰다. 고충처리는 위층입니다. 접대국은 오층이고요.

M국장이 농담에 응수했다. 그래. 이 늙은이가 고충을 처리하려고 왔지. 어제 자네가 마누라 두드려팬 걸 고발해야겠어.

옆에 있던 여자 간사가 후다닥 달려왔다. 어디 소속이세요? 랴오(廖) 국장님께 그렇게 말하면 안되죠.

M은 깜짝 놀랐다. 뭐? 저 친구가…… 국장이 됐어?

말투가 낯익었는지 전 과장이 고개를 돌려 M을 위아래로 훑었다. 아, 국장이시군요. 미안합니다. 제가 눈썰미가 없어서 좀 느리잖습니까. 그저 한계단 좀 올랐습니다. 인민을 위해 일을 더 많이 하게 되었지요. 그런데 국장은……

이제 병이 다 나아서 출근하러 왔네!

아, 아, 네. 아직 국장이니 당연히 출근을 해야지요. 전 과장은 고개를 돌려 여간사에게 분부했다. 얼른 가서 국장을 자리로 안내하게.

예전엔 '국장님'이었는데 지금은 '국장'이 되었고, 전에는 사근사근하던 친구가 지금은 삿대질을 섞어가며 여간 오만방자한 게 아니다. M은 진노했다. 그의 코를 물어뜯지 못한 게 한스러울 뿐이다.

그는 씩씩거리며 자기 사무실로 갔다. 뜻밖에도 아주 구석에 있었다. 문 앞에 보초 서는 언경도 없고 대기실에 비서도 없다. 방문을 여니 안이 몹시 어수선하다. 바닥에 문건들이 수북이 쌓여 있고 창문 커튼도 낡고 더럽다. 신형 에어컨이 있긴 한데 아무리 해도 리모컨이 작동되지 않았다. 리모컨에 문제가 있는 모양이다. 그곳에서 미스 N이 전화를 하고 있다. 검은색 원피스에 아슬아슬하게 말아올린 머리 때문인지 어딘가 그윽한 분위기를 풍겼다. 그녀는 창문을 보고 앉아 두 다리를 흔들며 미간을 찌푸렸다가 무릎을 두드린다…… 아무 말 하지 마세요, 아무 말도—지금 업무시간이에요. 아시잖아요. 짜증나!

요년이 또 전화통을 삶아먹고 있구먼. M국장은 전처럼 못 들은 척했다.

그녀가 그를 힐끗 쳐다봤다. 못 알아본 모양인지 손을 휘휘 젓는다. 거기, 거기, 서랍이 아니라 하수도가 또 막혔다고요. 이번 수리공들은 도대체 왜들 이래, 제대로 하는 게 없으니……

그렇잖아도 서랍이 안 열려 화딱지가 나던 차에 그런 황당무계한 말까지 듣자 국장은 그만 폭발하고 말았다. 날더러 지

432

금 변기통을 고치라는 거야?

그녀가 눈을 커다랗게 떴다. 뭐라고요?

그가 차갑게 웃는다. 내가 변기 고치러 온 사람 같나?

지난날의 '회의 서시'가 당황한 기색으로 아득해진 기억을 더듬는다. 마침내 옛 상관을 기억해내고는 손뼉을 친다. 그녀의 달콤한 입이 놀라움으로 쩍 벌어졌다. 어머나, 국장님 아니세요? 정말 죄송해요. 그렇게 살이 쪄서서 완전히 다른 사람인 줄 알았잖아요. 못 알아본 제가 나쁜 년이에요……

M국장은 그래도 화가 풀리지 않았다. 제멋대로야, 제멋대로. 기관이 어쩌다 이렇게 엉망이 됐어?

N이 말했다. 그러게 말이에요. 부국장이 된 지 며칠 만에 완전히 녹초가 됐지 뭐예요. 툭하면 하수도가 막혀, 전기가 나가, 바빠서 머리를 손질할 시간도 없어요. 그런데…… 서랍이 안 열리나봐요?

열쇠까지 부러졌다. 그야말로 책상을 통째로 들어 창밖으로 내던지고 싶은 심정이었다. 일을 하게 해야 할 거 아냐, 일을!

그녀는 통통한 어깨를 으쓱하며 안됐다는 듯 생각에 잠겼다. 맞아요, 좋은 책상이 하나 있어요. 하지만 이 일은 제 업무와 무관하니 아무래도 T를 찾아가보셔야겠어요.

갈수록 태산이다. 왜 T를 찾아야 하나, 그리고 왜 내가 가서 찾아야 하지? 그 애송이 녀석이 순식간에 관운대통이라도 했나?

N이 설명했다. 그게 아니고요.

내 말이 그거야. M국장이 씩씩거렸다. 길거리에서 아무나 잡아다 관료를 시키는 게 T보다 만배는 낫지. 그는 분명히 기억한다. 그의 밑에서 비서를 하던 시절, T는 규정을 어겨 전기난로에 라면을 끓이고 냄새나는 양말을 캐비닛에 쑤셔넣었으며 업무시간에 문을 걸어닫고 포커를 쳤다. 행실이 나쁘기로는 둘째라면 서러운 놈이다. 그런 놈이 권력을 찬탈하면 국가가 어떻게 될 것이며 세상은 또 어찌 될 것인가?

M국장은 비서국에 딸린 작은 사무실로 T를 찾아갔다. 이상하게도 T는 포커는 안 쳤지만 보란 듯이 대놓고 가죽구두를 고치고 있다. 가죽 쪼가리와 실밥 들이 탁자에 너저분하게 널려 있고 본드 냄새가 코를 찔렀다. 갑자기 무슨 수선의 묘안이라도 떠올랐는지 T는 신이 나서 연신 고개를 흔들고 있다. 그 꼴을 보고 있자니 M은 화가 더 솟구쳤다. 기관 꼴이 이게 뭐야? 완전 시장판이구먼. 구두닦이까지 부르고, 아예 호떡도 굽고 뻥튀기도 튀기지그래?

그나마 T는 옛 상관을 못 알아보는 척은 하지 않았다. 두 손으로 탁자를 얼른 쓱 닦고는 잡동사니들을 죄다 서랍 안으로 쓸어담았다. 당황한 기색이 얼굴에 지나갔다. 그는 재빨리 담배 하나를 품에서 꺼내 상관에게 권했다.

M은 퉁명스럽게 담배를 밀어냈다. 내 사무책상 어디 갔어? 자네가…… 책상 담당이라던데.

T가 멍하니 있더니, 말한다. 아닙니다. 저는 아무거나 다

담당입니다.

M이 냉소했다. 그럼 자네가 업무전반을 관장한다는 말인가?

T가 고개를 끄덕였다. 그게…… 그런 셈입죠.

M은 참지 못하고 웃음을 터뜨렸다. 잠꼬대를 하는 건가, 연기를 하는 건가. 차라리 자네가 왕후장상이 됐다고 하면 내 믿겠네. 이봐, 젊은이, 자기 주제를 알고 꿈을 꿔야지, 응? 나는 자네에게 선입견은 없네. 다만 훌륭한 인재가 못 될까 걱정하는 심정으로 여태껏 진심으로 자넬 돌봐왔어.

감사합니다, 감사합니다. 상대는 쭈뼛쭈뼛 고개를 주억거린다. 국장님 사안은 제가 등록해두었으니 늦어도 내일은 목공이 수리하러 올 겁니다.

국장이 다시 말했다. 젊은이가 왜 젊은 줄 아나? 나쁜 습관은 고쳐야지. 진작부터 내 자네에게 말했건만 도무지 위생에 신경을 안 쓰는군. 글씨 쓸 때도 띄어쓰기, 문장부호가 엉망이지, 동료들과도 티격태격하지. 이런 식으로 가면 앞길이 트이겠나? 엉? 내가 자네 상관으로서 아들 같은 마음이 들어 하는 말이네만……

상대는 또 고개를 끄덕였다. 그러고는 더 기어들어가는 목소리로 말했다. 국장님, 만약 이번달에 일을 하시려면, 그러면 잠시…… 파리라도 잡으셔야……

뭐라고?

죄송합니다. 제 말씀은…… 파리를……

자넨 내가 지금 자네랑 농담 따먹기 할 시간이 있는 줄 아나?

국장님, 저도…… 농담 아닙니다. 사실, 저도 이러고 싶지 않은데. 어쩔 수 없습니다. 제 신발도 아직 다 못 고쳤는데, 마누라가 지금 애를 낳으려고 해요. 애 위치가 제대로 잡혀 있는지도 모르겠고……

국장의 인내심은 마침내 한계에 이르렀다. 돼지 간처럼 시뻘게진 얼굴로 사무실로 돌아온 그는 그만 언관조례를 크게 위반하고 말았다. 야, 이 미친놈아!

7

시대는 나는 듯 빠른 속도로 발전했다. 다 보려면 눈이 모자랄 만큼 각양각색의 새로운 사물들로 눈알이 얼얼할 지경이다. T비서는 국장에게 상황을 제대로 설명하지 못했다. 사람들은 그저 천천히, 그가 자연스럽게 이해할 때까지 기다리는 수밖에 없었다.

사정은 이러했다. 그가 입원해 있는 동안, 언관업무는 점점 더 과중해졌다. 정세의 요구에 의해 언관국은 언관총국으로 승격했다. 상급 지도부서의 직접적인 관심과 지도 아래, 기관의 신진 인력이 대거 지도자의 자리에 올랐다. 건물도 추가로 증축하고 사무공간도 재배치했다. 이런 변화를 재정과 예산이 따라가지 못하자 복도와 화장실까지도 온갖 수단을 다해 활용했다. 더 큰 문제는 승용차의 부족이었다. 한꺼번에 차량들을 확대 배치할 수 없었다. 간부들은 불편했지만, 차 안에 접이식 의자와 걸상을 구겨넣고 천을 덮는 등 근검절약 방침에 따라야 했다.

더 골치 아픈 문제가 있다. 대회의장이 이 확장된 규모의 수요를 따라가지 못한다는 것이다. 지도자들은 회의를 할 때 항상 주석단 단상에 올라가야 하지 않는가? 그런데 주석단 단상도 좁은데 일부 지도자들이 해가 갈수록 노쇠해져 단상에 오를 때 간호사들의 부축을 받아야 했다. 한명당 두명, 심지어 세명의 공간이 필요했다. 그래서 단상은 언제나 미어터졌다. 단상 아래 사람들은 종종 간호사를 지도자로 혼동하곤 했다—이런 오해는 아무것도 아니다. 그러나 날씨가 더워지면서 기온은 계속 오르고 이러다 노약자들이 더위를 먹어 쇼크라도 걸리면 큰일이다. 이 점을 고려하여, 대회의장에는 에어컨뿐 아니라 초대형 선풍기까지 설치되었다. 주석단 단상을 향해 불어오는 강풍에 지도자들은 수염이 휘날리고 얼굴이 하얗게 질렸지만 불굴의 정신으로 버텼다.

단상에 올라갈 자격을 갖춘 지도자의 수가 갈수록 늘어나는 상황에서 주석단 단상의 확장은 필수불가결했다. 행정국은 미장이와 목수를 불러 되든 안되든 해보는 수밖에 없었다. 단상 아래 열두줄의 좌석을 부수고 그 자리를 모래와 자갈로 메운 다음 기둥을 세우고 담벽을 쌓아 주석단을 확장했다.

지도자 수의 부단한 증가에 따라 주석단 단상도 부단히 확장될 것이고 대회의장의 토건 공정도 밤낮 없이 진행될 것이다. 항타기, 믹서, 절단기, 드릴 소리가 쿵쿵 쾅쾅 밤새도록 울려퍼졌고 조명등이 작은 태양처럼 공사장을 비췄다. 식당에서는 야간작업을 하는 일꾼들에게 녹두탕과 구운 떡을 날랐다.

마침내 기관에는 머리는 크고 다리는 가는 가분수 현상이 생겼다. 대부분의 간부들이 모두 총국장, 부총국장, 국장, 부국장 등 지도자급으로 올라갔다. 거기에 국급 지도자에 해당하는 각종 위원, 고문, 지도감독원, 감찰원까지. 회의가 열리면 발탁되지 않은 소수만이 단상 아래에 앉아야 했다. 혹여 그들이 외부 출장이라도 가는 날이면, 단상 아래 T비서 혼자 앉아 있는 때도 있었다――그는 문서 담당 비서였기 때문에 외근 기회가 거의 없다. 그리하여 회의장의 상황은 한층 엉망이 되어갔다. '몇몇 군중'에 대한 '광대한 지도자'의 영도체제가 된 것이다. 공사 계획도 차질이 생겼다. 이런 식으로 확장공사를 해나가면 회의장 전체가 주석단 단상이 되어버릴 것이며, 단상 아래엔 깊은 갱도 하나만 남게 될 것이다. 생각해보라. 갱도에 한두명 앉아 있고, 단상 위에서는 갱도 속 까만 머리털 몇줌만 보일 것이다. 이런 회의장에 무슨 위엄이 서겠는가?

국의 지도자 회의에서도 이 문제에 대해 고심했다. 그 결과 너무 기계적으로 처리할 게 아니라는 결론을 내렸다. 대회의장을 죽도 밥도 아니게 만들기보다 차라리 원상태로 되돌려 소수의 청중을 단상 위로 올리고 단상 아래에 주석단을 앉히자는 것이다. 그렇게 하면 쌍방이 부단히 시선을 교환할 수도 있고, 또 단상 아래 앉은 지도자들도 간혹 졸거나 침을 흘려도 눈에 띄지 않을 테니, 기막힌 묘수가 아닌가?

그래서 그렇게 하기로 했다.

T비서는 회의를 땡땡이친 기록이 제일 많다. 엉덩이에 무슨 가시라도 돋쳤는지 도무지 가만히 앉아 있질 못했다. 회의에 참석하는 그런 범속한 짓은 고상한 선비가 할 일이 아니라고 생각하는 자다. 그러나 지금 그는 회의 때마다 고립무원의 단상 위로 올라가야 한다. 많은 사람들의 시선 때문에 도망칠 수도 없으니 죽을상을 한 얼굴이 가관이었다. 하지만 우러러보는 수많은 시선을 받으며 상사들을 내려다보고 있자니 기분이 조금씩 좋아졌다. 그는 다리를 높이 꼬고 앉거나 한 손을 높이 들기도 했다. 창문으로 들어오는 햇빛 아래 단상 아래쪽을 바라보며 아무렇지도 않게 손톱을 깎았다. 깎여나간 손톱이 하나씩 튀어올라 활 모양을 그리며 떨어졌다. 어디로 떨어졌는지도 모른다. 손톱 깎는 걸로도 모자라 그는 탁자를 탁탁 두드리며 제멋대로 지껄였다.

우리 군중은 욕실의 수도꼭지를 고쳐줄 것을 강력히 요구한다!

또는, 군중은 회의가 아니라 소똥 세통과 대광주리 여섯개를 원한다!

이런 식이었다.

군중은 신성하다. 그리고 군중은 이제 그 하나뿐이다. 그가 바로 군중이고 전적으로 군중을 대표한다. 따라서 지도자들은 그의 요구를 무시할 수 없다. 수도꼭지에 관한 건의가 제기된 마당에, 단상 아래 새까맣게 모인 상관들은 신중히 고려하지 않을 수 없다. 그들은 재빨리 노트에 기록하고 고개를 끄덕이며 엄숙하게 말했다. 좋은 지적이오, 좋은 지적이야.

지도자들의 할 일은 더 많아졌고 그에 따라 더 많은 회의에 참석했으며 또 더 많은 문건을 생산했다. 이 국(局)에서 저 국으로, 저 국에서 이 국으로, 결재 장부의 싸인이 수백여개에 이르렀다. 하나같이 의견 조율이 쉽지 않았다. T비서가 문서를 들고 총국장을 찾아왔다. 그리고 이렇게 오랫동안 골머리를 썩이고도 결론이 나지 않다니, 말도 안된다며 불평을 늘어놓았다.

총국장도 머리가 아팠다. 생각해봤지만 결국 T비서에게 전권을 내주는 수밖에 없었다. 됐네, 자네가 직접 의사봉을 두드리게. 자네도 알잖나. 이런 일을 자네가 안하고 저 지도자 동지들을 괴롭혀야겠나? 근래 T비서는 신발 고치는 데 재미가 붙은 차다. 그것은 아버지에게 전수받은, 조상 대대로 전해오는 가업이다. 구두 수선 업계의 떠오르는 별인 그는 다른 일에는 아무 관심이 없었다. 그는 의사봉 두드리는 부류의 일은 딱 질색이었다. 싫은 일을 하루하루 해나가면서 그는 점점 괴팍해졌다. 이를테면, 수장들이 적어놓은 지적사항들을 펜대를 휘갈겨 깡그리 폐기했다. 심지어 그 위에 '헛소리'라고 쓰기도 했다. 이런 엄청난 불경죄를 추궁하는 사람은 아무도 없었다. 어느날, 총국장만 탈 수 있는 고급 수입 승용차에 지도자들이 서로 타겠다고 아우성을 쳤다. 자리 배치가 불가능했다. 급을 따지자면 사실 모두 자격이 되었다. 연령과 이력을 따져도 모두 막상막하였다. 그러나 수입 승용차 한대가 통근버스가 될 수는 없는 법 아닌가? T비서는 한참을 듣다가 골딱지가 나서 소리를 꽥 질렀다.

조용히 해요, 내가 탈 거요!

비서국장이 놀라 입을 다물었다.

소문이 퍼지자 상사들은 분을 참지 못했다. 일개 비서에게 어떻게 이런 대우를 한단 말인가? 여기엔 법도도 없나? 천지가 뒤집어졌어? 그러나 가만 생각해보면 비슷비슷한 수장들을 모두 차에 태우는 것은 말 그대로 불가능하다. 그럴 바에야 승용차를 군중의 전용차로 만드는 게 합리적인 방안 같기는 했다. 적어도 지도자들 간의 불화는 줄일 수 있을 게 아닌가.

고급 승용차부터 시작하여 나중에는 군중전용 엘리베이터, 군중전용 식당, 군중전용 별장, 군중전용 체력단련실……모든 고급 시설들이 하나같이 소수의 군중, 특히 T비서의 선택을 기다리게 되었다. 원래 드물면 귀해진다고, 지금 언관총국에서 군중의 몸값은 확실히 금값이다.

매일 아침, 수장들은 부지런히 밥을 먹고 오분 혹은 십분 일찍 출근해 체력단련실 문 앞에 줄을 선다. 반나절이 지나서야 반바지와 러닝셔츠 차림에 무릎 보호대, 팔 보호대를 찬 T비서가 나온다. 땀과 기름이 자르르하다. 손마디를 꺾고 다리를 털면서 스트레칭을 하거나 흥난 김에 벽에 주먹을 몇대 먹인다. 그러다 지치면 물을 몇모금 마시고, 하루 일과의 분배를 기다리는 여러 상급자들을 둘러본다. 얼굴에 귀찮은 표정이 역력하다. 그는 품에서 회의 통지서와 초대장 뭉치를 꺼냈다. 이 사람에겐 어느 회의에 가라, 저 사람에겐 어느 회의에 가라, 또다른 사람에겐 무슨 시찰과 검사에 참석하라 등등. 신이 나서 돌아가는 사람들을 보며 T는 나머지 사람들에게도 일을 분배했다. 미안합니다, 장군은 많고 군졸은 적으니 장군도 군졸 역할을 해야 해요. 그는 식당 관리 업무를 분배받은 상관에게 시장을 봐오라 하고, 목욕탕 담당 상관에게 수도꼭지를 검사하라고 했다. 직원 가족 담당 상관에게 가족동에 덩어리탄을 들려 보내고 책걸상 담당 상관에게는 페인트칠을 시켰다.

아직도 일을 분배받지 못한 사람들에게는 가볍게 손을 휘두르며 이렇게 말할 것이다. 가서 못 쓰는 가죽 좀 모아오세요.

잠시 후, 과연 수많은 폐가죽이 그의 구두 수선 작업실에 쌓였다.

대부분의 상사들은 몸이 허약하고 체면을 따졌다. 하나같이 차를 타고 회의에 가고 싶어했지 페인트칠 같은 건 하고 싶어하지 않았다. 한번은 누군가가, 번갈아 회의에 참석하는 제도를 정하자는 문건의 초안을 작성했다. 그러나 언제나 그렇듯 너무나 많은 의견 불일치로 인해 결국 방치되고 말았다. 다른 방법을 찾아야 했다. 바로 T와 좋은 관계를 유지하기 위해 열심히 노력하는 것이다. T가 곧 아빠가 된다는 말을 듣자, 그들은 남들에게 뒤질세라 그의 사무실에 당귀와 달걀, 대추, 초콜릿, 전지분유 등을 보냈다. T에게 구두 수선의 취미가 있다는 말을 듣고는 사방팔방을 다니며 찢어진 구두를 찾아왔다. 찾다 찾다 멀쩡한 자기 구두에 구멍을 내는가 하면, T의 수선 기술과 방법을 큰 소리로 추어올리고 시내의 유명하다는 구두장이들은 제대로 된 놈이 없다며 깎아내렸다…… 그렇게 기분이 좋아지면 T는 정말로 주머니를 뒤져 회의 통지서를 찾아내어 상으로 줬다. 배차 시간을 정할 때도 좀더 신경을 썼다.

T에 대한 간부들의 아부는 그야말로 도를 넘는 상황에 이르렀다. 어느날, 기관에 모 의약회사가 암내에 좋다는 약의 샘플을 보내왔다. 정자체로 또박또박 글자가 박힌 안내서도 있었다. 이 암내약은 사과향으로 만들어 부드럽고 청신한 향기가 오래 지속하며 못 믿겠으면 한번 맡아보라고 쓰여 있었다. 평소 연극 관람권이나 명화 달력, 연회 초대장이 들어오면 그들은 당연히 가장 먼저 T를 떠올렸다. 어떤 이가 암내약을 코에 대고 눈을 힘껏 위로 굴리더니 숨을 깊이 들이쉬고는, 분명히 냄새가 난다고 말했다. 순간 분노에 찬 수많은 시선들이 그에게 쏟아졌다. 감히! T비서도 아직 안 맡았는데, 간이 부었구먼?

그들은 앞다투어 알약 쌤플을 T비서에게 보내 충성을 증명코자 했다. 헌신과 분투가 너무 과해 하마터면 주먹다짐이 오갈 뻔도 했다. 결국, 일고여덟명이 함께 암내약을 진상하러 갔다. T를 보자 서로 질세라 이구동성으로 말한다. 이거 한번 맡아보십시오. 맡아보십시오.

막 잠을 청하려던 T비서는 신종 의약품에 아무 관심이 없었다. 그래도 그들의 정성을 봐서 암내약을 한번 코에 대고는 괜찮군,이라고 했다.

그들은 매우 만족했다. 존비의 질서가 마침내 수호되었다는 듯. 이어, 직위고하에 따라 차례대로 돌려가며 냄새를 맡았다.

T비서는 그들을 보내며 짧게 훈계했다. 다음부터는 사무실에서 이야기하시오, 알겠소?

예, 그래야죠. 그들은 연신 고개를 끄덕였다.

사사로운 감정으로 조직의 원칙을 대신할 수 없는 법이오, 알겠소? 당신들의 성의는 내 충분히 알았소만, 중요한 건 맡은 업무를 잘하는 거요, 알겠소?

압니다, 알아요. 뒤질세라, 굽신굽신.

T비서가 문을 쾅 닫았다.

T비서의 집을 나온 뒤 몇몇 국급 지도자가 대판 성질을 부렸다. 제길, 뭐 하는 놈이야? 우리 같은 관료가 다 됐구먼. 기껏 일개 비서 주제에, 자기가 뭣쯤 되는 줄 아는가? 이젠 아예 머리 꼭대기에 올라섰구먼. 내가 공직을 시작할 때 넌 기저귀

차고 있었어. 이 몸이 과장일 때 넌 내 가방모찌였다고……
그들은 하염없이 욕을 했다. 그러나 처마가 낮으면 고개를 숙
여야 하는 법, 다음에 T비서를 만나자 다시 만면에 미소를 가
득 띠었다.

물론, 기관에 만연한 알랑방귀 풍조에 가슴을 치고 머리를
쥐어뜯는 일부 청렴지사도 있었다. M국장이 바로 그중 하나
였다. 그는 절대로 T비서의 집에 찾아가 순진한 얼굴로 더듬
거리며 충성을 맹세하지 않았다. 그저 온종일 찍소리 내지 않
고 맡은 일에만 충실했다. 파리채가 닳아 없어지면 새것으로
바꿨다. 그는 빌딩에 쿵쿵 쾅쾅 탁자 옮기는 소리가 왜 한달
이고 두달이고 계속 나는지 알려고도 하지 않았다 ─ 저놈들
이 뭘 하거나 말거나. 팔에 토시를 끼고 마스크를 쓰고 빌딩
안팎으로 왔다 갔다 하며 일체 아무 소리도 내지 않았다. 그
러다 어딘가 정지해 있는 파리를 발견하면 숨을 참고 허리와
무릎을 굽혀 살금살금 다가가서는 쏜살같이 몸을 날려 무자
비한 살육을 자행했다. 그런 다음 돋보기를 쓰고 파리의 시체
를 대나무 꼬챙이로 찍어 작은 유리병에 담았다. 빨간 눈, 초
록 배, 검은 날개 들로 반쯤 찬 병을 흔들어보는 그의 얼굴에
미소가 떠올랐다.

잡다가 지치면 허리를 쭉 폈다가 앉아서 잠시 쉬었다. 시간
을 알차게 보냈다는 흡족한 표정으로 파란 하늘과 햇빛을 바
라보았다.

그의 시선이 닿는 곳에 끈 떨어진 빨간 풍선이 하늘하늘

점점 작아지고 있었다. 작아지다 작아지다 깨알 같은 빨간 점이 되었다. 그는 눈을 부릅뜨고 그 점에 시선을 고정시켰다. 눈 한번 깜박이는 순간 다시는 그 점을 찾을 수 없을 것이다.

뉘 집 아이가 잃어버렸누.

8

물론 M국장은 보온병을 들고 수많은 기관 회의에 참석했다. 근자에는 언제나 폭발 직전의 논쟁으로 회의 분위기가 좋지 않다.

─당신, 일은 잘하지만 투지가 너무 세고 자신감이 너무 강해요. 사람들이 진작에 다 알고 있다고요.

─내 투지가 아무리 센들 어디 당신 신중한 데 비하겠소? 아침부터 저녁까지 기침 소리 하나 안 내잖소. 그 속에 무슨 심사숙고가 들어 있는지 누가 알겠소?

─됐소. 사람 눈을 속일 생각이면 아예 하질 말아야 하는 법이오. 내 진작에 당신이 내게 관심과 애정이 많은 걸 알아 봤소!

─내가 바본 줄 아시오? 나도 당신이 내게 기대와 근심이 큰 걸 알고 있단 말이오!

─내가 당신에게 감사하고 있다는 걸 단단히 기억하시오. 이 개성있고 창의적인 사람 같으니!

……이런 유의 논쟁은 M에게 더이상 이상한 것이 아니었다. 이미 이런 대화 중 핵심어를 번역하여 진짜 의미를 파악할 수 있게 되었기 때문이다.

— 왜 흥분하는 거요? 지금은 당신이 강등될 차례가 아니에요.

— 경력으로 보나 능력으로 보나 내 이 백발로 보나, 내가 왜 당신보다 못하단 말이오? 왜 당신만 강등되고 나는 안된다는 거요!

— 우리는 공평한 인력 이동을 강력히 요구하는 바요. 누가 내려가고 안 가고는 학벌을 고려해서 정해야 하오!

— 당신 침이 내 얼굴에 튀잖소. 나는 도무지 이해가 안 갈 뿐이오. 나를 안 내려보내면 조직이 나를 어떻게 생각하고 있는 건지. 낙숫물이 돌을 깬다고, 내 이 문제를 분명히 따져야 겠소.

— 나도 못 내려가는데 당신이 내려가겠다? 당신의 낭만적 사생활에 대해 조직의 결정이 아직 안 내려왔잖소?

— 여러분, 생각해보십시다. 지금이 어떤 시대요, 아직도 자격을 논하고 서열을 따진단 말이오?

— 그렇게 간단한 문제가 아니오. 얼마 전 그 4마오 3펀 문제는 원칙 문제예요. 사람을 뽑고 쓸 때 반드시 전면적으로 고려해야 합니다!

— 사람은 제 깜냥과 분수를 잘 아는 게 중요한 것 아닙니까? 무슨 근거로 그렇게 말을 함부로 합니까?

─우리는 사사로운 우정이 지나치게 깊어지는 걸 강력히 반대합니다!

……이제 실질적 단계에 진입할 차례다. 바로 인사임면이라는 민감한 의제다. 그런데 저마다 떠들기만 할 뿐 누구도 다른 사람의 말에 귀 기울이지 않는다. 조건이 어떻고 비율이 어떻고 네가 아무리 나를 사랑해도 겁 안 난다, 가부장주의에 반대하는 게 그리 간단한 문제가 아니다, 시절이 좋아졌으니 나 같은 일개 간사가 이발하는 것도 '활발'한 것으로 치냐, 탁자 드는 일은 조심해야 하고 전기난로도 조심해야 하고, 뭣 때문에 금연하고 의사를 찾아가느냐, 함부로 경거망동하면 가만 안 있겠다, 대장부가 칼을 뽑았으면 두부라도…… 우당탕 소리와 함께 의자가 넘어지고 보온병이 떨어졌다.

마침내 왁자지껄 소란이 잦아들었다. T비서가 침통한 얼굴로 회의장에 들어온 것이다. 그는 여느 때처럼 회의의 최종 판결을 내렸다. 누군가가 그의 손에서 종이를 받아들고 큰 소리로 군중결의안을 낭독했다.

하나, 총국의 모든 간부는 국가이익을 중시하고 개혁의 전체 국면을 중시하며, 개인은 조직의 뜻에 따라 아래가 될 수도, 위가 될 수도 있고 관이 될 수도 민이 될 수도 있다. 자기 마음대로 관의 자리를 버리거나 권력을 방기할 수 없으며 사심을 품고 위에 손을 뻗쳐 강등이나 면직, 퇴직을 요청할 수 없다.

둘, 단계를 건너뛰어 강등되거나 갑자기 강등되거나 아무렇게나 강등될 수 없으며 강등 문제에 있어 백을 써서는 더더욱 안된다. 엄격한 기준과 엄정한 심사를 통해 인재를 강등시킬 것이며 자신과 가까운 사람을 강등시키는 것을 반대한다. 강등된 사람 중 부적격자가 있으면 발견 즉시 엄중히 처벌하며 즉시에 그를 발탁하여 등용한다.

셋, 학력과 학벌은 마땅히 강등 기준 중 가장 중요한 항목이다. 단, 학력학벌주의는 하지 않는다. 재능과 학식을 갖추고 실무 경험이 풍부한 인원을 과감하게 그리고 적시에 강등시켜 그들의 역할을 충분히 발휘할 수 있도록 유의한다.

넷, 사십오세 이상의 직원은 과(科)급으로 내려갈 수 없으며 오십세 이상의 직원은 부국(副局)급으로 내려갈 수 없다. 또 오십오세 이상은 국(局)급으로 내려갈 수 없다. 육십세 이상은 일반적으로 퇴직 처리하며 강등은 고려하지 않는다. 단, 그들의 생활은 반드시 잘 배려한다.

다섯, 신체적 상황으로 업무를 감당할 수 없는 자는 강등 범위에 있지 않다. 단, 강등 공작의 애로를 줄이기 위해, 그들의 원직위를 유지하되 강등 대우를 하는 것을 고려할 수 있다.

여섯, 젊은 간부는 강등 전 이년 이상의 고위기관 업무경험이 있어야 한다. 각 급은 마땅히 젊은 간부의 양성계획을 세워 그들을 고위기관으로 보내 단련시키고 단련이 완성되면 다시 강등시킬 조건을 창출해야 한다.

일곱, 각 급의 강등 인선에 있어 마땅히 군중(주로 T비서)의 의견을 거듭 물어야 한다. 또한 군중과 상급 관할 부서의 비준을 받아야 한다.

......

낭독이 끝나자 박수와 환호 소리가 들렸다. 누군가 말했다. 역시 군중이 주도면밀하구먼. 군중이야말로 진정한 영웅이야. 또 누군가는 새 결의안이 자신의 정당한 요구를 만족시키고 새로운 미래에 대한 아름다운 희망을 가져왔다는 생각에, 서둘러 축하의 폭죽을 사러 나갔다. 빌딩 밖에서는 한동안 휘리릭 탁탁, 획획 쉭쉭, 착착 파파팍, 퍽퍽 칙칙 — 불꽃송이들이 하나둘 밤하늘에 찬란하게 피어났다. 불빛에 비친 수많은 사람들의 눈에 감격의 눈물이 빛났다. 목이 메어 서로 포옹하는 이들도 있었다. 조국에 대한 그들의 무한한 감격과 무궁한 충성을 표현할 수 있는 언어는 단연코 없었기 때문이다.

1986년 5월.

원제는 「화택(火宅)」.
1986년 『푸룽(芙蓉)』에 처음 발표.
후에 소설집 『유혹』에 수록.

최대치의 실존과 맞서기

　　1976년 마오쩌둥(毛澤東)의 죽음과 함께 문화대혁명이 종결된 직후 중국에서는 국가적 차원에서 대대적인 문혁청산 작업이 진행되었다. 문혁은 위대한 지도자 마오쩌둥의 유일한 '오점'으로 처리되고, 실질적 책임자로 사인방이 지목되었다. 이러한 정치적 분위기 속에서 문혁이 개인에 가한 폭력을 고발하고 상처를 치유하는 '상흔문학(傷痕文學)' '반사문학(反思文學)' 들이 나왔지만 내용으로나 형식으로나 아직 미숙했다.

　　본격적으로 '신시기(新時期) 문학'의 시작을 알린 것은 '심근문학(尋根文學)'이다. 1985년 한사오궁(韓少功, 1953~)은 「문학의 '뿌리'(文學之'根')」를 발표하여 개혁개방 직후 모더니즘의 열기로 달구어진 중국문단에 '심근(뿌리찾기)'이라는 새로운 의제를 제기했다. 문학은 민족문화의 토양에 깊이 뿌리내려야 한다는 그의 주장은 아청(阿城), 장청즈(張承志), 자평아오(賈平凹) 등 지청(知靑)세대 작가들에게 큰 공명을 불러일으켰다. 이들은 하방 중에 체험한, 민간의 토양 깊이 매장된 민족적 생명력을 탐사했다. 그러나 심근문학은 결코 향토문학이 아니다. 5·4 신문화운동 이래 가장 과감한 형식실험을 시도한 심근문학을 지배하는 것은 기본적으로는 모더니즘이었으니, 이는 '현대를 향하여'를 구가하는 1980년대 중국사회의 전반적 분위기를 반영한 것이기도 했다. 말하자면, 심근문학에는 긴 폐쇄상태 후에 도래한 '현대'의 공기를 만끽하려는 욕망과 자신이 발 딛고 선 장소의 혼을 탐색하려는 본토화의 욕망이 뒤얽혀 있었다. 이에 대해 훗날 한사오궁은 이렇게 말한다.

80년대에 제출된 '뿌리찾기'는 분명 본토화(本土化)를 의미했어요. 하지만 '본토화'야말로 현대의 산물이에요. 전지구화가 야기한 현상이죠. 우리에게 서구에 대한 이해가 없다면 중국이 뭔지 아시아가 뭔지 알 수 없고, 그 반대도 마찬가지예요. 뽀르뚜갈 작가 뻬소아(Fernando Pessoa)가 말했듯 우리가 나체의 아름다움을 감상할 수 있는 건 바로 우리가 옷을 입고 있기 때문이거든요. (「중국문학의 현재, 동아시아문학의 가능성」『창작과비평』 2011년 가을호, 343면)

그런데 중국현대문학에서 심근문학이 지니는 더 중요한 의미는 홍위병으로, 지청으로 문혁의 동란 한가운데를 통과한 세대의 내면적 증언이라는 데 있다. 문혁으로 받은 상처를 직설적으로 토로하는 상흔/반사문학이나 1990년대 위화(余華)의 『허삼관 매혈기』『살아간다는 것』처럼 문혁의 객관화가 가능한 시기에 나온 풍자적 작품과 달리, 심근문학에는 문혁이 철저하게 내재화되어 있다. 이들에게 문혁을 반성한다는 것은 누굴 고발하거나 풍자하는 것이 아니다. 그것은 자기 안에 숨겨진 내면과 대면하는 것이자 내면을 향한 집요한 추궁이다.

이 책에 수록된 아홉편의 중단편들은 1970년대 말에서 1980년대 중반 사이에 쓰였다. 보이든 보이지 않든 작품들 저변에는 문혁이 깔려 있다. 이따금 작가의 자전적 요소도 보인다. 「여자 여자 여자」에는 문혁 중 자살한, 작가의 부친의 모습이 얼핏 비친다. 그러나 한사오궁은 허다한 다른 문혁소설처럼 가족의 수난사를 그리는 데는 관심이 없다. 오히려 작품 속에서 그는 혁명적 이상에 도취된 열혈 청년으로 그려진다. 조국의 드넓은 벌판에 '공산청년당의 성'을 건설하여 "세상을 술잔처럼 뒤엎"겠다며 큰소리치는 「서편 목초지를 바라보며」의 청년 지청은 바로 젊은 시절의 한사오궁이다. 그러나 혁명의 이상은 온갖 현실적 난관에 부딪치며 금이 가기 시작한다. 왜 "생산대에 집을 헐 만큼 가난한 사람이 생기는"지(「바람이 부는 수르나이 소리」), 왜 장순과 같은 "우수사원"이

"차오즈후(부채농가)"가 되어야 하는지(「웨란」), 왜 혁명원로 장장은 패배자가 되어야 했는지(「서편 목초지를 바라보며」)……

이상과 현실의 괴리로부터 밀려오는 회의를 혁명에 대한 환멸로 규정하는 것만큼 이 책에 대한 단순한 독법은 없을 것이다. 한사오궁의 분열은 결코 환멸로 귀결되지 않는다. 한때 그의 내부에 완벽하게 존재했던 이상을 균열하는 회의는 고발이나 풍자로 발산되지 않고 점점 더 안으로 파고들어 마침내 실존이라는 하나의 점으로 응집된다. 이처럼 자기 안에 단단히 응어리진 실존과 대면하는 여정을 한사오궁은 '귀거래(歸去來)'라 이름 붙였던 것이다.

'귀거래'는 단편 「귀거래」의 제목이지만, 이 책에 수록된 아홉편의 중단편 전체를 관통하는 주제이기도 하다. 주지하다시피 진송(晉宋) 교체기의 전원시인 도연명(陶淵明)의 시 제목 「歸去來辭」에서 온 것인데, 세속에 대한 욕망을 홀홀 털어버리고 자연으로 돌아가겠다는 원텍스트를 한사오궁은 몇 겹으로 뒤집어놓는다. 간단히 말하면, 「귀거래」는 돌아가기를 거부하는 나의 원심력과 그런 나를 끌어당기는 구심력 간의 치열한 싸움이다. 어느날 '나'는 낯익은 듯 낯선, 마치 기괴한 형상으로 일그러진 무릉도원과도 같은 '그곳'으로 무언가에 홀린 듯 홀연히 걸어들어간다. 거기서 '나'는 '그곳' 사람들이 기억하는 또다른 나 '마안경'을 발견한다. 마안경이기를 거부하려는 '나'의 필사적인 노력에도 불구하고, '나'는 블랙홀과 같은 '그곳'의 엄청난 구심력 속으로 한발 한발 빨려들어간다. 그러던 어느 순간 '나'는 벌거벗은 자신과 대면한다.

씻고 나자 온몸에 열이 나고 땀이 줄줄 흘렀다. 개사철쑥으로 끓인 물 같다. 모기에 물려 빨갛게 부은 곳도 더는 가렵지 않았다. 머리 위 산돼지 기름등이 수증기 사이로 푸른 안개를 동글동글 뿜어내 내 살갗을 파랗게 물들였다. 신발을 신으려다, 나는 파란 색깔의 나를 바라보았다. 돌연 이상한 느낌이 들었다. 내 몸이 너무 낯설고 신비로웠다. 여기엔 옷도 다른 사람도 없다. 가리거나 무슨 척을 할 상대도 없고 그런 상황도 없다. 벌거벗은 나만이, 나의 진실만이 있을 뿐이다. (「귀거래」)

이처럼 실존과 대면하는 장면이 「여자 여자 여자」에도 나온다. 고모가 뇌출혈로 목욕탕에 쓰러졌을 때, 그 "동글동글한 수증기" 속에서 '나'는 처음으로 "완벽하게 진실한 그녀"를 발견한다. 「여자 여자 여자」는 「귀거래」의 확장판이다. 황즈셴과 마안경, 나와 고모 사이에는 난공불락의 견고한 '우리〔籠子〕'가 가로막고 있다. 언제부턴가 그들은 '우리'의 안과 밖, 서로 다른 세계에 살게 되었다. 그 격막(膈膜)을 찢으려면 '우리'가 내포한 "최대치의 실존"과 맞서지 않으면 안된다. 그 실존의 무게를 견디지 못하여 '나'는 절규한다. "이 거대한 나를 영원히 벗어나지 못할 거야. 엄마!"라고. 나는 아무리 발버둥 쳐도 결국 "거대한 나"로 돌아갈 수밖에 없다는 깨달음의 여정이 '귀거래'이며, 또한 '뿌리찾기'인 것이다.

그렇다면 한사오궁이 찾고자 하는 실존의 정체는 도대체 무엇인가. 그것이 무엇인지를 파악하기는 좀처럼 쉽지 않다. 일반적으로 '심근문학'의 대표작으로 거론되는 「아빠 아빠 아빠」는 한사오궁의 작품 중에서도 실험성이 과하게 넘치는 작품이다. 십여세가 되도록 할 줄 아는 말이라곤 오직 '아빠'와 '니미×'밖에 없는 빙짜이가 상징하는 바가 무엇인지에 대해서는 이미 많은 학자들이 해석을 내놓았다. 그중 대부분이, 빙짜이가 루쉰의 아큐처럼 몽매한 민중, 낙후한 봉건전통을 의미한다는 해석이다. 빙짜이뿐 아니라 「아빠 아빠 아빠」에 등장하는 대다수의 인물이 몽매하다. 그런데 이들의 몽매는 아큐처럼 우스꽝스럽거나 경멸스럽다기보다 비장할 정도로 괴기스럽다. 가마솥에 부글부글 끓는 원수의 살코기를 먹어 전의를 다지는 닭머리마을 사람들, 독약 단지를 들고 다니며 종족 보존에 불필요한 목숨들을 끊어버리는 재봉사. 전통혹은 '뿌리'에 대한 이런 기괴한 형상화는 「아빠 아빠 아빠」에만 나오는 것은 아니다. 「여자 여자 여자」에서 고모의 부음을 듣고 처음으로 찾아간 고향에서 '나'는 태곳적부터 있었던 듯한, 알 수 없는 살기를 감각적으로 느낀다.

내 얼굴을 파고 긁고 쓸어내는 그들의 눈빛은 그들이 아는 누군가를 내 얼굴에서 파내고 있었다. 그 눈빛이 어찌나 날카롭던지 내 피부를 쓱쓱 갈아대는 걸로도 모자라 해골까지 가루로 빨고 골수의 아득한 심층까지도 파고드는 듯했다. 나는 생각했다, 효수, 껍질 벗기기, 생매장, 포 뜨기, 총살 같은 것에 익숙한 사람이나 그 후손만이 이런 살벌한 눈빛을 가졌을 거라고. (「여자 여자 여자」)

이런 괴괴한 기운은 「귀거래」 첫 장면에도 보인다. "수많은 밤들을 응축한 듯"한 섬뜩한 분위기의 산골마을은 마치 우연히 찾아든 무릉도원처럼 홀연 눈앞에 펼쳐졌다 사라진다. 무릉도원에서 나온 어부가 두번 다시 그곳으로 가는 길을 찾지 못했듯, 이 책에 그려진 '고향'과 '산골마을' 들은 자신의 비밀을 깊이 숨긴 채 세상 밖으로 사라졌다. "온갖 장면을 집어삼킨 그 어두운 거울은 영원히 그것을 토해내지 않을 것이다."(「아빠 아빠 아빠」)

다소 회삽한 느낌마저 드는 비밀스러운 어둠이 은둔한 전통은 바로 '나'의 실존의 문제와 연결되어 있다. 고향 곳곳에 번득이는 살기는 살려달라고 비는 난쟁이를 무참하게 목 졸라 죽였을지도 모르는 '나'의 안에도 있기 때문이다. 또 아버지를 대신해 키워준 고모를 매정하게 버린 '나', 하방 중 마음을 준 소녀를 버려 죽음에 이르게 한 '나', 충성스러운 촌부 웨란을 자살로 몰고 간 '나', 그리고 목숨을 걸고 돌아와준 징징을 쏘아 죽인 '나'의 안에도.

한사오궁 스스로 고백했듯 문혁은 그의 작가 생애를 통틀어 가장 귀중한 자원이자 잊지 못할 청춘의 시간이다. 그런 그가 가장 경계한 것이 문혁의 단순화였다. 마치 절대적 선인과 악인이 있는 것처럼 흑백을 가르는 '문혁서사'들은 문혁의 이데올로기일 뿐 진실한 문혁의 상이 아니기 때문이다. 그는 문혁의 금기화와 악마화가 오히려 문혁비판을 무력화했으며 문혁청산을 지연했다고 단호히 말한다(「중국문학의 현재, 동아시아문학의 가능성」 339면). '문혁의 전면 부정'이라는 공식언어 아래, 문혁을 살아낸 사람들의 진실한 생활은 설명할 언어를 박탈당한 채 땅속에 매장되어버렸다. 이 묻혀버린 '생활'의 진실을 찾아가는 여정에서, 문혁의 격동 한가운데 있었던 한사오궁은 '나'는 누구인가라는 실존의 물음을 피해갈 수 없었다. 『귀거래』가 고발이나 풍자 같은 외재서사가 아닌 내재서사인 것은 바로 이 때문이다.

최근 중국학계에는 심근문학의 과도한 형식주의를 비판하는 목소리도 있다. 지나친 형식실험과 현대지향이 '선봉문학'을 비롯한 1990년대 문학의 '형식의 카니발'을 낳았다는 것이다. 오랫동안 문학을 옭죄던 사회주의리얼리즘의 규범에서 해방된 심근문학 작가들이 형식의 질주를 벌인 것은 사실이다. 그러나 더 본질적인 차원에서 생각해보면, 한사오궁의 초기 작품에 미만한 그로떼스끄한 형식은 어쩌면 실존과 대면하고자 하면서도 또 그것을 피하고 싶어하는 두개의 욕망이 충돌하는 내용의 무게에서 비롯된 것인지 모른다. 명쾌하게 해석되기를 거부하거나 혹은 두려워하는 무의식으로 인해, 하얀 수증기 속에 희미하게 드러나는 팔 하나, 다리 하나처럼 그렇게 모호하게 자기를 내보일 수밖에 없었던 것은 아닐까.

　이 책에 수록된 작품들은 한사오궁의 초기작이다. 지금까지도 그는 왕성한 작품활동을 하고 있다. 1990년대 들어 그는 사마천의 『사기』로 대표되는 중국의 산문정신을 소설에 접목하는 실험을 해왔다. 국내에 출간된 산문집 『열렬한 책읽기』와 『산남수북』이 독자들에게 참고가 되길 바란다. 또한 하방생활에서 시작된 '지방성'에 대한 장기적 탐색은 한사오궁 소설을 독해하는 중요한 열쇠이다. 그는 후난(湖南) 성 창사(長沙)에서 태어났고 지청시절에는 후난의 작은 산촌 미뤄(汨羅) 현에서 하방생활을 했다. 후난 성은 고대 초(超)나라가 있던 곳이며, 미뤄 현의 멱라수(汨羅水)는 바로 초나라의 대부 굴원(屈原)이 투신한 곳이기도 하다. (몇년 전 그는 오랜 문화관료직을 사직하고 미뤄 현에 집을 짓고 살고 있다.) 이 책에 수록된 초기작은 물론 그의 작품 전반에는 『초사(楚辭)』로 대표되는 상(湘) 문화의 자유분방한 정신이 넘실거린다. 후난 지역의 다양한 방언들에 대한 한사오궁의 예민한 관찰은 '지방성'이라는 열쇠와 단단히 맞물려 있다. 『귀거래』에 수록된 작품들을 자세하게 읽다보면, 방언에 숨겨진 생활의 진실을 포착하는 작가의 통찰력을 발견하게 될 것이다. 훗날 한사오궁은 '마차오'라는 후난 미뤄 현의 한 가공의 마을을 배경으로 하여 방언사전의 형식으로 된 소설 『마차오 사전』(1996)을 썼다(한국어 번역본 『마교 사전』). 『마차오 사전』을 『귀거래』에 수록된 초기작과 함께 읽으면 파노라마처럼 길게 펼쳐지는 한사오궁의 작품생애를 이해하는 데 한층 도움이 될 것이다.

중단편모음이지만 어떤 면에서『귀거래』는 하나의 이야기이다. 작품 속 인물들은 단속적이지만 서로 연결되어 있다. 주의 깊은 독자라면「귀거래」의 '마안경'이「서편 목초지를 바라보며」의 '마샤오강'임을 금세 알아차릴 것이다. 또「여자 여자 여자」의 '나'이자「파란 하늘을 날아」의 '참새'이며「웨란」과「바람이 부는 수르나이 소리」의 청년간부라는 것도. 그런 점에서『귀거래』의 수록작들은 각각 독립되어 있으면서도 또 상호간의 의존과 마찰을 통해 완전해지는 거대한 톱니바퀴를 연상케 한다. 훗날『마차오 사전』에서 한사오궁은 '주도성 인물'과 '주도성 플롯'이라는 근대소설의 형식을 해체하고 인물들의 파편적·단속적 관계를 드러내는 새로운 서사를 시도했는데, 그러한 '탈소설적 소설'에 대한 탐색이 어렴풋하게나마 이미『귀거래』에서 시작되었던 것이다.

이 책이 출간된다니, 정말이지 오랫동안 미뤄둔 숙제를 마친 느낌이다. 2008년 그의 산문집『열렬한 책읽기』(원제『閱讀的年輪』)를 번역하면서 받았던 감동이 새롭다. 지구화시대 대국을 향한 성공가도를 달려온 중국의 겉모습 이면에 감춰진 굴곡진 정신사의 단층을 이해하는 데에 한사오궁의 작품은 더없이 좋은 안내자다. 한사오궁이 보여주는 인간과 삶, 세계에 대한 통찰은 그를 위대한 중국작가의 범위를 넘어 인류의 스승의 자리로 끌어올린다. 이 책에 수록된 작품들은 대부분 1990년대 초에 영어, 프랑스어, 독일어, 이딸리아어, 네덜란드어, 러시아어, 헤브루어, 쎄르비아어 등으로 번역되었다. 중국과 가장 가까이 있는 한국에 이토록 늦게 당도한 것은 어쩌면 한중 간 상호 관심과 이해의 두께를 방증하는지도 모른다. 진작부터 창비에 이 책의 번역출간을 제안해놓고도 오랫동안 바쁜 일상을 핑계로 작업을 지연해 미안한 마음이다. 세심하게 교열과 편집을 맡아준 창비 세계문학팀과 책임편집자 심하은 씨에게 미안함과 고마움을 전한다.

번역은 『藍蓋子』(春風文藝出版社 2002)와 『爸爸爸』(作家出版社 2009)를 저본으로 했다. 시대적 환경 때문인지 2009년에 출판된 작품집에는 개작이 많았다. 개작을 거친 후자가 더 완정하긴 하지만 2002년판에서 보이는 아슬아슬한 긴장이 사라지거나 느슨해진 부분이 아쉬웠다. 그래서 번역은 전자를 중심으로 하되 후자를 참고 삼아 보완하는 방식을 택했다. 독자들의 애정 어린 관심과 질정을 바란다.

2014년 4월
백지운(서울대 통일평화연구원 HK연구교수)

한사오궁 韓少功

1953년 중국 후난 성 창사에서 태어났다. 1985년『작가』에 실린「문학의 뿌리」를 통해 이른바 '심근문학(尋根文學)'을 주창했으며 이에「아빠 아빠 아빠」「여자 여자 여자」「귀거래」등의 중단편에서 그것을 문학적으로 의제화했다. 1990년대 들어 사마천의『사기』로 대표되는 중국의 산문정신을 소설에 접목하는 동시에 하방생활에서 시작된 '지방성'에 대한 집요한 탐색의 결실로 장편소설『마교 사전』(1966)을 발표하는 등 적극적인 문단활동을 지속하고 있다.

옮긴이 백지운

경남 진해에서 태어나 연세대 중어중문학과를 졸업하고 동 대학원에서 중국 근현대문학으로 박사학위를 받았다. 현재 서울대 통일평화연구원 HK연구교수로 재직하고 있다. 옮긴 책으로『일본과 아시아』(공역)『제국의 눈』(공역)『위미』『시간』『열렬한 책읽기』등이 있다.

귀거래

초판 1쇄 발행/2014년 4월 21일

지은이/한사오궁
옮긴이/백지운
펴낸이/강일우
책임편집/심하은
펴낸곳/(주)창비
등록/1986년 8월 5일 제85호
주소/413-120 경기도 파주시 회동길 184
전화/031-955-3333
팩시밀리/영업 031-955-3399 편집 031-955-3400
홈페이지/www.changbi.com
전자우편/lit@changbi.com